La forêt de tournesols

Torey Hayden

La forêt de tournesols

Texte français
Arlette Stroumza

Titre original : *The sunflower forest*

Cette édition de *La Forêt de tournesols*
est publiée par les Éditions de la Seine
avec l'aimable autorisation des Éditions Flammarion ltée

1

Ce dont j'avais le plus envie, cette année-là, c'était d'avoir un petit ami. À dix-sept ans, je n'étais encore jamais sortie avec un garçon; il ne me manquait rien d'autre: ni la poitrine, ni les poils sous les bras, ni les règles, ni le désir. Surtout pas le désir.

Un jour, quand j'étais toute petite, et que je ne connaissais pas grand-chose de ces mécanismes, ma meilleure amie et moi avions fait semblant de faire l'amour: les jambes écartées en ciseaux, fourche contre fourche, le chausson de l'une sous le nez de l'autre. Ma grand-mère nous avait pincées en pleine activité. Elle avait renvoyé Cecily chez elle et m'avait donné une fessée avec une cuiller en bois, puis elle m'avait fait asseoir dans l'office, pour dire des Je vous salue Marie. Pour elle, cela ne faisait aucun doute: je tenais ce penchant de ma mère. C'était peut-être vrai. Quoi qu'il en soit, dès cet âge tendre, j'ai décidé que ce n'était pas un penchant désagréable.

Et pourtant, à dix-sept ans, je n'avais encore eu droit qu'à une carte pour la Saint-Valentin, de Wayne Carmelee, et à trois baisers, dérobés à la sauvette par un scout à la fête de Sandpoint, Idaho.

J'en éprouvais un profond désespoir, qu'alimentait ma petite sœur de neuf ans, Megan, qui ne ratait pas une occasion de m'affirmer que j'étais aussi affreuse que je me l'imaginais. Elle suggérait aussi que mon odeur ne plaisait sans doute pas aux garçons.

Mon père me conseillait la patience. Ces choses-là étaient naturelles, je n'échapperais donc pas aux lois de la nature. Je n'avais qu'à attendre le bon moment, disait-il. À quoi je rétorquais que si nous n'avions pas déménagé aussi souvent, la nature m'aurait probablement déjà rattrapée.

Je finis par essayer de me faire consoler par maman, et lui demandai quand elle était tombée amoureuse pour la première fois.

« Hans Klaus Fisher », me dit-elle. Elle était en train de frotter par terre. À quatre pattes sur le linoleum, les cheveux noués dans un foulard rouge, elle s'immobilisa et réfléchit. Puis sourit. Puis saisit son paquet de cigarettes sur le plan de travail et se rassit par terre, adossée au meuble sous l'évier. Elle croisa les jambes, et posa le cendrier en équilibre sur un de ses genoux.

« Je vivais à Dresde, à l'époque, avec tante Elfie. Je n'étais pas supposée connaître de garçons. J'avais juste quinze ans, et ma tante ne me laissait pas sortir. On était très strict, en ce temps-là, tu comprends. » Elle alluma sa cigarette, et la flamme éclaira son regard joyeux. Nous savions toutes les deux que les recommandations de tante Elfie n'avaient jamais eu beaucoup d'effet sur le comportement de ma mère.

« C'était le fils du boulanger. Je le connaissais, parce que tante Elfie m'envoyait tous les jours chercher le pain. Qui sait ce qui serait arrivé si elle avait envoyé Birgitta ? Je ne l'aurais sans doute jamais rencontré. Mais Birgitta était la plus flemmarde de nous deux. »

« Toujours est-il qu'il était chaque jour dans l'arrière-boutique, à décharger les miches de pain. » Elle s'arrêta, et me fixa. « Qu'est-ce que tu crois ? Que c'était un beau garçon ? »

« Il l'était, maman ? » Il fallait toujours donner la réplique à maman, quand elle racontait une histoire. Ça faisait partie du jeu.

« S'il était beau garçon ? Voyons. Il avait des cheveux de la même couleur que toi. Un peu plus foncés, peut-être, et coiffés en avant, comme ça. Les garçons se coiffaient comme ça, en ce temps-là. Les yeux bleus. Bleu-vert, plutôt. Clairs. Un bleu-vert clair. Comme du verre ancien, tu sais. Et de très belles lèvres ; très fines. D'habitude, je préfère les garçons aux lèvres plus épaisses, mais Hans Klaus Fisher, ça lui donnait... comment dire... l'air important ; altier, voilà le mot. Je le voyais dans l'arrière-boutique, en train de décharger les miches, et je me disais : « Mara, il faut que ce garçon devienne ton petit ami.» Rien qu'à le regarder, on savait que c'était quelqu'un d'important.»

Avec un sourire, elle poursuivit: «J'étais très amoureuse de lui. J'allais chercher le pain tous les jours, et pendant que j'attendais d'être servie, je ne pensais qu'à une chose: embrasser ces lèvres minces, à l'air important.»

«Et tu l'as fait?»

«Au début, j'ai eu un mal fou à me faire remarquer. Je n'étais qu'une gamine, et une masse de gamines étaient amoureuses de Hans Klaus Fisher.»

«Mais tu t'es débrouillée pour qu'il tombe amoureux de toi, hein?»

Elle souriait toujours. D'une main, elle repoussa sous le foulard deux longues mèches de cheveux, sans souffler mot. C'était inutile, il lui suffisait de sourire.

«Comment tu as fait? Pour qu'il te remarque, toi, au milieu de toutes les autres filles?»

«Je me suis mise à porter mon uniforme de Bund deutscher Madchen. Tous les jours. Même quand il n'y avait pas de réunion. Tu comprends, il était chef d'une section du Mouvement de la Jeunesse.» Elle marqua un temps d'arrêt, les yeux sur l'extrémité de sa cigarette. Puis elle sourit à nouveau. «Parfois, je le voyais dans l'arrière-boutique, dans son uniforme. Il plastronnait un peu quand il le portait, donc j'ai compris qu'il trouvait que ça le posait. Alors je me suis dit: «Mara, tu vas lui plaire, s'il te prend pour un membre actif des BdM.»

«Ça a marché?»

Elle me fit un clin d'œil.

«Et tante Elfie, qu'est-ce qu'elle a dit? Ça l'embêtait pas que tu voies un garçon alors que tu n'étais pas censée le faire?»

«Un peu, au début, si. Mais je lui dis que Hans Klaus était de très bonne famille, que c'était un garçon très bien. C'était un excellent élève; un jour, à la boulangerie, j'ai entendu son père dire à Frau Schwarz que Hans Klaus avait une chance d'entrer à l'école Adolf Hitler. Une très bonne chance, il a dit. Quand tante Elfie a su ça, elle m'a permis d'aller danser avec lui le vendredi soir. À condition que Birgitta vienne aussi. Tu sais.» Elle rit. «Pour être sûre que je n'aurais pas trop d'occasions d'embrasser ces jolies lèvres. On était très strict, dans ce temps-là. Pas comme maintenant. »

« Mais comment tu t'es débrouillée pour qu'il t'aime ? C'est ça que je voudrais savoir. Comment tu t'es débrouillée pour qu'il t'invite à sortir avec lui? »

Maman regarda un instant sa cigarette avant de l'éteindre dans un cendrier. Autour de nous, le sol était encore mouillé : nous étions assises toutes les deux, barricadées derrière des balais-brosses et des serpillières, adossées aux placards de la cuisine.

« J'ai un peu triché, » dit maman, d'une voix de conspiratrice.

« Comment ? »

« Un jour qu'il était venu dans la boutique pour me parler, je lui ai raconté que j'étais en réalité la petite fille de l'archiduc. »

« C'est vrai ? » dis-je en riant.

« Je lui ai raconté que l'archiduc était mon grand-père, et qu'on m'avait envoyée à Dresde pour ma sécurité. Que je vivais avec tante Elfie, qui n'était pas ma tante du tout, mais une gouvernante, payée par ma famille pour prendre soin de moi. »

Je trouvai cela très amusant. Le genre de rôle que je voyais maman jouer parfaitement avec un tel réalisme dans le mélo que ce pauvre Hans Klaus Fisher n'avait certainement rien compris à ce qui lui arrivait.

« Pourquoi as-tu fait une chose pareille ? »

Dans un éclat de rire, maman haussa les épaules. « Aucune idée. C'est la première chose qui m'est passée par la tête. Je voulais tellement lui plaire. J'avais si peur de ne pas y arriver. »

« Mais c'était un mensonge, maman, » répliquai-je. Je continuais cependant de m'amuser à me représenter la scène.

Une moue dubitative sur les lèvres, elle haussa à nouveau les épaules. « Non, pas vraiment. Juste une histoire. Je ne pensais pas à mal. Mais je n'avais rien de vrai qui soit assez intéressant à raconter. »

« Donc tu lui as dit que tu étais la petite-fille de l'archiduc. »

« Essaye de comprendre. J'étais désespérément amoureuse. Je voulais que les choses se passent bien. Je me suis dit que s'il y croyait, il m'inviterait sûrement à sortir avec lui. Après, une fois qu'il m'aurait connue, ça n'aurait plus eu d'importance, de quelle famille je venais.» Dans le regard qu'elle me lança, il y avait une lueur d'amusement.

«Je n'avais que quinze ans, tu comprends. On est un peu fou, à quinze ans, crois-moi.»

«Il a découvert la vérité?»

Elle haussa les épaules et se remit à quatre pattes pour terminer de frotter le sol. «Je n'en sais rien. Après être partie pour Iéna, je ne l'ai jamais revu.»

Je rêvais. Je rêvais de la maison de Stuart Avenue où nous habitions avant la naissance de Megan. J'étais en haut, dans le petit grenier que mon père avait transformé en une chambre à coucher pour moi. Debout près de la fenêtre, je regardais dans la rue. Mais à la place des ormes, il y avait des tournesols. L'avenue était déserte, le soleil brillait, et c'était très beau.

Cela avait beau ressembler à la maison de Stuart Avenue, je savais que ça ne l'était pas. C'était l'appartement de Detroit où nous avions vécu pendant quelque temps quand j'étais toute petite. Les chambres à coucher du haut étaient celles de Stuart Avenue, pourtant je savais que l'escalier menait à l'appartement de Detroit.

Dans mon rêve, j'entendais pleurer maman. Elle était assise sur une boîte en carton, dans le placard obscur, sous les marches. Mais j'étais toujours en haut, à Stuart Avenue.

«Lesley, tu te lèves, à la fin?»

Je me réveillai brusquement.

Megan se tenait sur le pas de la porte de ma chambre, adossée au chambranle, un pied sur le mollet opposé. Elle portait une culotte et un T-shirt beaucoup trop grand où il était écrit: «NASA Johnson Space Centre/Houston».

«Papa dit qu'il faut que tu te lèves tout de suite, Lesley. Il faut qu'il aille travailler un petit moment, ce matin, et il dit qu'il faut que tu descendes et que tu restes avec maman pendant qu'il sera parti.»

«Quelle heure est-il?»

«Presque neuf heures. Papa a dit qu'il rentrerait après déjeuner.»

Elle tourna le dos et s'en alla sans fermer la porte.

Je fermai les yeux. Je me souvenais encore de mon rêve. Mon réveil avait été si brutal, que le rêve s'accrochait à moi et semblait très réel, bien qu'en train de s'estomper.

Le temps que je m'habille et que je descende, mon père était parti. Magan était là, elle n'avait pas fini son petit déjeuner. Les jambes croisées sous les plis généreux de son T-Shirt de la Nasa, elle avait écarté sa chaise de la table. Maman débarrassait la table et empilait la vaisselle du petit déjeuner dans l'évier. À la radio, on jouait « Saturday Morning Swap Shop », très fort. Ma mère ne ratait jamais cette émission, et se complaisait à cette énumération de bonnes occasions qui la faisaient rêver.

Je pris une tranche de pain que je mis dans le grille-pain. C'était une sorte de repas complet, plein de céréales croustillantes. Grillé, c'était délicieux, mais c'était salissant à manger, à cause des miettes qui se répandaient partout. Megan, qui en avait déjà mangé un morceau, compliquait encore la situation : elle ramassait les grains de blé et les déposait soigneusement sur ses genoux, qui pointaient sous le T-Shirt comme deux petites collines. Puis elle lapait les grains de blé du bout de sa langue. Tous, un par un.

« Megan, vraiment. Tu manges comme un cochon. »

Megan installa un autre grain, me regarda par en dessous pour être sûre que je la voyais, et le lapa nonchalamment du bout de sa langue.

« Maman, regarde-là. Regarde les saletés que fait Megan avec son pain grillé. »

Maman se retourna, observa Megan et secoua la tête. « Tu mets des miettes partout, » dit-elle. « Assieds-toi droite et pose tes pieds par terre, à leur place. »

Je suis allée prendre des Rice Crispies dans l'armoire.

« Megan, maman t'a dit de poser tes pieds par terre, » dis-je en revenant m'asseoir avec mon bol de céréales.

« Et alors ? T'es pas ma mère. »

« Mais elle, elle l'est. Alors, obéis, Megan. Fais ce qu'a dit maman. »

« T'es pas cap de me forcer. »

Agacée, je repris place à table.

Quand je vis que Megan continuait son manège, je tendis le bras, attrapai une de ses jambes et la posai de force par terre.

Maman nous ignorait. Le dos tourné, elle continuait de faire la vaisselle. Une éponge métallique dans une main et la vieille poêle en fer dans l'autre, elle frottait énergiquement. De temps en temps, elle tirait une bouffée de la cigarette qui se consumait dans le cendrier posé sur le rebord de la fenêtre. À un moment, elle augmenta le volume de la radio. Mais elle ne se retourna pas une seule fois.

Quand Megan voulut prendre une autre tranche de pain, je lui saisis le poignet.

« Arrête ! » s'exclama Megan plus fort que cela n'était nécessaire. « Arrête de me commander tout le temps, Lesley. »

« Tu manges ce pain d'une façon répugnante, et tu le sais. Tu n'en auras pas une autre tranche. Tu fais des saletés exprès. »

« Laisse-moi tranquille. »

« Maman ? Dis à Megan d'arrêter. Elle continue à émietter son pain. Elle n'a absolument pas obéi. »

« Lâche-moi, Lesley. Lâche mon bras. Vraiment. »

Elle sauta sur ses pieds pour libérer son bras. Sa chaise se renversa bruyamment.

Maman se retourna.

Silence.

Nous la regardions toutes les deux. Elle prit sa cigarette et l'éteignit soigneusement dans le cendrier. Le silence était tel que je pensais que je pourrais entendre le bruit de la cigarette cognant le verre du cendrier, malgré le vacarme de la radio.

Maman, d'un air las, se passa une main dans les cheveux. « Qu'est-ce que vous avez, toutes les deux ? Vous êtes sœurs. Pourquoi faut-il que vous vous disputiez sans arrêt ? »

Nous ne répondîmes pas. Ça n'aurait servi à rien.

« Je ne vous comprends pas, poursuivit maman. Pourquoi n'êtes-vous pas heureuses ? Nous avons une vie si agréable. O'Malley et moi, nous vous aimons. Vous avez tout ce que vous voulez. Et pourtant, vous n'êtes pas heureuses. »

« Si, on est heureuses » dit Megan.

« Nous faisons des bêtises, c'est tout, maman. En fait, on ne se disputait pas, n'est-ce pas, Meg ? On s'amusait, c'est tout. »

« Je ne vous comprends pas. »

« On est heureuses, maman » rétorquait Megan, avec un soupçon de désespoir dans la voix. « Tu vois ? Tu vois ? Je souris, je suis heureuse. Lesley et moi, on est vraiment heureuses. Ne pleure pas, d'accord ? »

Mais c'était trop tard. Maman s'enfouit le visage dans les mains, et sortit de la cuisine en courant. Sans bouger, nous entendîmes son pas chancelant décroître dans les escaliers, bientôt recouvert par le bruit de la radio.

Megan commença à pleurer, elle aussi. La chaise renversée était toujours par terre, derrière elle. Debout, elle m'observait, les larmes ruisselant sur son visage.

« Allez, Megs, tu veux manger encore quelque chose ? Une gauffre grillée, peut-être ? Tu les aimes tant. Ne pleure pas, Meggie, d'accord ? Tu veux que je t'en prépare une ? »

Elle secoua la tête en s'essuyant les yeux, releva la chaise et quitta la pièce.

Papa appelait ça des crises. Les crises de maman. Lorsqu'elles se produisaient, il haussait à demi les épaules, et souriait, comme si c'était juste une de ces innocentes manies, comme de jeter du sel par-dessus son épaule si on en a renversé. Je haïssais ces épisodes, mais pendant presque toute mon enfance, je les ai crus normaux. Je croyais que toutes les mères y étaient sujettes. J'avais dix ou onze ans lorsque je découvris que ce n'était pas le cas.

Je restai seule dans la cuisine, et finis la vaisselle, débarrassai la table et balayai les dernières miettes du pain de Megan. Je jetai ma bouillie de Rice Crispies.

Megan revint dans la cuisine un peu plus tard. Armée d'un peigne aux larges dents, elle s'évertuait à se démêler les cheveux. « Tu m'aides ? » demanda-t-elle. « Je n'arrive pas à défaire tous les nœuds. »

Ma sœur avait des cheveux superbes ; aussi foncés que ceux de mon père, presque noirs, mais très raides, comme ceux de maman. Si vous passiez les doigts dedans, ils retombaient souplement, comme de l'eau. Mais ce que ses cheveux avaient de plus extraordinaire, c'était leur longueur. Elle pouvait presque s'asseoir dessus. Elle en avait tant, et ils étaient si souvent dénoués, car leur poids empêchait de les retenir dans un bandeau ou une barrette de petite fille, que Megan avait toujours l'air d'une petite sauvageonne.

Pourtant, elle était si remarquable qu'il arrivait souvent que des gens se retournent sur elle. On ne m'avait pas permis d'avoir des cheveux aussi longs, quand j'avais son âge, mais il faut bien reconnaître que je n'avais pas ses cheveux.

« Tu sais, papa va te tuer pour te punir d'avoir donné une crise à maman, » dit doucement Megan tandis que je la coiffais.

« Moi ? C'était de ta faute, méchante. Papa nous tuera toutes les deux. »

Elle ne répondit pas. Me prenant le peigne des mains, elle alla s'asseoir sur la table et se mit à tirer sur ses longues mèches pour finir de les démêler.

« Megan, on ne fait pas ça à table. »

Pas de réponse.

« Tu m'entends ? Ce n'est pas sain. Va ailleurs. »

Toujours pas de réponse. Mais elle avait arrêté de se peigner, elle se passait simplement les doigts dans les cheveux, en contemplant ses mèches. « Les ? » interrogea-t-elle sans lever les yeux, « pourquoi maman fait ça, à ton avis ? »

« Fait quoi ? »

« Tu sais bien. Ça. Après tout, on disait des bêtises, c'est tout. Pourquoi elle s'en aperçoit jamais ? »

Je haussai les épaules.

« Pourquoi elle croit toujours qu'on est malheureuses ? Pourquoi c'est si important pour elle qu'on soit à cent pour cent heureuses tout le temps ? »

« C'est comme ça, Meg. »

« Comment, comme ça ? »

Je haussai les épaules.

Maman redescendit à onze heures moins le quart. Nous étions encore dans la cuisine, Megan et moi. Elle s'approcha de la table et prit ses cigarettes.

« Tu veux un café ? » demandai-je, déjà debout.

Elle hocha la tête, alla à la fenêtre et se pencha pour regarder dehors. Les doigts d'une de ses mains posés contre ses lèvres, elle fumait sans retirer la cigarette de sa bouche.

« Il n'y a pas de fleurs », dit-elle.

« Non, mais il y en aura plein quand le printemps reviendra. Tu te rappelles tout ce que papa a planté ? »

Megan avait éloigné la bouilloire de moi, pour préparer elle-même le café de maman. Elle mesura soigneusement une cuillerée de granulés. « Tiens, Maman, » dit-elle en versant l'eau chaude, « voilà ton café ». Elle s'insinua entre l'évier et maman, pour l'obliger à la regarder. Elle lui tendit la tasse remplie de liquide bouillant. « Voilà, Maman. Il est juste comme tu l'aimes. » Mais ma mère regardait par la fenêtre, au-dessus d'elle.

Ma mère et ma sœur ne se ressemblaient pas beaucoup. Megan était mince, souple et brune, comme un dessin dans un conte de fées. Maman était grande et pâle, avec des traits accusés. Ses cheveux étaient toujours aussi clairs que le sable. Elle n'avait transmis à Megan que ses yeux bleus, très bleus, comme le lin de Cambrai.

Maman tourna le dos à la fenêtre, et Megan dut faire un tour complet pour se retrouver en face d'elle.

« J'en ai ma claque de ce pays. Il fait trop froid. Je déteste le froid », dit maman.

Elle alla s'asseoir à table. Elle accepta enfin la tasse que lui tendait Megan, et la prit dans ses deux mains.

« Ça veut dire qu'on va encore déménager ? demanda tout doucement Megan.

« Ça ne me plaît pas, ici. »

« À moi, oui », rétorqua Megan, d'une voix toujours aussi douce. Maman la regardait tout en buvant son café. « Moi, je trouve que c'est bien, ici. Et j'ai des amies, ici. Comme Katie et Tracey Pickett. »

Ma mère baissa sa tasse. « Il n'y a pas de fleurs. »

« Mais, Maman, on est en janvier. »

Ma mère posa sa tasse sur la table dans un soupir. « Mais il n'y a pas de fleurs, ici. »

« Il n'y a de fleurs nulle part, en janvier, Maman, » dit Megan.

Après un instant de silence, maman répondit : « Il y en avait à Lébény. Dans la serre de Popi, il y en avait toujours. »

Le visage de Megan s'éclaircit brusquement. Elle s'approcha de maman, s'agenouilla près d'elle et passa ses bras autour de son cou. D'une main, elle tourna le visage de maman, la forçant à la regarder. « Parle-nous de Lébény, à Lessie et à moi, d'accord, Maman ? Et des fleurs de Popi, d'accord ? Raconte-nous la fois où

Elek et toi vous êtes entrés en cachette dans la serre de Popi et que vous avez pris des camélias pour mettre dans tes cheveux, et que vous êtes allés danser. Tu sais ? La fois où tu étais censée te coucher tôt, parce que c'était une fête pour les grandes personnes. Quand ils ont joué le Beau Danube Bleu, et que tu sentais le parfum des jolies dames ? Raconte, d'accord ?

Le visage de ma mère s'adoucit, perdit son expression languide de lassitude, et elle sourit à Megan, à genoux à côté d'elle. « Tu connais cette histoire par cœur, *Liebes*, je te l'ai racontée cent fois. »

« Je sais », répondit Megan, l'air suppliant. « Mais c'est ma super préférée. Raconte-la encore une fois, d'accord ? S'il te plaît. Ça nous fait tellement plaisir, à Lessie et à moi. »

Maman caressa le visage de Megan. Elle souriait encore. Et ma mère était très belle, quand elle souriait.

2

Ma mère était née dans une famille d'aristocrates hongrois, déclinant lentement sur les ruines du vieil empire austro-hongrois. Son père, qui avait combattu aux côtés de Hindenburg pendant la Grande Guerre, avait pris sa retraite peu après, pour se consacrer à sa propriété familiale, dans le nord ouest de la Hongrie. En 1914, il avait connu et épousé la plus jeune des filles d'une des grandes familles de Meissen, en Saxonie.

Ma mère avait trois frères et sœurs. Elle ne se souvenait que vaguement de l'aîné, Mihaly, qui était parti faire ses études en Allemagne lorsqu'elle avait deux ans. Son jeune frère bien-aimé, Elek, n'avait que treize mois de moins qu'elle: ils avaient passé leur enfance ensemble. Maman l'évoquait avec tant d'animation que j'avais presque l'impression que c'était mon propre frère. Sa sœur cadette, Johanna, était morte de la scarlatine lorsque maman avait huit ans.

Bien que ma mère n'en ait jamais rien dit, je la soupçonne d'avoir été la préférée de son père. C'était une enfant remarquablement jolie, une blonde aux yeux bleus, pur produit de ce type que l'on appréciait tant dans cette partie de l'Europe, à l'époque. Sur toutes les photos, elle était habillée comme une petite princesse, de soie, de velours et de dentelles. Ses longs cheveux de lin étaient soigneusement bouclés. Et, malgré le côté très solennel des photos de l'époque, une ombre de sourire courait toujours sur ses lèvres. Nous ne possédions qu'une seule photo de la famille tout entière:

ma mère, séparée des autres enfants, s'appuyait au bras de Popi. En regardant bien, on voyait sa main reposant sur l'épaule de maman, et ses doigts caressant amoureusement ses cheveux.

Popi avait veillé à son éducation. Elle avait été bilingue toute sa vie : Mutti ne lui parlait qu'en allemand, et Popi en hongrois. Lorsqu'elle eut cinq ou six ans, il fit venir un percepteur de Milan, pour qu'elle apprenne l'italien. On lui avait fait donner des leçons de danse et de chant, de piano et d'orgue. Lorsqu'elle eut envie d'un poney, Popi engagea un instructeur de manège à Vienne, et lui acheta un cheval blanc.

Comme son frère aîné Mihaly, ma mère était douée pour les études. Popi était bien décidé à lui procurer ce qu'il y avait de mieux. Lui et Mutti étaient convaincus de la supériorité de l'éducation allemande, donc, quand ma mère eut douze ans, on l'envoya vivre à Dresde, chez la sœur de Mutti, tante Elfie. Elle suivit les cours d'une institution privée, et se prépara à entrer à l'université.

Quitter son foyer avait brisé le cœur de ma mère. Pendant plus d'un an, disait-elle, elle avait eu le mal du pays, et avait passé tant de nuits à pleurer que tante Elfie avait installé son lit dans l'entrée, pour qu'elle ne dérange pas Birgitta, sa fille, dont elle partageait la chambre. Pour une fois, Popi ne céda pas à ses supplications, et elle resta à Dresde. Elle s'habitua peu à peu à la vie de la grande ville, à tante Elfie, qui mettait toujours des nappes en dentelle, et à Birgitta, qui ronflait.

La guerre éclata pendant la première année d'université de ma mère à Iéna. Elle avait seize ans. Elle poursuivit ses études pendant l'automne, jusqu'à ce que la tourmente vînt bouleverser la vie de l'université. On aurait dû la renvoyer en Hongrie, nous raconta-t-elle, car Hitler déportait tous les étrangers, mais elle fut reconnue comme ethniquement allemande, comme *Volksdeutscherin*, et autorisée à rester en Allemagne. Peu après, elle fut inscrite dans une auberge de jeunesse au nord de l'Allemagne, en compagnie de plusieurs filles qui avaient fait partie des Bund deutscher Mädchen.

Maman ne parlait pas beaucoup de cette époque. Je pense que la plupart du temps, elle était terrorisée. L'auberge n'était pas loin de Hambourg, et il lui arrivait souvent de se cacher dans une armoire pour ne pas entendre les avions alliés qui les survolaient. Tout ce dont elle nous avait parlé, c'est du paysage et du climat : de vastes plaines, humides en été, glaciales en hiver. Et de quelques filles qu'elle y avait connues. Elle travaillait à temps partiel dans une ferme. C'est là qu'elle rencontra l'un de ses meilleurs personnages, Jadwiga, une Polonaise de Varsovie. Je n'ai jamais bien compris comment Jadwiga avait échoué dans cette ferme, mais, d'après maman, Jadwiga en était la première surprise. Au grand amusement de maman, ce qui ennuyait le plus Jadwiga ce n'était pas d'être une femme de la ville transformée en travailleuse des champs, mais d'être contrainte de fréquenter des individus de niveau social inférieur, que ne pouvaient à son avis manquer d'être toutes les autres femmes. Maman avait un féroce talent d'imitation : elle contrefaisait à merveille Jadwiga, sa démarche, ses dents en avant et son parler nasal. Elle arpentait la pièce, renâclait en pseudo-polonais, les traits distordus jusqu'à ressembler à un lapin méprisant, jusqu'au moment où elle éclatait d'un rire incoercible, qui l'obligeait à s'arrêter. Elle s'écroulait alors dans un fauteuil, les mains sur le ventre, en proie à une folle hilarité. Quant à Megan et moi, nous finissions toujours par pleurer de rire.

En 1945, lorsque les soldats britanniques arrivèrent avec des cigarettes et du chocolat, maman avait le typhus. Elle était si malade qu'elle ne se souvient absolument pas d'eux. En revanche, elle n'a pas oublié les plaques de chocolat ; dans le tiroir de sa commode, elle a gardé le papier d'argent de la première plaque qu'on lui avait offerte après la guerre.

Ce fut alors, tandis qu'elle reprenait des forces sur un lit d'hôpital, que ma mère rencontra mon père, un G.I. américain qui était venu rendre visite à un autre malade. Maman était au lit, affaiblie par le typhus, à moitié chauve de malnutrition, un bras bandé du poignet à l'épaule à cause d'une blessure infectée. Au moment où papa parcourait les couloirs entre les lits, maman, qui essayait de manger sa soupe de la mauvaise main, avait non seulement laissé tomber sa cuiller mais aussi le bol et le plateau. Il y avait de la soupe partout. Mon père se pencha pour ramasser le bol qui roulait. Lorsqu'il se releva et le lui rendit, raconte mon père, le sort en était jeté ; il l'aimait, bandage, crâne chauve et soupe y compris. Qui sait si cela se passa réellement ainsi ? Mon père est un incurable romantique.

Ils se marièrent à Vienne, le Premier de l'An 1946. Dès qu'elle eut repris un peu de forces, maman n'eut plus qu'une idée en tête: retourner en Hongrie pour tenter de retrouver sa famille. Pendant la guerre, elle n'avait eu de contact avec aucun d'entre eux. Durant tout l'hiver 45-46, elle et mon père sillonnèrent les paysages d'Allemagne, d'Autriche, de Tchécoslovaquie et de Hongrie, ravagés par la guerre.

De la famille proche de ma mère, personne n'avait survécu à la guerre. Son frère Mihaly, qui avait femme et enfant lorsque la guerre avait éclaté, fut enrôlé dans la Wehrmacht en 1936, et tué lors de manœuvres en France. Mutti mourut d'une crise cardiaque, en 1940. Elek, qui était resté à la maison pour aider son père à diriger la propriété plutôt que de s'engager dans l'armée comme la plupart des jeunes gens de son âge, fut tué par des soldats allemands en 1942. Popi, seul, désespéré, était allé à Dresde pour essayer de retrouver maman. Lui et tante Elfie périrent sous les bombardements alliés, en 1945. Maman ne réussit jamais à savoir ce qu'était devenue Birgitta.

En septembre 1946, mon père était basé au sud de l'Angleterre. Lorsqu'il fut libéré, au printemps suivant, ma mère et lui restèrent en Angleterre; ils s'installèrent au pays de Galles, où ils passèrent les dix années suivantes, dans une petite maison de la montagne galloise. Maman nous a raconté, à ma sœur et moi, de très belles histoires sur cette période de leur vie. La maison où ils habitaient était en mauvais état. Le fermier pour qui papa travaillait leur avait offert d'y vivre gratuitement s'ils la réparaient. Il éprouvait de la compassion pour maman, qui n'avait pas encore retrouvé la santé, et disait que l'air de la montagne l'aiderait à se rétablir. La maison était à l'écart: aucune route n'y menait. Pour y accéder, on grimpait à pied, par un petit sentier à travers la forêt. Le nom de la maison était gravé au dessus de la porte d'entrée, en gallois; il voulait dire: La Forêt des Fleurs. Quand ils y étaient arrivés, nous avait raconté maman, le jardin croulait sous les tournesols, ce que maman considéra comme un bon présage, car les tournesols ne poussent pas bien au pays de Galles, à cause de la pluie. Mais à la Forêt des Fleurs, ils prospéraient. Mes parents y vécurent jusqu'à la fin des années cinquante. Puis il y eut un hiver froid, suivi d'un été pluvieux; les tournesols ne fleurirent pas. Papa et maman déménagèrent.

Ce samedi soir-là, j'attendis que mon père ait fini son dîner et se soit retiré dans son bureau. La nuit, après le repas, il aimait s'y installer, parmi ses objets, pour écouter la radio. Parfois, il lisait, ou écrivait des lettres, mais en général il se contentait de mettre son fauteuil en position allongée, de brancher la radio sur une émission musicale, et d'écouter.

« Papa ? dis-je en entrouvrant la porte, je peux te parler une minute ? »

Il avait les yeux fermés. Il les ouvrit et dit « Bien sûr, Leslie, entre. »

Je refermai soigneusement la porte et vins m'asseoir sur le tabouret près de son fauteuil, pour sentir sous mon doigt les nœuds rugueux du bois.

« Est-ce que nous allons déménager, papa ? »

Il avait refermé les yeux. La radio jouait assez fort. De la musique classique. À vrai dire, je ne pense pas que mon père y connaissait grand-chose. Maman, oui. Elle reconnaissait les morceaux, savait qui avait composé quoi, de quel style de musique il s'agissait et qui était l'artiste qui l'interprétait. Lui, il écoutait cette station parce que c'était la seule à ne diffuser presque pas de publicité.

Il ne répondit pas à ma question.

« Maman commence à en parler. Ça lui trotte dans la tête.

– Elle ne m'en a rien dit.

– À moi non plus, mais je le sens venir. »

Il ne bougea pas.

« Alors ? On va déménager ? lui demandai-je à nouveau.

– Il faut à ta maman un climat plus chaud, Lessie, dit-il enfin en ouvrant les yeux. Il fait trop froid pour elle, ici.

– Nous avons déjà vécu dans des climats plus chauds, papa. Ça ne lui a pas convenu non plus. Il faut regarder les choses en face. Ça ne convient nulle part, en vérité. »

Je vis ses pupilles se dilater, puis rétrécir à nouveau.

« Ta maman ne m'en a pas touché mot. Alors, n'invente donc pas de problèmes qui n'existent pas. »

Je touchai le bois du plat de la main.

« D'ailleurs, je n'aime pas t'entendre parler comme ça. Le froid est mauvais pour elle. Tu le sais. Pour son dos. Ce n'est absolument pas de sa faute. »

– Elle a des médicaments, pour son dos, papa. »

Il me surveillait toujours. « Je ne vois pas pourquoi elle devrait souffrir du froid alors qu'il existe tant d'endroits où il fait chaud.

– Ce n'est pas le froid, répliquai-je. Ce sont les fleurs. »

Il releva son fauteuil en position assise.

« Quoi ?

– J'ai dit, ce sont les fleurs. Ce n'est pas le froid, ni son dos, ni quoi que ce soit d'autre. Ce sont ces idiotes de fleurs. Elle veut vivre quelque part où il y a des fleurs, même en janvier. »

Mon père ne souffla mot. Le silence s'installa, malgré la musique.

Je le regardai. On ne peut pas dire que mon père fût ce qu'on appelle un bel homme. D'ascendance irlandaise, il était trapu ; son épaisse chevelure bouclée grisonnait aux tempes. Il avait un visage usé de bon-vivant, surtout autour des yeux, comme s'il n'avait pas assez dormi sa vie durant. Mais un visage joyeux, haut en couleurs, avec des joues de Père Noël. Il nous mettait toujours au défi, Meg et moi, de le regarder pendant cinq minutes sans sourire. Nous ne le pouvions ni l'une ni l'autre. Si l'on songeait à l'apparence plutôt imposante de ma mère, le choix d'un tel compagnon avait de quoi surprendre.

« Ce n'est pas juste, tu sais. Dès que nous commençons à être installés quelque part, vous autres vous ne pensez plus qu'à plier bagages. Franchement, papa, je n'ai vraiment pas envie de bouger, en ce moment. Je suis en classe terminale. Je vais passer mes examens et j'ai envie de le faire ici, dans un endroit où j'ai des amis. Je connais des gens, ici. Ce que je veux vraiment, si tu tiens à le savoir, c'est aller à la fête de ma classe, qu'un garçon m'invite à sortir avec lui, et être comme toutes les autres filles de ma classe. Je ne veux pas être la seule à ne jamais être invitée, la seule à ne jamais savoir où aller. Et si on déménage maintenant, c'est exactement ce qui va m'arriver. »

Il sourit gentiment et tendit la main vers moi.

« Je sais que ça a dû être dur, parfois, » dit-il. Et au son de sa voix je compris que s'il y avait conflit entre maman et moi au sujet d'un déménagement, je n'aurais pas l'ombre d'une chance.

Je soupirai. Et j'insistai. « J'ai l'impression qu'il faudra que j'attende un million d'années avant de sortir avec un garçon. J'ai l'impression que je serai une vieille grand-mère et que le premier garçon qui m'embrassera me fera tomber toutes les dents qui me restent. »

Il sourit.

« Ça n'a rien de drôle, papa.

– Je sais, chérie, dit-il tout en riant.

– Écoute, si maman décide de déménager...

– Mais enfin, Lesley, elle ne m'en a absolument pas parlé. Tu inventes des problèmes qui n'existent pas.

– Si maman décide de déménager, je reste avec Brianna. J'en ai déjà parlé avec elle. Je lui ai dit que nous risquions de déménager, et elle a dit qu'elle demanderait à sa mère si je pouvais habiter chez eux jusqu'à la fin de l'année scolaire. Ce ne serait que jusqu'en juin.

– Tu ne devrais pas parler de problèmes familiaux avec les gens. Ça ne regarde que nous, tout ça. Aucune raison d'en faire profiter des étrangers.

– Brianna n'est pas une étrangère, papa. C'est ma meilleure amie. D'ailleurs, je n'ai rien dit de précis. J'ai lancé une sonde, c'est tout.

– Le froid est mauvais pour ta mère, répéta-t-il. Si elle veut déménager, j'estime que nous devons le faire. Nous lui devons bien ça. »

Je ne répondis rien. Je me pris la tête dans les mains, et je regardai par terre. La radio jouait un concerto de Rachmaninoff, je ne me rappelais pas lequel.

« Papa ?

– Humm ?

– Est-ce que tu me trouves laide, ou moche ? Dis-moi la vérité, je t'en prie. »

Il écarquilla les yeux. « Évidemment que tu n'es pas laide, Lesley. Quelle question !

– Je me demandais, c'est tout. » J'écoutai la fin du concerto en fixant le tapis.

«Écoute, dit-il d'une voix douce, tu as tout le temps. Ne te mets pas martel en tête. Tout se passera très bien.»

Je levai la tête. «Tu avais quel âge quand tu as invité une fille à sortir avec toi pour la première fois ?

–J'étais plus vieux que tu ne l'es actuellement. J'étais à l'armée.

–Et avant, que tu étais encore à la maison?

–Avec les principes de ta grand-mère ? Tu plaisantes ! Et dans cette ferme du bout du monde ?» Il sourit. «J'avais déjà de la chance de savoir que les filles existaient.

–Oh !

–Tu vois, tu vois ? Il posa sa main sur ma tête. «Laisse faire la nature. Ne t'inquiète pas. Le moment viendra.»

3

Le passé de mon père ne recelait aucune trace d'aristocratie européenne : pas de précepteur privé, pas de fêtes dans des jardins par des après-midi d'été, pas de violons. Fils d'un émigrant irlandais, mon père fut élevé dans un élevage de porcs, au sein des vastes plaines de l'Illinois.

Ils étaient sept enfants. Mon père était le quatrième, et le deuxième fils. La famille n'était pas de cette pauvreté crasse que connurent beaucoup de paysans pendant la dépression qu'avait connue son père quand il était arrivé à Ellis Island avec ses parents, à l'âge de quatre ans. Ils arrivaient à s'en sortir, disait papa quand il évoquait ses souvenirs. Un jour, il s'était battu avec un garçon de sa classe, qui prétendait qu'il portait un manteau de fille. Et c'était vrai. Sa mère le lui avait taillé dans un manteau de sa sœur Kathleen, devenu trop petit pour elle. Lorsqu'il racontait cette histoire, une de mes préférées, papa souriait toujours à la fin. Oui, disait-il, c'était bien un manteau de fille. Mais pas question de laisser Jacky Barnes le dire.

La religion était leur principal soutien. Les parents de papa étaient tous les deux de fervents catholiques. Tous leurs enfants fréquentèrent l'école paroissiale durant quelques années, même pendant la Dépression. L'une de ses sœurs était entrée dans les ordres et se consacrait à la charité. Son plus jeune frère enseignait la théologie à l'université du Massachusetts.

Mon père perdit son père à l'âge de treize ans. Il se fit renverser par un tracteur. Deux hommes le transportèrent à la maison. Papa était tout seul. Il sarclait le potager et surveillait le bébé de deux ans. Les hommes étaient arrivés, portant son père agonisant. Papa n'était pas un grand conteur. Il ne savait pas, comme maman, rendre le moindre incident captivant. Mais quand il racontait cette scène, on avait l'impression d'y assister. On voyait le gamin efflanqué, en salopette, les pieds nus et poussiéreux. On voyait le bébé, avec son ours en peluche borgne. Sa mère était chez des voisins. Seul à la maison, avec son petit frère et son père mourant, il ne savait que faire. Chaque fois qu'il en parlait, on ressentait la même terreur que lui.

Je n'ai donc jamais connu mon grand-père. Nous n'avions même pas une photographie de lui. Une fois, nous avait raconté papa, un photographe ambulant s'était arrêté à la ferme, et avait proposé de prendre une photo de toute la famille. Sa mère avait fait habiller les enfants dans leurs vêtements du dimanche. Mais quand le photographe était revenu avec ses photos développées, il avait augmenté son prix, sous prétexte qu'il y avait plus d'enfants que prévu. Une parole est une parole, avait rétorqué le père de papa. Et le photographe fut renvoyé dans ses pénates avec ses photos.

Grand-maman O'Malley, elle, je la connaissais bien. Quand j'étais petite, nous allions la voir chaque été, dans l'Illinois. Elle vivait dans une petite maison dans le quartier nord de Chicago, pas loin de chez oncle Paddy et tante Gretchen. Je me rappelle le grenier humide et froid où je dormais. Plus tard, quand j'étais au lycée, je passais tous les mois de juillet chez elle.

Elle était toute petite. Ses cheveux blancs étaient noués en chignon. Sa peau était si tendue sur ses os que ses bras et ses mains m'ont toujours fait penser à des pattes d'oiseau. De taille et de structure, je ressemblais beaucoup à ma mère. À dix ans, j'étais plus grande que ma grand-mère.

J'éprouvais un grand plaisir à aller chez elle. Ce que je préférais, je crois, c'étaient les voyages aller et retour avec mon père. Je les considérais comme une grande aventure. Nous partions seuls, maman restait à la maison pour s'occuper de Megan. De tous ces mois de juillet, je garde le souvenir de papa et moi, à l'arrière du bus, là où maman refusait toujours de s'asseoir parce que ça lui donnait mal au cœur, des Coca et des confiseries que nous partagions, des vœux que nous formulions en avisant un cheval blanc dans un pâturage. Nous mangions dans les petites salles de café enfumées et mal éclairées des arrêts d'autobus, dormions dans des chambres de motel aux matelas défoncés, aux rideaux de filets, ou somnolions dans le noir, au milieu des relents d'essence.

Les séjours proprement dits, je m'en réjouissais moins. Ils présentaient pourtant des avantages, surtout après la naissance de Megan, quand je découvris que je continuerais à y aller seule, parce que Megan était trop petite pour que Grand-maman puisse s'en occuper. De plus, mes cousins vivaient au coin de la rue, ils étaient les compagnons de jeu familiers de tous mes étés, ce dont j'avais bien besoin, avec tous nos déménagements. Et grand-maman avait en général envie de me gâter un peu. De petits cadeaux dès mon arrivée, sa petite monnaie tous les soirs, des crêpes au lait caillé pour le petit déjeuner, chaque fois que j'en avais envie. Maman n'en faisait jamais : pour elle, on ne faisait pas un repas entier avec du doux.

Mais il y avait aussi des inconvénients, chez grand-maman. Dès que j'étais arrivée, avec papa, je ressentais un malaise, une sorte de tension, que les enfants détectent facilement. Elle persistait pendant tout mon séjour. Malgré les petites surprises, et les attentions que grand-maman avait pour moi, j'étais inquiète, sur mes gardes.

J'ai su très jeune quel était le fond du problème. Grand-maman O'Malley était une catholique fervente et ma mère, non seulement n'était pas catholique, mais n'était même pas ce qu'on pourrait appeler chrétienne. Ma sœur et moi n'étions ni baptisées ni confirmées. Nous n'allions pas à l'église. Ma grand-mère n'en revenait pas.

Et, bien entendu, elle faisait tout ce qui était en son pouvoir pour remédier à cette intolérable situation. Mon père n'avait pas plus tôt tourné le dos qu'elle faisait appeler un prêtre. Elle m'achetait des vêtements du dimanche, des chaussures en cuir et des livres d'instruction religieuse pour enfants. Elle me traînait à la messe, au cours de catéchisme, au centre aéré catholique. Pendant les repas, elle m'interrogeait sur la vie de Jésus. En faisant la vaisselle, elle me faisait réciter des versets de la Bible. Et l'été de mes neuf ans, elle me promit cinq dollars si, une fois rentrée à la maison, je parvenais à convaincre papa de faire baptiser Megan.

Avec une régularité consternante, mes séjours s'achevaient par une terrible dispute entre ma grand-mère et mon père. Quand il venait me chercher, les premières paroles que m'adressait mon père concernaient l'église. Ses questions me terrifiaient. Si je mentais, et prétendais n'avoir pas entendu parler de religion pendant mon séjour, je m'attirais ses foudres, pour avoir dissimulé la vérité. Si je disais la vérité, il s'en prenait à grand-mère, car il lui interdisait formellement de m'envoyer au cathéchisme etc., et que, bien entendu, elle passait outre. Et ça continuait : il lui disait que j'étais sa fille, et que si elle ne supportait sa façon de m'élever, il ne me renverrait plus chez elle ; elle rétorquait qu'elle n'était pas disposée à admettre qu'un de ses petits-enfants brûle pour l'éternité dans les flammes de l'enfer. Une minute encore, et ils se disputaient au sujet de maman.

Grand-mère connaissait les opinions de maman au sujet de la religion. Si on connaissait maman, on connaissait ses opinions. Ma mère était fanatiquement contre tous les aspects de la religion. Elle disait toujours que c'était à cause de ce qu'elle avait vu pendant la guerre, et du comportement des croyants de l'époque. Elle disait qu'ils étaient au courant. Que plein de gens étaient au courant — les gouvernements étrangers, les gens haut-placés, et même les gens normaux. Elle disait qu'ils étaient au courant des multiples souffrances que l'on infligeait aux gens en Allemagne. Que cela ne les empêchait pas de rentrer chez eux le soir, de dîner, de dire leurs prières et d'aller se coucher. Ils se prenaient pour des chrétiens parce qu'ils allaient à l'église le dimanche. Ils croyaient vivre dans des pays chrétiens. Mais quelle sorte d'enseignement dispensaient-ils? Où était le Pape, quand les Juifs mouraient à Auschwitz? Où étaient les nonnes, les prêtres et les pasteurs, et tous les bons chrétiens qui siégaient au Congrès et dans les parlements du monde, qui auraient pu éprouver de la pitié, voter des lois en faveur des réfugiés, aider les persécutés à échapper à leurs bourreaux, ou, surtout, mettre un terme à ce qui était en train de se passer? On aurait pu arrêter ça, disait toujours maman ; si tout le monde avait essayé. Ensemble, les chrétiens, le Pape, les églises, auraient pu faire entendre une voix que n'aurait pu ignorer aucun dirigeant, pas même Hitler. Mais ils ne l'avaient pas fait. Peut-être n'était-ce pas délibéré, mais ils avaient choisi de ne pas les aider. Et maman n'avait strictement rien à faire de doctrines qui avaient autorisé tant de gens à se détourner, la conscience tranquille, de si grandes souffrances.

Grand-mère, pour sa part, n'avait strictement rien à faire de maman. Pas à cause de son athéisme personnel, car grand-mère se moquait un peu de ce qui arriverait à l'âme éternelle de maman. Elle ne me le dit jamais, mais je soupçonne grand-mère d'avoir été sûre que l'enfer se chargerait bien de punir maman. Ce dont elle ne se moquait pas, c'était du fait que maman avait détourné papa de l'église. Et Megan et moi avec lui.

En dépit des menaces de papa, je retournai chaque été chez ma grand-mère, jusqu'à sa mort, qui se produisit l'année de mes treize ans. J'y appris presque tout ce que je sais de la jeunesse de mon père.

S'il n'avait été de santé aussi fragile, je pense que papa, un garçon tranquille et sans signes distinctifs, n'aurait guère attiré l'attention sur lui, dans une famille si nombreuse. Quand il était enfant, il avait subi une attaque de polio, puis avait eu la scarlatine. Comme disait ma grand-mère, il en avait gardé « une faiblesse dans la poitrine ». Moralité, il avait été souvent malade, sérieusement malade, et sa jeunesse avait été ponctuée de longues périodes d'isolement et de convalescence, qui avaient fait de lui un garçon timide et introverti ; il ne lisait pas comme son frère Colin, mais s'abîmait dans l'auto-contemplation. Grand-mère prétendait ne pas s'en être inquiétée. Il était entendu que mon père, en tant que fils cadet, se ferait prêtre. C'est ce que font les cadets, dans les familles de dévots. Grand-mère était donc plutôt contente de constater que les voitures, la grande vie et les folles soirées ne l'attiraient pas. En revanche, elles attiraient Paddy, Kip et Mick.

Mon père n'est pas devenu prêtre, évidemment. Il n'a pas non plus comblé l'aspiration que grand-mère nourrissait pour tous ses fils : aller à l'université. Lorsque papa termina ses études secondaires, la guerre avait éclaté, et comme de nombreux jeunes gens de sa génération, il s'était engagé. En Europe, il avait rencontré ma mère. Dans leurs conversations, ils n'en parlaient jamais, mais il était clair que grand-mère jugeait maman responsable de tout ce que papa n'avait pas accompli.

Mon père s'était donc engagé dans l'armée. Il fut affecté en Angleterre. Il n'avait que vingt et un ans lorsqu'il épousa ma mère, son aînée de deux ans. Il ne trouva plus jamais le temps, l'argent ou l'énergie pour entreprendre des études. Et franchement, je crois qu'il s'en fiche.

Ce qui l'ennuyait, c'était le genre de boulot dans lequel il était cantonné, par manque de connaissances. Pas de métier, et d'incessants déménagements : mon père acceptait le premier travail venu, facile à trouver, facile à quitter. Ils ne rapportaient jamais assez, et nécessitaient en général un effort physique. Avec l'âge, il en trouva de moins en moins. Lorsque nous nous sommes installés au Kansas, après avoir quitté le Nebraska, il mit plus de deux mois à trouver du travail au garage de Hughson. Personne ne cherchait un employé de plus de cinquante ans, sans qualifications.

Je savais qu'il détestait ses emplois. Il n'en parlait pas, mais ça se sentait. Il traînait un peu trop longtemps sur son café du matin. Il rentrait à la maison les mains noires, les vêtements sales, et s'en excusait auprès de maman avant même de l'embrasser. Maman ne se plaignait pourtant jamais. Mais c'était surtout le bureau. Dans toutes les maisons où nous avons vécu, mon père a toujours tenu à avoir un bureau, même si nous devions, Megan et moi, partager la même chambre. Quand il serait obligé de ramener du travail à faire le soir à la maison, me dit-il un jour, il lui faudrait un bureau — un endroit calme, où s'isoler du vacarme de la télévision, des disques de maman, et de Meg et moi, et faire son travail tranquillement. Il n'avait toujours pas trouvé de travail de ce genre, mais chaque soir, après dîner, il montait s'asseoir un moment derrière son bureau, et il attendait.

Pendant que mon père rêvait, ma mère jouait la comédie. À cause de maman, nous vivions comme des Bohémiens. Où que nous nous trouvions, maman était convaincue que le bonheur et la paix de l'esprit l'attendaient sur l'autre versant de la colline. Elle ne se plaisait longtemps nulle part. Trop chaud, trop froid. Plutôt la campagne, plutôt la ville. Une quête sans relâche, et sans succès.

Nos déménagements nous les sentions venir : les symptômes étaient toujours les mêmes. Maman devenait nerveuse. Elle arpentait la maison, dépotait des plantes et les replantait dans le jardin, feuilletait nos livres d'école et improvisait pour ma sœur et moi de fantastiques descriptions des endroits dont elle trouvait des photos; nous l'écoutions, captivées, tandis que nous déjeunions à la cuisine. Puis survenait la dépression. Elle ne supportait plus la moindre de nos vétilles, elle était sujette à de très nombreuses crises, et ses angoisses allaient croissant; elle refusait de sortir des environs immédiats de la maison et du jardin, et prétendait que les voisins ne l'aimaient plus. Papa et moi étions obligés de faire les courses. Lorsque tout cela se produisait, je savais que ce n'était plus qu'une question de temps: nous n'allions plus tarder à changer d'horizon.

Je haïssais ces déménagments, l'angoisse de ces petits matins, quand je me réveillais en sachant que dehors il n'y avait que des étrangers. Je détestais le décourageant fardeau d'avoir tout à recommencer, d'essayer de me refaire des amis, et de me forcer à essayer.

Mais on n'a jamais tenu compte de ce que je ressentais. Quand ma mère était dans cet état, il ne lui restait pas l'énergie nécessaire pour penser aux autres. Quant à mon père, il ne semblait animé que par un seul objectif: la soulager. Il n'a jamais remis le processus en question. Si maman voulait déménager, on déménageait. Si maman pensait que nous serions plus heureux à Yakima, à North Platte ou à Tombouctou, cela suffisait à mon père. Il lâchait tout, donnait sa démission, vendait ce qu'il fallait pour réunir la somme nécessaire, et en route pour l'endroit où maman pensait qu'elle trouverait la paix. Il s'attendait à ce que Meg et moi manifestions les mêmes dispositions. Devant maman, nous n'avions pas le droit d'émettre le moindre doute. Ça ne se discutait pas.

Un mercredi, la conseillère d'orientation m'attendait à nouveau à la sortie de mon cours de maths. Elle était adossée aux casiers en face de la porte de la classe; elle fit un petit signe de tête, et je compris que c'était pour moi qu'elle était là. Sans dire un mot, je la suivis dans son bureau.

Les conseillers, six hommes et Miss Harrich, avaient leurs bureaux dans le nouveau bâtiment. Chacun d'eux disposait d'une cellule exiguë, équipée d'un bureau, d'une chaise de bureau et d'une autre chaise. Derrière le bureau de Miss Harrich, il y avait un poster encadré, qui disait, en lettres presqu'illisibles: «Mal faire, c'est souvent ne pas faire». Il m'a fallu trois visites pour arriver à le déchiffrer.

Miss Harrich s'assit à son bureau et sortit mon dossier de la pile à côté du dictionnaire. Elle le parcourut pendant un long moment, si attentivement, que l'on avait du mal à croire qu'elle l'avait déjà lu un certain nombre de fois.

«Alors, comment ça va?» me demanda-t-elle.

Je haussai les épaules. «Ça va.

–Avez-vous réfléchi, comme je vous l'ai demandé? Sur le choix de votre université?

–Oui.

–Vous êtes décidée?»

Je haussai les épaules.

«Je regrette de vous harceler avec ça, Lesley, mais c'est le moment. Il faut faire votre demande de dossier. Vous ne pouvez pas atermoyer éternellement.»

Je hochai la tête.

Elle se replongea dans le dossier. J'étais assise en face d'elle, je voyais ce qu'elle lisait. D'ailleurs, je connaissais le contenu de mon dossier: mon Q.I., les résultats de mes tests, une longue note de mon vieux professeur de chimie, qui disait que je n'exploitais pas toutes mes capacités. J'arrivais facilement à lire à l'envers.

«Vous êtes très douée pour les langues, Lesley. Allemand, français, deux ans d'espagnol. Vous parlez encore le hongrois, chez vous?

–Parfois.

–De nombreuses perspectives s'ouvrent aux linguistes. Y avez-vous songé? Vous êtes douée, et ce sont des métiers qui offrent des débouchés.»

Je hochai la tête.

Miss Harrich soupira. Je n'essayais pas de compliquer les choses; pourtant je voyais bien que c'était ce qu'elle pensait. En tout cas, elle devait se dire que je ne l'aidais pas beaucoup.

«Je souhaite vous aider, c'est tout, Lesley. Vous vous imaginez que je vous poursuis, mais ce n'est pas le cas. Je crains simplement que vous ne remettiez les choses au lendemain jusqu'à ce qu'il soit trop tard. Vous êtes une fille intelligente, avec tant de possibilités. Je ne voudrais pas vous voir gaspiller tout ce potentiel. »

Je regardais mes mains. J'avais mal au ventre, je voulais m'en aller.

Il y eut un long silence gêné. Elle m'observait. Comme je ne voulais pas croiser son regard, j'examinai ses vêtements. Elle devait avoir la soixantaine, mais elle suivait la mode. Souples jupes en lainages, chemisiers d'aspect soyeux, dans des tons d'automne. Si elle avait été quelqu'un d'autre, je lui aurais volontiers demandé où elle les achetait. Ce n'était pas le genre de vêtements que l'on trouvait dans les boutiques de la ville.

Le silence devenait trop lourd pour moi. Je haussai les épaules. Je ne savais pas quoi lui dire. Je ne savais même pas ce qui clochait, pourquoi cela m'était si difficile de regarder les dossiers de candidature et de m'en occuper, pourquoi je détestais tellement venir dans son bureau que cela me rendait physiquement malade.

« Quelque chose ne marche pas ? demanda-t-elle. Je veux dire, pour vous, de manière générale ? Les cours ? Vous avez des ennuis ? »

Je secouai la tête.

« À la maison, tout va bien ? »

Je hochai la tête.

Elle m'observa longuement, avant de sortir le bloc de laissez-passer de son tiroir. « Si vous éprouvez un jour le besoin de parler à quelqu'un, n'hésitez pas à venir me voir.

– J'ai histoire maintenant, dis-je en la voyant hésiter au moment de remplir le laisser-passer. Classe 204, Mr. Peterson.

– Vous m'avez entendue, n'est-ce pas ? Je suis là pour ça, Lesley. Pour vous aider en cas de problème. Et je souhaite vraiment pouvoir le faire, j'espère que vous le savez ? »

Je me levai et tendis la main pour prendre le laisser-passer. Lorsqu'elle reposa son stylo, j'arrachai la feuille du bloc et quittai la pièce.

Claire, une de mes camarades de classe, donnait une soirée le vendredi suivant. Avec l'aide de sa mère, elle allait enlever tous les meubles, pour faire de la place pour l'orchestre. Un orchestre local, composé de trois garçons de notre lycée et d'un certain Frog Newton, de Goodland, à la batterie. Frog était un copain du cousin de Brianna, et Brianna trouvait qu'il était le plus sauvage de tous les ouistitis qui n'étaient pas enfermés dans un zoo. Quand elle parlait de lui, elle l'appelait Fig (l'élégant) Newton. Ça me plaisiait plus que Frog (la grenouille).

Pour notre bande, la soirée de Claire était l'événement mondain du trimestre. Il faut dire que nous n'en avions pas beaucoup d'autres. Parmi les filles, aucune de nous n'était, même de loin, ce que l'on pourrait considérer comme de la graine de femme fatale. Claire était encore généreusement pourvue de ce que sa mère appelait ses rondeurs enfantines. Brianna portait des lunettes et des bretelles, et se coiffait comme Annie la Petite Orpheline. Et bien sûr il y avait moi. Claire nous avait demandé d'amener un cavalier, mais avait ajouté qu'il y aurait son frère et des copains à lui, ce qui était une façon polie de nous rassurer : il y aurait quelques garçons disponibles sur place.

Le mercredi, après le déjeuner, j'allai à mon casier pour prendre les livres dont j'aurais besoin dans l'après-midi. J'étais seule, et je fouillais dans le désordre de mon casier pour dénicher mon cahier de vocabulaire allemand.

« Où étais-tu pendant le cours d'histoire ? »

Je levai les yeux.

Il s'appelait Paul Krueger. Je ne le connaissais pas très bien, car nous n'avions qu'histoire ensemble, et il était assis à l'autre bout de la classe. L'unique chose dont j'étais sûre était qu'il avait la réputation d'être un petit génie en physique. À part ça, c'était un garçon trapu, à la carrure de lutteur et aux cheveux bruns bouclés.

« J'étais avec la conseillère d'orientation. Miss Harrich. Elle me persécute pour que je remplisse ma demande d'admission à l'université. »

Il fit passer ses livres d'un bras sous l'autre, et s'adossa au casier voisin du mien. « C'est pas de chance d'être tombé sur elle. Moi, j'ai Perryman. Il est pas mal.

– Ouais. C'est parce que mon nom commence par un O.

– Ouais. Moi, c'est un K.

– Ouais. »

Un silence. Nous regardions ailleurs.

«Les veinards, c'est ceux dont le nom commence par S. Ils ont Mr. Kent. Il paraît qu'il est super. Bob, mon copain, il l'a.

– Ouais. Ils ont de la chance.

– Ouais, acquiesca-t-il.

– Ouais. »

Un silence.

« Tu vas dans quelle fac ? Tu es déjà inscrite quelque part ? »

Je haussai les épaules.

« Moi, je vais à l'université d'Ohio. Ils ont un bon département de statistiques. C'est ça que je vais faire, des statistiques. » Il rechangea ses livres de bras. « Mon vieux dit qu'on trouve du boulot, dans les statistiques. Tu sais comment ça se passe. On finit souvent par faire ce que dit son père. »

Je l'approuvai en souriant. J'avais finalement trouvé mon cahier de vocabulaire, donc je refermai mon casier. Il ne me restait que deux minutes avant le début du cours d'allemand, et je ne voulais pas arriver en retard, parce que Mr. Tennant nous retirait des points.

Paul contemplait les ongles de sa main gauche. « Je voulais te demander quelque chose, au cours d'histoire », il regardait toujours ses mains, « mais tu n'étais pas là.

– Non, je n'étais pas là.

– Non. »

Il manifestait toujours le même intérêt pour ses ongles.

« Je suis un copain de Kurt, tu sais, le frère de Claire. Et à propos de ce truc, vendredi soir… » Il leva les yeux.

« Tu y vas ?

– À la soirée de Claire ? »

Il hocha la tête.

« Oui, je pense.

– Tu veux y aller avec moi ? »

La tension de ma mâchoire se relâcha.

« Si tu n'y vas pas déjà avec quelqu'un d'autre, bien sûr. Oui ?

– Oui. Enfin, non. Enfin oui. Je veux bien y aller avec toi. Si tu veux. » Je souris. « Oui, d'accord.

– Super. Il faut que j'aille en anglais. Écoute, on en parle après les cours, d'accord ? »

Je fis signe que oui.

Il se retourna en souriant et partit en courant.

Debout à côté de mon casier, un sourire idiot sur les lèvres, je le regardai disparaître. J'étais pétrifiée d'étonnement.

Donc, ça y était.

En continuant de sourire comme le Chat de Cheschire, je lançai mon crayon en l'air et j'essayai de le rattraper. Le professeur qui surveillait le couloir me lança un coup d'œil bizarre. Je saisis mes livres et courus au cours d'allemand.

4

En rentrant de l'école, j'allai me préparer quelque chose à manger dans la cuisine. Megan était assise à table, et étalait du beurre sur un biscuit. Je pris le pain et allai chercher le beurre de cacahuètes dans l'armoire.

« Il n'y a pas de beurre de cacahuètes, dit Megan.

– Il y en avait ce matin.

– Oui, mais je l'ai fini. »

Fâchée, je me retournai. « Tu sais bien que je prends toujours un sandwich au beurre de cacahuètes et au miel, quand je rentre de l'école. Toujours. Depuis bien avant ta naissance, petite peste. C'était mon beurre de cacahuètes.

– Plus maintenant, dit-elle en éclatant de rire. Tiens, tu veux un biscuit ?

– Il n'y a plus de pommes, non plus ? Tu les as toutes bouffées aussi ?

– Non. Mais il ne reste que les vieilles toutes ridées, celles qui sont tombées de l'arbre de madame Reilly. »

Je m'assis à table et pris le paquet de biscuits. Je m'appliquai à en retirer un sans déchirer l'emballage. « Où est maman ?

– Dans sa chambre. » Megan étalait soigneusement son beurre sur tout le biscuit.

« Elle va bien ?

– Je suppose, répondit Megan en haussant les épaules. Elle est encore en peignoir de bain. Et j'ai pas l'impression qu'elle se soit coiffée, aujourd'hui. Mais elle est sortie, il y a un petit moment, et elle m'a dit 'salut' ; donc je suppose qu'elle va bien. » Megan leva les yeux sur moi. « Mais tu sais ce qu'elle est en train de faire ?

– Non. Quoi ? »

Megan fronce le nez. « Elle a sorti toutes les photos. Tu sais. Celles de Popi, de Mutti et d'Elek. »

Je soupirai.

« Tu veux que je te dise, Les, ce que j'ai vraiment envie de faire ? J'ai envie de prendre toutes ces photos et de les jeter au feu.

– Megan, tu n'as pas honte ? Toute la famille de maman a été tuée pendant la guerre. Ils lui manquent. S'il nous arrivait quelque chose, à nous tous, tu aurais envie que quelqu'un brûle toutes nos photos ? »

Elle prit un autre biscuit. « J'en sais rien. Si ça m'empêchait de me rappeler que j'ai de vrais enfants bien vivants en face de moi, j'aimerais peut-être.

– Elle ne nous oublie pas, Meg. Ne sois pas aussi égoïste. »

Megan ne répondit pas.

« Tu veux que je t'annonce une grande nouvelle ? dis-je pour lui changer les idées. Tu sais, la soirée de Claire, vendredi ?

– Oui ?

– Eh bien, devine. Un garçon m'a invitée à y aller avec lui. »

Ses yeux s'élargirent. « C'est vrai ? Qui c'est ?

– Un garçon de l'école. Tu ne le connais pas. Il s'appelle Paul Krueger. On a histoire ensemble.

– Je pourrai le voir ? Quand il viendra te chercher, tu me le présenteras ? »

Je refermai le paquet de biscuits et me levai pour le ranger. « En fait, il ne viendra pas me chercher ici. »

Megan écarquilla les yeux.

« Je lui ai donné rendez-vous à la clinique.

— À la clinique ? Mais tu finis à cinq heures et demie. La soirée ne commence pas à cinq heures et demie, quand même ?

– Non. Mais je me suis dit que je travaillerais jusqu'à ce que ce soit l'heure. Madame Morton me laisse disposer de la salle du personnel, quand je veux. »

Le visage de Megan reflétait toujours la stupéfaction.

«Et c'est bien plus près, pour lui. Il habite Cedar Street. Il n'aura pas à traverser toute la ville pour venir me prendre ici.»

Megan avait un couteau à la main; du doigt, elle râclait de petits morceaux de beurre et les mettait en bouche. «Cedar Street, c'est pas si loin que ça. Pourquoi tu lui as pas dit de venir te chercher ici? Comme ça, on l'aurait vu.» Mais avant que je ne commence à lui fournir une explication, son visage s'éclaira. Elle regarda son couteau, le mit en bouche pour lécher les dernières parcelles de beurre, puis dit doucement: «Oui. Je suppose que c'est une meilleure idée de lui donner rendez-vous ailleurs.»

Voilà le grand avantage de Megan: elle était jeune, mais elle n'était pas bête.

Papa rentra. Quand il vit que maman était toujours en peignoir, il monta avec elle dans sa chambre, et y resta un bon moment. Quand maman nous rejoignit, un peu plus tard, elle était habillée, et coiffée. Elle portait un bandeau dans les cheveux, comme toujours quand papa les lui avait brossés. Elle nous prépara des côtes de porc, des frites et des haricots pour le dîner, et, pendant le repas, plaisanta avec papa au sujet de madame Beckerman, la voisine d'en face, dont l'activité principale semblait être de se poster derrière les rideaux de son living, et d'observer les allées et venues de tous les habitants du quartier. Vers le milieu du repas, emportée par son récit, maman se leva, se mit à se dandiner sur place comme le faisait madame Beckerman, et à prendre l'expression soupçonneuse de ses petits yeux perçants. Son imitation était si parfaite que nous étions tous morts de rire. Megan riait tellement qu'elle s'étrangla en buvant son lait.

Nous mangions une glace, toujours à table, quand je parlai de Paul à la famille. Quand Megan en parla, plutôt. Mais puisqu'elle avait vendu la mèche, autant abonder dans son sens.

«Tu l'as connu au lycée, ce garçon, demanda pensivement maman.

–Oui. On a histoire ensemble.

–C'est un bon élève? demanda-t-elle en tournant sa glace dans sa coupe. Le froid lui faisait mal au dents, donc elle ne mangeait jamais sa glace avant qu'elle ne soit presque fondue.

–Un très bon élève. En physique, c'est quasiment un génie. Il suit les cours d'une classe spéciale, et il a gagné le prix de l'expo des sciences, l'année dernière. Pour cette espèce d'engin auquel même Mr. Wallace, notre prof de physique, ne comprenait rien.

– Alors, il ira à l'université ?

– Oui, maman. À l'université de l'État d'Ohio. Pour faire des statistiques. Son père dit qu'il y a plein de débouchés, dans ce domaine. »

Maman souleva sa cuiller et suça un peu de crème.

« Il s'appelle comment, ce Paul ?

– Krueger. »

Un froncement de sourcils. « C'est un Allemand ?

– Non, maman. Il est américain. »

Elle hocha la tête, lança un bref coup d'œil à papa, et se retourna vers moi. « Très bien. Tu peux sortir avec lui.

– Merci, maman », dis-je en regardant mon assiette. Je n'avais pas eu conscience de demander une quelconque autorisation.

Jeudi, quand je rentrai de l'école, maman n'était pas à la maison. C'était étonnant, car, depuis quelques semaines, maman manifestait de plus en plus de répugnance à quitter la maison. Quand papa revint de son travail, à cinq heures et demie, il fut aussi surpris que moi. Il me demanda si je savais où elle était allée. Son inquiétude était manifeste. Ni Megan ni moi n'en savions rien. Il n'y avait qu'à attendre.

Au moment où je commençais à me dire qu'elle avait oublié le dîner, maman rentra. Debout sur une chaise, je fouillais dans le haut de l'armoire pour trouver des paquets de repas cuisinés quand la porte de derrière claqua. Maman était là.

« Salut ! » me lança-t-elle joyeusement. L'air hivernal avait rougi ses joues et son nez. Des flocons de neige tombèrent de ses cheveux lorsqu'elle secoua la tête. Elle posa son sac de courses et vint vers moi. « Viens, descends de cette chaise, je t'ai acheté quelque chose » dit-elle d'une voix que l'excitation aiguisait. Elle souriait largement. « Viens, monte avec moi. Je vais te montrer. »

Sans enlever son manteau, elle sortit de la cuisine. Je bondis de ma chaise et la suivis dans l'escalier.

« Qu'est-ce que c'est ? » Elle montait l'escalier devant moi, et ne dit rien.

Je m'assis sur mon lit, et maman, un paquet enveloppé de papier brun à la main, s'installa à côté de moi. Elle me posa le paquet sur les genoux, mais avant que je n'aie eu le temps de le défaire, elle brisa la ficelle et écarta le papier. À l'intérieur, il y avait un châle, d'un magnifique turquoise.

« Oh, maman, c'est superbe ! »

Elle le souleva doucement et me le drapa sur les épaules. « C'est pour ta sortie, pour ton rendez-vous avec ce garçon, Peter.

– Paul, maman.

– Bon, Paul. » Elle sourit. « Tu sens comme il est doux ? Pure laine. Fait au Guatemala. Sens. Ce n'est pas doux ? »

Je touchai le châle, me levai et m'en enveloppai. Il était splendide. Pas vraiment le genre de truc à mettre sur un jean pour une soirée, mais très beau.

« Tu te rappelles Hans Klaus Fisher, le fils du boulanger ? » demanda maman.

Je hochai la tête.

« La première fois que je suis allée danser avec lui, je portais une robe blanche. Décolletée devant, comme ça », dit-elle en me faisant le geste. « Elle faisait très robe de petite fille, je la détestais. J'étais si embêtée de devoir la porter. Mais il y avait les restrictions, à cause de la guerre. » Elle sourit. « Tu sais ce que tante Elfie a fait ?

– Qu'est-ce qu'elle a fait ?

– Elle m'a vue me regarder dans la glace, dans l'entrée, et elle m'a apporté son châle. Son châle blanc, en crochet. Je t'en ai parlé, *Ja* ? Enfin, elle me l'a prêté pour la soirée. J'étais très émue. Tu comprends, je croyais qu'elle était encore *böse*, fâchée, contre moi, parce que j'avais tellement insisté pour sortir avec Hans Klaus. Mais elle a dit : C'est pour que tu te sentes belle, Mara, parce que tu es une femme, maintenant. »

Maman se leva et se tint debout derrière moi. Elle caressa le doux lainage, sur mes deux épaules. « Cela a eu beaucoup d'importance, pour moi, qu'elle ait compris. Je me suis dit que j'allais essayer de faire la même chose pour toi. »

Je la regardais dans le miroir. Elle souriait. Ses mains reposaient toujours sur mes épaules. « Cette couleur te va très bien, Lesley. Quand je l'ai vue, je me suis dit, voilà une couleur qui va rendre ma Lesley très belle. Et ce garçon se rendra compte de la chance qu'il a de l'emmener danser. »

« Merci, maman. Il est superbe, vraiment, et merci d'avoir pensé à moi. »

Elle resta immobile pendant quelques instants encore. Son sourire se transforma peu à peu en une expression plus songeuse. Elle observait toujours mon visage dans le miroir. Elle pencha la tête d'un côté. « Ce garçon, ce Paul, interrogea-t-elle, il est vierge ?

– Maman ! » D'étonnement, je me retournai et lui fis face. Elle était capable de ça, ma mère, de vous poser ce genre de questions. « Maman, comment veux-tu que je le sache ? Je viens de le rencontrer, je le connais à peine. Mazette ! Quelle question ! »

Elle sourit aimablement, s'écarta de moi et alla fermer la porte de ma chambre. Puis elle s'adossa à la porte. «Je vais te dire une chose sur les hommes. Il faut que tu saches à quel point c'est important de se montrer gentille avec les hommes vierges. Tu dois bien te conduire avec ce garçon.

– Maman, pour l'amour du ciel ! Je sors avec lui, un point c'est tout. Je n'ai aucune autre intention.

– Les hommes sont très différents des femmes. » Elle se frappa la poitrine. « Différents là-dedans. Pas aussi forts. Les hommes souffrent plus, quand ils sont amoureux. Ils se donnent plus complètement que les femmes. Les femmes gardent toujours une petite réserve, un petit morceau d'elles-mêmes, pour elles-mêmes. De ce côté-là, les femmes sont plus compliquées. Mais pas les hommes. Ils aiment, un point c'est tout. Donc, tu comprends, ils souffrent. »

Toujours enveloppée dans le châle, je me rassis sur mon lit. Les mains dans les poches, appuyée contre la porte, maman souriait, le regard rêveur.

« O'Malley, il était vierge » dit-elle. Elle appelait toujours mon père O'Malley. Son prénom était Cowan, mais je n'ai jamais entendu ma mère l'utiliser. Quand j'étais petite, je pensais que mon père n'avait qu'un nom, comme Ann-Margret. «Ce n'était qu'un enfant », poursuivit-elle en souriant. « Avec un visage de gosse. Je n'étais pas en grande forme, moi non plus. Je venais d'avoir le typhus. J'étais maigre comme un cure-dents. Mes cheveux étaient tombés. Ils étaient courts comme ça. » Elle fit un signe de ses doigts. « Mais O'Malley, il m'a trouvée belle. Il avait si peur. De moi. Les hommes ont souvent peur. Il faut être très gentille avec les hommes, parce que s'il y en a un qui se met à t'aimer trop, et que tu lui fais du mal, il ne s'en remettra jamais. Une femme, oui. Mais pas un homme. Il aura toujours peur, il ne sera plus jamais capable d'aimer autant, si tu lui fais du mal. Tu as ce pouvoir sur lui. Ne l'oublie jamais.

– Maman, je sors avec un garçon, c'est tout. »

Elle hocha la tête et s'éloigna de la porte. « *Ja, ja,* je sais. Je te dis ça pour que tu t'en souviennes. Pour que tu sois consciente de ce que tu fais. La façon dont tu les aimes marque les hommes. Et s'il est vierge, il t'aimera toujours un peu, même si tu t'en vas. Donc, conduis-toi bien avec ce garçon.

– Mais maman, il n'y a pas que lui. Et moi, alors ? »

Elle étouffa un petit rire et tendit la main vers moi. « Toi, je veux simplement que tu te trouves un bon garçon, qui te rende heureuse. Un garçon qui te rendra aussi heureuse que O'Malley m'a rendu heureuse. »

5

Vendredi soir, Paul vint me chercher à la clinique, vers huit heures et demie. Il avait emprunté la voiture de sa mère, une vieille Ford rouge qui puait le chien mouillé. Paul savait qu'elle sentait. Je n'avais pas sitôt mis un pied dans la voiture qu'il s'en excusait, et m'expliquait qu'ils avaient deux labradors, qui se vautraient sur le siège arrière quand sa mère prenait le volant. Ils s'appelaient Fornum et Mason, d'après un magasin très chic de Londres, dont je n'avais jamais entendu parler. « Heureusement qu'elle ne leur a pas donné les noms du supermarché du centre-ville, Barnum et Hooker », dis-je en riant pour que Paul oublie l'odeur. Il trouva ma remarque hilarante, et éclata de rire. Comme c'était facile de parler avec lui ! Cela m'étonnait, car, en général, quand je me sentais un peu gênée, je me cantonnais dans un silence de mort. Cela avait été mon souci majeur et ce qui concernait cette sortie, car je ne voulais pas que cela se passe ce soir.

Nous sommes arrivés à la soirée parmi les derniers. L'orchestre jouait, et presque tout le monde dansait. Il faisait une chaleur étouffante dans la petite pièce pleine de corps en mouvement.

Paul et moi, nous avons passé presque toute la soirée assis sur des chaises pliantes, à boire du coca. Il n'aimait pas spécialement danser, avait-il déclaré, et je lui avais dit que moi non plus, en fait — ce qui n'était pas l'exacte vérité, mais je l'avais dit quand même. La musique était si forte qu'il était difficile d'entretenir une conversation. Nous étions assis, et nous buvions. Je regardai Frog

Newton jouer de la batterie. Il n'était pas aussi ridicule que l'avait prétendu Brianna. Sa coiffure était incontestablement originale, mais à part ça, je ne le trouvais pas mal du tout. Il avait un beau corps.

Peu après onze heures, Paul suggéra que nous partions. J'étais abrutie par le volume de la musique, et presque aphone à force d'essayer de me faire entendre ; j'acceptai volontiers.

Le contraste entre le froid vif de janvier et le bruit et la chaleur humide fut si violent que j'en eus le souffle coupé. Tremblante de froid, j'essayai de remonter la fermeture éclair de ma veste.

« Tu veux qu'on aille faire un tour en voiture ? » me demanda Paul en m'ouvrant la portière.

Je jetai un coup d'œil à ma montre. J'étais censée rentrer à la maison à minuit, Paul le savait, et il était déjà onze heures et quart. Je lui montrai l'heure. « Un petit tour, alors. »

Par l'autoroute, nous fûmes vite hors de la ville. Cette région du Kansas est très plate. Tout le Kansas l'est, plus ou moins. Mais ici, dans l'Ouest, je suis sûre qu'on verrait les phares d'une voiture circulant dans le Colorado, si on voulait.

« Ce n'est pas vraiment mon genre, dit Paul en conduisant, les soirées, comme ça. Le frère de Claire m'a dit qu'il fallait que je vienne, alors je suis venu, mais je ne vais presque jamais dans des soirées. »

Je ne répondis pas. Je me demandais si c'était aussi le frère de Claire qui lui avait demandé de m'inviter.

Adossée contre l'appuie-tête, je fermai les yeux. Paul avait mis le chauffage au maximum. Il faisait très chaud, dans la voiture. Ça sentait incroyablement le chien.

C'était agréable de rouler sur l'autoroute, dans le noir. Pendant un bref instant, je me laissai aller à rêver : cette obscurité chaude et paisible, c'était ma vie. Paul était mon mari. Nous roulions à toute vitesse vers l'ouest. Je n'avais pas spécialement envie d'épouser Paul, ni même de me marier, ce n'était pas aussi précis que ça. Mais le bien-être que je ressentais, j'avais envie de le garder. Je voulais que dure pour toujours cette impression de molle tranquillité.

« Tu n'es pas bavarde, dit Paul, rompant le silence.

– Je n'ai pas grand chose à dire. »

Il me sourit. «Tu veux qu'on s'arrête? Je connais bien cet endroit. Ladder Creek. Mes frères et moi, on venait chasser le rat, par ici.

–Beurk!»

Il rit. «Ce n'est pas aussi horrible que ça en a l'air. C'est joli, ici. La rivière serpente, et il y a des petits saules pleureurs. Une fois, j'ai vu une biche.»

Ça y est, pensai-je. Ça. Il va vouloir que j'y passe. Je pris brutalement conscience que nous étions loin de tout, et que d'ailleurs je ne savais même pas où nous étions exactement. Il avait pris plein de petites routes, nous nous étions enfoncés dans la plaine. On ne voyait aucune lumière.

Paul arrêta la voiture en arrivant près de la crique. Il éteignit le moteur, et resta assis. J'attendais qu'il me fasse les premières avances. Je me passai la langue sur les dents, pour déloger d'éventuelles bribes de pommes chips, et je me demandai si mon haleine sentirait le coca. Je jetai un coup d'œil de côté, pour voir ce qui se préparait.

Rien.

Paul retira les clés du contact et ouvrit sa portière. «Viens, je t'emmène en bas, pour te montrer où Gary, Aaron et moi trouvions les rats.»

Super.

Il faisait glacial, dehors. Je remontai ma fermeture éclair sur mon nez et le suivis le long du lit de la rivière. On était en janvier, il était complètement à sec. Pas la moindre goutte d'eau.

«Je faisais semblant d'être Luke Skywalker», dit-il en marchant devant moi. «Tu sais, *La Guerre des Étoiles*. Regarde, ici, c'était l'Étoile Morte, et Aaron et moi, nous faisions comme si nous pilotions des avions de combat, nous essayions de faire exploser l'Étoile Morte.

C'est ça, sortir avec un garçon? me demandai-je.

À l'est, la lune se levait. Elle était accrochée à la ligne d'horizon, pas complètement pleine, mais grande comme une maison. Un billion d'étoiles scintillaient au-dessus de nos têtes, dans l'air clair et froid de la nuit. L'herbe recouverte de givre crissait sous nos pas.

Paul s'arrêta près d'un bouquet de saules pleureurs aux branches nues. Maladroitement, affectueusement, il passa un bras autour de mes épaules, me serrant mon écharpe autour du cou. Il laissa tomber son histoire de rats et de Guerre des Étoiles.

« Tu ne trouves pas que c'est magnifique ? Pour moi, c'est le plus bel endroit du monde. Je ne l'échangerais pas contre tous les océans, toutes les montagnes ou toutes les villes que tu veux. »

Je regardai autour de moi. C'était plat ; si plat. À perte de vue, l'horizon, dans toutes les directions où l'on portait le regard. Aucune lumière nulle part, pas d'arbres, sauf les quelques saules près de nous. Rien que le ciel, les étoiles et l'obscurité. Il existait donc quelqu'un qui aimait vraiment le Kansas ? Voilà qui m'étonnait.

Je grelottai. « Mais il fait froid. »

Son visage s'illumina. « Ouais, mais j'y ai pensé. Tu vois ? » Il me montrait des allumettes. « Je me suis dit qu'on pourrait ramasser un peu de bois, et que je ferais un feu. Et regarde, j'ai apporté des pommes. On les embroche sur des bâtons, et on les fait cuire dans le feu. » Son expression me rappelait celle de Megan, lorsqu'elle voulait désespérément faire quelque chose, mais qu'elle avait peur qu'on ne se moque d'elle.

« Je suis censée être rentrée à minuit » dis-je. Il était minuit moins dix. Nous nous sommes regardés. Nous savions manifestement tous les deux que je n'y serais pas.

Paul fit un petit feu dans le lit de la rivière. Il n'en était pas à son premier essai, cela se voyait. Les mains dans les poches, mon écharpe sur le nez, je le regardais couper des branches, ôter leur écorce, les passer dans les pommes et les poser sur le feu. Je n'avais jamais entendu dire qu'on faisait ça avec des pommes, mais je ne soufflai mot. Elles embaumaient l'air d'une délicieuse odeur d'automne et de vieille grange. Une fois cuites, elles étaient toutes carbonisées à l'extérieur, mais l'intérieur était moelleux, juteux, exquis. Nous les avons mangées sans parler, penchés sur le feu. Paul me regardait à travers les flammes. La nuit ne se passait pas du tout comme je l'avais supposé. Je m'attendais à une sortie dans le style « on vient vous chercher, on va à la soirée, on flirte et on vous ramène à la maison ». Le genre de choses que je pourrais raconter à Brianna lundi. Et ça m'aurait bien plu. Là, il s'agissait plutôt d'une communion.

« Je n'ai jamais amené personne ici, dit Paul en attisant le feu. Mais je t'ai observée pendant tout le trimestre, en cours d'histoire. Tu n'es pas comme les autres filles.

– Ah ? Dis-je, flattée. En quoi ? »

Il haussa les épaules et passa son bras autour de mes épaules. Nous fîmes quelques pas dans le lit de la rivière. Sans parler. Au clair de lune. Quelques centaines de mètres plus loin, un filet d'eau suintait sous d'épaisses couches de glace. Paul brisa la glace du pied et nous suivîmes l'eau jusqu'à ce qu'elle disparaisse dans un canal qui coulait sous un chemin de ferme. Nous revînmes alors sur nos pas.

Paul raviva le feu avec des petites branches. Des étincelles jaillirent, et il les contempla.

Ça ne me dérangerait pas, qu'il me fasse des avances, me disais-je. Ce serait agréable de l'embrasser. Il avait de belles lèvres pleines. Et si je prenais l'initiative ?

Paul leva la tête, et regarda le ciel. Le feu projetait des ombres fantastiques sur son cou. « Tu vois, dit-il, chaque fois que je suis ici, la nuit, et que je regarde les étoiles, je me demande toujours… c'est-à-dire, je me sens si petit, si dérisoire, comparé à tout ça. Un tout petit individu, alors qu'il y a des billions d'individus. Et ceci est une toute petite planète, au milieu de billions d'autres. Ça t'arrive, de penser à des choses comme ça ?

– De temps en temps. »

Un silence. Le feu craquait.

« Et pourtant, dit-il en contemplant à nouveau les étoiles, chacun d'entre nous a ses propres rêves. »

Nous sommes restés là jusque très tard. Nous avons parlé si longtemps, Paul et moi, que le feu s'est éteint, et que nous étions paralysés par le froid. Jamais je n'avais connu quelqu'un comme Paul, qui trouvait magnifiques ces vastes plaines nues, et qui pensait aux étoiles. Quand nous nous sommes enfin décidés à rentrer, il était trois heures passées.

« Qu'est-ce que c'est que ce paquet ? » me demanda-t-il en approchant de chez moi, dans la voiture surchauffée et qui sentait plus que jamais le chien. « Tu l'avais déjà tout à l'heure.

– Un cadeau qu'on m'a fait », répondis-je en ouvrant le sac pour le lui montrer.

Il le toucha. « C'est doux, hein ? »

Je hochai la tête et posai le châle turquoise sur mes genoux.

Je craignis que mon père ne soit resté debout à m'attendre. Il était si tard qu'il serait dans un état terrible et j'étais trop fatiguée pour affronter la colère de qui que ce soit. En arrivant à la maison, je vis que toutes les lumières, sauf celle à l'extérieur, étaient éteintes, ce qui me soulagea énormément.

Je rentrai aussi silencieusement que possible, et montai l'escalier sur la pointe des pieds. J'avais eu tout le temps d'habituer mes yeux à l'obscurité. Je me déshabillai et me préparai à me coucher sans même allumer la lumière. La chambre me semblait miraculeusement chaude, après être restée si longtemps dehors par cette nuit d'hiver.

Je déposai soigneusement le châle turquoise sur un fauteuil ; si maman entrait dans ma chambre, tôt le lendemain matin, elle penserait que je l'avais porté. Puis j'allai à la fenêtre et écartai les rideaux. La lune était haute, maintenant. Elle n'était plus aussi immense, et dispensait une lumière froide et morne. Le vent avait entassé sous ma fenêtre un amas de débris qui bruissaient doucement. Le regard perdu, toujours dans l'ambiance rêveuse de cette étrange soirée, je me sentais fatiguée, mais, pour je ne sais quelle raison, je n'avais pas sommeil.

Et la porte s'ouvrit, dans un bruit étouffé, qui me fit cependant sursauter assez haut pour me cogner la tête contre le rebord supérieur de la fenêtre. Mon cœur battait à tout rompre.

C'était Megan.

Elle referma silencieusement et consciencieusement la porte derrière elle. Le bruit du loquet résonna dans le silence. Puis elle se retourna et me regarda, sans approcher.

« Qu'est-ce que tu fais debout ? murmurai-je.

— Je t'ai entendue rentrer. »

Nous nous regardions d'un bout à l'autre de la chambre. Quand je laissai retomber le rideau, l'obscurité fut telle que je ne la distinguais plus.

« Pourquoi n'es-tu pas au lit ? me demanda-t-elle.

–Et toi ? »

Pas de réponse. Megan se passa la main dans les cheveux, les repoussa.

« Il y a un problème ? Pourquoi es-tu réveillée ? » dis-je, intriguée.

Elle essayait toujours d'empêcher ses cheveux de lui retomber sur le visage.

« Viens par ici. »

Elle avança en hésitant, s'arrêta hors de ma portée.

« Tu as fait un cauchemar ? »

Elle secoua la tête. « J'ai mouillé mon lit.

– Allons, allons, Meggie, ne t'en fais pas pour ça. Tu veux que je t'aide à changer de draps ?

– Non, je l'ai déjà fait. » Elle se gratta le nez. Ses longs cheveux en désordre flottaient autour d'elle comme un second vêtement. Elle leva les yeux sur moi. « Non. J'étais assise tranquillement, et je t'ai entendue rentrer.

– Eh bien, retourne vite au lit, alors. Il est très tard. »

Après un bref instant de silence, Megan dit : « Je peux dormir avec toi ?

– Pourquoi ? Tu fais des cauchemars ?

– Non, dit-elle dans un haussement d'épaules. Mais j'ai pas envie d'être seule. »

« C'est comme dans le temps » murmura Megan lorsque nous fûmes toutes deux bien au chaud dans mon lit. Elle avait remonté la couverture jusqu'au bout de son nez. Le bruit de ses paroles était étouffé.

J'avais fermé les yeux.

« Tu te rappelles quand je venais dormir avec toi, quand j'étais petite ? Quand on vivait à Yakima ? Tu te rappelles, Lesley ? Je venais tout le temps.

– C'est vrai.

– C'était à cause des rêves. De ces cauchemars que je faisais. Tu te rappelles ? Et que je réveillais tout le monde ? Tu te rappelles ?

– Mais, oui. Bien sûr. »

Megan changea de position. Nous avions du mal à tenir toutes les deux dans mon lit d'une personne. Toute seule, j'étais déjà presque trop grande pour lui. Et Megan n'était plus une petite chose. Mon menton reposait sur le sommet de sa tête.

« Je t'ai dit ce que je croyais, dans ce temps-là ?

– Non, je ne pense pas.

– Tu sais dans quel état était maman, pendant la guerre ? Et qu'elle ne pouvait pas rejoindre sa famille ?

– Oui.

– Eh bien quand j'étais petite, et que j'allais à l'école de Yakima, je me disais que peut-être on allait m'en faire autant. Tu te rappelles cette maîtresse qui me gardait tout le temps après l'école ? Mrs Hoolohan. Parce que je ne faisais pas mes devoirs comme il fallait ? Eh bien je croyais qu'il allait m'arriver la même chose qu'à maman. Qu'un de ces jours, elle ne me laisserait plus rentrer à la maison du tout.

– Tu sais bien que ce n'est pas possible. Tu aurais dû en parler à quelqu'un, nous t'aurions rassurée. Tu n'avais aucune raison d'avoir peur.

– Mais c'est arrivé à maman, Lessie. Pendant qu'elle était à l'école. Elle nous l'a raconté. Elle était là, et on ne la laissait pas rentrer chez elle.

– Je sais, mais c'était complètement différent. C'était la guerre. Et elle était à l'université, pas à l'école primaire. Et en plus, ça se passait en Allemagne, il y a très longtemps. Pas en Amérique. Ici, ça ne pourrait pas arriver.

– Je sais bien. Je te raconte seulement ce que je croyais à l'époque. J'étais toute petite.

– C'est vrai.

– Et ça se comprend. On a vraiment gardé maman, on l'a vraiment empêchée de rentrer chez elle. Donc, on pouvait me faire la même chose. Surtout quand Mrs Hoolohan me gardait après la classe, et me disait que je n'aurais pas le droit de rentrer chez moi avant d'avoir fait mes devoirs comme il fallait. Ça se comprend, que j'ai cru ça. »

Je pris Megan dans mes bras.

« J'avais surtout peur à cause de vous tous. J'avais peur qu'ils me gardent, et de ne plus jamais vous revoir, toi, maman, papa. Comme maman. Et je me disais que j'en mourrais, si ça devait m'arriver à moi aussi. Vraiment. Et maintenant aussi, j'en mourrais. Je n'arrêtais pas de rêver ça, nuit après nuit, après nuit.

– Cette nuit aussi ?

–Non. J'ai juste mouillé mon lit, c'est tout. Je me suis levée, j'ai changé les draps et je me suis assise. Alors je me suis sentie très seule. »

Le silence retomba sur nous. Il était affreusement tard.

« Tu t'es bien amusée ? demanda Megan.

–Ce soir, tu veux dire ? Oui, oui.

–Il est bien ?

–Oui, il est bien.

–Il t'a embrassée ?

–Oui.

–Tu as aimé ça ?

–Tu sais, Meg, ce n'est pas le genre de chose que tu racontes à ta petite sœur en rentrant chez toi. Ça gâcherait tout.

–Je ne vois pas pourquoi » dit Megan en changeant de position.

L'obscurité nous enveloppait, et Megan ne bougeait plus. Je crus qu'elle dormait enfin. Moi aussi, j'avais très sommeil. Je fermai les yeux et m'assoupis.

« Les ?

–Humm ?

–Je peux te poser une question ?

–Je suis affreusement fatiguée, Meggie. J'ai vraiment envie de dormir.

–Mais je peux te poser une question avant ? Après tu pourras dormir.

–Tu le feras de toute façon, alors vas-y.

–Tu sais, la guerre et tout ça ?

–Humm.

–On est en train de l'apprendre à l'école. Et la maîtresse nous a raconté les choses que les nazis faisaient aux gens. Elle nous a montré des photos. Dans un livre.

–Mmmm.

–Tu as déjà vu ces photos, Lessie ?

–C'est quel livre ?

–Je ne me rappelle pas le titre. Mais des photos comme ça, tu en as déjà vu ? Ou sur ce qu'ils faisaient aux Juifs ?

–Oui, j'en ai vu. »

Megan ne soufflait mot. J'étais à nouveau complètement réveillée.

–C'est vrai ? Ils ont vraiment fait des choses comme ça à des gens ?

–Je crois bien, oui.

–Quand on écoute maman, la guerre n'a jamais l'air aussi horrible. On dirait que… je ne sais pas, moi. Ses histoires de Jadwiga, par exemple, qui était si bête, et si têtue. »

Un silence, à nouveau.

« Eh bien… » Elle s'arrêta. Je sentais son haleine contre ma poitrine, quand elle respirait. « Eh bien, Lessie, tu crois qu'ils ont fait des choses comme ça à maman ? Des choses comme sur les photos ?

–C'est ce qui te tracasse ? Tu es inquiète ?

–Tu crois qu'ils lui ont fait, Lesley ?

–Mais, Meggie, maman n'était pas juive, n'est-ce pas ? Ce sont des Juifs, sur ces photos.

–Mais alors, pourquoi elle n'est jamais rentrée à la maison, quand la guerre a commencé ?

–Je ne sais pas. Elle travaillait, peut-être. Je ne sais pas. Mais ce n'était pas comme pour les Juifs, Meggie. Ça, j'en suis sûre. Ils aimaient bien maman. Ils la trouvaient très belle. Parce qu'elle était très blonde, et tout ça. Tu sais bien, elle nous en a parlé. Les nazis aimaient les gens aux cheveux blonds et aux yeux bleus. Les Aryens. Ils les appelaient comme ça. Ils aimaient les Aryens. Et maman en était.

–Mais maman a vécu de sales moments, pendant la guerre. Tu sais bien. Et toutes ces petites cicatrices qu'elle a. Tu sais bien que c'est à cause de la guerre. Papa l'a dit.

–Qui sait ? Ça a été une époque difficile, là-bas. Tout le monde risquait d'avoir des ennuis. Et tu connais maman : elle a ses opinions. Elle aurait des ennuis n'importe où. »

Pas de réponse.

« Mais ça n'a rien à voir avec ce qui est arrivé aux Juifs. Les nazis haïssaient les Juifs. Ils voulaient les faire disparaître de la surface de la Terre.

–Et là où était maman, qu'est-ce qui se passait ?

–Je ne sais pas.

—Alors, comment peux-tu dire que c'était différent? Pour ce que tu en sais, ça pourrait être pareil.»

Je soupirai. «Je suis trop fatiguée pour discuter, Megan. Bon sang, on est en plein milieu de la nuit. On est presque le matin! Je veux dormir.»

Megan se tournait et se retournait. Elle ne se pelotonnait plus tendrement contre moi, mais donnait des coups de coude et de genoux. Son épaule me rentrait dans la poitrine.

«Qu'est-ce qui est arrivé à maman, Lesley? Il faut que je le sache. Je pense à ces photos, sans arrêt. J'ai besoin de savoir.

–Je ne sais pas, je te dis. Oublie tout ça. C'est arrivé il y a bien longtemps, bien longtemps avant ta naissance, ou avant la mienne, ou avant celle de plein de gens. Il y a très longtemps.

–Si c'est si vieux que ça, pourquoi ça tracasse encore maman?

–Dors, Megan.

–Mais je veux savoir. Je vois tout le temps ces photos. Je ferme les yeux et je les vois. Sur une, il y avait un petit garçon, les mains sur la tête. Et ils lui tiraient dessus. Je le vois sans arrêt. Je vois son regard, tourné vers le lointain. Il était plus petit que moi.

–Eh bien, arrête de le voir. N'y pense plus. C'est du passé. Et maman n'a pas du tout vécu la même chose que les Juifs. Ça, j'en suis sûre. Elle nous l'aurait dit, si elle avait subi des choses comme ça. Or, elle ne l'a pas fait, n'est-ce pas? Alors, arrête de t'inquiéter pour ça, et dors.

–On dirait papa» dit Megan en soupirant.

Un long silence suivit. Mais cette fois, je ne m'endormis pas.

«Les?

–Quoi encore?

–Tu connais maman?

–Évidemment que je connais maman.

–Arrête. Sois sérieuse. Je veux dire, tu sais comment elle est. C'est à cause de la guerre, non?

–Megan, ça suffit maintenant. Vraiment. Arrête de t'inquiéter. Et si tu ne te tais pas, je te réexpédie dans ton lit.

–Je ne m'inquiète pas. Je me pose des questions.

–Eh bien, arrête de te poser des questions.»

Elle soupira encore, puis changea de position, pour se pelotonner plus confortablement contre moi. Un autre profond soupir.

« Votre maîtresse ne devrait pas vous raconter des choses comme ça. Vous êtes trop jeunes. Elle vous terrorise, et c'est tout. Et je trouve qu'elle a tort. Demain matin, nous en parlerons à papa. »

Megan ne répondit pas.

« Et maintenant, tu n'y penses plus, d'accord ? On s'en occupera demain matin.

Megan bougea, et se détendit. Elle expira longuement et ferma les yeux. « C'est pas grave, dit-elle doucement. Je le savais déjà. »

6

Megan et moi dormîmes tard. Quand je m'éveillai, il était plus de dix heures. Megan était toujours dans mon lit, endormie. J'avais un douloureux torticolis, dû sans doute au fait que je n'avais pu bouger facilement pendant la nuit. Cela me faisait très mal lorsque je tournais la tête. Je m'assis doucement sur mon lit et essayai d'enjamber ma sœur sans la réveiller. Je m'habillai et me coiffai sans faire de bruit. Megan était toujours au pays des songes.

En bas, à la cuisine, mon père et ma mère étaient en train de finir leur petit déjeuner. Ils buvaient du café. Les matins où mon père ne travaillait pas, mes parents adoraient flâner longuement en prenant de substantiels petits déjeuners. Il leur arrivait de rester trois heures à table ; ils parlaient, lisaient les journaux, commentaient les événements, écoutaient la radio tout en buvant le café noir et fort que faisait maman. Cela faisait manifestement un bon moment qu'ils avaient terminé le repas proprement dit, mais, vu le désordre qui régnait sur la table, ils étaient loin de la quitter.

Inquiète, je lançai un coup d'œil à mon père pour voir si ma rentrée tardive l'avait mis en colère contre moi. Mais après m'avoir dit bonjour, il retourna à ses journaux et à son café. Maman feuilletait les petites annonces.

« Tu t'es bien amusée ?

– Oui, maman, très bien. »

Elle alluma une cigarette et se renversa dans sa chaise.

« Il te plaît, ce garçon ?

–Oui, maman. » Je lui souris en allant chercher des œufs dans le réfrigérateur. « Il me plaît beaucoup. Il n'est pas comme les autres. »

Je pris un bol, cassai deux œufs et commençai à les battre pour me faire des œufs brouillés. Maman s'était tournée vers moi. Elle avait les cheveux défaits. Elle venait apparemment de se les laver, et ne les avait pas noués en arrière. Comme Megan, elle avait les cheveux très raides ; ils étaient répandus sur ses épaules, et réfléchissaient la lumière de la cuisine. Maman posa sa cigarette dans un cendrier et enroula une de ses mèches autour de son doigt.

« Et tu sais, maman, Paul a adoré le châle turquoise. Il l'a trouvé très doux, très beau. »

Elle sourit de contentement.

« Et tu sais quoi encore ? Ils ont des chiens. Deux. Des labradors. Ils s'appellent Fortnum et Mason. Sa mère les emmène avec elle quand elle va faire les courses, et ils se mettent sur la banquette arrière. »

Maman rit. Elle adorait les chiens. Nous en avions eu un dans le temps, une grosse brute de chien, un croisement de dalmatien et de retriever, que maman avait appelé Piffi, un nom qui ne lui convenait vraiment pas. Il aurait fallu l'appeler Brutus, ou Tueur, ou à la rigueur Pirate. En dépit de son allure, il était doux, et il avait bon caractère. Meg lui montait dessus, et je lui mettais les bonnets de mes poupées, ou je lui attachais des fils de laine à la queue, pour qu'il ressemble au poney de mes rêves. Mais le véritable maître de Piffi, c'était maman.

Tout en parlant, je ne quittais pas mon père des yeux. Je redoutais, si je n'entretenais pas activement la conversation avec maman, qu'il n'intervienne et me gronde pour avoir été en retard. Je brodai autant que je le pouvais, en parlant de plus en plus vite, autour de Fortnum et Mason. Mais papa ne disait rien. Il lisait son journal, buvait son café et mangeait un toast que maman lui avait préparé pendant que je bavardais à perdre haleine. Ne détectant pas trace de vie derrière le journal, j'abandonnai et commençai à manger.

Je savais qu'il savait que j'étais rentrée tard. C'était ma première sortie avec un garçon, et, la veille au soir, papa m'avait fait la leçon. À l'encontre de maman, il semblait se moquer éperdument de la virginité de Paul. Il m'avait fait coller une pièce de cinq cents à l'intérieur de ma chaussure, afin que je puisse lui téléphoner si j'avais besoin qu'il vienne me chercher. Je savais que ça ne lui était pas indifférent, et qu'il ne pouvait manquer d'avoir remarqué mon retard. De plus, il se couchait rarement avant minuit.

Mais papa ne disait rien. Il nous écoutait, maman et moi, sans lever le nez de la page sportive. Maman me sauva. Ravie de cette conversation sur les chiens, elle raviva de vieux souvenirs de Piffi. Nous échangions des anecdotes et maman riait et mimait les histoires avec animation. Papa, j'imagine, répugnait à gâcher sa bonne humeur en se fâchant contre moi.

Il faisait un temps pourri, ce samedi matin. Il ne cessait de pleuvoir; une petite pluie qui gelait avant de toucher le sol. L'averse cessa vers midi; le ciel était bas et gris. Quand nous vivions dans l'État de Washington, les perce-neige et les crocus sortaient à la fin du mois de janvier, et maman et moi partagions alors un intense soulagement, même s'il continuait de faire très mauvais. Mais ici, il n'y avait aucun signe annonciateur de la fin de l'hiver. Par la fenêtre, on ne voyait que de l'herbe morte, des arbres dénudés et un ciel plombé.

Après le petit déjeuner, papa fouilla partout pour réunir tous les papiers dont il avait besoin pour remplir sa déclaration d'impôts. Il était d'une humeur de chien. Il sortit le tiroir du buffet de la cuisine pendant que je faisais la vaisselle et tenta de trouver ce qu'il cherchait dans le fouillis. Incapable de dénicher toutes les ordonnances, il appela maman à tue-tête. Elle se précipita à son secours. Papa semblait toujours croire, qui sait pour quelle raison, que maman avait fait quelque chose de particulier avec les choses qu'il cherchait. Malgré l'aide de maman, il n'avait toujours pas tout trouvé. Il laissa le tiroir sur le plan de travail, et son contenu répandu n'importe où. Un chiffon à la main, je m'apprêtais à essuyer le plan de travail; je ne savais pas s'il fallait que je range les papiers, ou que je les laisse traîner.

La mauvaise humeur de papa avait déteint sur maman. Elle errait nerveusement dans la maison, vêtue d'un blue jean passé et d'un de mes vieux sweat-shirts, les mains dans ses poches arrière.

Elle essayait d'aider papa, mais sans succès ; il faut bien dire que remplir sa déclaration d'impôts mettait mon père de si mauvaise humeur que rien ne pouvait y remédier. Elle le suivait de loin, les mains toujours dans ses poches ; de temps en temps, il l'accusait en grognant de ranger toujours les choses dans les endroits les plus bizarres. Alors, je l'entendais murmurer doucement qu'elle ne rangeait pas les choses dans des endroits bizarres, mais que si, lui, il voulait bien les classer dans son bureau, comme elle le lui demandait toujours... Mais à ce moment-là, papa avait déjà disparu ailleurs. Alors elle s'arrêtait, s'asseyait sur le bord de la table de la cuisine et me regardait. Moi, je me battais avec les dossiers de candidature des universités. Au bout d'un moment, papa l'appela à nouveau à la rescousse.

L'ennui était, je crois, le problème majeur de maman. Il lui en fallait plus pour l'occuper que la charge de la maison, surtout depuis que Megan et moi n'étions plus des bébés. Si elle avait pu trouver du travail, ou quelque chose à faire, je pense que ça lui aurait fait du bien. J'en avais souvent parlé à papa, car, lui qui travaillait à l'extérieur, il ne pouvait se rendre compte aussi bien que moi du vide des journées de maman. Mais il n'était pas d'accord. En fait, il ne voulait pas qu'elle travaille. Maman était trop imprévisible, disait-il. Avec ses humeurs, ses opinions inébranlables et ses petites manies, on ne pouvait pas espérer que les gens la supportent.

Maman avait de nombreuses « manies » comme les appelait papa. Beaucoup d'entre elles étaient touchantes, surtout si elle ne s'y livrait pas devant quelqu'un que vous aviez envie d'impressionner.

Elle parlait aux radiateurs, par exemple. Et à la plupart des objets inanimés, si l'occasion s'en présentait. Elle prétendait qu'il y avait une chance que chaque objet soit vivant. « Vous n'en savez rien, après tout » nous disait-elle quand nous nous moquions d'elle. « Une pierre sait-elle que vous êtes vivants ? Non, n'est-ce pas. Alors comment pouvez-vous être sûrs que la pierre n'est pas vivante, elle aussi, mais que vous ne le percevez pas ? Qu'est-ce que vous en savez ? Elle l'est peut-être. » Pour elle, c'était possible. Il était donc naturel et raisonnable de traiter les objets avec courtoisie, au cas où. Nos radiateurs, du genre sonneurs et frappeurs, étaient les interlocuteurs privilégiés de maman par les froids matins d'hiver, quand papa, Megs et moi étions encore à moitié endormis. «Tu as de l'air dans le ventre?» demandait-elle poliment à celui de la cuisine pendant que nous dévorions nos tartines de confiture.

Certaines de ses manies étaient cependant moins séduisantes. Par exemple sa fascination morbide pour la nourriture. Ce qu'elle préférait, c'étaient les choses bourratives, comme les pommes de terre, les pâtes ou le riz. Souvent, nous la trouvions dans la cuisine, en train de manger des macaronis nature ou un reste de pomme de terre. Et ma mère mangeait tout, y compris le gras de la viande, la peau des pommes de terre, le jus au fond du plat de légumes. Pour elle, vider les assiettes avant de les laver consistait à manger tout ce que nous y avions laissé, et à saucer l'assiette avec un morceau de pain pour ne pas en abandonner la moindre miette. Mais l'aspect le plus gênant de son incapacité à laisser de la nourriture concernait ce qui tombait par terre. Elle mangeait la nourriture qui était tombée, purée de pomme de terre ou beurre y compris. Megan et moi, nous étions affreusement gênées par son comportement et nous piquions parfois des crises de rage en lui demandant d'arrêter. Alors, elle nous traitait de sales petites gaspilleuses. Nous ne sommes jamais arrivées à lui faire abandonner cette habitude. Elle le faisait chaque fois que quelque chose tombait par terre. Nous étions obligées d'avoir un sol de cuisine si propre que l'on pouvait, littéralement, manger dessus. Et chaque fois que nous allions au restaurant, nous adressions nos plus ferventes prières au Bon Dieu pour qu'il intervienne avant que quoi que ce soit ne touche le sol.

Certaines des autres manies de maman étaient tout simplement intolérables. La plus incorrigible de ses habitudes avait à voir avec sa façon de parler. Ma mère parlait quatre langues, dont trois quotidiennement. Elle possédait un vocabulaire immense, mais dépourvu de tout euphémisme. Le tact et la diplomatie n'étaient vraiment pas ses points forts. Elle avait une façon multilingue et colorée de vexer tout le monde en disant très précisément ce qu'elle pensait. Ça rendait mon père fou furieux. «Tu ne peux donc pas réfléchir avant de parler?» lui criait-il. «Comment peux-tu dire des choses pareilles?» Mais maman n'essayait pas sérieusement de tenir sa langue. «Je suis honnête, c'est tout, rétorquait-elle, c'est toi qui as tort, de toujours dire des mensonges. Moi, je dis ce que je pense. Je suis sincère. » En d'autres occasions, si elle s'était permis de parler un peu trop crûment, elle lui lançait un regard dénué d'expression et disait : « Qu'est-ce que ça peut faire ? Ce ne sont que des mots. La merde est de la merde, baiser, c'est baiser, quels que soient les mots que tu emploies pour le dire. » Et papa lui expliquait qu'on n'employait pas ces mots-là, en tout cas pas en bonne compagnie. Maman hochait la tête, haussait les épaules et s'en fichait manifestement. Et, à la première occasion, par exemple quand ils étaient tous les deux en train de faire la queue à la caisse du supermarché, maman, tout en déposant ses marchandises sur le tapis roulant pour que papa les range dans un panier, disait tout haut que le boucher était un vrai salaud. Mon père devenait blême d'horreur, et dès qu'ils étaient remontés en voiture, la discussion reprenait.

Voilà pourquoi, me disait mon père, il ne souhaitait pas que maman travaille à l'extérieur. On finirait par l'humilier, par se conduire mal, ou par se moquer d'elle, disait-il. Et elle aurait des ennuis.

Mais je n'étais pas convaincue par ses arguments. Maman se conduisait parfois d'une façon incroyablement embarrassante, et je m'efforçais, comme tout le monde, de ne pas la mettre en présence de gens auxquels je souhaitais faire bonne impression. Néanmoins, je continuais de penser que si elle s'occupait l'esprit avec quelque chose, elle aurait un peu moins le temps de penser à toutes les bonnes raisons qu'elle avait d'adopter un comportement aussi excentrique.

Je ne sais pas comment maman ressentait son isolement. Elle se livrait à toutes ses activités avec énormément d'intensité, où qu'elle soit ; elle était capable d'accomplir les tâches les plus triviales avec une vigueur électrisante. Elle aimait écouter des disques ; souvent elle écrivait quelques mots, pour l'aider à se rappeler qu'elle voulait nous montrer, à Meg et à moi, les quelques nuances qu'elle avait relevées entre certains enregistrements. Elle se plongeait si longtemps dans le journal, chaque matin, qu'elle était mieux informée sur les choses de ce monde que mon père ou moi. Elle relisait l'éditorial, découpait des articles, et écrivait de courtes missives, précises et critiques, aux députés ou au Président. Elle me faisait toujours relire ses lettres, pour être sûre qu'il n'y avait pas de fautes de grammaire. Elles étaient bien écrites, bien pensées, et justifiées. Elle lisait avec avidité. Elle lisait tout ce que nous lui rapportions de la bibliothèque, des romans policiers aux conseils pour mieux gérer le budget familial. Elle parcourait nos livres de classe, et il m'arrivait de trouver des réponses écrites au crayon aux questions posées en fin de chapitre. Elle échangeait des magazines avec Mrs Reilly, notre voisine. Et le jour de la paye, elle faisait acheter un livre de poche à papa, au supermarché.

Maman n'avait que peu de contacts avec des gens extérieurs à la famille, pour plusieurs raisons : nos fréquents déménagements ne favorisaient pas l'éclosion de relations suivies, elle avait de fréquentes crises d'agoraphobie, et mon père avait tendance à préférer qu'elle reste à la maison. Elle prenait assez souvent le café avec Mrs Reilly, et quand elle allait bien, elle se rendait régulièrement en ville, où je savais qu'elle devait connaître des gens car elle en revenait toujours avec des petites nouvelles locales. À part ça, son unique relation de longue date était un Juif allemand de Berlin, qui vivait maintenant à New-York. Elle ne l'avait jamais rencontré. Elle lui avait écrit après avoir lu un article de lui dans une revue, et ils entretenaient depuis une correspondance régulière. Avec le temps, une amitié était née. Ma mère éprouvait une violente sympathie pour les Juifs ; pendant la guerre, disait-elle, elle avait vu clair. Je savais pourtant qu'elle se sentait terriblement coupable d'être née aryenne à une époque et dans un pays où cela avait tant d'importance, et de n'avoir pas remis le régime d'Hitler en question avant d'y être obligée. Elle passait des heures à écrire ses lettres à Herr Willi. Elle écrivait à la main, relisait, réécrivait, puis tapait à la machine, en s'efforçant de démêler l'écheveau de sentiments exacerbés et de systèmes philosophiques complexes. Parfois, elle me faisait lire ses lettres, pour voir si je trouvais clair ce qu'elle voulait exprimer. Mais elle lui écrivait en allemand ; ses phrases étaient beaucoup plus compliquées que lorsqu'elle s'exprimait en anglais, et j'avais du mal à tout comprendre. Je n'étais sûre que d'une chose : nous sous-estimions maman.

J'avais de la peine pour elle. Cela me semblait injuste qu'elle passe ses journées à la maison, à lire des romans ou à regarder des feuilletons à la télévision. N'importe qui finirait par faire de la dépression. Mais une fois maman m'entendit en parler à papa, et lui dire que je trouvais qu'il avait tort de vouloir qu'elle reste à la maison. Un peu plus tard, elle me prit à part, et me dit de ne pas m'en mêler, qu'elle se trouvait très bien comme ça, que ça ne la dérangeait pas. Ce que je crois, c'est qu'elle ne voulait pas que je fasse de la peine à mon père.

Ce samedi, tout en aidant papa à réunir les papiers pour les impôts, maman n'avait pas l'air dans son assiette. Elle finit par entrer dans le living et mettre un disque. Elle avait une collection de vieux 78 tours qu'elle avait achetés quand ils habitaient au Pays de Galles. C'était de la musique folklorique galloise, dont les harmonies polyphoniques fascinaient maman.

« Tu veux écouter *La mort du cygne* ? » me cria maman au bout de quelques instants. J'étais encore dans la cuisine.

« D'accord » répondis-je.

Le morceau favori d'Elek. Maman m'avait si souvent parlé d'Elek, assis dans le kiosque à musique, à jouer du violon, que je croyais voir la maison de Lebeny et les jardins aux douces pelouses plantées d'arbres. Le kiosque à musique, je me l'imaginais blanc, et orné de fer forgé. Derrière, l'étang du moulin, lisse comme du verre dans le soleil de l'après-midi. Les canards cancanaient paresseusement en dérivant sur les eaux peu profondes. L'aérienne, la grave beauté de *La mort du cygne* planait sur toute la scène.

Elle le fit jouer deux fois, en montant le son pour être sûre que j'entende. J'essayai de remplir mes demandes d'admission à l'université, assise à la table de la cuisine. Je finis par me boucher les oreilles pour être capable de me concentrer sur ce que je lisais.

Mon père descendit de son bureau. Maman souleva l'aiguille du phonographe. Il entra dans la cuisine pour tailler un crayon. Elle le suivit.

« O'Malley, viens danser avec moi » lui dit-elle alors qu'il était penché sur le taille-crayons. Elle s'approcha et lui mit le bras autour de la taille.

« Pas tout de suite, Mara, laisse-moi finir ça d'abord. »

La joue appuyée contre son dos, ses cheveux flottant toujours librement sur ses épaules, elle me regardait et me souriait, car maman savait qu'elle pouvait obtenir à peu près n'importe quoi de papa. Il tâta la pointe de son crayon.

« Viens danser maintenant, O'Malley. J'en ai tellement envie. »

Avec un sourire, il lui fit lâcher prise. Papa raffolait de la danse. Le vendredi et le samedi soir, il mettait des disques, poussait les meubles du living et entraînait maman dans une sarabande effrénée, comme s'ils avaient été au bal. Megan et moi, nous savions danser avant d'aller à l'école. Je me souviens d'un jour, quand nous vivions à Stuart Avenue et que maman était si avancée dans sa grossesse (elle attendait Megan) qu'elle ne pouvait enlacer mon père. De plus, elle se fatiguait vite, et elle avait mal au dos. Alors papa avait mis des valses toute la nuit, parce qu'elles étaient lentes. Pendant qu'ils se reposaient, mon père me prit sur ses genoux et me montra la pochette d'un disque illustrée d'une photo de la Forêt Viennoise. Ils y étaient allés, maman et lui, me dit-il, ils avaient mangé du pain et du fromage exactement sous cet arbre-là. Pas de saucisses, car on avait du mal à trouver de la viande, à l'époque. Ils s'étaient mariés tout près de là. Puis il remit un disque et m'invita à danser. J'avais huit ans, je ne valsais pas très bien. Alors il me dit de monter sur ses pieds et il me fit tourbillonner dans toute la pièce. C'est un des meilleurs souvenirs que je garde de papa.

Je m'en souviens comme si c'était hier. La couleur et le dessin de sa chemise, sa façon de me regarder, son sourire, ses yeux. Je me rappelle sa chaude odeur d'homme tandis qu'il me serrait contre lui. J'avais l'impression d'être une princesse, à danser ainsi, miraculeusement, sur les pieds de mon père.

« Papa » dis-je, debout sur le pas de la porte de son bureau. Je voulais voir s'il travaillait toujours à sa déclaration d'impôt, car, dans ce cas, je ne désirais pas l'interrompre. Il y avait des papiers partout sur le bureau. Imprimés, ordonnances, reçus, mais papa avait ouvert un magazine sur la pile de documents.

Il leva les yeux vers moi. Il faisait presque nuit. Par des journées aussi maussades, on avait du mal à voir tomber le jour. Sa lampe de bureau était allumée, et inondait d'une lumière jaunâtre ses mains et les piles de papiers. Le reste de la pièce était plongé dans une atmosphère bleu foncé.

« Il faut que je te parle, dis-je. Au sujet de mon entrée à l'université, l'année prochaine. Il faut que je renvoie mes demandes d'admission. »

Il se renversa dans son fauteuil et mit les mains derrière sa tête.

« Il y a des dates limites. Ma conseillère, au Lycée, me harcèle pour que je me décide, pour que j'arrête de remettre ça au lendemain.

– Remettre quoi ?

– Le choix d'une université.

– Et où veux-tu aller ? »

Je posai les dossiers sur le bord du bureau. Les mains dans le fond de mes poches, je le regardai au-dessus de la lampe. Silence.

« J'ai pensé que ça te ferait peut-être plaisir qu'on en parle, que tu m'aides à choisir, comme le père de Paul. Son père lui a conseillé l'université de l'État de Ohio. Tu vois, ils ont un bon département de statistiques. Son père dit qu'il y a beaucoup de débouchés, dans les statistiques. »

Mon père se pencha et ramassa les dossiers.

« Est-ce que tu sais combien coûtent ces endroits ?

– Oui, papa. C'est à la fin. J'ai fait tous les comptes. C'est pour ça que ça m'a pris si longtemps. J'ai compté l'inscription, la chambre et la nourriture. Si j'utilise les bons d'épargne que grand-mère m'a donnés, plus l'argent que je peux gagner en travaillant… enfin, regarde, c'est écrit. »

Il se pencha sur les chiffres.

« Je pourrais aller à Frot Hays, ou, si j'obtiens une bourse assez importante, je pourrais essayer Colombia. Ça coûte cher, je sais, mais avec une bourse… C'est une très bonne université. D'après Miss Harrich. » Je marquai un temps d'arrêt et poursuivis : « Qu'en penses-tu, papa ? »

Il ne répondit rien. Il lisait. Toujours debout devant son bureau, les mains dans les poches, je me balançais d'un pied sur l'autre, et je le regardais. Sans savoir pourquoi, je me sentais nerveuse. J'avais la chair de poule, des fourmis dans les mains et les pieds. Je désirais tellement que mon père me donne des conseils, qu'il m'aide, comme le père de Paul. C'était la raison pour laquelle j'avais tergiversé si longtemps. J'attendais que mon père me donne son avis quand je parlais d'un endroit ou d'un autre. Je savais que mon sort ne lui était pas indifférent, et je ne comprenais donc pas qu'il me laisse toujours décider toute seule.

«Ce qui serait bien, c'est que tu n'ailles pas trop loin de la maison, si on a besoin de toi, ou si tu as besoin de nous.

–Le plus près, c'est Fort Hays. Si on ne déménage pas. On va déménager, papa?

–Je ne sais pas. Personne ne m'en a parlé.

–Je m'inscris là, alors?»

Il parcourut à nouveau tous les dossiers, et vérifia mes chiffres. Puis il leva les yeux et me tendit le tout. «Je te fais confiance, Lessie. Ton choix sera le bon.

–Mais le père de Paul, il a presque décidé à sa place.

–Ça ne me semble pas juste, dit mon père. C'est toi qui vivras dans cette université, toi qui exerceras le métier que tu auras appris. Pas moi. Tu es intelligente, Lesley. Tu sais ce qui t'intéresse le plus. C'est toi qui dois décider.

–Colombia aussi?»

Il fit la grimace. «C'est bien loin d'ici.» Puis il sourit. «Tu as de la chance. Tu as le cerveau de ta maman. Et papa sera fier de toi, où que tu ailles.»

Je regardai les dossiers. «Je peux avoir l'argent pour les frais d'inscription?»

Il hocha la tête. «Choisis, et préviens-moi. Je te ferai un chèque.»

7

Je posai ma candidature à l'université d'État du Kansas, à Kansas City, où je voulais étudier les langues. Qui sait? Je le ferais peut-être. Au moins, j'en avais fini des convocations dans le bureau de Miss Harrich. Le 27 février, je reçus ma lettre d'admission. Je la montrai à mon père et, le lendemain soir, il rapporta une boîte d'éclairs au chocolat de la boulangerie du supermarché, et nous célébrâmes la nouvelle en famille.

Personne ne parlait de déménagement. J'en conclus que la question n'était peut-être pas à l'ordre du jour. Pendant tout le mois de février, maman continua d'errer nerveusement dans la maison. Son agoraphobie devint aiguë, elle refusait même d'aller jusque chez la voisine, Mrs Reilly. Mais pas un mot sur un éventuel déménagement. Un après-midi, en rentrant du lycée, je m'arrêtai chez un fleuriste et lui achetai un pot de jacinthes de serre. Ce n'était qu'une minuscule lueur au sein des journées d'hiver, mais je ne pouvais faire plus. Dehors, la terre était toujours nue et brune.

Megan se mit au crochet. Elle n'était pas très habile de ses mains: maman mit au moins trois semaines à lui apprendre, avec une patience infinie. Quand elle eut compris, elle crocheta sans fin et produisit un objet d'environ quinze centimètres de large sur un mètre de long, car elle n'avait pas compris comment on arrêtait les mailles. Ça ressemblait à une couverture pour serpent. Lorsque Megan le montra à maman, je crus qu'elle allait se faire éclater les vaisseaux sanguins à force de se retenir de rire. Mais elle ne rit pas, au contraire, elle complimenta Megan sur la régularité de ses points, et déclara qu'elle avait toujours eu envie d'une ceinture au crochet. Je ne crois que c'est ce que Megan avait eu l'intention de faire, mais les remarques de maman lui firent si plaisir qu'elle se mit immédiatement à en faire un second.

Je passais tout le temps libre dont je pouvais disposer chez Paul. Il avait, de ses mains, transformé le grenier en une pièce pour lui, où il avait l'espace nécessaire pour mener à bien tous ses projets. Paul vivait pour les moments de liberté qu'il passait tranquillement là-haut, et je vivais pour les moments que je passais avec Paul. Soit je m'asseyais sur son lit, et je le regardais manipuler un objet ou un autre, soit nous nous étendions tous les deux, enlacés, et nous parlions. Nous parlions de nous, du lycée, de nos cours, de l'avenir, de la vie, et de nos rêves.

Notre relation évoluait à un rythme lent et agréable. Je suis certaine que si la famille de Paul avait su qu'il se passait si peu de choses derrière cette porte fermée, quand nous étions ensemble, ils se seraient moqués de nous. Sa mère me donnait l'impression d'être très soulagée par ma présence. Je crois qu'elle n'espérait même plus que son fils, enfermé dans son grenier avec son téléscope et ses outils, et heureux de l'être, sortirait un jour avec une fille. Il m'arrivait, en leur présence, de dire à Paul des choses qui laissaient sous-entendre une relation plus intime qu'elle ne l'était en fait. Je ne voulais pas qu'ils sachent à quel point notre amitié était innocente, car ils auraient vraiment tourné leur fils en ridicule. Sa mère se gaussait déjà, avec gentillesse et bonne humeur, de la facilité avec laquelle il rougissait, ce qui faisait rire tout le monde. Paul lui en voulait, mais je dois reconnaître qu'elle était drôle, et que ses plaisanteries étaient bien moins caustiques que celles de maman, quand elle prenait quelqu'un dans son collimateur.

En fait, j'étais impatiente de voir notre relation évoluer plus rapidement. Mais on ne jouissait pas d'une grande intimité, chez Paul, même dans le grenier, derrière une porte fermée. Aaron, son frère, était pire que Megan dans ses rêves les plus fous. Lorsque nous étions au grenier, Aaron faisait les cent pas devant la porte en émettant des bruits de succion, même si Paul et moi étions simplement en train de travailler, et ne pensions pas du tout à nous embrasser. Un jour où nous allions patiner, Aaron échangea le thermos de Paul : quand il l'ouvrit pour nous servir du chocolat chaud, il s'en échappa un monceau de préservatifs.

L'unique endroit où nous pouvions aller pour avoir la paix était la petite crique où Paul m'avait emmenée lors de notre première soirée. Aaron n'avait pas son permis de conduire, nous y étions donc en sécurité. Il ne serait venu à l'idée de personne d'autre d'aller pique-niquer dans un endroit pareil en plein mois de février. Nous y allions souvent, une ou deux fois par semaine, mais nous ne faisions rien de grave. On flirtait, c'est tout. Ça m'inquiétait un peu. J'aimais l'amitié et le bien-être que nous partagions, et j'avais peur de les perdre si je le pressais. Mais, parallèlement, j'étais mûre pour aller plus loin. Je ne savais pas quoi faire. J'en parlai avec Brianna, pour voir si elle pensait que je devais dire ou faire quelque chose. Je lui demandai si elle pensait que Paul avait un problème, car elle avait quatre frères, et s'y connaissait bien mieux que moi en garçons. J'envisageai même d'en parler à maman. Mais je ne le fis pas. Non que maman n'aurait pas compris, bien au contraire. Maman comprenait une quantité de choses, à fond, mais bizarrement, je lui en voulais un peu pour ça. Paul était *mon* petit ami, et il s'agissait de *mes* sentiments. Je décidai donc de me taire. La plupart du temps, Paul et moi nous contentions de nous allonger dans l'herbe, dans les bras l'un de l'autre, et de regarder les oiseaux dans l'immensité du ciel au-dessus de nos têtes.

Très vite, j'avais adoré la famille de Paul. C'étaient des gens bruyants, énergiques et extravertis — le contraire de la mienne. L'un des frères de Paul était marié, et vivait à Garden City. L'autre, Aaron, avait quinze ans. Malgré son visage bourgeonnant d'acné juvénile, Aaron était persuadé d'être un cadeau que faisait le Bon Dieu à toutes les filles qui passaient à sa portée. Chaque fois que je l'ai vu, il se lavait les cheveux, ou il se les séchait au séchoir. Il assourdissait toute la maison avec sa musique. À mes yeux, Aaron était le type même du gosse des comédies à la télévision : vantard, effronté, à la répartie facile.

Paul excepté, c'était sa mère que je préférais. Dès ma toute première visite chez elle, à la fin janvier, elle m'avait passé un bras autour des épaules, et m'avait demandé de l'appeler Bo. Pas question de madame Krueger. Puisque j'étais une amie de Paul, j'étais son amie à elle.

C'était une femme grande, aux traits réguliers; elle n'avait pas cette forme de visage classique qui donnait à maman un air si tragique, mais elle était tout de même séduisante. Elle était bronzée, même en février. Mince et fine, grâce à un régime et des cours de danse, elle allait nager tous les jours à la piscine. Deux fois par mois, elle se faisait couper et éclaircir les cheveux; elle avait une coiffure courte et à la mode. Bo mettait des jeans de marque et des chemisiers à col montant, pas comme maman, dans ses vieux pantalons de velours côtelé et les chemises ou les chandails de papa.

Parfois, quand j'y passais le samedi et que Bo n'était pas occupée, elle m'emmenait dans la salle de bains et me montrait comment on se maquille. Elle tirait mes cheveux en queue de cheval et dessinait la forme de mon visage au savon sur le miroir. «Regarde-moi ces pommettes. Si seulement j'avais des pommettes comme ça» disait-elle. Ou encore, elle prenait des cotons et des bâtonnets orange, des petits flacons de dissolvant, et m'aidait à me faire les ongles avant de mettre un vernis de couleur pâle. Certains jours, elle m'emmenait dans sa chambre et me montrait ses vêtements. Un chemisier de tel couturier, un pull-over d'un autre, si doué pour les couleurs. «Touche, pure soie.» Bo connaissait les vrais endroits où l'on pouvait faire ses courses. Elle était allée à New York, et s'était acheté des choses chez Saks Fifth Avenue. Elle était allée à Rodeo Drive, à Beverly Hills. Elle avait même rencontré Shirley MacLaine dans une boutique. Debout dans la chambre à côté d'elle, je me sentais godiche et terne, avec mes os de paysanne, comme maman, et des cheveux aussi indisciplinés que papa. Si je me maquillais les yeux, le crayon bavait. Le fard à joue me donnait l'air d'avoir de la fièvre. Un jour, je suis rentrée à la maison maquillée par Bo et maman m'a regardée, les bras croisés, en secouant la tête. Quand je lui ai demandé ce qui n'allait pas, elle a éclaté de rire. Mais plus je la connaissais et plus j'aimais Bo. Elle semblait ne pas nourrir l'ombre d'un doute sur ma capacité à entrer dans son monde, si j'essayais. Jamais elle ne perdit la conviction que j'étais en vérité un joli poussin dans un habit de vilain canard.

Le père de Paul je ne suis jamais arrivée à le connaître vraiment. Il était presque tout le temps absent. Avocat, il voulait devenir magistrat, et passait beaucoup de temps à Goodland ou à Topeka ou à Kansas City. Les rares fois où il était chez lui, il travaillait dans son bureau. À l'encontre de mon père, il avait vraiment des choses à faire dedans.

Bien entendu, quand j'étais chez lui, je passais avec Paul le plus clair de mon temps. En général, nous nous enfermions dans sa chambre et travaillions à ses projets. Il me les expliquait en détail, avec patience et amour. Je comprenais un certain nombre de choses, mais pas tout, loin de là. Ça n'avait pas d'importance. Je trouvais amusant d'être avec lui, d'y réfléchir et d'imaginer ce qui pouvait en sortir. Il conceptualisait et réalisait si facilement ses idées, que le simple fait d'en être le spectateur était stimulant. En janvier et février, nous avons essayé d'inventer un dispositif pour photographier les auras de Kirlian, en utilisant divers objets, y compris de l'argent et des gants et même le siège des toilettes du premier étage. Mais la véritable passion de Paul était l'astronomie et il rêvait de se construire un plus grand téléscope. Nous avons passé des heures ensemble à feuilleter des catalogues de lentilles, de miroirs, et de plein d'autres pièces dont j'ignorais jusqu'au nom, pour créer ce que j'en étais venue à considérer comme « notre téléscope ». En fait, celui qu'il avait m'impressionnait déjà beaucoup. Je n'en avais jamais vu d'aussi grand au domicile de quiconque, et je savais qu'il devait coûter assez cher. Nous passions de nombreuses soirées à observer le ciel. J'appris à localiser Procyon, Andromède et Mira, et j'aidai Paul à rédiger ses cahiers de notes. Parfois, nous branchions l'appareil de photos de son père sur le téléscope et je pris un soir des photos de la lune. Nous envisagions d'en faire tirer des posters pour sa chambre et la mienne.

Chez moi, la vie continuait, égale à elle-même.

« Papa », dit un jour Megan, alors que nous étions à table, « ce serait possible que j'invite mes amies à une soirée ronron ? »

Papa leva les yeux. « Possible, oui. Le tout est de savoir si tu auras la permission. »

Megan gémit. « Je pourrais avoir la permission ? J'y ai pensé aujourd'hui et je me suis dit que, le temps que ce soit mon anniversaire, on aurait sans doute déménagé, et que je ne connaîtrais plus personne. Alors je pourrais en faire une maintenant, pendant que j'ai des amies ?

– Il n'est pas question de déménager, à ma connaissance, dit mon père.

–Mais on ne sait jamais, on pourrait. Et mon anniversaire tombe en plein été, tout le monde est en vacances. Alors tu permets ? Ça compterait pour mon anniversaire, comme une avance. Je ne demanderai rien d'autre.

–Qu'est-ce que c'est, une soirée ronron ? demanda maman.

–C'est quand tes amies apportent leur sac de couchage, maman, et dorment par terre chez toi. On mange, et tout ça, c'est tellement amusant. » Megan avait manifestement préparé son intervention.

« Écoute, Meggie, je te comprends très bien, ça doit être amusant, mais je ne crois pas que ce soit une très bonne idée, pour le moment.

–Pourquoi pas ?

–Eh bien, parce que ça donnerait beaucoup de travail à maman.

–Mais non, ce serait une petite soirée, une toute petite, petite, petite. Juste moi, et Katie et Tracey Pickett, et Suzanne Warner. Et Jessica peut-être. Et Melissa. Je suis obligée de l'inviter, j'étais à son anniversaire en novembre. Tu te rappelles ? Mais c'est tout. Juste elles. J'ai résolu tous les problèmes. Elles apporteraient leurs sacs de couchage, et on se mettrait dans le living. Et on mangerait. Des hot-dogs, ou quelque chose comme ça. Rien d'autre. Les hot-dogs, je les ferai moi-même. On regarderait la télé, et on irait se coucher. On n'embêterait personne, papa. »

À son expression, je savais que mon père allait refuser.

Megan l'observait.

« Non, Meggie, dit il. Je suis désolé, mais non. Une autre fois, peut-être. Quand nous aurons une plus grande maison.

–Mais nous n'aurons jamais de maison plus grande.

–Bien sûr que si, Meggie. On aura peut-être une maison avec une salle de jeux où vous pourrez faire ce que vous voulez.

–D'ici là, je serai vieille, et je ne voudrai plus faire de soirée ronron.

–Mais si. »

Megan se tut un instant, sa lèvre inférieure chevauchant sa lèvre supérieure. « C'est maintenant que j'en ai envie, papa, pas beaucoup plus tard, pas un jour.

–Je sais, mon chaton. »

Megan mit ses coudes sur la table et appuya son visage sur ses poignets. Elle faisait de gros yeux à son père. « Ce n'est pas juste. Je n'ai jamais le droit de rien faire. Katie en a fait une la semaine dernière. Katie en a fait trois.

– Oui, et tu es allée à toutes les trois, n'est-ce pas, Meg ? interrogea papa.

– Ce n'est pas la même chose », dit Megan d'une voix plaintive. Quand elle commençait à parler comme ça, les sourcils de papa se fronçaient. « C'est pas la même chose, papa. Des fois, moi aussi je veux faire des choses. Des fois, je veux juste être comme tout le monde.

– Mais tu n'es pas comme tout le monde, n'est-ce pas ?

– Non », dit Megan à voix basse. Elle était au bord des larmes. À côté d'elle, maman s'absorbait dans sa purée de pommes de terre.

« Bon. C'est décidé. Dès que nous aurons déménagé, Megan donnera une soirée. Je vais l'écrire dans mon agenda, pour être sûr de ne pas l'oublier. Dès que nous serons installés. » Il leva les yeux les yeux sur elle. « Mais maintenant, jeune fille, enlève tes coudes de la table et commence à manger. »

Megan oscillait toujours au bord des larmes. Elle shoota dans le pied de la table. Le lait dansa dans nos verres. Maman se retourna et retira la cafetière du feu. Elle demanda à papa s'il en voulait encore.

« Vous voulez que je vous dise, » commença Megan d'une voix basse et rauque, « Je n'aime pas beaucoup faire partie de cette famille. En fait, je déteste ça. »

Sans lever les yeux de son assiette, mon père dit : « Tu es excusée. Tu peux aller dans ta chambre, Megan. »

Megan resta assise et shoota à nouveau dans la table.

Le sourcil levé, il la regarda. Elle jeta sa serviette, se leva et quitta la pièce.

J'avais de la peine pour Meg. Je savais exactement ce qu'elle ressentait. De plus, à sa voix, on se rendait compte qu'elle avait soigneusement prévu sa soirée, qu'elle avait dû passer toute la soirée de Katie, le semaine précédente, à se dire, à *ma* soirée on fera des hot dogs, à *ma* soirée on regardera Happy Days, à *ma* soirée on sera encore plus nombreuses qu'ici. Megan se laissait souvent aller à rêver plus qu'il n'était raisonnable.

Quand la vaisselle fut faite, je m'arrêtai dans sa chambre. Étendue sur son lit, elle contemplait le plafond, sans rien faire.

« Meg, je suis désolée que tu ne puisses pas avoir ta soirée.

– Va-t-en, dit-elle.

– Je te comprends. Moi aussi j'ai voulu des choses comme ça.

– Ce n'est pas juste. Il est méchant, voilà tout.

– Il ne le fait pas exprès, Meg. Il pense qu'il a raison.

– C'est à cause de maman, hein ? Il ne veut pas embêter maman. Elle a rien dit, pourtant, maman. Elle a pas protesté.

– Ce n'est pas de sa faute, Meg. C'est comme ça.

– C'est de la faute de qui alors ? » Elle se retourna sur le ventre. Au moment où elle formula la question, elle sut la réponse. Elle donna un petit coup de pied dans son lit. Un silence suivit. Je fixais le papier peint. « Tu veux que je te dise, Lesley », dit-elle enfin.

« Quoi donc ?

– Je déteste maman.

– Mais non.

– Si. Des fois, je la déteste. Et tu veux que je te dise encore une chose ? Je le pensais, quand j'ai dit que j'aimais pas faire partie de cette famille. »

Mars arriva enfin.

« Lesley ? Lessie ? Réveille-toi.

– Qu'est-ce que tu veux ? » Paresseusement, je jetai un coup d'œil à mon réveil. Six heures et demie. Et Megan était penchée sur mon lit.

« Tu es réveillée ? Viens, lève-toi. Je veux te montrer quelque chose.

– Fiche-moi la paix, Megan.

– Lève-toi. Viens, viens dans ma chambre. » Elle me secoua vigoureusement.

Sans manifester la moindre bonne volonté, je me levai et la suivis. Elle courut, et rebondit sur son lit. « Regarde, Les, regarde !

– J'espère pour toi que ça en vaut la peine, sinon, je t'étrangle, Meg, je te le promets.

– Regarde. » Elle écartait le rideau de la fenêtre.

L'aube pointait. Tout était encore gris comme l'hiver. Par la fenêtre de Megan, on voyait le grand sycomore du jardin des Reilly. Il ne portait aucune feuille. Plus les rues et les toits des maisons, puis la vaste plaine jaunâtre. Le ciel était sans nuages, mais, à cette heure-ci, il était presque incolore.

« Je ne vois rien, petite peste. Pourquoi m'as-tu attirée ici ?

– Là, en bas, dans l'herbe, sous la fenêtre. »

Sur la petite bande de pelouse qui séparait notre maison de celle des Reilly, je distinguai des crocus, qui poussaient dans l'herbe. Des blancs et des jaunes, formant des lettres : M-E-G-A-N.

« Tu as vu ? Quelqu'un a écrit mon nom avec des fleurs. Tu les vois ? Je viens de les remarquer à l'instant, en me réveillant et en regardant dehors. Et je les ai vues. »

J'appuyai le nez contre la vitre pour mieux voir. Les lettres se détachaient très clairement dans l'herbe. Puis la vitre s'embua.

« On dirait de la magie, hein ? » Megan était le genre d'enfants à croire à la magie. Elle s'en défendait, mais je la soupçonnais d'espérer que les fées et le père Noël existent vraiment.

J'essayai de voir s'il y en avait aussi sous ma fenêtre. J'aperçus des crocus, que je montrai à Meg. Elle bondit jusqu'à ma chambre.

Les lettres de mon nom n'étaient pas aussi bien formées que celles de Megan. Ça faisait L-E-S-F. Il n'y avait pas de Y. Juste des fleurs, au hasard. Mais c'était mon nom.

« Qui a fait ça, tu crois ? » demanda Megan en essayant d'ouvrir ma fenêtre pour pencher la tête au dehors.

« Je ne sais pas.

– C'est maman. Je parie que c'est maman. » La fenêtre ne s'ouvrait pas, après être restée fermée pendant tout l'hiver. Megan appuya son visage et ses deux mains contre la vitre. « Ou alors, c'est vraiment de la magie. On dirait que c'en est, hein ? On ne voit rien du tout, et en une nuit, c'est là. Mon nom dans l'herbe.

– Ça n'a sans doute pas poussé en une nuit. Nous n'allons jamais de ce côté du jardin.

– Mais moi, je regarde. Je regarde tout le temps par ma fenêtre. Et d'un coup, ce matin, c'était là. »

La découverte excitait Megan outre mesure. Je ne pus l'empêcher de foncer dans la chambre des parents, et de bondir dans leur lit. Ils dormaient tous les deux. Elle se glissa entre eux. Mon père se réveilla et bâilla. Maman se retourna, tout endormie, et embrassa Megan sur les cheveux. Megan jacassait comme une pie. Quand maman me vit debout sur le seuil de la chambre, elle me fit signe. J'entrai dans le lit avec tout le monde.

Maman nous prit dans ses bras. Megan était entre elle et papa, et moi à côté d'elle. Elle nous serra dans ses bras vigoureux et je sentis son odeur familière. Un mélange puissant de talc, de fumée de cigarette et de sommeil.

«C'est toi qui as planté les fleurs, maman ?» demandai-je.

Elle hocha la tête en souriant.

«C'était comme de la vraie magie,» entendis-je Megan murmurer d'une voix douce et ensommeillée. La tête contre la poitrine de maman qui avait posé sa main gauche sur mon visage, je sentais la chaleur de sa peau. Son anneau de mariage était frais contre ma joue.

«C'était de la magie, *Liebes*» dit-elle à Meg.

Quelques instants de silence.

«Je t'aime, maman» chuchota Megan.

Mon père se retourna en ébranlant tout le lit et enfonça sa tête dans l'oreiller. «Il y a beaucoup trop de voix de femmes, dans ce lit» dit-il sans ouvrir les yeux. «Et on est dimanche, jour de repos...»

Un doigt sur les lèvres, maman me fit un clin d'œil. Nous ne parlions plus. Bien réveillée, j'entendais battre le cœur de maman. Je l'écoutai, allongée. Puis je fermai les yeux et me rendormis.

8

Quand j'étais toute petite, nous avons vécu dans l'Ouest du Texas pendant un certain temps. Je ne m'en souviens pas bien, je n'avais que trois ans, à l'époque. La maison, je l'ai complètement oubliée. Je sais seulement qu'il n'y avait pas de jardin. Mais on jouissait d'une vue sur la morne et interminable plaine qui s'étendait derrière les terrains alcalins. Assise sur le perron, je me rappelle que je me disais que si mon regard portait assez loin, je pourrais voir les plaines s'étendre jusqu'à l'océan, et que de l'autre côté de l'océan, il y avait Madrid, en Espagne. Pourquoi Madrid, je n'en ai pas la moindre idée. Comment en connaissais-je seulement l'existence, à cet âge? Mais c'est l'un de mes deux souvenirs de la maison du Texas. L'autre, ce sont les tournesols.

Les tournesols poussaient sur le versant de la colline. Peut-être étaient-ils sauvages. Il avait tant plu cet été-là que tout avait été inondé. Mais peut-être les cultivait-on. Je ne m'en souviens pas. Ce dont je me souviens, c'est que je m'asseyais sur le perron et que je les contemplais.

D'en haut, ils étaient magnifiques. Leurs grosses têtes dorées suivaient le soleil toute la journée, et ça leur donnait l'air de me regarder une partie du temps, et de m'ignorer autrement. Il arrivait que des enfants viennent jouer par là. Du haut de la colline, où j'étais assise, je les voyais, minuscules comme des insectes, disparaître parmi les tournesols qui hochaient la tête et se balançaient sur leur passage. Le bruit de leur rire montait jusqu'à moi.

J'avais terriblement envie d'y aller aussi. Les tournesols me faisaient des signes de bienvenue. Le jour où j'y suis allée, je n'avais sûrement pas la permission. Je me rappelle m'être laissée glisser sur les pentes herbeuses de la colline, en rampant presque pour que maman ne me voie pas si elle regardait par la fenêtre. Je traversai les terrains alcalins en courant et me réfugiai à l'ombre des fleurs. Je ne voulais surtout pas me faire prendre.

Lorsque je commençai de courir parmi les fleurs, je découvris qu'elles étaient gigantesques, une véritable forêt, et non petites comme j'en avais l'impression en les voyant de la maison. Elles étaient bien plus hautes que moi, et avant d'avoir compris ce qui m'arrivait, je m'étais enfoncée dans cette forêt. À chaque pas que je faisais, la nature sauvage, verte et or, se refermait silencieusement derrière moi. Je me perdis en un instant. J'étais prise au piège.

Je hurlai.

J'errai parmi les tournesols en criant et sanglotant de terreur. Il y avait des fleurs partout, aussi loin que portait mon regard. Prise de panique, je me débattais, je criais, puis je fus avalée.

Maman me découvrit. De la maison sur la colline, elle avait entendu mes hurlements de frayeur. Elle avait foncé dans les tournesols, les écrasant au passage, les écartant violemment. Ils étaient encore plus grands qu'elle.

En courant sur le versant de la colline pour me rejoindre, elle avait glissé et s'était écorché le genou. Je me rappelle que je me suis accrochée frénétiquement à elle, et que le goût du sang se mêlait au goût de mes larmes. Elle me détacha de ses jambes et me fit grimper sur ses épaules, pour que ma tête dépasse les tournesols, et me porta en sécurité.

C'est le moment dont je me souviens avec le plus d'acuité. Je me suis retournée, et j'ai regardé la forêt qui se refermait derrière nous, et ces fleurs superbes, innocentes et sans cœur, qui brillaient sous le soleil du Texas.

Pour ma mère, cependant, les tournesols avaient une connotation entièrement différente. Elle leur accordait une signification presque mystique. Ils poussaient naturellement dans son jardin du Pays de Galles, après la guerre. Vu la façon dont maman m'en parlait, il était clair qu'elle avait vécu leur apparition inopinée comme une expérience religieuse, signe de sa résurrection, et de sa conscience d'avoir survécu à sa saison en enfer.

Ma mère aimait beaucoup nous parler de ces années passées au Pays de Galles. Elle racontait avec animation, donnait par ses descriptions lyriques une dimension épique et mythologique à ce vieux pays. C'étaient les récits que je préférais, non seulement parce qu'elle les racontait si bien, mais parce que c'étaient les seuls auxquels elle conférait la même splendeur qu'à l'histoire de Lebeny, et de son enfance. À l'entendre, je me persuadais qu'elle avait toujours la capacité d'être heureuse, et que toute sa joie de vivre n'avait pas sombré dans les horreurs de la guerre.

La maison s'appelait Forêt des Fleurs. Elle était située en montagne, dans le Nord du Pays de Galles. Maman nous disait toujours que papa et elle devaient y grimper à pied, par un petit sentier escarpé. Je m'en faisais une image très romantique. Je voyais le sentier serpentant parmi les arbres inondés de soleil, sur un tapis de narcisses et de crocus, dans une forêt hantée par des biches et des daims. Puis une clairière, une haie de jasmin d'hiver dans laquelle s'ouvrait un portail de bois, par lequel on accédait à la Forêt des Fleurs, un cottage blanchi à la chaux ressemblant à la maison de Blanche-Neige.

C'étaient ses années tournesol.

Au Kansas, on cultive les tournesols. Si on se promène le long des petites routes de campagne de l'Ouest, à la fin de l'été, on traverse des champs de fleurs à perte de vue, une mer dorée, hochant inlassablement la tête. Depuis que nous vivions au Texas, nous avions pris l'habitude d'aller, presque chaque mois, en famille, observer les progrès des tournesols, plantés en mars, récoltés au milieu de l'automne. Malgré la mésaventure qui m'était arrivée dans mon enfance, et qui continuait de nourrir mes cauchemars, j'aimais ces voyages; mais je ne pus jamais me résoudre à pénétrer dans les allées tirées au cordeau, et à me promener parmi les fleurs comme le faisaient maman et Megan. Maman surtout aimait à mesurer le temps à l'aune de la moisson des tournesols. Ils étaient l'unique qualité qu'elle reconnaissait au Texas.

Vers la mi-mars, la terre se ramollit et commença d'exhaler des senteurs de renouveau. En quelques semaines, le soleil était devenu considérablement plus chaud. C'était samedi après-midi.

Malgré le temps, je travaillais dans ma chambre. Lundi, nous avions examen de maths, et j'étais la première à reconnaître que les maths n'étaient pas ma matière d'excellence. Et l'examen ne serait pas facile. Madame Browder nous avait prévenus le vendredi prédédent qu'elle nous donnerait dix exercices, et que nous devions en résoudre au moins huit. Je révisais frénétiquement, pour être sûre d'y arriver.

Maman apparut sur le seuil de la porte de ma chambre. « J'ai envie de me promener », dit-elle.

J'étais absolument abasourdie : maman n'était pas sortie du jardin depuis la fin janvier. Je me retournai et la regardai. Elle portait un vieux pantalon et une chemise à carreaux sous un chandail appartenant à papa. Ses cheveux étaient tirés en arrière et retenus par un ruban. Elle me sourit, consciente, je crois de ma surprise.

« Ils vont commencer à planter les tournesols. J'ai envie de marcher jusque là.

– Mais c'est une longue trotte, maman. Les champs de tournesols sont à au moins quatre kilomètres. Attends que papa soit rentré, je suis sûre qu'il t'emmènera en voiture. »

Elle ne bougea pas. Avec un petit sourire qui lui donnait l'air de s'amuser, elle dit : « Viens avec moi. On peut bien marcher jusque là. Il fait si beau. J'ai envie de me dégourdir les jambes.

– On n'est même pas sûres qu'ils vont planter dans les mêmes champs que l'année dernière. On devrait attendre papa, je trouve.

– J'ai des toiles d'araignées dans les jambes. Viens avec moi, il faut que je marche. »

Je me retournai vers mes livres. « Je ne peux pas, maman, vraiment. J'ai examen de maths lundi. Et j'ai bien peur de louper, pour être honnête. Surtout si je ne travaille pas. Je ne comprends rien à la plupart des exercices. Il y en a une bonne moitié où je ne sais même pas ce qu'on me demande de faire. »

Elle ne bougea pas, silencieuse, mais insistante. C'était toujours difficile de refuser quelque chose à ma mère.

« Papa pourrait nous y emmener demain. On pique-niquerait là-bas. Qu'est-ce que tu en dis ? »

Maman arborait toujours le même sourire. Debout dans ses vieux vêtements, je trouvai qu'elle faisait jeune. L'expression du visage de maman était sans âge, les gens avaient du mal à deviner son âge.

« Et Megs ? » demandai-je quand il m'apparut que maman n'abandonnerait pas don idée. Megan était en bas, dans la cuisine. Je le savais, car je l'avais entendue tout en travaillant. Jamais Megan n'avait été ce qu'on appelle une enfant silencieuse. « Je parie que Meggie adorerait y aller avec toi. Pourquoi ne le lui proposes-tu pas ? »

Maman y réfléchit. Elle attendit encore un instant, au cas où je changerais d'avis, puis fit demi-tour et s'en alla.

Je les entendis préparer un pique-nique de fruits et de boissons fraîches. Maman parlait hongrois, d'une voix aux inflexions riches et chantantes. Megan était surexcitée. Son gazouillement aigu montait jusqu'à moi.

Par la fenêtre de ma chambre, je les vis s'éloigner ensemble, avec un petit sac à dos. Massive, dans le chandail marron de papa, maman descendait la rue d'un pas décidé, comme l'une des walkyries d'Odin. Megan furetait tout autour d'elle, comme une petite ombre noire.

« Où est maman ? » demanda mon père en rentrant de son travail plus tard dans l'après-midi.

« Elle est allée voir les paysans planter les tournesols, avec Meg. » Il était monté, son paquet de provisions sous le bras, en bleu de travail, la casquette sur la tête. Il enleva sa casquette et se passa la main dans les cheveux. Ils se dressèrent tout droit sur sa tête.

« Maman m'a demandé d'y aller avec elle, mais il faut que je prépare mes maths pour l'examen de lundi.

– C'est affreusement loin, à pied.

– Je le lui ai dit. Et que tu l'emmènerais en voiture si elle attendait que tu sois rentré. Mais tu connais maman. Maintenant ou jamais. »

Il marcha jusqu'à la fenêtre et écarta le rideau. « Il y a si longtemps qu'elle n'est pas sortie » marmonna-t-il pour lui-même plus qu'à mon intention. « Elle a dit où elle allait ?

– Non. »

En dépit de son silence, je savais à quoi il pensait. Il pensait que j'aurais dû le lui demander, que j'étais inconsciente d'avoir laissé maman partir avec Megan sans savoir exactement où elle avait l'intention de se rendre. Je n'y avais pas songé jusque là, mais il était possible que maman n'ait pas su du tout de quel côté elle irait. C'était le problème, avec maman. Comme le jour où elle avait complètement démonté le réfrigérateur parce qu'il ne marchait pas, maman se mettait dans la tête de faire quelque chose et se lançait à l'aventure. Le simple plaisir de l'action lui suffisait, même lorsque sa volonté d'entreprendre quoi que ce soit dépassait de beaucoup sa capacité à maîtriser la situation. Soudainement, cette petite promenade d'un samedi après-midi se révélait lourde d'un potentiel de catastrophes imprévues.

« Je devrais peut-être prendre la voiture et me mettre à leur recherche » dit papa pensivement.

« Je ne pense pas que ce soit la peine. Si elles se perdent, elles téléphoneront. Megan y pensera.

– Elles ont de l'argent ? »

Encore une chose que je n'avais pas vérifiée. « Au pire, elles iront téléphoner dans une ferme.

– Elles sont parties depuis quand ?

– Il devait être une heure. »

Mon père soupira. « Elle n'est pas sortie de tout l'hiver. Elle aurait dû attendre. » Il laissa retomber le rideau et reprit le sac de provisions qu'il avait posé sur le lit. « Bon. Je leur donne jusqu'à cinq heures. Si elles ne sont pas de retour à ce moment-là, je prends la voiture et je vais les chercher. »

Nous n'aurions pas dû nous inquiéter. Vers quatre heures et demie, j'entendis claquer la porte d'entrée, et maman appela papa. En descendant, je les vis s'embrasser, à leur façon à la fois chaste et interminable, avec bruits divers, etc. Papa ne lui reprocha pas d'être sortie sans le lui dire. En revanche il lui annonça que monsieur Hughson, son patron le garagiste, lui avait payé double ses heures de travail du samedi après-midi, et qu'il avait acheté des steaks pour le dîner.

Lorsque je m'aperçus que si je restais en bas j'allais être obligée d'aider à préparer le repas, je remontai dans ma chambre pour travailler. En descendant j'avais croisé Megan qui montait l'escalier en trombe ; je m'arrêtai donc devant sa chambre, dont la porte était fermée.

« Megan, je peux entrer ? » demandai-je et poussant la porte sans attendre sa réponse. « Alors, comment ça s'est passé ? Vous avez vu planter les tournesols, maman et toi ? »

Megan pleurait, assise au bord de son lit, son tigre en peluche pressé contre sa bouche pour étouffer le bruit.

« Qu'est-ce que tu as ?

– Rien » rétorqua-t-elle en s'essuyant furieusement le visage. J'allai m'asseoir à côté d'elle, avec le résultat qu'elle se leva d'un bond, après avoir jeté son jouet en peluche, et se dirigea vers la fenêtre. Elle prit un élastique sur le rebord, et se noua les cheveux avec. Je restai sur le lit.

« Meg, »

Elle fit encore un terrible et vain effort pour arrêter de pleurer. J'attendais.

« Lesley, qui est Klaus ? me demanda-t-elle en se retournant vers moi.

– Klaus qui ? »

Les larmes lui remontèrent aux yeux. « C'est bien ce que je te demande, idiote. »

Nous nous sommes regardées sans parler. La morve coulait de son nez sur sa lèvre supérieure.

« Megan, de quoi parles-tu ?

– On est sorties, tu sais ? On marchait sur la route qui longe la crique. Là où on a trouvé des lucioles l'été passé, toutes les deux. Tu te rappelles ? Bon. Il y avait un petit garçon, qui jouait dans les broussailles. »

Megan s'arrêta et revient vers le lit. Elle ramassa son tigre en peluche. Le saisissant par ses deux pattes avant, elle le balança devant elle et le regarda. « Et tout d'un coup, dit-elle au tigre pensivement, maman regarde le gamin et me dit d'une voix tout excitée, tu sais : "C'est Klaus !" Rien qu'à sa voix, on voyait qu'elle était super excitée. » Megan me regarda au-dessus de la tête de sa peluche. « Tu vois ce que je veux dire, Les, vraiment super, super excitée. Elle s'est mise à crier : 'Klaus, Klaus ! Viens ici !' Le petit garçon lève la tête, et il voit cette dame en train de crier ; alors il a eu l'air d'avoir peur, et il est allé se cacher dans les broussailles, en courant. Et maman qui continuait de l'appeler, 'Klaus, Klaus ! Viens ici !'

–Comment il était ? Tu le connais ? »

Megan recommença à pleurer. Elle attendit un instant avant de reprendre, assise sur le lit à côté de moi, le tigre serré contre son cœur. « Un gosse quelconque. Je ne le connais pas. Il était tout petit. Il doit avoir cinq ans, à peu près. En salopette, et en veste marron, doublée de laine, tu sais ? Et il avait les cheveux tout blancs. Vraiment blancs.

–Et maman, qu'est-ce qu'elle a fait ? Elle lui a couru après ?

–On était sur la route. Elle s'est mise à courir, et moi je courais derrière elle. Elle s'est retournée et elle m'a dit : « Peut-être qu'il ne comprend pas l'allemand. » Elle l'avait appelé en allemand, tu comprends. Alors elle l'appelle en anglais. La même chose, 'Klaus, reviens, viens ici !' Mais entre temps, le petit garçon était arrivé de l'autre côté de la barrière, et il courait toujours. Quand elle est arrivée à la barrière, elle s'est arrêtée, mais elle a continué à l'appeler en criant. »

–Ne t'inquiète pas, Meg, vraiment, dis-je en haussant les épaules. Ça ne vaut pas la peine de te rendre malade comme ça. C'est encore une des bizarreries de maman.

— Mais elle me disait sans arrêt: "Il ne doit pas parler allemand. Il a dû être élevé ici."

–Allez, ne t'en fais pas. Tu connais maman.

–Mais qui c'est, Klaus ?

–Je ne sais pas, poussinette.

–Et maman, elle le connaît d'où ?

–Je te dis que ce n'est sans doute rien du tout. Une de ses drôles d'idées, c'est tout. Ou peut-être quelqu'un qu'elle a connu dans le temps, tu sais, en Allemange, ou ailleurs. Ne te rends pas malade.

–Tu n'y étais pas. Tu ne te rends pas compte.

–Même. Ne t'inquiète donc pas.

–Mais qui c'est ?

–Megan, je t'ai dit que je ne savais pas. Je n'en sais vraiment rien. Je n'ai jamais entendu parler d'un Klaus. Allez, ne pleure plus, d'accord ? Ce n'est sûrement rien.

— Mais tu sais ce qu'elle a dit ? Elle a dit «Klaus, Klaus, reviens, c'est maman. Reviens, c'est moi, maman.»

Megan continuait de se tourmenter. Je n'arrivais pas à la faire changer d'idées, elle était incapable d'oublier la scène. Elle resta dans sa chambre et dit à mon père qu'elle avait mal à l'estomac quand il vint voir pourquoi elle ne descendait pas dîner. Elle se mit en pyjama et se blottit sous les couvertures. Je la laissai tranquille, et n'en parlai pas à papa. Si c'était une des histoires que se racontait maman, il n'y avait rien à faire, et je ne voyais aucune raison de l'inquiéter lui aussi. Et qu'est-ce que ça pouvait bien être d'autre ?

Maman n'avait pas été aussi joyeuse que ce soir-là depuis des mois. Le vent lui avait donné de belles couleurs, pleines de santé. Elle avait enlevé le ruban qui retenait ses cheveux, et ils flottaient librement sur ses épaules, épais et clairs, en réfléchissant la lumière de la cuisine à chacun de ses mouvements. Mon père et elle plaisantaient ensemble. En essuyant la vaisselle, il lui donna un petit coup de torchon, et elle poussa des cris aigus de petite fille. Plus tard, ils montèrent main dans la main, en me laissant seule devant la télévision.

Maman faisait les cent pas. Le bruit me réveilla lentement, et je m'aperçus qu'il ne faisait pas partie de mon rêve que lorsque je fus complètement éveillée. Je regardai mon réveil : quatre heures quatorze. J'enfouis ma tête sous l'oreiller pour ne pas entendre.

Périodiquement, maman était sujette à des crises d'insomnie. Il lui arrivait de bien dormir pendant sept ou huit mois d'affilée, puis, soudain, elle commençait à se réveiller au milieu de la nuit et ne pouvait retrouver le sommeil. Elle disait que c'était son dos. Son dos lui faisait mal, et la douleur l'empêchait de dormir. Alors elle allait voir un médecin et se faisait prescrire des médicaments, pour le dos ou pour l'insomnie. Rien n'était efficace pendant longtemps. Si elle était en pleine période d'insomnie, elle se réveillait au milieu de la nuit, avec ou sans cachets.

« Qu'est-ce que tu as, maman ? » J'étais en bas des marches, et elle se tenait devant la fenêtre du living, dans sa longue chemise de nuit en coton. On aurait dit un fantôme, dans l'obscurité. Seule brillait dans le noir l'extrémité incandescente de sa cigarette.

Ma voix la fit sursauter et se retourner. Je pénétrai dans la pièce et me penchai pour allumer une petite lampe. La lumière subite la fit cligner des yeux.

« Tu n'arrives pas à dormir ? »

Elle secoua la tête.

« Qu'est-ce qui ne va pas ? »

Tout d'abord, elle ne répondit pas. Puis elle avança lentement la main et se toucha les reins. « Mes vieilles douleurs, *Liebes*, je n'aurais pas dû tant marcher aujourd'hui. J'ai un peu trop forcé. C'est tout.

– Tu veux que je te masse ? Tu veux monter dans ma chambre, et t'allonger sur mon lit ? Il me semble que nous avons une pommade. »

Elle secoua la tête.

Tremblante de froid dans la fraîcheur de l'aube, je l'observai. Ses cheveux, ébouriffés par le sommeil, étaient répandus sur sa chemise de nuit. Elle avait de larges épaules, qu'accentuait son vêtement. Je remarquai qu'elle maigrissait à nouveau. Une dysenterie chronique lui avait saccagé les intestins pendant la guerre et elle souffrait toujours de violents et fréquents accès de diarrhée. Elle ne grossissait jamais, malgré son prodigieux appétit. Même si elle prenait un peu de poids, et pesait un poids normal pour une personne de sa taille, elle avait toujours l'air trop maigre, à cause de sa peau relâchée.

« Veux-tu que je te fasse chauffer une tasse de lait, maman ? »

Pas de réponse.

« Ou une tasse de thé ? Tu n'aurais pas envie d'une bonne tasse de thé, du thé indien, par exemple ? Moi, j'en boirais bien une. J'en fais pour nous deux, qu'est-ce que tu en dis ?

– Non, merci. » Elle me tournait toujours le dos, et regardait par la fenêtre. À mon sens, elle ne voyait pas grand-chose, car la lumière était allumée dans la pièce, et dehors tout était plongé dans l'obscurité. Mais elle regardait quand même, absorbée dans ses pensées.

Elle était pieds nus. « Maman, viens t'asseoir, il fait trop froid pour toi, là-bas. Bon sang, je gèle. »

Elle avait toujours le regard braqué sur l'obscurité.

« Maman, was ist los ? » demandai-je. Elle était plus à l'aise en allemand. Plus même qu'en hongrois, je crois. L'allemand était sa langue maternelle, celle des chansons enfantines et des petits mots tendres qu'une mère murmure à sa petite fille. Nous n'avions

jamais choisi de langue, dans notre famille. Maman allait et venait entre l'allemand, le hongrois et l'anglais, dans la même conversation. Mais c'était en allemand qu'elle se sentait le mieux.

Elle regardait toujours par la fenêtre. Levant une main, elle se gratta la joue longuement, pensivement, puis laissa retomber sa main et la reposa dans son dos. Je voyais son reflet dans la vitre : ses yeux se rétrécissaient, comme si elle apercevait quelque chose au loin, et son front se ridait en signe de concentration.

« Je l'ai vu, dit-elle très bas.

– *Wer*, maman ? »

Pas de réponse.

« Wer, maman ? Klaus ? »

Elle se retourna brusquement vers moi.

« Je suis au courant. Megan m'a parlé de lui cet après-midi. »

Elle soupira et me tourna le dos à nouveau. Elle tremblait, elle aussi.

« Maman, éloigne-toi de la fenêtre, il fait trop froid pour toi. Tiens, prends la couverture. »

Elle ne bougea pas.

La couverture était sur mes épaules. Je m'approchai d'elle et la lui tendis, mais elle ne la prit pas. Je m'enroulai à nouveau dedans. J'avais mal à l'estomac, et je me disais que Megan était peut-être vraiment malade, et que j'avais peut-être attrapé son virus. Je l'espérais presque. Il faudrait bien, alors, que maman s'occupe de moi.

« Je l'ai vu », murmura-t-elle, son souffle embuant la vitre. « Je l'ai trouvé. Le *Scheisskerle*, ils n'ont pas réussi à m'empêcher de le trouver.

– Quoi, maman ?

– Lui, dit-elle en désignant la fenêtre de la tête. Les salauds ! Ils pensaient que je ne le retrouverais jamais. Les idiots ! Les crapules ! Ils pensaient qu'ils avaient gardé le meilleur de moi. Mais c'était faux. Et maintenant, je l'ai retrouvé.

– Qui, maman ?

– *Mein Sohn.* »

9

« Papa, dis-je, il faut que je te parle. »

D'une main, il tenait une pelle, et de l'autre une boîte en carton. Ce dimanche tenait les promesses du samedi : chaud, ensoleillé, et sentant le printemps. Maman dormait toujours sur le canapé du living quand mon père s'était levé ; il avait pris son petit déjeuner, avait endossé ses vêtements de jardinage et était sorti dans le jardin. Lorsque je me levai moi aussi, maman dormait encore. Je ne mangeai rien. Je ne me sentais pas mal, mais je n'avais pas faim. Je suivis mon père dans le jardin.

« De quoi ? » demanda-t-il en enfonçant sa pelle dans la terre humide et en en retournant une bonne pelletée.

« Eh bien, j'ai réfléchi » dis-je. Je le regardais. D'un mouvement lent et régulier, il retournait les plate-bandes. Lorsqu'il eut terminé, il s'arrêta et s'appuya sur le manche de sa pelle.

« À quel sujet ?

– Voilà. Tu te rappelles, en janvier dernier, maman donnait vraiment l'impression d'avoir envie de déménager ?

– Oui.

– Eh bien, j'ai réfléchi. Et je pense qu'on devrait peut-être. Dès maintenant.

– Je croyais que tu tenais tellement à passer tes examens avec tes camarades, Lesley ?

– Oh, pas tant que ça. En fait, ça n'a pas vraiment d'importance. Un examen est un examen, où qu'on le passe. Ce n'est pas si extraordinaire que ça. »

Mon père se balançait pensivement sur sa pelle. Un ver de terre se tortillait sur la terre fraîchement remuée. Il se baissa et le recouvrit d'une poignée de terre.

« Je pense que j'aimerais bien être ailleurs, et je pense que ce serait bon pour maman.

– Maman se trouve très bien là où elle est » dit-il en gardant un œil sur l'emplacement où il avait enterré le ver. Il se balança à nouveau sur le manche de sa pelle. « Il n'y a aucune raison de bouleverser notre vie. Elle est très heureuse, ici.

– Ça ne me dérange pas de déménager, papa, vraiment. D'aller quelque part où il fera plus chaud. Maman a mal au dos, à nouveau. La nuit dernière, ça l'a empêchée de dormir. Je me disais que si on allait vivre dans un endroit où il fait plus chaud, elle aurait moins de problèmes avec son dos.

– On est en mars, Les. On va avoir toute la chaleur qu'on veut, par ici, dans pas longtemps.

– Je me disais que ce serait peut-être mieux, c'est tout.

– Je croyais que tu te plaisais, ici. » Il portait une chemise rouge à carreaux. Je remarquai qu'il y manquait deux boutons, remplacés par une épingle de sûreté. « Tu as tes amis ici, poursuivit-il en me regardant, et Paul. Je croyais que Paul et toi... » Il ne termina pas sa phrase.

« Oui, oui. Mais je voulais juste te dire que pour moi, ça n'avait pas d'importance. Qu'il ne fallait pas rester ici pour moi. En fait, j'aimerais autant déménager. »

Il me scrutait attentivement. « Il s'est passé quelque chose, pour que tu aies changé d'avis aussi rapidement ? Tu as rompu avec Paul ? » Je n'avais pas prévu la tendresse qu'il y avait dans sa voix.

« Non, non. Pas du tout. Simplement, je me suis dit qu'il n'y avait pas de raison de s'incruster simplement pour me faire plaisir.

– Ce n'est pas le cas. Personne ne m'a jamais parlé de déménager, sauf toi. Maman non plus.

– N'empêche que ce ne serait peut-être pas une mauvaise idée. »

Je le voyais bien : il pensait que c'était moi. Que j'avais un quelconque problème avec quelqu'un, et que j'avais envie de fuir. Ce n'était pas ce que j'avais prévu, mais tant pis. Au moins, il ne s'imaginait pas que c'était maman.

Megan, elle, ne s'en laissait pas compter. Quand je la découvris, elle était assise dans le chemin avec ses patins à roulettes.

« Comment vas-tu, ce matin ? »

Elle haussa les épaules et continua de chausser ses patins. Une vieille paire de patins, qui avait appartenu à l'un des enfants de tante Caroline, dans les années cinquante. Ils étaient si compliqués à mettre et à utiliser que Megan aurait mérité, à ce titre, un diplôme d'ingénieur.

« Tu te sens bien ? Tu n'as plus mal à l'estomac ? »

Elle serra une courroie plus étroitement. « Je n'avais rien à l'estomac, tu le sais parfaitement, Lesley » dit-elle aigrement.

Je glissai mes pouces dans la ceinture de mon jean.

« Il faut qu'on lui demande, Les.

– Sûrement pas.

– Sûrement que si. Je vous ai entendues, toutes les deux, cette nuit. Je sais qu'elle ne dormait pas. Et je te parie un million de dollars que je sais pourquoi. Alors, c'est pas la peine de me mentir. » Elle se leva précautionneusement, et mit la clé des patins dans sa poche. Elle fit un pas en arrière et se laissa glisser le long de l'allée, en s'éloignant de moi. Je la suivis.

« Non, Megan. Nous ne devons rien lui demander. Ce sont ses affaires.

– Lesley, tu es sourde ou quoi ? Tu as entendu ce que je t'ai dit hier soir. Maman pensait que ce gosse faisait partie de la famille.

– Non. Elle pensait que c'était son fils. »

Les yeux de Megan s'agrandirent. « Mais c'est encore pire. Elle n'a pas de fils. »

Nous ne parlâmes plus. Megan patinait très lentement en se concentrant. Moi, je m'efforçai, tout aussi attentivement, d'avancer au rythme de ses patins, et je comptais ses pas.

Nous parcourûmes la ville jusqu'au parc, sans nous dire un mot. Megan s'arrêta, enleva ses patins qu'elle posa dans l'herbe et se mit à se balancer sur ses talons. Puis elle sortit la clé de sa poche et s'assit dans l'herbe.

« Qu'est-ce qui est arrivé à maman, au juste ? » La voix de Megan était très calme. Elle remettait ses patins. Sans lever les yeux, elle continua. « Je veux dire pendant la guerre. Qu'est-ce qui lui est vraiment arrivé ?

– Je ne sais pas.

– Tu lui as demandé ? »

Je haussai les épaules. « Elle nous a raconté plein de choses. »

Megan reposa sa joue contre son genou. Je m'assis dans l'herbe à côté d'elle. « Je veux savoir ce qui s'est passé. Ce qui s'est passé vraiment. Pas seulement les parties rigolotes. Pas seulement la vieille Jadwiga. Je ne veux plus que maman me fasse rire en imitant la vieille Jadwiga avec ses dents en avant. Je veux savoir le reste. Je veux savoir pourquoi maman a des cicatrices sur les jambes et sur le derrière. Et pourquoi elle est tombée si malade pendant la guerre, et qu'elle est presque morte de faim. Je ne suis pas aussi bête que tu le crois, Lesley. J'ai des yeux. Et j'ai besoin que maman me dise la vérité. C'est important, pour moi. J'y pense tout le temps. Et elle aussi, je crois. Alors, il faut que je lui demande de me le dire. C'est mieux que de passer mon temps à essayer de deviner. »

« Megan, je t'interdis de lui poser des questions pareilles.

– Pourquoi ?

– Parce que. Je suis sérieuse. »

Megan me lança un regard agacé.

« Je le ferai si je veux.

– Je te promets que tu le regretteras. »

Silence. Je voyais à son expression qu'elle ne renonçait pas.

« Tu es trop jeune, voilà ce qu'ils te répondront. C'est ce que papa m'a répondu un jour. Que j'étais trop jeune pour comprendre.

– C'était quand ?

– Quand j'avais à peu près ton âge.

– Et maintenant ? Tu as l'âge de savoir, maintenant ? »

Je haussai les épaules. « Je ne suis pas sûre d'en avoir envie, maintenant. À cause de l'effet que ça fait à maman. C'est une vieille histoire, Megan. C'est du passé, c'est mort. La guerre a fini en 1945, ça fait des années et des années. À quoi ça servirait de savoir, en fait ? »

Megan soupira et se pencha pour serrer ses lacets. Soucieuse, elle se releva et partit.

10

En rentrant du lycée, lundi après-midi, je trouvai Megan assise dans la cuisine. Ses livres de classe étaient empilés sur un coin de la table, elle avait posé les pieds sur une chaise. À côté d'elle, un trognon de pomme prouvait qu'elle était en train de croquer bruyamment son second fruit, tout en lisant très attentivement un livre ouvert sur ses genoux.

«Lessie, viens voir» me dit-elle dès qu'elle m'aperçut. Je traversai la pièce.

C'était un livre sur le Troisième Reich, un livre pour adultes, destiné à des lecteurs bien plus âgés que Megan.

«Où as-tu trouvé ce livre ?

–À la bibliothèque. J'y suis allée après l'école, et j'ai demandé à la dame si elle avait des livres sur la Seconde Guerre mondiale. Elle m'a donné ceux-là. Tu vois ?» Elle me montrait deux autres livres, sur la table. «Je vais les lire. Je vais apprendre tout ce qu'il y a à savoir.

–Tu es trop jeune pour lire ces livres. Tu n'y comprendrais rien.

–Ce n'est pas vrai. Je peux les lire, la dame de la bibliothèque me les a donnés.

–Qu'est-ce que tu lui as raconté ? Que tu étais une petite surdouée ? Enfin, Megan, ce sont des livres pour adultes.

–Pas tous. Regarde. Celui-là parle d'enfants.» Elle tira de la pile un mince livre de poche. «Ce sont des poèmes, des trucs que des enfants ont écrits quand ils étaient dans un camp de concentration pour enfants. Tu vois ce qui est marqué au dos ? La dame de la bibliothèque me l'a montré. Il y a eu quinze mille enfants, dans ce camp. Et seulement une centaine qui en soient revenus.»

Un lours silence tomba soudain sur nous. Megan contemplait attentivement le livre. Puis elle dit doucement, sans lever les yeux : « Ç'aurait pu être nous.

– Tu ne devrais pas lire des choses pareilles, Megan. C'est macabre.

– Mais c'est vrai. » Elle leva les yeux. « C'est arrivé, pour de vrai. Et ça aurait pu nous arriver aussi. Ce qu'il y a dans ce livre. Si on avait été nées, ils auraient pu nous prendre, et nous envoyer dans un camp, comme ces enfants.

– Mais non. Ce sont des enfants juifs. C'est parce qu'ils étaient juifs qu'on les a envoyés dans un camp.

– N'empêche qu'on aurait pu faire partie de ces enfants. Si on avait été nées. C'étaient des enfants comme nous. Regarde, celui-là, comment il fait ses G. Exactement comme moi.

– Megan, écoute-moi. Ça n'aurait jamais pu nous arriver. Tous ces enfants étaient juifs. Nous ne sommes pas juifs, nous ne l'avons jamais été, et nous ne le serons jamais. Donc, ça n'aurait jamais pu nous arriver.

– Si, ça aurait pu.

– Non, Megan, ça n'aurait pas pu. Lave-toi les oreilles ; je te dis que nous ne sommes pas juifs. Ça n'aurait pas pu nous arriver. Alors arrête d'être idiote, et de t'entêter. Tu es aussi terrible que maman, avec tes ridicules idées fixes. »

Elle fronça le nez. «Comment peux-tu dire ça ? Ça n'aurait pas pu nous arriver, nous ne sommes pas juifs. Pourquoi tu répètes ça tout le temps ? C'est arrivé à des gens, Lesley. À de vrais gens. Et puisque nous sommes des gens, ça aurait pu nous arriver à nous. C'est toi qui es idiote.

– Tu ne devrais pas regarder des trucs comme ça. Ça te rend désagréable, répliquai-je. D'ailleurs, tu ne sais rien de rien. Tu es trop petite pour comprendre tout ce qui se cache là-derrière. Tu ne sais rien. Tu n'es qu'un bébé. »

Megan se renfrogna davantage encore.

Je posai mes livres, et allai chercher le beurre de cacahuètes et le miel dans l'armoire, pour me faire une tartine. « Je dis simplement que nous n'avons pas les éléments pour juger, Meg. Nous ne savons pas ce qui s'est passé. Voilà ce que j'en pense. Nous ne savons pas, c'est tout. Donc, c'est idiot de lire des livres sur ce qui est arrivé aux Juifs pendant la guerre, et d'en déduire qu'il est arrivé la même chose à tout le monde. » Je lui fis face. « Et si tu veux mon avis, je trouve que tu ne devrais pas lire ce genre de bêtises.

– Personne ne t'a demandé ton avis.

– Pour une bonne raison, Meg, c'est que tu vas finir par faire de la peine à maman. Elle va rentrer, elle va voir ces bouquins, elle va repenser à toutes les épreuves par lesquelles elle est passée, et elle sera malheureuse.

– Elle y pense déjà, Les.

– Et, en plus, quand je dis que tu es trop petite, je le pense vraiment. Il y a de véritables horreurs, dans ces livres. Quand tu les auras lues, tu seras incapable de les oublier. C'est atroce, ce qui s'est passé. C'est tellement ignoble que je voudrais qu'on n'y pense plus jamais. »

Megan avait toujours l'air aussi maussade.

« Et tu sais comment ça va se terminer, tout ça ? »

Pas de réponse.

« Tu feras des cauchemars, voilà tout. Je te connais, petite futée.

– Non, j'en ferai pas.

– Et tu feras pipi au lit. »

Là, elle la boucla. Je n'aurais pas dû dire ça. Je le savais en le disant, j'avais parlé par dépit, pour la faire taire, pour qu'elle cesse de me harceler avec ses questions. Pourquoi Megan ne se rendait-elle pas compte qu'il y avait des sujets qu'il valait mieux ne pas aborder ? C'était le problème de Megan. Un des nombreux problèmes de Megan.

Je n'avais plus vraiment envie d'une tartine. J'avais sorti le pain, le beurre de cacahuètes et le miel, mais en regardant tout ça, je m'aperçus que je n'avais pas faim. Je les laissai sur le plan de travail et je quittai la pièce.

En haut, le silence régnait. Je rangeai mes livres dans ma chambre et me changeai.

« Maman ? » appelai-je doucement. Je la croyais en train de faire un petit somme sur son lit, comme souvent en fin d'après-midi, et j'entrouvris la porte de sa chambre. Il n'y avait personne.

Je retournai à la cuisine, m'arrêtai sur le seuil. Megan était toujours plongée dans son livre. « Meg, où est maman ? »

Elle haussa les épaules. « Je ne sais pas.

– Elle n'est pas à la maison ? »

Megan leva les yeux. « Je la croyais en train de dormir.

– Tu as regardé ? Tu l'as vue, depuis que tu es rentrée ?

– Non. J'ai cru qu'elle dormait, j'ai pas voulu la déranger. »

Bon sang ! Je laissai mon regard errer dans la cuisine, en cherchant désespérement une idée. Que faire ?

« Meg, écoute. Si je vais chercher la voiture de papa, tu crois que tu retrouveras l'endroit où tu t'es promenée avec maman, samedi ?

– Je crois, oui. »

Durant tout le trajet jusqu'au garage, Megan n'ouvrit pas la bouche. Elle m'en voulait de notre conversation, et je crois qu'elle n'avait aucune envie de venir avec moi. Elle portait toujours ses habits d'école, machouillait une pomme et me suivait, mais elle ne prononça pas un mot.

Papa voulut savoir pourquoi j'avais besoin de la voiture. Il était couché sur le dos, sous la voiture de monsieur Toppano, une vieille camionnette Dodge, et il m'entendait mal.

« J'ai dit, pour aller faire des courses, criai-je en m'agenouillant.

– Quelles courses ?

– Des provisions » dis-je. Il fallait réfléchir vite, et fournir une réponse qui justifiât que nous prenions la voiture.

« Tu as de l'argent ? »

J'avais un dollar et quelque. Ça ne suffisait pas vraiment pour remplir la voiture de provisions. Mon père sortit de sous le camion et s'assit. Il fouilla dans la poche de sa salopette pour trouver ses clés, puis alla chercher son portefeuille et me donna cinq dollars.

Le ciel était couvert. La température était douce, mais le vent soufflait, et les plaines s'étendaient à perte de vue, jusqu'à s'ensevelir dans le gris du ciel. Megan et moi rôdions sur les petites routes le long de la crique. Elle ne se souvenait pas si bien que ça du chemin. En voiture, c'était différent, se défendit-elle. Trois fois, je dus retourner en ville et repartir, avant qu'elle ne trouve la route qu'elles avaient prise.

Nous ne parlions pas. En silence, nous parcourions les routes, à la recherche de maman. Je ne savais pas exactement ce que je ferais si nous la trouvions, mais, à mesure que le temps passait, et qu'elle restait introuvable, mon désespoir grandissait. Silencieuse comme une tombe, Megan pressait son visage contre la vitre de sa portière.

Il n'y avait personne en vue sur la longue route droite et poussiéreuse. On l'aurait vue de très loin, si elle avait été là, le paysage était si plat. Même le long du cours d'eau, il y avait peu de relief. Si quelqu'un voulait se cacher, il lui fallait marcher dans le lit même de la rivière. Mais je ne crois pas que maman essayait d'échapper à la vue de quiconque. Elle n'était pas là, voilà tout.

Je parcourus les champs des yeux. On n'y plantait pas de tournesols. La plupart donnaient du blé d'hiver. Les autres étaient nus.

« C'était là. C'était là qu'était ce petit garçon. Tu vois, ces broussailles ?

– Dans quelle direction s'est-il enfui ?

– Là, du côté du ruisseau. »

Je me tordis le cou, pour regarder. Rien, personne. Je passai devant une ferme appelée Waterman, selon la boîte aux lettres. C'était la seule maison des environs.

Il fallait abandonner. Il était presque six heures, le jour déclinait, papa n'allait pas tarder à arriver à la maison. Même s'il rentrait à pied au lieu de se faire déposer par quelqu'un, il serait là à six heures. Désespérée, je fis demi-tour.

« Tu crois qu'on s'en serait sorties ? » me demanda Megan. C'étaient ses premières paroles depuis plus de vingt minutes.

« De quoi parles-tu ?

– S'ils nous avaient mises dans un camp de concentration, comme ces enfants dans le livre, tu crois qu'on aurait survécu ?

– Megan, je t'en prie, arrête de ressasser tout ça.

– Je ne peux pas m'en empêcher» dit-elle d'une voix faible, le visage toujours collé à la fenêtre. «J'y pense. C'étaient que des gosses, plus jeunes que moi, dans certains cas. Ç'aurait été dur de survivre. Il n'y en a pas eu beaucoup qui aient réussi. Alors je me demande tout le temps si j'aurais pu. Si j'aurais réussi à m'en sortir.»

Je ne répondis pas.

«Quand on vit avec maman, c'est dur de ne pas penser à des choses comme ça.»

Je ne répondis pas. En fait, je ne réfléchissais même pas. Je conduisais.

«Pas toi ?

–Moi quoi ?

–Tu ne te demandes jamais si tu aurais survécu ?»

Je me mordis la lèvre. Devant nous, la ville ressemblait à une blessure ouverte dans la vaste plaine.

«Si, Meg, je suppose que je me le demande de temps en temps.»

Quand nous sommes arrivées à la maison, maman n'était toujours pas rentrée. Papa oui. Il était debout dans l'entrée, il n'avait pas allumé la lumière. Il nous considéra un long moment, Megan et moi, et se rendit compte que maman n'était pas avec nous, et que nous ne rapportions aucun paquet.

«Puis-je vous demander ce qui se passe, dans cette maison ?»

Nous n'avons rien dit, ni l'une ni l'autre.

«Que se passe-t-il, que diable ?» Il faisait incroyablement noir, dans l'entrée. Son visage était gris, vague et flou, comme une photo trop agrandie.

«Maman est partie, dit doucement Megan.

–Ça, je m'en suis aperçu tout seul. Ce que je veux savoir, c'est où.

–Je ne sais pas, répondis-je. Nous ne le savons ni l'une ni l'autre.»

Mon père fit un brusque demi-tour et se rendit à la cuisine. Il alluma les lumières.

«On a essayé de la retrouver» continua Megan d'une petite voix où perçaient déjà les larmes. Je n'étais pas fière non plus. Manifestement, papa était en colère contre nous. Peut-être parce que nous ne lui avions pas dit tout de suite qu'il se passait quelque chose d'anormal. Peut-être seulement parce qu'il était inquiet. Je n'en savais rien. Mais nous n'avions pas besoin de ça en plus, Megan et moi.

« Où est-elle ? Qu'est-ce qui s'est passé ? »

Megan lui a raconté ce qui était arrivé le samedi après-midi : leur promenade, et la rencontre avec le petit garçon que maman appelait Klaus. Pendant que Megan parlait, papa se couvrit la bouche avec ses doigts. Il regardait Megan avec une expression étrange, comme s'il était paralysé. Lentement, il s'est retourné, et s'est assis à table. Il s'est pris la tête dans les mains dans un geste de découragement. J'ai cru qu'il allait pleurer, lui aussi. Megan ne cessait pas de parler, de plus en plus vite. Elle donnait tous les détails : où elles s'étaient promenées, où nous avions cherché, d'une voix aiguë et fragile. Tout en parlant, elle serrait et desserrait les poings.

Puis plus rien. Mon père était assis à table ; ma sœur et moi nous tenions sur le seuil de la cuisine, comme si nous avions pris racine. On entendait souffler le vent. La pendule au-dessus du réfrigérateur émettait son tic tac régulier.

« Papa ? risqua Megan, Qui est Klaus ? »

Il n'a pas répondu tout de suite. Il avait toujours la tête dans ses mains. Puis il a bougé, lentement, s'est frotté les yeux, et s'est retourné vers nous. « Il y a longtemps, très longtemps, votre mère a eu d'autres enfants. Deux petits garçons.

– Maman a eu d'autres enfants que nous ? demanda Megan, incrédule.

– C'était dans le temps. Bien avant votre naissance. »

J'avais autant de mal que Megan à le croire.

« Et c'était ce petit garçon ? Celui que nous avons vu samedi ? » La voix de Megan se brisait de douleur.

« Non. C'était quelqu'un d'autre. »

La porte d'entrée s'est ouverte et, debout dans la cuisine, nous avons senti le courant d'air, et vu flotter au vent les devoirs de Megan, qui étaient punaisés sur le tableau. Maman a fait son entrée dans la cuisine.

« Bonsoir, tout le monde, » dit-elle joyeusement. Elle était échevelée, elle avait les joues rouges. On l'aurait prise pour une jeune fille, avec ses cheveux clairs répandus sur ses épaules, ses vêtements décontractés et son expression heureuse, ses yeux brillants. Nous nous sentions tous les trois incroyablement misérables, et maman n'avait jamais été plus jolie.

« Mara, où étais-tu ? » Mon père posa la question sur un ton de commandement, qui exigeait une réponse. Mais ma mère, dont l'instinct était en général si sûr, n'en prit pas conscience. D'une main, elle ôta son écharpe en passant devant nous pour aller ouvrir l'armoire, elle s'est penchée, et elle a sorti une poêle.

« Des macaronis au fromage, avec de la sauce tomate ? Ça vous dit ? »

Elle s'adressait à Megan, dont c'était l'un des plats favoris.

« Mara, où étais-tu ? » Cette fois, on ne pouvait se tromper sur le ton de papa. « Mara ? »

Maman leva les yeux sur lui. Pour la première fois, son visage refléta une certaine inquiétude.

« Viens dans le bureau, s'il te plaît. Je voudrais te parler. »

Sans mot dire, ma mère le regardait. Toute couleur s'évanouit de son visage, et avec elle s'en fut la jeunesse qu'elle arborait en entrant. Elle a vieilli sous nos yeux.

« Viens, Mara. Viens dans le bureau. J'ai à te parler. »

L'émotion avait enroué la voix de mon père. Il avait dû, lui aussi, voir la gaieté la quitter en un instant. Il parlait plus doucement, et lui tendait la main.

Maman avait toujours la poêle à la main. Elle la contempla avec surprise, comme si c'était un objet inconnu. Son visage se contracta. Elle posa la poêle sur la cuisinière, se retourna et suivit papa. Elle ne prit pas sa main, qu'il posa gentiment sur son épaule. Megan et moi, nous sommes restées dans la cuisine. Les pas de mes parents ont résonné dans l'escalier. Le bureau était cependant trop éloigné pour que j'entende le petit bruit du loquet lorsque mon père referma la porte derrière eux.

Megan s'est effondrée sur une chaise, près de la table. Les livres qu'elle avait rapportés de la bibiothèque étaient toujours empilés à l'autre bout. La joue appuyée sur un poignet, elle les contemplait. « Ce que je voudrais vraiment, maintenant, c'est être ailleurs » dit-elle.

Je me suis assise, moi aussi.

« Si seulement il n'avait rien su. Ou, au moins, s'il avait fait comme si de rien n'était. Quel dommage qu'on n'ait pas fait comme si rien ne s'était passé. »

J'ai hoché la tête.

Mes parents se disputaient rarement sérieusement. Comme tous les gens qui vivent ensemble, je suppose, il leur arrivait de ne pas être du même avis. Ça se passait en général de la manière suivante : maman voulait faire quelque chose et papa ne voulait pas. Ou bien il lui reprochait une de ses manies particulièrement provocatrices. Des petites choses sans importance. Alors, l'un des deux se fâchait, et ils discutaient pendant un moment, jusqu'à ce que l'un se lasse et abandonne le combat. Ou encore ils finissaient par en rire. Maman était capable de vous faire rire avec les choses les plus horribles, et elle le savait. Mais des disputes graves, il y en avait très peu.

D'abord, on n'a rien entendu. Aussi déconcertante que soit toute cette affaire, au début je ne me suis pas considérablement inquiétée. C'était encore une des bizarreries de maman. Papa allait arranger ça. Il lui dirait de ne pas s'en aller sans prévenir ; il lui expliquerait qu'elle se trompait au sujet de cet enfant, qui était le fils d'un quelconque fermier. Maman bouderait, aurait probablement une de ses crises, et ce serait terminé. On pourrait dîner, et reprendre le cours normal de notre vie.

Malheureusement, pendant que j'attendais, assise à cette table, j'avais tout le temps de réfléchir à ce que papa nous avait appris. Les quelques phrases simples qu'il avait prononcées me semblaient aussi incroyables que si elles avaient frôlé l'irrationnel. D'autres enfants ? Maman aurait eu d'autres enfants que nous ? Pourquoi n'en avions-nous jamais rien su ? Qui étaient-ils ? *Où* étaient-ils ? Le problème et ses implications prenaient de si gigantesques proportions que j'étais incapable de les appréhender.

C'est alors que, dans le silence de la cuisine, résonna la voix de mon père. Il criait. Nous étions loin du bureau, ma sœur et moi, mais nous l'entendions. Pas précisément ce qu'il disait, mais la façon dont il le disait. Ma mère devait sans doute lui donner la réplique, bien que sa voix demeurât inaudible, car mon père continua si longtemps qu'il faut bien penser qu'elle lui répondait.

Megan et moi, assises telles des zombies, n'osions même pas nous regarder. J'essayais de réfléchir à ce qu'il fallait faire. Je n'avais pas faim. J'avais peur de monter dans ma chambre. Je pouvais à la rigueur aller dans le living et allumer la télévision comme si de rien n'était. Près de moi, immobile, Megan ne donnait aucun signe de vie, sauf qu'elle se caressait inlassablement le bras de son doigt, de haut en bas, avec une lenteur quasi hypnotique.

Puis la porte du bureau s'est ouverte et je les ai entendus. Ma mère sanglotait.

« C'est mon enfant ! Ils m'ont volé mon enfant, O'Malley ! »

Puis la voix de mon père, contenue : « Mara, entre. Pour l'amour du ciel, ne reste pas dans le couloir.

– Je veux qu'on me le rende. Il faut que tu m'aides, O'Malley. Tu avais promis de m'aider. Tu avais promis. Sa place est avec moi.

– Mara, sors immédiatement de ce couloir. Reviens ici. »

Des sanglots étouffés, puis ma mère a prononcé quelques mots que je n'ai pas entendus.

« Mara, sérieusement, sors de ce couloir. Les filles vont t'entendre. »

J'avais envie de lui crier que les filles en avaient entendu assez.

Il a dû sortir du bureau pour aller la chercher, car on a entendu des bruits étouffés, et maman a marmonné quelque chose comme : « laisse-moi tranquille, je veux boire un verre d'eau, j'étouffe ». Puis d'autres bruits. La porte de la salle de bain. La porte du bureau. La porte de la salle de bain à nouveau. Et, tout d'un coup, ils se disputaient dans la salle de bain, juste au-dessus de nos têtes.

Megan bougeait insensiblement sa chaise autour de la table. Elle avait posé la tête dans son bras replié, mais, pouce par pouce, elle se rapprochait de moi. Ses yeux étaient remplis de larmes qui ne coulaient pas. Elle ne disait rien. Elle ne me regardait même pas. J'étais trop abasourdie pour lui apporter quelque réconfort que ce soit.

Soudain, j'ai entendu clairement les paroles de papa. Il était encore à la salle de bain, et il parlait fort. De Klaus. De Klaus, qui était mort, qui était parti. De maman, qui vivait dans un rêve, et qui ne pouvait espérer d'autre aide que celle qu'elle se porterait à elle-même.

On a d'abord entendu un petit cri de rage lancé par maman. Puis elle s'est mise à hurler. Au début, elle parlait indifféremment en hongrois ou en anglais, puis elle est passée à l'allemand. Pour exprimer sa fureur, c'était en allemand que maman se sentait le plus à l'aise. Elle connaissait les gros mots les plus horribles. Et elle était furieuse contre mon père «Klaus n'est pas mort,» hurlait-elle. Il n'avait aucune raison de prétendre ça. «Tu n'as aucune raison, O'Malley ! Aucune raison ! Regarde-moi en face, et ose le dire, qu'il est mort. Dis que tu sais qu'il est mort ! En me regardant en face ! »

La réponse de mon père, je ne l'ai pas entendue.

Ils sont passés à Megan et à moi. Mon père disait à maman qu'elle ne s'occupait pas assez de Megan. Pourquoi avaient-ils eu un autre enfant, si c'était pour ne pas s'en occuper ? Pourquoi avaient-ils eu Megan, d'ailleurs, si tout ce que faisait maman c'était de rêver à Klaus ? J'ai jeté un coup d'œil à ma sœur pour voir si elle écoutait. C'était difficile à dire. Elle était toujours immobile, la tête dans ses bras. J'avais de la peine pour elle. J'espérais follement qu'elle n'ait pas entendu, mais je savais qu'il n'y avait aucune chance.

La porte de la salle de bain s'est ouverte, et ils sont retournés dans le bureau. Ils ont continué de se disputer, pendant ce qui m'a semblé une petite éternité. Inlassablement, ils vomissaient les petits griefs qui s'étaient accumulés pendant toutes les années de tranquillité.

La porte du bureau s'est enfin ouverte, et s'est refermée bruyamment. Les pas de mon père dans l'escalier. Il est entré en trombe dans la cuisine.

« Lesley, connais-tu le nom des gens chez qui ta mère a vu ce gosse ? »

J'ai secoué la tête.

Il a soupiré, laissé errer son regard dans la pièce comme s'il ne savait plus quoi faire, puis, attrapant sa veste, il s'est dirigé vers la porte.

« Où vas-tu ? » a crié Megan, en bondissant sur ses pieds.

Il a stoppé net, comme une image fixe dans un film. Toujours en vêtements de travail, il ne s'était même pas débarrassé des taches de cambouis qu'il avait sur les mains. Il est soudainement revenu à la vie.

« Je vais chercher quelque chose à manger, répondit-il. Du poulet rôti, par exemple. Regarde l'heure qu'il est. » Il a prononcé ces derniers mots comme si c'était de notre faute, s'il était si tard. « Et personne n'a dîné.

– Je n'ai pas vraiment faim, papa.

– Moi non plus » dis-je.

Il nous contemplait, égaré, comme si nous parlions une langue étrangère. Puis il saisit brusquement sa veste. « Moi oui. Je meurs de faim. Alors je vais me chercher quelque chose à manger. » Il m'a regardée, au-dessus de la tête de Megan. « Et pour l'amour du ciel, couche ta sœur. Il y a longtemps qu'elle devrait être au lit. »

Et Megan se mit à brailler. Après l'angoisse de leur dispute, le silence soudain la bouleversait ; elle a éclaté en de bruyants sanglots. Il était inutile d'essayer de la raisonner. Elle avait dépassé ce stade.

Il me fallut un bon moment pour prendre mon courage à deux mains et monter au premier. Je retardai cet instant autant que possible. Je consolai Megan, et parvins à l'installer devant la télé. Je nous ai préparé deux tasses de bon chocolat chaud bien épais. Mais je savais qu'avant que Megan n'accepte d'aller au lit, il faudrait que je monte la première.

Maman pleurait toujours. Recroquevillée dans le canapé du bureau de mon père, les genoux repliés, la tête baissée, elle sanglotait sans relâche. Je l'entendais depuis l'escalier.

« Maman ? ai-je murmuré. Maman, c'est moi. » Je suis entrée dans la pièce sans qu'elle s'en aperçoive.

« Maman ? » Agenouillée près d'elle, je lui ai touché l'épaule. « J'ai fait du chocolat chaud pour Megan et moi. Tu en veux une tasse ? Tu veux descendre, et la prendre avec nous ? »

De tout temps, la fragilité de maman avait été de nature à vous briser le cœur. Même pendant les bons moments, quand elle nous faisait rire en étant incroyablement drôle, il émanait d'elle une tendre vulnérabilité, qui m'avait toujours terrorisée. Je la ressentais depuis que j'étais toute petite, j'hésitais toujours à la quitter des yeux. Si on l'aimait, on ne pouvait pas. Il fallait être toujours là, prêt à la protéger en cas de besoin, car elle donnait l'impression de ne pas être capable de se protéger elle-même.

J'ai rapporté une serviette humide de la salle de bain et me suis agenouillée à nouveau à ses côtés. Je la lui ai passée sur le visage, sentant sa chaleur à travers le tissu. Elle avait les joues rouges et enflées ; par contraste, ses yeux étaient d'un bleu électrique. J'étais en proie à des sentiments exacerbés. J'oscillais entre la rage contre mon père, qui l'avait laissée toute seule dans cet état, et le désespoir d'être incapable de prendre la situation en mains. Avant d'avoir fini, j'étais presque en larmes, moi aussi.

Lorsque je suis redescendue, Megan regardait encore la télévision. Il était plus de onze heures. Elle avait choisi une série policière, où tout le monde massacrait tout le monde sans répit.

« Grimpe, Meggie. Tu n'as pas entendu ce qu'a dit papa ? Tu sais l'heure qu'il est ? »

Elle m'ignorait. Toujours revêtue de ses habits d'école, elle était vautrée dans un fauteuil, les pieds sur un bras.

« Est-ce qu'il faut vraiment tout te dire ? Ce n'est pas le moment, je suis à bout. Il est onze heures dix, et tu es censée être au lit. Tu auras l'air d'un cadavre à l'école, demain matin.

– Fiche-moi la paix, Lesley. Je regarde. »

Je suis allée éteindre la télévision. En colère, Megan s'est écriée : « Tu n'as pas le droit de faire ça. C'est pas toi qui commandes, dans cette maison. J'étais en train de regarder. »

Le dos contre la télé, j'ai répondu en la regardant dans les yeux. « C'est moi qui commande pour l'instant, Meggie. Tu as entendu papa. Il m'a dit de te mettre au lit. Il y a une éternité. Alors tu grimpes, ou je te jure que je te fais grimper de force, dans l'humeur où je suis. »

Elle avait les larmes aux yeux.

« Écoute, Meggie, je n'ai vraiment aucune envie de me bagarrer avec toi.

– Je te déteste » marmonna-t-elle en quittant la pièce. Je crois qu'à ce moment-là, tout le monde détestait plus ou moins tout le monde.

Maman s'était endormie dans le canapé, toute recroquevillée, crispée, la tête retombant lourdement contre le flan du fauteuil. Sa respiration était profonde, bien qu'encore un peu saccadée.

Je ne savais que faire de moi-même. J'ai ramassé mes livres de classe, dans l'intention de travailler un peu, mais je ne me suis pas installée à ma table. Je suis entrée dans la chambre de mes parents, j'ai écarté les rideaux et j'ai regardé par la fenêtre, devant la maison. La voiture était dans l'allée. Mon père était toujours dedans ; je ne l'avais pas entendu démarrer.

Megan s'était déshabillée, mais elle s'était endormie avant d'entrer sous les couvertures. Elle était allongée sur son lit en désordre, son tigre en peluche serré contre le visage, avec la lumière.

En la voyant ainsi, j'ai été envahie par une onde de regret d'avoir été aussi brutale avec elle. Un remords incoercible, si profond, si disproportionné par rapport à la faute que j'avais commise, que j'avais envie de la réveiller pour lui demander pardon. Je suis entrée dans la chambre, et j'ai essayé de la glisser sous ses couvertures, mais elle dormait trop profondéement pour m'aider. J'ai replié les couvertures sous elle, et, instinctivement, je l'ai embrassée avant d'éteindre la lampe de chevet.

J'avais l'intention d'attendre le retour de mon père, alors j'ai descendu mon travail sur la table de la cuisine. À minuit, papa était encore dehors, et je savais qu'il fallait que j'aille me coucher. J'avais dépassé le stade de la fatigue ; j'étais complètement vidée, épuisée. J'ai regardé par la fenêtre, en me demandant s'il allait dormir dans la voiture, et si je devais lui apporter une couverture. Mais j'ai choisi de ne pas le déranger : il était peut-être encore en colère. J'ai donc laissé la porte de derrière ouverte, éteint la lumière dans la cuisine, et je suis montée. J'ai hésité à réveiller maman et à la mettre au lit : si elle dormait dans cette position, elle serait incapable de bouger le lendemain matin. Mais l'idée de devoir assumer maman réveillée m'a paru insupportable. Je l'ai laissée où elle était.

Malgré ma fatigue, je n'arrivais à m'endormir. J'ai entendu mon père rentrer enfin. Et le silence est retombé sur la maison. Au bout d'environ une heure d'insomnie, je me suis levée, j'ai pris une couverture et mon oreiller et je suis descendue. J'ai branché la radio sur une station qui émet toute la nuit, et je me suis blottie sous ma couverture, sur le canapé.

Je me suis endormie en rêvant que Aaron était en fait Klaus, et que Paul et moi ne pouvions plus nous fréquenter car cela faisait de nous des frère et sœur. Le plus bizarre, dans ce rêve, c'est que maman n'en faisait pas partie. Ma mère, c'était Bo.

11

Le lendemain matin, je me suis réveillée fatiguée, mal dans ma peau et tout ankylosée d'avoir passé la nuit sur le canapé. Papa est entré dans la cuisine pendant que je préparais le thé. Il avait l'air épuisé. Il a sorti le café instantané, en a mis dans une tasse puis a versé dessus l'eau chaude de la bouilloire. Il a remué avec le manche d'une fourchette qui traînait sur le plan de travail et il est sorti de la cuisine en l'emportant. Une fois parvenu dans le couloir, il s'est arrêté, s'est retourné et m'a regardée. Puis, sans dire un mot, il est venu m'embrasser. D'abord, il m'a passé un bras autour des épaules, car il tenait toujours sa tasse de café. Mais il l'a posée sur la table, et m'a prise dans ses bras. Pendant un moment, il m'a serrée contre lui à me faire mal, puis il m'a lâchée et il est parti avec son café, sans prononcer un seul mot.

J'ai entendu la douche. Puis, une demi-heure plus tard, mon père était de retour, les cheveux humides et lissés. Il a bu une deuxième tasse de café, debout, pendant que je lui préparais son déjeuner, et il m'a demandé si ça m'ennuyait de rester à la maison avec maman. « Bien sûr que non » ai-je répondu sans même m'interroger. Il a hoché la tête, m'a souri et m'a tendrement ébouriffé les cheveux.

Ma sœur n'était jamais un ange de douceur et de courtoisie, mais, ce matin-là, elle s'est surpassée. Elle était trop fatiguée pour se lever. La blouse qu'elle voulait mettre était au sale. J'ai refusé de lui faire un œuf à la coque, et le temps qu'elle arrête de se lamenter, il était trop tard pour qu'elle se le fasse elle-même. Puis elle n'a trouvé ni ses chaussures de gym ni ses bouquins d'instruction civique. Il n'y avait pas de monnaie dans la maison pour qu'elle s'achète son déjeuner, et je ne voulais pas lui confier le billet de cinq dollars que j'avais trouvé là où maman mettait l'argent pour les courses. Megan finit par partir pour l'école en pleurant parce que je lui avais fait un sandwich au beurre de cacahuètes alors que maman le lui faisait toujours au thon.

Ma mère dormait toujours. Elle avait dû se réveiller pendant la nuit, car elle était allongée en travers de son grand lit, sur le ventre. Ce devait être presqu'au matin, car elle ne s'était pas donné le mal d'entrer sous les couvertures, elle s'était couverte de la robe de chambre de papa. Le reste du lit était en désordre.

Elle portait les mêmes vêtements que la veille, et n'avait enlevé que ses chaussures, posées l'une sur l'autre au pied du lit. Son visage était un peu plus détendu, mâchoire décrispée, front lisse. Mais, bien qu'endormie, son expression reflétait encore son trouble.

Elle dormit longtemps. Lorsqu'elle le pouvait, maman avait une incroyable faculté de sommeil. Une véritable gisante, que presque rien ne pouvait éveiller. Je me suis installée en bas, agitée. Je m'ennuyais. J'ai fait la vaisselle, je l'ai essuyée et rangée. J'ai frotté l'évier, trié le linge et fait un lavage à la machine, ramassé et jeté tous les vieux papiers qui avaient tendance à s'accumuler dans le living. Même le repassage ne m'a pas pris assez de temps.

À un moment, j'ai vu les livres de Megan sur la guerre. Ce que je détestais le plus, au sujet de la guerre, c'était qu'elle ait eu lieu si longtemps avant ma naissance. Je ne voulais pas y penser. Où étaient partis tous ces gens ? Pourquoi avait-on laissé commettre tant d'atrocités ? Moi, j'aurais essayé de les stopper. Si j'avais vécu à cette époque, j'aurais fait quelque chose. Mais je n'en avais pas eu l'ombre d'une occasion. Il me semblait injuste d'être obligée de subir les conséquences d'événements sur lesquels on ne m'avait donné aucune prise.

Maman se réveilla un peu après midi. Vacillante, elle descendit à la cuisine, décoiffée, le visage gonflé d'avoir trop dormi. Elle s'affala sur une chaise et se battit avec son paquet de cigarettes. Je lui préparai une tasse de café.

« Oh, *Scheisse* », marmonna-t-elle entre ses dents, les yeux mi-clos, la tête dans une main, tout en fumant sa cigarette. Elle n'était pas belle, alors. Mon père disait toujours qu'il trouvait que maman ressemblait à la princesse Grace. Une Grace Kelly germanique. Debout devant l'évier, je la regardais. Personne ne l'aurait prise pour une princesse.

« Quand O'Malley est-il rentré ?

– Il n'est jamais parti, en fait, maman. Il est resté assis dans la voiture. »

Elle alluma une autre cigarette à la première. Elle se frottait pensivement la tempe gauche, et regardait dans le vide. Je me suis détournée, et j'ai sorti une boîte de soupe à la tomate pour notre déjeuner.

« C'est un brave homme, O'Malley. Mais il n'a pas de rêves.

– Mais si, il a des rêves. » Je me demandais comment maman pouvait prétendre une chose pareille, moi pour qui les rêves de mon père étaient si manifestes.

Elle a secoué la tête. « Non. Ce ne sont pas des rêves. Il a de l'imagination, oui. Il n'est pas en quête de quelque chose. » Elle a levé les yeux, m'a regardée en face pour la première fois. « Quand tu te marieras, ne commets pas cette erreur. Épouse un homme qui a des rêves. »

Je n'ai rien répondu.

Silence. Elle leva sa chope, et but une gorgée de soupe. À nouveau, elle regardait dans le vide.

« J'ai eu des rêves. Dans le temps. » Et, me fixant à nouveau, elle a ajouté : « Quel âge as-tu ?

– Dix-sept ans. Dix-huit le mois prochain. »

Elle a hoché la tête, a contemplé son bol de soupe, et hoché la tête à nouveau. On entendait chanter des oiseaux. Rien de très mélodieux. Des moineaux, sans doute.

« J'avais dix-sept ans, à l'époque. Quand il est né. »

Une pause. Les coudes sur la table, elle joignit les mains et se mordit doucement les pouces. « Je t'ai déjà raconté ce qu'on faisait là-bas, dans cette auberge ? Là où ils m'ont emmenée après Iéna ? »

J'ai secoué la tête.

« C'était une auberge du *Lebensborn*. Tu sais ce que c'est ? » me demanda-t-elle en me lançant un coup d'œil.

De la tête, j'ai fait signe que non.

« Ça veut dire La Fontaine de vie. On nous cultivait, nous les Aryens. Nous étions sélectionnés en vertu de la pureté de notre race. Nous étions la source qui alimentait la fontaine. »

Comme elle avait toujours les pouces entre les dents, elle n'articulait pas bien. Les yeux fixés sur la nappe, elle a repris. « Il y avait des filles qui savaient, des volontaires. Enfin, je crois. On ne me laissait pas leur parler très souvent. »

Elle s'est arrêtée pour reprendre son souffle, et s'est tue, pensivement.

« J'avais seize ans quand on m'y a amenée. Seize ans et quatre mois. C'était le 15 novembre. Devant ma fenêtre, il y avait des arbres, des tilleuls. Et je me suis dit, Mara, de quoi as-tu peur, petite dinde ? » Elle m'a regardé avec l'ombre d'un sourire. « Tu comprends, j'avais peur. J'étais terrorisée. Je ne savais pas ce qu'ils voulaient, ni pourquoi on m'avait envoyée là. Ils avaient déporté tous les autres étudiants étrangers de Iéna. Mais moi... Et puis j'ai regardé par la fenêtre, et je me suis dit : ça ne peut pas être un endroit si terrible que ça, ici, il y a des tilleuls, comme à la maison. »

Elle avait considérablement baissé la voix. Ce n'était plus qu'un murmure, et il fallait que je me penche pour l'entendre distinctement.

« J'étais si naïve, à l'époque. J'étais une enfant. Ça ne faisait que deux ans que j'avais mes règles, je ne me considérais pas comme une femme. J'étais absolument vierge, d'esprit aussi. Je ne savais rien. » Elle a secoué la tête. « Rien du tout. »

Les yeux braqués sur la nappe, elle semblait y chercher quelque chose d'invisible pour moi. « C'est là qu'il est né. Sur un lit sans drap. J'étais couchée sur un matelas en caoutchouc, si froid. Je grelottais. Et ça faisait si mal. Je n'avais jamais imaginé que ça ferait si mal. Je vous en prie, je leur disais, couchez-moi sur un drap. Et quand il est né, j'ai sangloté. »

Elle a décroisé ses mains et pris le bol de soupe, qu'elle a contemplé. « J'avais tellement de lait. Ça montait, ça montait, et je ne pouvais pas l'empêcher de couler. Ils tenaient le bébé devant moi, il hurlait, et le lait coulait, abîmait toutes mes blouses. Et mes seins ! Mon Dieu ! Comme ils me faisaient souffrir ! Et j'avais tellement honte. Je me sentais comme un enfant qui n'est pas allé aux toilettes à temps. Ils le tenaient, ils regardaient ma blouse se mouiller, et si je pleurais, ils riaient. » D'un geste doux et inconscient, elle a pris un de ses seins dans sa main.

« Je n'étais qu'une enfant, tu comprends. Dix-sept ans, à peine. Et vraiment, je ne connaissais rien. J'ai décidé de mettre du papier de toilette dans mon soutien-gorge. Des couches et des couches. Pour que le lait ne se voie pas. Ça me semblait si indécent de tacher mes blouses comme ça. Et ça m'humiliait, qu'ils me fassent pleurer. Donc, je me suis tapissé les seins de papier de toilette, et j'ai mis une blouse propre, celle que Mutti m'avait offerte, avec de la dentelle autour du cou, brodée par Oma. C'était la seule qui me restait. La seule qui n'avait pas de taches. »

Sa voix a faibli. « Ils sont entrés. Il devait être onze heures et demie, juste avant le déjeuner. Et le bébé criait si fort. Mes seins étaient pleins, ils me faisaient mal, je les sentais couler. Mais ça ne se voyait pas. »

Elle a repris une cigarette. « Puisque ça ne se voyait pas, la femme qui tenait le bébé a dit : "elle n'a plus de lait". Donc ils l'ont emmené. Je ne leur servais plus à rien. » D'une voix sans timbre, elle a ajouté : « Et je ne l'ai jamais revu. »

Maman est montée prendre une longue douche. Elle a dû rester une bonne heure et demie dans la salle de bain. J'ai fait la vaisselle et je l'ai rangée. Quand elle est redescendue dans la cuisine, maman s'était changée, ses cheveux étaient humides, et gardaient encore les traces du peigne. Son humeur s'était modifiée, elle aussi. Elle était pleine de vie et d'entrain.

« Tu viens avec moi » me demanda-t-elle. Je n'avais pas besoin de demander où.

« Papa ne va pas aimer ça, maman. Je crois qu'il ne veut pas que tu y ailles. »

Elle a haussé les épaules. « Il ne comprend pas.

– Maman… » Comment assumer cela ?

Elle a aperçu les livres de Megan, et en a pris un. « À qui sont ces livres ? À toi ?

– Non. À Megan. Elle les a eus à la bibliothèque. » Avec appréhension, je la regardais feuilleter le livre.

« Megan, hmm ?

– Je lui ai dit que ce n'étaient pas des livres pour elle. Mais tu connais Megan.

– Il y a des photos de Ravensbrück dedans ?

– Je ne sais pas. »

Elle a levé la tête et m'a regardée.

« Tu as entendu parler de Ravensbrück, n'est-ce pas ? »

Je hochai doucement la tête.

Un sourire sardonique se peignit sur ses lèvres et elle referma le livre.

« Un jour, je t'en parlerai, Les. Si tu as envie de savoir, tu n'as pas besoin de prendre des livres. Je te dirai.

– Ce ne sont pas mes livres, Maman.

– Je m'en doutais. »

J'y suis allée avec elle. Ça n'aurait servi à rien de la laisser partir toute seule.

Maman savait où elle allait. En silence, nous avons traversé la ville, et nous avons pris la route la plus au sud. Elle n'a pas dit un mot. Les mains dans les poches de sa veste, elle marchait.

Nous sommes arrivés à l'endroit que m'avait indiqué Megan la veille. Maman s'est glissée à travers les barbelés et, par une ravine, elle est descendue jusqu'au ruisseau. Nous avons avancé d'une centaine de mètres, jusqu'à un tronc de peuplier tombé en travers du lit de la rivière. Maman s'est assise à l'abri du vent, adossée au tronc pourrissant.

La journée était froide et couverte. Il ne pleuvait pas, mais l'humidité nous pénétrait. La ravine protégeait bien mal du vent. Maman a sorti ses cigarettes et ses allumettes. Dans ses mains en coupe, elle en a allumé une, s'est adossée, et a attendu.

Nous l'avons vu arriver aux environs de trois heures et demie. Un petit garçon, qui ne devait pas avoir plus de six ans, revêtu d'une salopette, d'un T-shirt et d'un blouson en jean une ou deux tailles trop grand pour lui.

« Bonjour » lui a dit maman.

Il gazouilla de ravissement. Bondissant de rocher en rocher, il vint s'asseoir à côté de maman, après m'avoir jeté un rapide coup d'œil, sans plus.

C'était un petit garçon bizarre, aux cheveux blonds et plats, de ce ton cendré qui s'apparente plus au gris qu'au jaune, qu'on aurait dits coupés au bol. Le plus frappant, c'étaient ses yeux. Extrêmement pâles, comme les yeux d'un chien aveugle. Étaient-ils bleus ou verts ? Je ne me suis jamais fait une opinion. En fait, ils n'avaient presque pas de couleur. Le noir de la pupille, et une bordure floue, qui séparait l'iris du blanc.

« Tiens, je t'ai apporté quelque chose. » Maman sortit une barre de chocolat de sa poche.

« Pour moi ? » interrogea l'enfant en bondissant sur ses pieds d'excitation. Il sourit. Il avait encore toutes ses dents de lait, dont une, devant et en haut, était plombée, et lui donnait l'air d'être abîmée. Ce n'était pas du tout le genre d'imperfections que l'on attribue d'ordinaire aux jeunes enfants.

« Je vais t'appeler la Gentille Dame » dit-il à maman en lui caressant la joue. « Tu sais quoi ? Je l'ai dit à Teddy. Teddy, c'est mon frère, il a huit ans. Je lui ai dit, je vais voir la Gentille Dame, là en-bas, dans le ruisseau. Il ne me croit pas. Il dit que je t'ai inventée.» Il ôta le papier de sa friandise dont il engloutit une bonne moitié. «Ça m'est bien égal. Tu es ma Gentille Dame, hein ? Pourquoi que je partagerais avec Teddy ? »

Maman a souri.

« Elle, qui c'est ? a demandé le petit garçon en me désignant du doigt.

– Ma fille.

– Ah » dit-il sans manifester d'intérêt particulier. Il brisa le reste du chocolat en carrés et les mangea un à un, rapidement. Son haleine sentait le chocolat, maintenant.

Ils ont parlé, maman et le petit garçon. Il était d'une naïveté féroce, ne mâchait pas ses mots ni ses jugements ; ce qui l'intéressait surtout, c'était le chocolat. L'accent de maman le faisait rire. Il lui dit qu'elle était très vieille. En riant, elle lui répondit qu'il était très jeune. Puis il se mit à genoux près d'elle et lui parla avec animation, en sautillant ici et là, avec de grands gestes. Il lui grimpa dessus, s'assit à califourchon sur ses jambes et lui tapa sur la tête. Son audace ne semblait pas déranger maman, pas plus que sa saleté. Ses habits étaient vieux et peu soignés, ses cheveux auraient eu besoin d'un bon shampooing, et il sentait l'urine.

Silencieusement assise pendant qu'ils plaisantaient et parlaient à qui mieux mieux, j'ai commencé à avoir froid. Je ne sentais plus mes orteils. Maman s'appuyait contre le tronc de l'arbre indifférente à la température et à mon inquiétude. Le petit garçon finit par se lever pour s'en aller. Il escalada le tronc du tilleul avec l'agilité de Peter Pan.

« Dis donc », l'interpelai-je au moment où il s'apprêtait à filer. Il s'arrêta et se balança d'une jambe sur l'autre sur le tronc d'arbre au-dessus de moi. « Comment tu t'appelles ?

– Toby.

– Toby comment ?

– Toby Simon Waterman. » Puis avec un mouvement de tête en direction de ma mère, il ajouta : « Sauf pour elle. Elle, elle m'appelle Klaus, et moi je l'appelle la Gentille Dame. » Il sourit. « Hein, que c'est comme ça ? » dit-il à maman. Puis il se retourna, grimpa le long de la ravine et disparut.

Maman n'a pas bougé. Elle souriait.

« Ce n'est pas lui » ai-je dit pendant le trajet de retour. Nous avions le vent dans le dos ; il faisait voler mes cheveux sur mon visage. Je marchais les épaules relevées et la tête baissée.

Maman n'a rien répondu.

« Tu le sais, n'est-ce pas, maman ? Tu ne t'imagines pas vraiment que c'est lui, hein ? Mais non. C'est un petit garçon quelconque, pas spécialement mignon, d'ailleurs. Tu as vu comme il est crasseux ? »

Toujours pas de réponse. Elle luttait contre le vent, elle aussi, les mains dans ses poches. Ses cheveux lui cachaient complètement le visage.

« Qu'il te rappelle Klaus, je comprends. Je ne vois pas le mal qu'il y a à venir le voir. Mais tu ne t'imagines pas que c'est vraiment Klaus, n'est-ce pas ?

– Les fils du pute, dit-elle doucement. Je leur avais bien dit, qu'ils ne réussiraient jamais à m'empêcher de le voir. » Le vent emportait ses paroles, j'avais du mal à l'entendre.

« Maman ! *maman*, écoute-moi. Ce n'est pas Klaus. Tu le sais. Évidemment que tu le sais. Klaus serait un homme, aujourd'hui. Si tu avais dix-sept ans, lui, il en aurait presque quarante. Tu le sais, n'est-ce pas ?

–Je leur ai dit que je le retrouverais. Ils disaient que non. Mais j'ai juré que j'y arriverais. Je le savais. Je n'ai jamais cessé de le chercher. Jamais.

–*Maman* ! »

Elle leva les yeux sur moi. Pour me voir, il fallait qu'elle écarte ses cheveux. Son visage était empreint de cette expression particulière qu'elle avait quand elle faisait une bonne blague, et que papa marchait. Le genre d'expression qu'elle affichait quand elle était fière d'être si maligne. À la voir sourire comme ça, j'ai éprouvé un intense soulagement.

« Bravo, maman, tu m'as eue. »

Elle souriait toujours. « Jamais, je n'ai oublié. »

12

Cette frénésie au sujet de Klaus cessa aussi abruptement qu'elle avait commencé. Megan et moi, nous étions extrêmement troublées par cette révélation, mais le sujet n'était plus abordé. Il était clos. Papa et maman ne se disputaient plus, n'y faisaient même pas allusion. Comme si rien ne s'était passé.

Maman était en grande forme. Les fleurs commençaient à pousser et elle s'activait dans le jardin. Le temps s'est mis au beau, et son humeur a suivi le mouvement. Lorsque nous rentrions de l'école, Meg et moi, elle nous montrait joyeusement ce qu'elle avait fait pendant la journée : des petits aménagements dans la maison, des desserts sophistiqués ou le repassage des torchons. Elle chantonnait continuellement, de sa voix qui n'avait rien d'extraordinaire. Elle voulait tout savoir de ce qui nous arrivait à l'école, de mes rapports avec Paul, de la préparation de mes examens. Avec Mrs Reilly, elle courait les ventes et rapportait à la maison les objets les plus extraordinaires, y compris une gigantesque fourche en bronze qu'elle demanda à papa d'accrocher dans l'entrée, devant la porte de la cuisine.

Je supposais que maman effectuait ses pèlerinages quotidiens du côté du tronc d'arbre, dans le lit de la rivière. Elle n'en parlait pas. Elle était toujours de retour avant Megan et moi. Mais j'aurais juré qu'elle y allait. Ce que j'ignorais, c'était si papa était au courant de ses rendez-vous avec Toby Waterman. Il m'était difficile de deviner de quoi discutaient mes parents quand ils étaient seuls tous les deux. Je savais qu'ils parlaient énormément, car, en général, j'entendais le bruit de leurs voix des heures après qu'ils étaient allés se coucher, mais sans doute pas de Toby. Si mon père avait été au courant, le sujet aurait été abordé de temps en temps et Megan et moi nous serions senties autorisées à poser des questions sur Klaus.

En tout cas, si papa ne savait pas, il aurait pu deviner. Non seulement maman était d'excellente humeur, ce qui était toujours, chez elle, le signe qu'elle s'était trouvé une nouvelle occupation, mais elle avait élargi ses centres d'intérêt. Par exemple, elle voulait savoir comment étaient traités les pauvres. Elle avait toujours été la plus concernée par la politique, et elle penchait bien plus à gauche que mon père, mais maintenant, elle éprouvait le besoin d'en discuter. Que va-t-il arriver aux pauvres ? demandait-elle à papa à table. Que faisons-nous pour ceux qui n'arrivent pas à gagner leur vie ? Que faisons-nous quand leurs enfants ont faim ? Qu'ils vont en haillons ? Il faut les aider. Il faut faire quelque chose. Il est injuste de posséder des choses, et d'autres gens non. Mon père lui faisait remarquer que nous ne pouvions pas être considérés comme des gens riches. Mais nous ne sommes pas pauvres, rétorquait maman. Il y a des gens, ici même, qui sont bien plus pauvres que nous.

Durant ces semaines, j'ai beaucoup pensé à maman et à Toby Waterman. Sitôt remise du choc initial causé par la découverte que j'avais un frère dont j'ignorais jusque-là l'existence, je me suis rendu compte que c'était Klaus qui me bouleversait, pas Toby Waterman. Que ma mère passe du temps avec Toby, cela me paraissait inoffensif. Il l'aimait bien. Manifestement, ils étaient l'un et l'autre heureux de se voir. Si le chocolat ne lui abîmait pas toutes ses dents, je ne voyais rien de mal à ça. Deux personnes solitaires, qui prenaient plaisir à se rencontrer. Mais, simultanément, je me sentais un peu coupable vis-à-vis de mon père : je savais, et je ne lui disais rien. Ça m'agaçait un peu, de voir que papa ne se doutait de rien alors qu'il aurait dû supputer quelque chose, mais j'aurais juré qu'il ignorait tout. Je ne lui ai rien dit. Après tout, ce n'étaient pas mes affaires, tant que cela n'avait aucune répercussion sur nos vies.

J'ai passé un mois de mars assez paisible. Les examens approchaient, et la plupart des professeurs semblaient comprendre que nous n'avions pas envie de travailler dur. En mathématiques, j'avais toujours des difficultés, mais Mrs Browder s'était elle aussi adoucie.

Je consacrais presque tout mon temps libre au laboratoire de langues, où j'écoutais des bandes et parlais avec mon professeur de français, Miss Conway. Elle était jeune, et je la trouvais très jolie. Elle savait que j'allais étudier les langues à l'université, elle me donnait des livres à lire et me faisait écouter les disques qu'elle avait achetés à Paris, où elle avait été assistante pendant un an. Un jour, me disait-elle, elle m'emmènerait chez elle pour me montrer ses diapositives.

Chaque semaine, je passais trois ou quatre heures dans le laboratoire de langues, après les cours. Le plus souvent, j'y étais seule, et je travaillais sur des cassettes. Le français était ma langue préférée, surtout grâce à Miss Conway, mais aussi parce que maman ne le parlait pas, donc je ne devais mes progrès qu'à moi-même. Miss Conway ne savait pas que si j'étais une si brillante élève en allemand c'était parce que le soir, à la maison, c'était la langue qu'il fallait que je parle pour qu'on me passe le beurre. En seconde année d'allemand, ça vous donne un énorme avantage. Mais en français, il fallait que je me débrouille par moi-même. J'avais beaucoup de mal, parce que, quand je cherchais un mot, il me venait d'abord en anglais, en allemand et même en hongrois. De temps en temps, Miss Conway venait dans le labo avec moi, pour corriger ma prononciation. Accent allemand, me criait-elle toujours dans les écouteurs. Puis elle me taquinait en prétendant qu'en fait, c'était parce que je m'intéressais trop à Mr. Tennant, le vieux professeur d'allemand. Pourquoi donc, me demandait-elle, n'avais-je pas autant de facilités en français ? Elle n'a jamais compris comment j'avais attrapé un accent aussi guttural. Et je ne le lui ai jamais dit.

Je passais le reste de mon temps avec Paul. Nous avions commencé à construire son téléscope. Enfin, il avait commencé. Moi, je m'allongeais sur son lit et je feuilletais un catalogue scientifique pendant qu'il s'affairait avec des objectifs et des lentilles. J'aurais bien aimé, lui disais-je, qu'il soit dans ma classe de maths, pour m'aider, mais il affirmait que les maths et la physique étaient des disciplines totalement différentes, et qu'il n'était pas meilleur qu'un autre en maths. Pourquoi, dans ce cas, se lançait-il dans les statistiques, et non dans l'astronomie, par exemple ? Pas de boulot, répondait-il. Et son père avait dit qu'il devait apprendre quelque chose qui lui permettrait de travailler.

Un après-midi de week-end, quand le soleil commençait à chauffer et que nous étions à Ladder Creek, Paul et moi, j'ai enlevé ma chemise. Alors, il a dégrafé mon soutien-gorge. Nous n'avions pas de couverture, je sentais l'herbe rêche et humide contre mon dos. Couché à côté de moi, Paul m'a touché les seins ; du doigt, il tournait autour des mamelons. Je frissonnais si violemment que c'en était à peine agréable, et je m'écartais spasmodiquement de lui quand je ne supportais plus cette intense sensation. Paul a déboutonné son pantalon. Les yeux fermés, il m'a serrée contre lui, et a frotté son corps contre le mien. Je sentais l'odeur de ma sueur, une odeur très physique, qui allait bien avec celle de l'herbe, et avec la chaleur du soleil de cette fin mars. Soudain, j'ai senti un jet mouillé gicler sur mon ventre, et je me suis brusquement assise. Paul a ri. Je ne savais donc pas ce qui allait se passer? m'a-t-il demandé en s'allongeant à nouveau dans l'herbe. Je ne m'étais pas rendu compte qu'il allait jouir ? Appuyée sur un coude, j'ai regardé la semence, blanche et crémeuse comme le savon liquide du distributeur de la cuisine. Je n'avais encore jamais vu de sperme, et je ne *savais* pas ce qui allait se passer. Pendant quelques instants, j'ai été tentée de nier mon ignorance, car je me sentais stupide d'avoir été aussi étonnée. Mais à la place, j'ai gloussé, et je me suis allongée à côté de Paul, puis nous avons ri tous les deux.

Quand il a été l'heure de partir, j'ai essuyé le sperme avec ma chemise. Ce soir-là, à la maison, j'ai examiné la chemise, respiré l'odeur vaguement musquée. J'avais prévu de la mettre au sale, mais je ne l'ai pas fait. Je l'ai mise sous mon oreiller pour la nuit. Peut-être pas pour sentir l'odeur de l'intimité de Paul, mais pour en rêver.

Fin mars début avril, la seule personne de la famille à avoir des problèmes était Megan. Elle passait par une phase étrange. Elle était obsédée par les Juifs et les camps de concentration, et lisait sans cesse des livres sur le sujet. Les autres baignaient dans un bonheur sans nuage, tandis que Megan, jour après jour, ne songeait qu'aux Juifs torturés. Bien qu'elle n'ait jamais directement interrogé maman, je savais qu'elle désirait connaître sa version de la guerre. Chaque fois que je craignais qu'elle ne l'interroge, je la menaçais des pires représailles que je pouvais imaginer. Cela troublait un peu ma tranquillité, car je ne faisais pas confiance à Megan, et, moins que jamais, je ne souhaitais qu'elle saccage la bonne humeur de maman.

Je ne comprends pas le bénéfice qu'en retirait Megan. Je n'avais jamais traversé de période aussi bizarre quand j'avais son âge. Que lui arrivait-il ? C'était un mystère. Tous les livres qui traitaient de ces sujets étaient trop difficiles pour elle. Elle n'était pas une grande lectrice, même pour son âge, je ne voyais pas ce qu'elle pouvait comprendre à ce qu'elle lisait. Mais ça ne la retenait pas. Elle s'enfermait dans sa chambre des heures durant. À la limite, c'était presque risible. Je crois bien que Megan est l'unique personne au monde qui ait lu *Grandeur et Décadence du Troisième Reich* en croyant encore à l'existence des fées.

Mais, en fait, ce n'était pas risible du tout. Megan était malheureuse, et elle nous rendait malheureux. Nous nous disputions sans cesse, à propos de n'importe quoi. Mais il n'y avait pas que moi. Elle se disputait avec papa, avec ses amis. Elle s'était fâchée avec sa meilleure amie, Katie. Un après-midi elle était rentrée à la maison en fulminant et avait déclaré qu'elle ne verrait plus jamais Katie de sa vie. À ma connaissance, elle mit sa menace à exécution. Elle se disputait même avec maman, ce qui était curieux, car elle était en proie à une véritable fixation sur maman, qu'elle ne quittait pas d'une semelle. Ma mère ne pouvait même pas aller à la salle de bain tranquillement. Et pourtant, Megan se disputait avec elle. C'était peut-être avec maman qu'elle se disputait le plus.

C'est aussi début avril que j'ai appris la nouvelle au sujet des parents de Paul. Quand il me l'a dit, nous étions sur le terrain de jeu du jardin public. Cet après-midi-là, j'avais travaillé à la clinique, et Paul était venu me chercher à pied, parce qu'il n'avait pas pu prendre la voiture de sa mère. Nous traversions le jardin, quand il s'est assis sur une des balançoires.

« Mes parents vont divorcer », dit-il en faisant tourner la balançoire sur elle-même. Penché en arrière, fixant les chaînes enroulées l'une sur l'autre, il a poursuivi. « Je les ai entendus en parler l'autre soir. Ils ne nous ont encore rien dit, à Aaron et à moi. Ils en discutaient dans la cuisine, et j'ai entendu.

– Je suis désolée. »

Il a soulevé ses pieds, et s'est remis à se balancer. « Il n'y a aucune raison d'être désolée. »

Je regardais l'autre balançoire en me demandant si j'allais m'y asseoir ou pas. Je portais encore ma blouse blanche d'aide infirmière, et maman se plaignait toujours que je la salissais trop.

« Je crois que je m'en doutais. Ça se sentait venir depuis très longtemps. Ils ne s'aiment pas. Peut-être qu'ils ne se sont jamais aimés. »

J'ai essayé d'imaginer l'effet que cela fait d'avoir des parents qui ne s'aiment pas. C'était un concept qui m'était entièrement étranger. En fait, je ne voyais pas du tout comment mes parents pourraient vivre l'un sans l'autre. Ils ne faisaient qu'un. Séparés, ils seraient comme mutilés.

« Qu'est-ce que tu vas faire ? » Je lui ai posé cette question en m'asseyant sur la balançoire. Après tout, comparé aux problèmes de Paul, le fait que maman se fâche parce que ma blouse était sale ne comptait pas vraiment.

« J'en sais rien. »

Silence. Il se balançait. Moi, j'ai levé la tête et j'ai regardé le ciel.

« Heureusement que je pars à l'université. Honnêtement, je ne voudrais vivre ni avec l'un ni avec l'autre. Mon père, de toute façon, il ne voudrait pas de moi. Il n'a pas dû m'adresser plus de six phrases en un an. "Bonjour mon garçon, dit Paul en imitant la voix nasillarde de son père, comment ça va ? Comment se fait-il que tu ne sois pas dans l'équipe de foot, comme Aaron ? Comment se fait-il que tu passes ton temps avec ces hurluberlus du club de physique ? Ne me regarde pas comme ça, mon garçon. Gagne ta vie d'abord, avant de faire la loi." Il ne m'a jamais rien dit d'autre.

– J'aimerais bien vivre avec ta mère » dis-je en me balançant.

Paul a reniflé. « Toi peut-être, mais pas moi. » Avec un autre petit reniflement, il a ajouté : « Ma mère, je la gêne sacrément. Tu la connais. Ses chichis, ses conneries.

– Tu ne devrais pas dire ça, Paul. Ce n'est pas vrai.

– Pour ce que tu en sais. »

Il y eut un long silence. Il se faisait tard. Le soleil disparaissait à l'horizon, et moi, je trouvais la soirée plutôt fraîche.

« Toi aussi, je te gêne sacrément, hein ? Tu as envie d'être exactement comme elle, hein ? Et je te gêne. »

J'ai violemment freiné la balançoire et je l'ai regardé dans les yeux. « Pourquoi dis-tu une chose pareille ?

– Réfléchis, Lesley. Ça devrait pas être trop dur à deviner. »

Désemparée, j'ai détourné la tête. « Ça suffit, Paul, bon sang. On ne va pas se mettre à jouer aux devinettes. Si tu as quelque chose à me reprocher, dis-le. Dis-le moi en face.

– Bon. Voilà : si tu me trouves si sacrément merveilleux, comment se fait-il que tu ne m'aies jamais invité chez toi ? Bon Dieu ! Tu vis pratiquement dans notre cirque. Et moi, je ne connais même pas tes parents. »

J'étais sidérée. Je n'arrivais pas à croire que c'était comme ça qu'il voyait les choses. « Oh, bon sang ! Grand Dieu, Paul, tu crois que c'est à cause de toi ? »

En haussant les épaules, il reprit son élan.

Et maintenant, qu'allait-il se passer ? Je me suis plongée dans la contemplation de mes ongles.

Il bouillait de colère. Il se balançait de plus en plus haut. Il était manifestement aussi furieux contre moi que contre ses parents à cause de leur divorce. Peut-être même plus furieux.

« Arrête de te balancer, tu veux ? »

Il a continué.

« Je ne peux pas te parler pendant que tu voles dans les airs comme un crétin de trapéziste. Arrête, veux-tu ? »

Il s'est laissé aller sur la balançoire, sans reprendre d'élan. Elle a ralenti, mais ne s'est pas immobilisée.

« Tu es complètement à côté de la plaque, Paul. Ça n'a rien à voir avec toi. Si c'est ça que tu t'imagines, tu es malade dans ta tête. Tu n'y es strictement pour rien. »

Il a repris son élan. « C'est pourquoi, alors ? »

Silence.

« Rien de particulier, je ne sais pas. »

Silence.

J'ai soupiré. « Ma famille est différente, c'est tout. Elle n'est pas du tout comme la tienne.

– Il n'y a pas de mal à ça.

– Non, Paul, vraiment. Par exemple, nous sommes bien plus pauvres que vous. Mon père est mécanicien dans un garage en ville. Ma sœur et moi, nous n'avons rien de ce que vous avez Aaron et toi ; pas de chaîne stéréo à nous, ni de télé, ou de téléphone, ou quoi que ce soit. Il n'y a rien à faire. On s'assoit sur une chaise, et c'est tout. On s'ennuie.

– Je ne suis pas à la recherche d'un parc d'attractions, Lesley. Je m'en fiche bien.

– Oui, mais ce n'est pas tout. Mes parents n'ont rien de bien intéressant. Papa n'a pas fait d'études, et maman est hongroise. Elle vit dans ce pays depuis 1957, et elle continue à mieux parler l'allemand et le hongrois que l'anglais. Elle s'habille mal. D'ailleurs la plupart du temps, elle porte les vêtements de papa, ou les miens. Elle vit dans un autre monde.

– J'ai compris, dit Paul aigrement. Ce n'est pas de moi que tu as honte. C'est d'eux. Bon Dieu ! Quelle preuve de personnalité ! Bravo, Lesley. Je suis tout à fait rassuré.

– Tu ne comprends rien du tout. Je n'ai pas honte d'eux non plus. Tu détournes le sens de mes paroles. Tout ce que je voulais dire, c'est qu'il n'y a aucune raison d'y aller. Tu ne rates rien.

– Bravo, Lesley. »

J'ai regardé le jardin. La nuit était tombée. Je grelottais, à rester assise sans bouger. Paul, en bras de chemise, semblait ne pas sentir le froid.

Il m'observait. Il avait complètement arrêté de se balancer, et il était à mon niveau.

« Inutile de pleurer, dit-il d'une voix sèche.

– Je ne pleure pas.

– Oh, Bon Dieu ! s'écria-t-il, écœuré, avant de relancer la balançoire.

– Arrête ! » J'ai saisi les chaînes de la balançoire. « Arrête ce sacré machin ! » Nous nous sommes affrontés du regard. « Tu veux vraiment le savoir? Monsieur Je-Sais-Tout, et son foutu cerveau. Tu veux savoir la vérité? Ma mère a des problèmes mentaux. Je ne ramène personne à la maison, parce que je ne veux pas que les gens se moquent d'elle. Ni qu'ils en parlent derrière mon dos. Ni qu'ils se moquent de moi parce qu'elle est ma mère et que je l'aime.

–Oh», a dit Paul. Le moment de silence qui a suivi était aussi aigu qu'une flèche. Puis il s'est détourné.

«Voilà. Tu es content, maintenant?» J'ai essuyé mes larmes du dos de ma main. «Tu es satisfait?»

«Bravo Paul» a-t-il dit doucement, entre ses dents. Il s'est retourné vers moi. «Les, je suis désolé, vraiment.»

En reniflant, j'ai fait la grimace. «Tu n'as aucune raison d'être désolé. Ce n'est pas de ta faute si elle a des problèmes.»

Il a haussé les épaules. «Mais je suis désolé d'avoir parlé comme ça. Je ne savais pas.

–Laisse tomber, va.»

13

J'ai invité Paul à la maison. Il est venu travailler un mercredi soir, et Megan excepté, qui jouait à Supergirl et bondissait sur les tables en maillot de bain, une serviette de toilette dans le dos en guise de cape, tous les membres de ma famille se sont conduits normalement. Alors j'ai pris le risque de l'inviter à dîner le vendredi suivant.

Vendredi matin, quand je me suis réveillée, j'étais si anxieuse que j'avais des crampes d'estomac. Assise dans mon lit en attendant que ça se passe avant de me lever pour aller en classe, j'ai fait une petite liste des choses que je ne voulais pas que ma mère fasse pendant le dîner avec Paul. J'ai descendu la liste et je l'ai montrée à maman. J'avais attendu que papa soit parti travailler, car je savais qu'il serait horrifié s'il me voyait. Maman, assise dans la cuisine, mangeait un toast et lisait le journal en buvant une tasse de café. Elle a parcouru la liste pensivement. Je m'étais efforcée de montrer toute la délicatesse possible. Maman a semblé prendre la chose au sérieux, et, en hochant la tête, m'a affirmé qu'elle comprenait.

Et elle n'a fait aucune des choses que j'avais inscrites sur la liste. À la place, elle a fait mourir de rire Paul, au dîner, en m'imitant au moment où je la lui avais apportée. Elle m'a contrefaite dans tous les détails, depuis la façon dont j'avais posé la feuille sur la nappe jusqu'à mes efforts pour lui faire comprendre pourquoi certaines de choses mentionnées me gênaient. J'étais mortifiée. J'avais des envies de meurtre. Mais Paul a adoré ça. Et il a adoré maman. Bien plus que moi ce soir-là.

Au fur et à mesure que les jours passaient, je me détendais de plus en plus. J'ai même envisagé de demander la permission de faire une fête à la maison pour mon anniversaire, ce qui s'en était jamais approché le plus avait eu lieu à l'occasion de mes douze ans, quand mes parents m'avaient emmenée au cinéma avec deux de mes amies. Je n'en ai pas parlé immédiatement, mais, pendant les cours, je faisais des listes d'invités et je pensais à danser, à boire et à trouver des garçons plutôt qu'aux lois de Newton et aux verbes irréguliers français.

J'avais l'intention de retourner en classe après mon rendez-vous chez le dentiste, mais en fait je suis rentrée à la maison. On m'avait fait trois plombages, et j'avais la bouche enflée et douloureuse. Cet après-midi-là, je n'avais qu'allemand et éducation physique. Il m'a donc semblé inutile de souffrir pour si peu de choses.

Maman n'était plus là. Je me doutais de l'endroit où elle était. Papa était payé ce jour-là et il avait dû la déposer en ville après être revenu déjeuner, pour qu'elle aille verser le chèque à la banque, et payer les factures. Mes dents me faisaient mal ; je suis allée dans le living, j'ai allumé la télévision et je me suis allongée sur le canapé avec un châle sur les épaules.

On a frappé très fort à la porte de derrière.

Je ne m'en suis pas occupée.

Les coups ont continué, de plus en plus forts et insistants. J'ai fini par me décider à me lever pour aller voir qui c'était.

Toby Waterman pressait son visage contre la vitre de la porte. Il m'a examinée, de ses étranges yeux décolorés. « Qu'est-ce qu'elle fiche, maman ? » m'a-t-il demandé sur un ton revendicateur.

« Ma mère n'est pas là, Toby. » Je ne l'ai pas laissé entrer.

« Qu'est-ce qu'elle fiche ? » Le visage pressé contre la vitre, il ressemblait à un cochon.

« Tu es très loin de chez toi, tu sais. Tu sauras rentrer sans te perdre ? »

Il a essayé d'ouvrir la porte mais j'ai mis mon pied pour la retenir. Comme il n'avait pas assez de force pour la pousser, il a abandonné et baissé son bras le long de son corps. Il me regardait.

« Ta maman sait où tu es, au moins ?

– Elle non. *Ma* maman. Cette maman, de cette maison.

–*Ma* maman ? Quelle maman cherches-tu donc ?

–Elle. Celle qui vit dans cette maison.Ma maman d'ici. Laisse-moi entrer. »

Stupéfaite, je me suis exécutée.

Il avait un petit bouquet de pissenlits à la main. Il l'a levé vers moi en entrant. « Je suis son petit garçon. À cette maman d'ici. L'autre famille, elle s'occupait de moi, c'est tout, jusqu'à ce qu'elle me retrouve.

–Toby, écoute. Je crois que tu fais une terrible confusion.

–À propos, a-t-il ajouté avec un sourire désarmant, je ne m'appelle plus Toby. Je m'appelle Klaus. Dans mon autre famille, ils m'appelaient Toby, mais ce n'est pas mon vrai nom. Je suis son petit garçon, celui qu'elle a perdu. Quand j'étais bébé, tu comprends. Des méchantes gens m'ont pris. Et ils m'ont donné à mon autre famille. Mais vrai, je m'appelle Klaus. »

Il était si sale. Ses cheveux étaient hirsutes, comme ceux d'une poupée avec laquelle on joue trop souvent. Il avait le visage maculé de taches de nourritures. Son anorak était bien trop grand, et le T-Shirt qu'il portait dessous était un vrai chiffon. Il sentait comme s'il faisait pipi au lit et qu'on ne changeait pas les draps. Pourquoi ma mère avait-elle choisi un enfant comme celui-là, entre tous ?

« Écoute, Toby—

–Klaus, je te dis. Combien de fois tu veux que je te le répète ?

–Qui que tu sois, écoute-moi bien. Il va falloir que tu t'en ailles, maintenant, tu comprends ? Il n'y a personne d'autre que moi, ici, et je veux que tu t'en ailles. »

Les sourcils froncés, il n'a pas répondu. Il a plongé le nez dans les pissenlits. Puis il a inspecté chaque fleur soigneusement, et les a levés. « Tu veux voir si tu aimes le beurre ? » m'a-t-il demandé d'un air engageant.

« Non. Je veux seulement que tu t'en ailles. Maman n'est pas là.

–Je veux l'attendre.

–Non. Tu dois partir. Tu ne peux pas rester ici.

–Pourquoi pas ?

–Parce que.

–Parce que, c'est pas une raison. »

Je ne le quittais pas des yeux.

« Mais quand c'est qu'elle viendra me voir ? Hein ? Je l'ai attendue. J'l'ai attendue toute la journée.

– Il faut que tu t'en ailles, Toby. Immédiatement. Tout de suite.

– Je m'appelle Klaus, je te l'ai déjà dit. Pourquoi tu peux pas te mettre ça dans la tête ?

– Va-t-en ! » Et je l'ai poussé vers la porte, physiquement.

« Mais quand c'est qu'elle va venir me voir ? » Il gémissait, la voix plaintive et revendicatrice.

Je le poussais toujours d'une main. De l'autre, j'ai ouvert la porte. « Je ne sais pas. Pas aujourd'hui, en tout cas. Tu m'entends ? Alors rentre chez toi. Tout de suite. » Je l'ai poussé dehors et j'ai refermé brutalement la porte, que j'ai verrouillée. Il est resté un instant debout au soleil.

« Dis-y, que j'suis venu la voir. » Ses yeux rétrécis par le soleil, il a ajouté : « Dis-y. Son petit garçon perdu est venu. » On aurait dit qu'il me menaçait.

Je tremblais comme une feuille. J'ai fermé toutes les portes et toutes les fenêtres, j'ai tiré les rideaux. Je n'osais pas regarder dehors, de peur qu'il soit encore là. Je me suis réinstallée sur le canapé, et je me suis enveloppée dans le châle. J'étais si énervée, mes mains tremblaient tellement, que j'ai eu du mal à y arriver.

Ma mère est revenue peu après. Elle a voulu ouvrir la porte, qui n'a pas cédé. Après une deuxième tentative, elle a sorti ses clés en marmonnant entre ses dents en allemand. Elle a fait jouer sa clé dans la serrure et la porte s'est ouverte. Elle est passée devant moi en souriant, les bras chargés de provisions.

Je suis restée dans le living non éclairé pendant quelques instants de plus. J'avais encore mal aux dents. L'effet de la novocaïne était à demi dissipé, et ma bouche était désagréablement lourde.

Maman est repassée, pour prendre un deuxième sac de provisions qu'elle avait laissé sur le pas de la porte. « Tu es rentrée tôt » dit-elle en retournant à la cuisine.

« J'avais rendez-vous chez le dentiste, tu te rappelles ? J'ai décidé de ne pas retourner en classe après. » Je ne la voyais plus.

Au désespoir, je me suis levée et je l'ai suivie. « Maman, le petit garçon est venu. »

Elle rangeait les provisions. Je suis incapable de dire si elle m'entendait ou pas.

« Maman, je t'en prie, arrête-toi une minute, tu veux ? » Je lui ai pris le bras. « Écoute. Ce gosse, il est venu ici. Le petit Toby Waterman. »

Elle m'a regardée.

« Qu'est-ce que tu lui as raconté, maman ? Maintenant, il prétend qu'il est Klaus. »

Maman s'est écartée de moi, et s'est mise à sortir les provisions du sac qui était sur la table.

Elle a vidé un sac en plastique plein de pommes dans la passoire qu'elle a posée dans l'évier. Puis elle a ouvert le robinet. Elle l'a refermé, et a égoutté la passoire. Elle a mis les pommes dans la corbeille à fruits.

« Maman, tu m'entends ? »

Ma mère a sorti un gros livre de poche de l'un de ses sacs et l'a feuilleté pendant quelques instants sans mot dire. Puis elle me l'a montré. « J'avais très envie de le lire, depuis longtemps. Mrs Reilly en a lu des extraits dans Family Circle. Elle m'en a parlé.

– Maman, on n'est pas en train de parler de livres. »

Maman était toujours plongée dans les pages de son livre de poche.

« Maman, je t'en prie, pose ce livre. Je t'en prie. Et écoute-moi. Tu ne peux pas continuer à raconter des choses comme ça à Toby Waterman. Ce n'est qu'un gosse. Quel âge a-t-il ? Six ans ? Moins, je parie. »

Ma mère a posé son livre et m'a tourné le dos.

« Je sais que tu y vas, maman. Je sais que lui et toi, vous vous amusez bien ensemble, et que ça te rend heureuse. Tant mieux. Mais tu ne peux pas continuer à lui raconter des bobards. Il est trop petit. Il ne peut pas comprendre que c'est pour rire.

– Mais je lui dis la vérité » a-t-elle rétorqué doucement, sans me regarder. Elle a tiré une chaise et a grimpé dessus pour ranger un paquet de spaghetti en haut de l'armoire.

« Maman, ne dis pas ça. Ce n'est pas la vérité. Tu le sais aussi bien que moi. N'essaye pas de te convaincre que c'est vrai. »

Elle n'a rien répondu.

« Je sais que tu aimerais que ce soit vrai. Je le comprends bien. Mais ce n'est pas une raison pour que ça le devienne. »

Elle est descendue de la chaise, qu'elle a remise à sa place.

« C'est bien de s'amuser, maman, mais là, tu vas trop loin. Tu dépasses les bornes de l'amusement. Pour être honnête, ça commence à me faire peur. »

Pas de réponse.

« Tu m'écoutes ? »

Une boîte de haricots à la viande dans chaque main, elle s'est immobilisée au milieu de la cuisine et m'a fait face. « Tu ne te rends pas compte que c'est lui ?» Sa voix était faible. «Tu ne vois pas que c'est Klaus ? C'est mon fils. Je suis tout de même capable de reconnaître mon propre fils, non? C'est ma chair, c'est mon sang.

– Maman! Maman, pour l'amour de ciel! Tu ne crois pas vraiment à ce que tu dis? Pas pour de vrai? Hein? Il y a quarante ans de cela, maman. C'était en Allemagne, pendant la guerre. Ce gosse ne peut pas être Klaus.

– C'est ce qu'*ils* veulent te faire croire. Tu comprends, ils ne se doutaient pas que je le trouverais, ici. Mais je suis capable de reconnaître mon propre fils.

– Maman, je t'en supplie, ne parle pas comme ça. Tu me fais peur ! »

Elle a baissé les yeux sur les conserves qu'elle avait en mains.

« Toby Waterman n'est pas ton petit Klaus. C'est un gamin du Kansas.

– C'est exactement ce qu'ils veulent te faire croire. » Elle était exaspérée.

« Parce que c'est vrai. Maman, ton Klaus serait un homme aujourd'hui. Toby n'est qu'un gamin de cinq ou six ans. Klaus serait un adulte. Le temps a passé, maman. Klaus ne serait plus un enfant. Ce gamin ne peut pas être lui. Maman, pour l'amour du ciel, dis-moi que tu sais que ce n'est pas lui. »

Elle s'est détournée et s'est remise à ranger les provisions.

Nous étions toutes les deux angoissées. Je lui ai pris le bras et je l'ai contrainte de s'arrêter de s'agiter. « Écoute. Tu dois en finir avec ça. Dès maintenant. Tu commets une terrible erreur. Toby n'est pas Klaus. Tu ne peux pas continuer à penser que c'est lui. Ni continuer à le lui dire. Ce n'est pas lui. Tu comprends? Tu comprends ce que je suis en train de te dire ? »

En prenant une brusque respiration, elle a essayé de se dégager, mais je la tenais solidement par le bras.

« Dis-le moi, maman. Je veux t'entendre le dire, dis que ce n'est pas Klaus.

– Ce n'est pas Klaus. » Elle s'est libérée brutalement.

Triste et énervée, je suis retournée dans le living en laissant ma mère finir de s'activer dans la cuisine. C'était de la folie. Et l'exactitude du mot m'a rendu littéralement malade.

Quelques instants plus tard, j'ai entendu maman redescendre du premier étage. J'ai vu qu'elle portait un sweater et des chaussures de marche.

« Où vas-tu ?

– Dans le jardin. »

J'ai bondi sur mes pieds et je l'ai rattrapée. Dans ma hâte, je l'ai presque renversée. « Arrête maman, tu ne sortiras pas. »

Elle avait une plaque de chocolat à la main.

« Je vais le dire à papa. Je vais lui dire que tu y es allée tous les jours, et il t'empêchera d'y retourner. »

Elle me regardait, sans ciller.

« Écoute, on va convenir de quelque chose. Tu n'y vas plus, et je te promets de ne rien dire à papa. D'accord ? Tu enlèves tes chaussures, et tu restes ici. D'accord ? »

Pas de réponse.

« Maman, s'il te plaît ? Allez ! »

Nous nous faisions face. C'était un affrontement, les yeux dans les yeux. Je ne savais pas quoi faire. En baissant les yeux, j'ai vu qu'elle tournait et retournait la plaque de chocolat entre ses mains.

C'était une plaque de chocolat aux amandes.

Et j'ai cessé de lutter. J'étais maintenant submergée par une tristesse sans espoir, d'autant plus violente qu'elle était inattendue. Un instant auparavant, j'étais furieuse, exaspérée ; je n'éprouvais plus que peine, et tristesse.

« Maman, qu'est ce que tu nous fais ? ai-je dit d'une voix chevrotante. Ce sont les chocolats préférés de Meggie, tu ne le savais pas ? Pourquoi est-ce que tu distribues des friandises à des enfants inconnus alors que tes propres enfants sont près de toi ? Qu'est-ce qu'on a fait de mal ? »

Elle a soulevé la main, et regardé le chocolat.

« Du chocolat aux amandes. C'est ce que Meggie préfère. Pourtant tu n'en achètes jamais à Meggie. »

Elle examinait la plaque de chocolat.

« Maman, c'est nous qui t'aimons. Pas ce gosse. Lui, il t'aime bien, parce que tu lui apportes des sucreries. Il est vorace, et si tu arrêtais de… Meggie et moi, nous sommes tes enfants. Je ne sais pas où sont tes autres enfants, ni qui ils sont, ni ce qui leur est arrivé, mais, Meggie et moi, tu nous as, maman. »

Un bref silence, lourd.

« Je t'en prie, maman, donne-nous ce chocolat, à elle ou à moi. Donne-le à Megan. Ça la rendrait si heureuse de penser que tu es allée lui acheter du chocolat aux amandes, rien que pour elle. Parce que tu sais qu'elle l'aime tant. S'il te plaît, maman, donne-le à Meg. »

Maman se tordait la lèvre inférieure avec les doigts d'une main. Elle contemplait toujours la friandise, posée dans son autre paume.

« Mais j'ai dit que je le retrouverais, a-t-elle murmuré. Je l'ai juré devant Dieu. Je l'ai juré sur ma vie.

– Maman.

Elle a levé sur moi des yeux remplis de larmes ; m'a pris la main et a mis le chocolat dedans. Puis elle s'est retournée et a monté l'escalier en courant. J'ai entendu la porte de leur chambre s'ouvrir et se refermer en claquant. Elle était partie.

La tête dans les mains, les doigts dans les cheveux, mon père était assis à table. Il fixait la nappe. Quand il était rentré de son travail, je lui avais raconté ce qui s'était passé. Je n'avais pu deviner s'il se doutait ou non que maman continuait d'aller voir le petit Toby Waterman. Il avait soupiré et s'était passé une main sur les yeux. De sa casquette, il avait martelé la rampe de l'escalier en montant au premier.

Ils ne s'étaient pas disputés, comme je le craignais. Pas de cris. Rien. Il était entré dans la chambre et avait longuement parlé avec maman. Puis il était ressorti. Elle non.

J'ai fait le dîner. De la soupe et des sandwichs, aucun de nous n'avait bien faim. Megan a ouvert son sandwich et a mangé le milieu. Mon père l'a menacée de l'envoyer au lit si elle continuait à faire autant de saletés. Je ne lui ai pas dit que Megan avait mangé une plaque entière de chocolat aux amandes avant le dîner.

Nous sommes restés à table, au milieu des assiettes sales.

« Que faire ? a-t-il dit, l'air épuisé, en suivant du doigt le dessin d'une des fleurs de la nappe. Megan était assise à un bout de la table. Vautrée sur sa chaise, la tête dans son bras replié, elle ramassait des miettes.

« Je devrais peut-être aller voir ces gens, et leur parler, a dit papa.

– À quoi ça servirait ? ai-je demandé.

– Ils sauraient que nous sommes au courant. Ils doivent se poser des questions. Aussi vrai que je m'appelle O'Malley, si quelqu'un faisait une chose pareille à Megan, je lui aurais déjà tiré dessus. Je ne comprends pas. Qu'est-ce qui peut bien lui passer par la tête, de temps en temps ? »

Silence. J'aurais bien aimé que Megan aille se coucher. C'était délicat de parler de tout cela devant elle. Mais elle n'en avait manifestement pas l'intention.

« Maman croit vraiment que c'est Klaus ? ai-je demandé à papa.

– Je ne sais pas. »

Silence, encore.

J'ai jeté un coup d'œil autour de moi. Des casseroles, des pots, la cuisinière, le réfrigérateur, l'étagère à épices. Une cuisine normale.

« Je ne vois pas comment elle le pourrait » ai-je dit. C'était de la folie. Avant, les autres choses que faisait maman, c'étaient des exentricités. Agaçantes, oui, mais uniquement des excentricités, qui rendaient maman différente de la plupart des gens, mais après tout, elle l'était. Mais là, c'était de la folie, de la pure et simple folie.

« Je ne sais pas, a répété mon père.

– Papa ? »

Il a levé les yeux.

« Tu crois que maman devrait aller voir un psychiatre ? »

Il a réfléchi pendant quelques instants et il a secoué la tête.

« Ça pourrait lui faire du bien.

–Ce n'est pas si grave que ça, Les. Nous pouvons nous en occuper nous-mêmes.

–Mais ça lui ferait peut-être du bien. »

Un silence, à nouveau. Papa grattait une tache de nourriture sur la nappe. Elle était sale, il fallait la changer.

« Non, a-t-il répondu doucement.

–Pourquoi ? »

Il a relevé la tête, a regardé autour de lui et s'est passé la main dans les cheveux. Puis il a recommencé à observer la nappe. Il a cherché une autre tache, et s'est mis à la gratter de son ongle. « Elle ne comprendrait pas, Les. »

Je l'ai regardée.

« Il y avait des psychiatres, là-bas, à Ravensbrück. Là où elle était pendant la guerre. C'étaient des… enfin, ils ont fait des choses, des horreurs, tu sais ce que je veux dire. » Il s'est passé les mains dans les cheveux à nouveau.

« Mais c'était à l'époque.

–Elle ne comprendrait pas. Tu sais comment elle se fait ses opinions. Elle serait incapable de voir qu'ils ne lui veulent pas de mal. Tu sais comment est maman, quand elle croit quelque chose. »

J'ai soupiré. « Et tu ne pourrais pas lui faire comprendre ?

–Je n'essayerais même pas. Je l'ai sortie de là, Les. »

J'ai soupiré à nouveau.

« Je sais que c'est difficile, ma chérie, a-t-il dit en tendant la main pour la poser sur mon épaule. Mais crois-moi, ce n'est pas si grave que ça. C'est une bricole. Une des petites bizarreries de maman. Elle s'en remettra, avec le temps. C'est très ennuyeux, je sais, mais ça passera, comme tout le reste. » Il m'a regardée. « Tu comprends, n'est-ce pas ? »

Je comprenais, je crois.

Megan remua sur sa chaise. « Papa ?

–Oui, chérie ?

–Papa, je suis au courant de toutes ces choses. J'ai lu plein de livres. Moi aussi, je comprends. »

Il lui a caressé la joue au-dessus de la table. Megan a souri. Puis elle a regardé ses ongles, pensivement, avant de relever les yeux sur lui. « C'était un camp, cet endroit, hein ? Un camp comme ceux où on mettait les Juifs ? »

Mon père hocha la tête.

Megan m'a jeté un coup d'œil qui signifiait : je te l'avais bien dit. Je n'ai pas réagi.

« Donc tu sais combien maman a été courageuse, n'est-ce pas, Meggie. Tu vois comme il est fort, le sang qui coule dans tes veines ? »

Megan a hoché la tête.

« C'est pour ça qu'il faut aider maman quand elle se laisse un peu aller, quand elle n'a plus autant de force. Les familles sont faites pour ça. »

Je me suis plongée dans mes pensées, assise dans la cuisine brillamment éclairée. Ma sœur et mon père ont continué à parler, mais je ne les écoutais pas. Je voyais une jeune fille, d'à peine mon âge, aux cheveux et aux yeux clairs, aux traits bien dessinés, pas vraiment belle encore, mais un peu gauche, comme le sont à cet âge les filles grandes. Une fille gentille, qui mangeait ses légumes, se nettoyait les ongles et s'efforçait de ne pas se disputer avec son frère. L'image était très nette. Ce n'était pas ma mère, c'était une étrangère.

J'ai regardé papa. « Je veux savoir une chose. »

Il a levé les yeux sur moi.

« Ils l'ont violée ?

Oui, ils l'ont violée. »

14

Le lendemain, je ne suis pas allée à l'école. Mon père en avait décidé ainsi, afin de disposer de plus de temps pour imaginer ce qu'il pourrait bien entreprendre pour empêcher maman de voir Toby Waterman. Tout cela agaçait maman. La veille au soir, elle n'était pas descendue du tout, après sa crise. Lorsque mon père était monté se coucher, je les avais entendus parler. Elle avait élevé la voix, à un moment, en réponse à quelque chose qu'il avait dit. Mon père ne discutait pas avec elle. Sa voix était à peine perceptible. Elle avait continué un bon moment, puis elle était allée s'enfermer dans la salle de bains en claquant la porte de la chambre. Un bruit de robinet, et mon père était sorti dans le couloir en disant, Mara, ouvre-moi. Elle l'avait laissé entrer, la porte s'était refermée, l'eau avait coulé à nouveau, et couvert le son de leurs voix. Je m'étais endormie avant qu'ils ne sortent l'un ou l'autre.

Pendant la nuit, Megan s'était levée. Elle était allée chercher des draps propres dans l'armoire à linge, dans l'entrée, et s'était fait tomber la moitié du contenu de l'armoire sur la tête. J'étais sortie de mon lit pour l'aider à refaire son lit. Puis je m'étais enfin recouchée, en espérant que maman se réveillerait tard. J'étais épuisée.

Mais maman, bien entendu, s'est levée à sept heures en même temps que papa.

La matinée a été pénible. Ma mère, en colère contre moi parce que j'étais là, parce que je m'étais mêlée de ce qui ne me regardait pas et que j'avais tout raconté à papa, ne m'a pas adressé la parole. Elle était agitée, elle semblait s'ennuyer. Elle arpentait la maison en laissant un nuage de fumée de cigarette dans son sillage. Je me suis assise dans le living et j'ai regardé des jeux à la télévision.

Je craignais que l'après-midi ne soit pire encore. C'était le moment où elle allait en général voir Toby, et j'avais bien peur qu'elle ne veuille y aller malgré ma présence. Je ne pourrais pas y faire grand-chose. Pire encore, Toby risquait de revenir chez nous, comme la veille.

Je passais des moments très désagréables, je me faisais l'impression d'être un geôlier.

Maman a préparé le déjeuner pour nous deux. Plus tard, elle est retournée à la cuisine avec une boîte pleine de photos. Elle s'est fait une tasse de café et a commencé à les trier. Soulagée de voir qu'elle s'était trouvé une occupation, je suis allée regarder un feuilleton à la télévision.

Quand je suis retournée à la cuisine pour voir ce que fabriquait maman, elle était toujours assise à table avec ses photos. Elle buvait un rafraîchissement et grignotait des chips, les pieds sur une chaise. Elle portait ses chaussures de marche, mais je n'ai rien dit. Je me suis hissée sur le plan de travail, derrière elle, et j'ai pris quelques photos.

Je les connaissais presque toutes. C'étaient des photos de ma sœur et moi, quand nous étions petites.

« Tu as vu celle-là, maman ? » lui ai-je dit en lui montrant une photo de Megan, toute nue dans sa petite piscine en plastique, dans le jardin de notre maison de Yakima.

« Et celle-là, où est-ce ?

– Pays de Galles, a répondu maman.

– Je ne savais pas que vous aviez un appareil, à l'époque.

– Nous n'en avions pas. » Elle a tendu la main vers la photo, que je lui ai donnée. « C'est Jones, le fermier, qui a pris cette photo. C'était le propriétaire de la Forêt des Fleurs. On est à côté de la maison. Elle serait là, à droite de la photo. Regarde, on voit la haie de buis. »

Je me suis penchée en avant, une main sur son épaule pour garder mon équilibre. C'était une photo de mon père avec un chien noir et blanc. Elle était un peu floue, la haie n'était qu'une masse indécise.

« De là, à l'endroit où se tient O'Malley, on voyait toute la vallée. »

J'ai observé le jeune homme sur la photo. Il ne ressemblait pas beaucoup à mon père. Il était mince et grêle, comme un gosse qui ne mange pas à sa faim. Mais, manifestement, il s'amusait bien avec le chien. Son bonheur simple se voyait malgré le flou de la photo. À qui pouvait bien être ce chien ?

Silencieusement, maman a touché les images de l'homme et de l'animal, les a caressées doucement, comme si elle s'attendait à sentir la texture de leurs peaux. « C'est un drôle d'endroit, dit-elle lentement, je ne sais pas pourquoi ; on le sentait, mais je n'ai jamais pu l'expliquer. » D'une voix douce et lointaine, elle poursuivit : « La lumière, peut-être. Je m'asseyais à la fenêtre, et j'attendais le retour de O'Malley en regardant la vallée. La lumière était particulière, elle avait une couleur différente. » Elle a vaguement souri aux personnages sur la photo, puis elle a touché le chien. « J'ai beaucoup aimé cet endroit. La terre était vieille, grise, verte et triste. Ça me brisait le cœur. Comme certaines choses le font, tu sais. Quand la joie rend triste.

– Tu aimerais y retourner, maman ? »

Un sourire a adouci ses traits. « Oh oui, chérie. *Ja, Ja.* Oh, oui. C'est l'unique endroit que je regrette d'avoir quitté. J'y retournerais à l'instant, si je le pouvais. »

Elle considérait toujours la photo, qu'elle avait prise dans sa main. « Mon cœur n'est pas américain. Ma place est dans un vieux pays. Pour vivre ici, il faut être courageux, et neuf. Moi, j'ai trop de tristesse ; ma place est dans un vieux pays. »

Un millier d'idées tourbillonnaient dans ma tête. « Maman, pourquoi on n'y retourne pas ? »

Elle s'est détournée pour prendre son verre, et a secoué la tête. « Il faut de l'argent. Nous n'avons pas d'argent pour des choses comme celles-là. » Mais, à son expression, j'ai compris que j'avais éveillé un rêve en elle.

J'ai sauté en bas du plan de travail et je suis allée m'asseoir sur une chaise. Je réfléchissais avec frénésie. Il devait y avoir un moyen. Si nous pouvions emmener maman loin d'ici, loin du Kansas, et de Toby Waterman…

Son verre à la main, elle ne disait rien. Elle était plongée dans de lointains souvenirs, l'expression détendue. Intérieurement, elle souriait, et son sourire transparaissait sur ses lèvres.

« C'étaient les fleurs. Il y avait plus de fleurs que je n'en avais jamais vu nulle part. Même dans la serre de Popi. La Forêt des Fleurs, en haut sur le versant de la colline. La vallée était grise et verte, toujours dans le brouillard, mais là-haut, sur la colline, là où nous vivions, nous étions au soleil. »

Paul est passé après les cours. Il était de mauvaise humeur. La journée avait été mauvaise, pour lui. Je n'étais pas en classe, ce qui l'avait attristé, Aaron avait pris la voiture pour suivre ses premiers cours d'initiation à la conduite et il y avait eu interro d'anglais sur un livre qu'il n'avait pas lu.

Maman était enfin montée au premier pour faire un somme et Megan était à la cuisine. Paul et moi sommes allés nous asseoir sur la pelouse devant la maison.

« Tu as été malade ?

– Non. » Le soleil était très chaud ; sa chaleur me faisait du bien, après être restée enfermée toute la journée. « Maman n'allait pas très bien, alors je suis restée à la maison pour lui tenir compagnie. »

Il m'a regardée. Je pense que Paul croyait que tout ce que je lui avais raconté de maman était de la pure invention. « Qu'est-ce qu'elle a ? »

J'ai haussé les épaules. Je ne voulais pas lui parler de Klaus. J'ignorais trop de choses à ce sujet. Et je n'avais aucune envie de lui raconter cette folie avec Toby Waterman. « Elle a passé deux mauvaises journées, c'est tout.

– Que veux-tu dire ? Elle est déprimée ? » Il voulait savoir exactement ce qu'il en était.

« Oui. » Je trouvais que ça faisait meilleur effet que la vérité.

Son front s'est plissé. « Elle… Elle a des tendances suicidaires, ou quelque chose comme ça ?

– Oh non » ai-je répondu en riant avant de m'apercevoir que le rire n'était évidemment pas une réaction idéale quand on parlait de suicide et de dépression. Je me suis mis la main devant la bouche. J'étais une piètre menteuse.

J'aurais préféré n'avoir pas mentionné les problèmes de maman à Paul. C'était presque pire que s'il ne savait rien du tout. Tristement, je me rendais compte que dans de tels cas, on n'arrêtait jamais de mentir. Maintenant qu'il ne me fallait plus cacher que maman était différente, je devais camoufler les aspects les moins acceptables de cette différence sous d'autres.

«Ton père te laisse? Sécher l'école, je veux dire.»

Un insecte rampait dans l'herbe, le long de ma jambe. J'ai mis mon doigt, pour qu'il grimpe dessus. «Je n'ai pas séché. Je suis restée à la maison avec ma mère. Papa me l'a demandé. Je le fais souvent; je l'ai toujours fait.»

Il me regardait.

«Il n'y a que moi qui puisse. Megan, c'est impossible, elle est trop petite, trop inconsciente, surtout. Quand j'avais son âge, je le faisais, mais on ne peut pas se fier à Megan.»

Paul cueillait des fleurs de trèfle dans la pelouse. Il en avait quatre ou cinq sur les genoux et essayait d'en attacher les tiges. Ça ne tenait pas. «Ça me rendrait fou furieux si je devais rester à la maison avec ma mère. Il faudrait me payer!

–Ce n'est pas un problème, pour moi. Ça fait longtemps que je le fais.

–Tu ne leur en veux pas? Moi, je leur en voudrais. Même si ma mère était supportable, ce qui n'est pas le cas. J'en voudrais à mon père de me dire ce que je dois faire. Ben mon vieux, s'il se pointait un jour pour me dire de rester à la maison pour m'occuper de ma mère, il m'entendrait, je te le dis.

–Mais non, tu ne ferais pas ça.

–Tu veux parier? Je te jure bien que si. C'est ma vie à moi, après tout, non?

–Ton père t'a bien dit quel genre d'études tu devrais faire. Ça ne me semble pas très différent.»

Il m'a lancé un regard courroucé. «Je ne vois pas le rapport.

–Moi, je le vois très bien. Je trouve même que c'est pire. Tu n'as aucune envie de faire de statistiques, tu le sais très bien. Et tu n'es pas spécialement doué pour ça. Simplement, il t'a dit ce que tu devais faire.»

Je me suis penchée sur l'herbe pour chercher un trèfle à quatre feuilles. Nous ne disions plus rien. Paul essayait encore de nouer ensemble les tiges de trèfle, et n'y arrivait toujours pas. J'ai cru trouver un trèfle à quatre feuilles et je l'ai cueilli, mais ça n'en était pas un. J'ai pressé les feuilles entre mes doigts, et le jus m'a taché la peau.

«La grande différence, a-t-il repris, la voix encore chargée de ressentiment, c'est que je dois aller où me dit mon père parce que c'est lui qui paye. C'est son fric. Alors, je n'ai pas le choix. Mais toi, combien on te paye pour ça? Tu n'es pas payée pour rester à la maison. Ce n'est pas une histoire d'argent, tu n'es pas obligée.»

Le petit tas de pulpe verte était toujours entre mes doigts. Je l'ai reniflé. J'aimais l'odeur de l'herbe. Avec un profond soupir, j'ai haussé les épaules. «Si, Paul, on est obligé. Essaye de comprendre. C'est ta famille. Donc tu le fais. Je ne sais pas pourquoi. Tu le fais, c'est tout.»

Ce soir-là, mon père n'est pas rentré avant sept heures. Je savais où il était allé. Chez les Waterman, pour leur parler de maman et de leur petit garçon. Je ne voulais bien entendu pas que maman le sache. Quand elle était redescendue, vers cinq heures et demie, après sa sieste, elle s'était étonnée du retard de papa. Pour qu'elle ne s'inquiète pas, je lui avais raconté la première chose qui m'était venue à l'esprit; qu'il avait téléphoné du garage pendant qu'elle dormait pour nous prévenir qu'il resterait plus tard à son travail pour réparer la voiture du maire, qui était en panne, et dont le maire avait un urgent besoin le lendemain matin. Le maire n'était peut-être même pas client de ce garage, je n'en savais strictement rien, mais je supposais que maman non plus.

À six heures, maman a préparé un dîner froid, pour que papa ne mange pas de plats réchauffés quand il rentrerait. Megan jouait avec sa poupée Barbie, par terre dans la cuisine. Elle avait sorti environ deux cents accessoires divers, pendant que maman préparait le dîner. Quand elle en a eu assez de trébucher sur Megan et ses jouets, maman lui a demandé de ranger et d'aller s'amuser ailleurs. «Tu vois, tu n'as plus le droit de faire ça» dit Megan à sa poupée en la fourrant dans sa boîte et en l'envoyant valser sur le sol de la cuisine. «Et maintenant, Barbie va en camp de concentration» marmonna-t-elle pour elle-même en parcourant la cuisine à quatre pattes et en poussant la boîte dans le couloir. Ma mère a blêmi. Je lui ai dit qu'il fallait faire quelque chose pour empêcher Megan de lire ses affreux livres.

Quand mon père est rentré, il avait l'air épuisé. Il s'était changé au garage, avant d'aller chez les Waterman : il portait une chemise et une cravate. Quand il est monté à la salle de bains pour se laver les mains avant le dîner, maman m'a dit d'un ton scandalisé que les ouvriers travaillent en chemise blanche. Ça a dû être assez pénible comme ça pour papa, lui ai-je dit, il vaut sans doute mieux ne pas lui en parler.

Maman s'est assise à table avec papa pour lui tenir compagnie pendant qu'il dînait. Elle se penchait vers lui en lui parlant. Elle lui a raconté notre journée, a mentionné les photos, notre déjeuner, et les lilas qui commençaient à fleurir. Elle lui a dit qu'elle avait lu dans un magazine féminin qu'il fallait surveiller le taux de plomb dans l'eau des vieilles maisons, à cause des tuyaux de plomb, et lui a demandé s'il savait si nos tuyaux étaient en plomb, car cette maison n'était pas jeune. Pendant toute la conversation, elle n'a pas cessé de tripoter le set de table, la tasse à café et la manchette de sa chemise. Elle parlait hongrois. D'ailleurs, ai-je pensé en faisant la vaisselle, le dos tourné, maman ne parlait pas souvent anglais, ces derniers temps, même quand elle n'était pas fatiguée.

Après dîner, j'ai laissé à mon père un petit moment pour se détendre avant de monter le rejoindre dans son bureau. Comme d'habitude, il était allongé dans son fauteuil relaxe, qu'il avait mis en position couchée. La radio marchait à fond ; elle diffusait des marches, une musique que, personnellement, je n'aurais pas choisie pour me détendre. Mais papa avait les bras qui pendaient le long du fauteuil et les yeux fermés.

Sans dire un mot je suis entrée et je me suis installée sur le tabouret à côté du fauteuil. J'ai écouté la musique, et j'ai vérifié que décidément je n'aimais pas les marches.

Mon père a ouvert les yeux.

« Comment ça s'est passé ? »

Avec un grognement, il a laissé retomber sa tête.

« Qu'est-ce qu'ils ont dit ?

– Elle a fait un sacré cirque. Ils ne savaient pas qui elle était, mais ils étaient sur le point de prévenir la police.

– Oh la la ! »

Il a tristement hoché la tête.

« Ils n'ont pas été compréhensifs du tout ?

– Pas particulièrement, mais mets-toi à leur place. Si j'avais découvert que quelqu'un vous racontait des choses pareilles, à Megan ou à toi, je l'aurais mis en pièces. Et je n'aurais pas été spécialement compréhensif, moi non plus. »

Il avait vécu une expérience humiliante. Il n'avait pas besoin de le dire pour que je m'en aperçoive. C'était évident, à sa façon de le raconter. Les gens n'étaient jamais très tolérants envers la folie des autres. Ils s'imaginaient qu'ils l'étaient. Ouverts et compréhensifs. Mais quand la pression montait, à ma connaissance, ils ne l'étaient jamais.

« Papa, j'ai une idée. Cet après-midi, nous avons parlé, maman et moi, et j'ai pensé à quelque chose. »

Il m'a jeté un coup d'œil.

« On ne pourrait pas aller au pays de Galles ? »

Il a ouvert grand les yeux. « Au pays de Galles ?

– Oui. Nous regardions des vieilles photos, maman et moi, et elle m'a dit combien elle regrettait ce temps-là. Alors j'ai pensé… » Je n'ai pas fini ma phrase, j'espérais qu'il le ferait à ma place. À parler tout haut, mes idées me semblaient tout d'un coup moins plausibles.

Mon père n'a rien dit du tout.

« Je me suis dit que si nous allions quelque part, maman oublierait peut-être Toby Waterman.

– Oh, Lessie » m'a-t-il dit en souriant. Puis il a tendu la main et il m'a caressé la joue comme il le faisait à Megan quand elle se montrait d'une stupidité attendrissante.

« Elle penserait à autre chose. Ça résoudrait peut-être le problème.

– C'est une bonne idée, Lesley, mais elle est irréalisable. Le pays de Galles, c'est un autre pays. On ne peut pas simplement faire ses bagages et y aller. Il faut des visas, des permis de travail, et plein d'argent. Et j'ai bien peur qu'on ne délivre pas de permis de travail à un vieux bonhomme comme moi.

– Tu n'es pas vieux. »

Il a souri.

« Je ne pensais pas qu'on s'y installerait pour de bon. On pourrait y aller en vacances ? Passer un moment dans un endroit où

Maman a vraiment envie d'être. Jusqu'à ce qu'elle se sorte de la tête cette obsession au sujet de Toby.

–Pas d'argent, chérie.» Il a renversé la tête en arrière et a contemplé le plafond en silence. «C'est toujours le point d'achoppement: l'argent. Si j'étais riche, je l'emmènerais où elle le voudrait: j'irais à Lebeny, au pays de Galles, ou à Vienne. N'importe où. Malheureusement, je ne suis pas riche.» Il a prononcé ces derniers mots en me regardant.

Déconfite, j'ai baissé les yeux.

«Mais c'est une bonne idée, a-t-il ajouté.

–Ça coûterait si cher que ça? Juste pour des vacances? De courtes vacances?

–Je n'ai pas d'argent, Lesley. Même pour de courtes vacances.

Je réfléchissais. À la radio, on entendait maintenant une mélodie que je ne connaissais pas, douce et triste.

«J'ai presque cent cinquante dollars sur mon compte d'épargne; je les ai gagnés à la clinique. Je les gardais pour l'université, mais je te les donne volontiers. J'en gagnerai d'autre cet été, quand je pourrai travailler à plein-temps. Ça suffirait?

–Non, chérie. Malheureusement non.»

J'ai baissé la tête de nouveau. Les yeux sur les fibres du tissu, je réfléchissais. «Tu te souviens de mon livret? Celui que grand-maman m'a ouvert quand j'étais petite. Pour que j'aille à l'université. On pourrait prendre ça.»

Il a secoué la tête.

«Il y a mille dollars, papa. Que je peux toucher à dix-huit ans. Ça suffirait sûrement, non? C'est beaucoup d'argent.

–C'est l'argent pour tes études, Lesley. Ta grand-mère voulait que tu reçoives une bonne éducation. Et l'université n'est pas pour rien.

–Mais ça suffirait pour aller au pays de Galles, n'est-ce pas? On pourrait emmener maman au pays de Galles, et moi, quand je serai à l'université, je travaillerai. J'ai toujours trouvé des boulots. Je me débrouillerai.

–Non. C'est l'argent de tes études. C'est pour que tu fasses des études que ta grand-mère te l'a légué, Lesley. Pour cette unique raison.»

Je n'ai pas répondu. J'avais l'esprit ailleurs. Au pays de Galles. Avec mille dollars, on pouvait y aller. On pouvait y emmener maman, et elle oublierait Toby Waterman, et Klaus. Tout redeviendrait comme avant. J'ai souri. Nous allions tous retourner chez nous, à la Forêt des Fleurs.

15

Le lendemain matin, avant de partir en classe, je suis allée dans le bureau de mon père et j'ai fouillé dans les dossiers pour trouver le livret de ma grand-mère. Je l'ai pris et je l'ai rangé dans un tiroir de ma commode, caché parmi les sous-vêtements. J'allais avoir dix-huit ans dans une semaine. Et l'argent de grand-mère serait à moi. Elle en avait décidé ainsi.

J'avais de plus en plus de mal à accepter le lycée. Quand je n'y allais pas, j'avais toujours envie d'y être, mais quand j'y étais, je n'en retirais pas le plaisir attendu. Il y a des endroits comme ça. Même pendant les meilleures périodes, je n'étais pas conforme. J'essayais, pourtant. Je m'habillais et me maquillais de la même façon que les autres, j'employais leur langage, mais je savais que je n'obtenais qu'un seul résultat: avoir l'air idiot d'une gamine endimanchée. Et personne n'était dupe. Durant les périodes plus difficiles, au moment de nos déménagements ou quand maman était bizarre, je ne faisais même plus l'effort de me conformer au modèle ambiant. Les autres, quand ils rentraient chez eux, n'étaient pas confrontés aux mêmes problèmes que moi. Et je savais qu'ils se moquaient bien des problèmes auxquels je devais faire face. À ces moments-là, j'entretenais avec l'école une relation amour-haine. J'en aimais la liberté, le rêve, l'insouciance, mais quand j'étais en classe, ou à la caféteria, je la détestais.

La fille qui était assise devant moi en maths, Danielle, n'arrêtait pas de bavarder avec celle qui était derrière moi. Elles faisaient toutes les deux partie de l'élite de l'établissement, menaient une vie sociale intense et choisissaient leurs petits amis dans les équipes sportives. Danielle ne m'adressait jamais la parole. Pour elle, je n'existais pas : je n'étais qu'un objet qu'elle devait contourner du regard pour voir Chris, ou, de temps en temps, quelqu'un à qui elle pouvait demander les résultats de quelques exercices qu'elle n'avait pas eu le temps de faire. Mais je n'étais pas une assez bonne élève pour mériter que s'instaure avec moi une relation basée sur cet échange.

Elles parlaient de garçons. Entre elles, elles les appelaient des minets. Et de Missy, qui, le vendredi suivant, sortait avec Timothy Gold. Timothy ? Grands dieux ! a dit Chris. « Grands dieux ! Elle doit vraiment rien avoir à se mettre sous la dent. Je préfèrerais mourir sur place que de sortir avec lui. »

Chris ne devait pas savoir grand chose de la mort, me disais-je. Je souhaitais ardemment que Mrs Browder se retourne et les fasse taire. Elle dessinait des courbes hyperboliques au tableau ; j'ai essayé de lui envoyer des ondes pour qu'elle se retourne. Quand elle s'y est enfin résolue, elle m'a regardée et m'a demandé de bien vouloir rester tranquille. Chris a ricané.

Je suis allée déjeuner à la caféteria avec Claire et Brianna. La serveuse m'a apporté un message. J'étais convoquée d'urgence au bureau. Mon père avait téléphoné, et je devais le rappeler au plus vite.

« Ta mère est chez les Waterman » m'a-t-il déclaré dès que je l'ai eu en ligne. « Tu veux bien venir prendre la voiture et aller la chercher ?

–Oh, papa, il faut vraiment ? Tu ne peux pas y aller, toi ? » J'étais convaincue que tout le monde écoutait la conversation. Mes joues brûlaient.

« Lessie, il va falloir que quelqu'un reste avec elle, sinon elle y retournera immédiatement. Tu connais maman. Je ne peux pas quitter le garage, je suis tout seul. »

Mr. Waterman était assis sur le perron, dans un fauteuil à dossier droit. Ma mère se balançait dans une chaise à bascule, à côté de lui. Elle arborait une expression maussade et mécontente, mais comparé à Mr. Waterman, ce n'était rien.

« Débrouillez-vous pour qu'elle ne remette pas les pieds ici, vous m'avez compris ? » Il était la réplique de Toby en grand et gros. Son ventre débordait au-dessus de sa ceinture comme une brioche trop montée. Il portait une veste à lacets et un pantalon de flanelle gris et sale. « J'ai prévenu Mr. O'Malley. Je ne veux plus la voir rôder par ici, et embêter mon garçon. Vous m'entendez ? Empêchez-la de revenir, ou j'appelle la police. La prochaine fois que je l'y prends, je les appelle. Vous me comprenez, jeune fille ? »

J'ai hoché la tête.

Maman s'est levée.

« Et dites-le bien à votre père. Si je la reprends à rôder par ici, c'est au commissariat qu'il ira la récupérer. Pas question de ça ! Je ne supporterai aucune espèce de cinglée chez moi. Essayez de lui rentrer ça dans la caboche.

– Oui, Monsieur. » J'ai emmené maman à la voiture.

Nous nous sommes assises, j'ai claqué la portière et j'ai mis le contact. Maman, les bras croisés, la bouche pincée, avait l'air fâchée. Je savais qu'elle était autant en colère contre moi que contre Mr. Waterman. J'étais censée être de son côté, voilà ce qu'elle se disait. Et ma déloyauté la rendait furieuse.

« Tu ne peux pas continuer à y aller, maman. Papa t'a dit de ne pas le faire. Tu devrais rester à la maison.

– Je veux le récupérer. » Elle parlait d'un ton déterminé.

« Oh, maman ! Pour l'amour du ciel. Ça va trop loin, cette fois. Ça suffit. »

Pas de réponse. Elle ressemblait à une de ces guerrières des vieux opéras allemands, les bras croisés, le visage empreint d'une expression farouche, silencieuse et immobile. Manifestement, elle m'en voulait.

« Te rends-tu compte de l'humiliation que j'ai ressentie ? As-tu la moindre idée de ma gêne ? Bon sang ! J'aurais voulu disparaître dans un trou de souris. » Je lui ai jeté un coup d'œil. « J'en ai assez, maman. J'étais en classe, et il a fallu que je m'en aille et que je vienne te chercher. J'avais rendez-vous avec Paul après les cours. Papa me téléphone, et m'envoie ici pour te ramener à la maison. Je suis désolée que tu sois furieuse contre moi. Je suis désolée que tu n'aies pas la même vision du monde que les autres gens. Mais, je te le jure devant Dieu, maman, je suis sur le point de perdre patience. »

Un profond soupir.

« Et maintenant, tu vas laisser tomber ces inepties. Tu vas accepter le fait que ce gosse n'est pas ton fils. Qu'est-ce que tu en ferais, d'ailleurs de ce gamin ? Il est sale. Et c'est le fils de ce gros homme répugnant. Pas le tien. Un point c'est tout.

– Tu ferais mieux de m'aider, m'a-t-elle dit d'un ton accusateur.

– Tu peux compter dessus !

– Ils sont malins. Tu es trop jeune pour le savoir. Tu ne les comprends pas. Ils vous font croire n'importe quoi. Mais pas moi. Je ne suis pas dupe. Je l'ai été une fois, je ne le serai pas deux. Personne ne me l'enlèvera, cette fois-ci.

— Mais enfin, maman ! Personne ne veut te l'enlever. Il n'est pas à toi, voilà tout.

– Tu es trop jeune pour te rendre compte. »

Nous étions arrivés à la maison. Avec un long soupir d'exaspération, j'ai garé la voiture. « Écoute-moi bien, maman. Je vais te le répéter encore une fois. Tu te trompes. Tu te rappelles des choses, et cela crée une grande confusion dans ton esprit. Ce gosse n'est pas Klaus. Il lui ressemble peut-être, mais ce n'est pas lui. Je vois clair, maman, personne ne m'a manipulée, ni dupée. Je vois clair, et je te dis la vérité. Je ne sais pas où est Klaus, mais ce n'est pas ce gamin. »

Ma mère s'est contentée d'ouvrir sa portière et de sortir de la voiture.

Exaspérée, je l'ai suivie dans l'allée. Quelle humiliation ! Affronter Mr. Waterman. Ramener maman à la maison comme un chien perdu. Je n'en pouvais plus.

J'ai pénétré dans la maison à sa suite, par la porte de derrière, et une fois dans la cuisine, j'ai continué. « Pourquoi ne comprends-tu rien ? Pourquoi es-tu si têtue ? »

Elle a tourné vers moi un visage assombri, sans mot dire. Puis elle est allée prendre le lait dans le réfrigérateur. Elle a ouvert le haut de l'emballage et j'ai compris qu'elle allait boire ce sacré lait à même le carton. J'ai enjambé le tabouret de cuisine, j'ai attrapé un verre dans l'égouttoir et je l'ai posé devant elle, sur le plan de travail.

« J'en ai marre. J'en ai marre que tu me gâches la vie avec tes idées idiotes. »

Elle a pris le verre, a versé du lait dedans, l'a bu et s'en est versé un autre verre. Elle agissait comme si je n'étais pas dans la pièce, alors que j'étais si près d'elle qu'elle avait du mal à refermer la porte du réfrigérateur. Le désespoir me mettait hors de moi. Je ne savais que faire pour l'atteindre. Elle ne voulait simplement pas entendre raison. Elle pouvait se conduire comme un être humain normal par certains côtés, et se montrer aussi entêtée qu'une pierre par ailleurs.

« Ce sont des choses que tu t'imagines, maman », ai-je continué d'un ton de voix normal. « Tout ça se passe dans ta tête. Comme quand tu as cru qu'oncle Paddy avait volé tout cet argent à papa. Comme à Stuart Avenue. Tu t'en souviens ? Tu étais sûre d'avoir entendu des rats dans mon armoire. Et papa t'amenait là-haut, et installait des pièges qui n'ont jamais pris l'ombre d'un rat. Mais tu ne voulais pas le croire, non ! Quoi qu'il fasse, tant pis ! Et tant pis pour moi, qui me plaisais tellement là-bas, il a fallu qu'on déménage. Tu prétendais que les rats allaient entrer dans le berceau de Megan. Quelle bêtise ! Comment veux-tu que des rats entrent dans un berceau ? Et d'ailleurs, qu'est-ce qu'ils auraient bien pu faire de Megan, les rats ? Mais impossible de te raisonner. »

Sans me prêter attention, elle est allée chercher son paquet de cigarettes, à l'autre extrémité du plan de travail.

« Ça ne me fait pas plaisir de te parler comme ça, maman, mais tôt ou tard, il faudra bien que quelqu'un le fasse. »

Elle a déchiré le film de cellophane autour du paquet, a pris une cigarette, et a cherche les allumettes des yeux.

« Tu sais ce qui va se passer, si tu continues à empoisonner les gens avec tes histoires idiotes ? Ils ne vont pas se laisser faire, les Waterman. Ils ne sont pas comme papa ou comme moi. Ils ne vont pas te supporter. Et je ne pourrai pas leur donner tort. »

Toujours pas de réponse.

« Tu as entendu ce qu'ils ont dit. La prochaine fois, ils vont appeler la police. »

La cigarette dans une main et l'allumette non allumée dans l'autre, elle s'est arrêtée.

« Ils vont appeler la police. Et qui ira te chercher là-bas, cette fois ? Ni papa ni moi, sûrement pas. Des policiers.

–La police n'a pas le droit de vous arrêter, en Amérique.

–Évidemment qu'elle en a le droit, maman, si tu te promènes en essayant de faire croire aux enfants d'autres gens qu'ils sont les tiens. On ne fait pas de choses pareilles. Réfléchis. Comment réagirais-tu si quelqu'un racontait ce genre de bobards à Meggie ? Ce que tu fais à ce petit garçon, c'est illégal, dans tous les pays du monde. »

Elle a posé l'allumette un instant, et s'est passé la main dans les cheveux, près de la tempe gauche. Sa bouche s'est pincée pensivement. Puis elle a repris l'allumette et l'a enflammée.

« Je déteste avoir à te parler comme ça, maman, mais puisque papa ne le fait pas, il faut bien que ce soit moi. Si tu continues, la police viendra t'arrêter. Ils te mettront en prison, ou à l'hôpital. Ils diront que ni papa ni moi ne sommes capables de t'empêcher de nuire, ils te mettront à Larned, et nous n'y pourrons strictement rien. Voilà à quoi tu t'exposes en te conduisant aussi bêtement. »

Ses yeux se sont agrandis. Ses pupilles se sont dilatées, ont mangé presque tout le bleu de l'iris. Dieu merci, voilà quelque chose qui semble enfin lui faire de l'effet, me suis-je dit en m'appuyant avec soulagement contre le plan de travail. Elle était debout, absolument immobile. Elle avait frotté l'allumette, mais s'était interrompue, figée, avant de poursuivre son geste. L'allumette s'est consumée et elle l'a jetée sur le revêtement en Formica du plan de travail. Nous l'avons toutes les deux regardée brûler.

« Il faut que tu me promettes, maman. Que tu promettes d'en finir avec cette absurdité, de ne jamais retourner là-bas. »

Elle s'était mise à trembler. La cigarette oscillait entre ses doigts.

« Je ne suis pas en train d'essayer de te faire peur, maman. Je voudrais simplement que tu comprennes ce qui se passe. Imagine que ce soit Megan. Nous ne supporterions pas que n'importe qui vienne lui raconter des choses pareilles. Tu te rends compte de ce que doivent éprouver les Waterman ? Mets-toi à leur place, je ne t'en demande pas plus. »

Elle tremblait toujours.

« Alors, tu promets ? D'accord ? Il faut que je sois certaine que tu es sincère. Promets-le moi. Dis : Lesley, je te promets que je ne retournerai plus jamais chez les Waterman. Je te promets que je n'essayerai plus de faire croire des inepties à Toby Waterman. Dis-moi ça. Promets. »

La cigarette non allumée lui échappa des mains et roula sur le plan de travail. Maman a caché sa bouche derrière ses mains croisées.

« Allez, écoute, je suis désolée. Je ne voulais pas te rendre malade. Mais il faut bien que tu prennes conscience des conséquences de tes actes. Ne t'en fais pas à leur sujet. Tu n'as qu'à promettre de ne plus ennuyer les Waterman, et il ne t'arrivera rien. »

Pas de réponse. J'ai passé mon bras autour de ses épaules et lui ai donné une légère bourrade, pour la rassurer. Je voulais qu'elle sache que je n'étais plus en colère, que je n'avais dit tout ça que pour son bien, parce que je l'aimais, et que je ne voulais pas qu'elle ait des ennuis. De temps en temps, il faut bien dire la vérité.

Mais elle n'arrêtait pas de trembler. Elle tremblait si fort que j'en étais moi-même toute secouée.

« Maman, écoute, je t'ai dit que j'étais désolée. Je regrette, vraiment. Ne te rends pas malade comme ça, ne t'inquiète pas.

– Il disait qu'ici, je serais en sécurité. » Elle parlait d'une voix rauque ; elle a baissé la tête et se l'est prise entre les mains.

« Maman, écoute-moi. Arrête de trembler. Allez. Arrête, maintenant. Il ne s'est rien passé. Il n'est rien arrivé. Je t'ai prévenue, c'est tout. Je sais que c'est dur pour toi. Je sais que tu voudrais que ce petit garçon soit le tien. Je te comprends. Mais reprends-toi. Contrôle-toi un peu. Arrête de trembler. »

Des larmes coulaient sur ses joues.

« Maman. » Je gémissais, maintenant. « Oh, maman, je t'en supplie, écoute-moi, tu veux ? Je regrette. Oublions tout ce que j'ai dit, d'accord ? Assieds-toi. Laisse-moi t'aider. Tu veux un café ? Tu veux que je te fasse un café ? » Il a presque fallu que je l'assoie de force. Ses muscles étaient durs comme l'acier. « Maman, ai-je continué en m'agenouillant à côté d'elle, regarde-moi. Je t'aime. Nous t'aimons tous. Nous te protégerons. Tu le sais bien. Je disais ça pour parler, c'est tout ; j'essayais de te faire comprendre.

– On est en Amérique. O'Malley a dit qu'ici, j'étais en sécurité » a-t-elle murmuré.

–Mais tu l'es, maman. Bon sang, ne pleure pas, je t'en supplie.

–Je croyais que j'étais en sécurité.

–Dieu du ciel ! Arrête, maman, arrête. Tu me rends malade. Tu me vois ? Regarde dans quel état tu me mets. Tu veux me faire pleurer ? Oh, maman, je t'aime tant ! Arrête, je t'en supplie.

–En Amérique, on ne vous emmène pas. C'est O'Malley qui me l'a dit. Que j'étais en sécurité. Et je l'ai cru.

–Tu dois le croire. Il a raison. Je regrette, maman, vraiment. J'étais en colère, j'ai dit tout ce qui me passait par la tête. Pardonne-moi, maman. Je suis désolée. »

Elle m'a regardée, les yeux pleins de larmes. « Tu ne les laisseras pas me violer de nouveau, hein ? » D'une voix très basse, elle poursuivit : « Ils ne vont pas me violer encore une fois, hein ?

–Oh non, maman ! » Je l'ai prise dans mes bras.

Elle sanglotait.

« Il disait que j'étais en sécurité. Je l'ai cru. Je t'en supplie, ne les laisse pas revenir. Je t'en supplie. Ne les laisse pas venir. Je croyais que j'étais en sécurité. »

Je m'en voulais à mort. J'aurais pu dire n'importe quelle autre bêtise, mais il avait fallu que je choisisse celle-là.

J'ai essayé de la calmer avec des mots, mais elle était de plus en plus nerveuse. Elle répétait sans relâche qu'elle s'était crue en sécurité en Amérique. Qu'en Amérique, elle avait cru que la police ne vous arrêtait pas, que les docteurs ne vous enfermaient pas sans qu'on le leur permette. Agrippée au tissu de ma blouse, les doigts blanchis par la force qu'elle déployait, elle me suppliait de la protéger. Et moi, tout aussi terrorisée qu'elle, agenouillée à ses côtés, j'ai commencé à pleurer aussi, incapable de me maîtriser. Telle Pandore, je ne savais pas comment refermer la boîte dont j'avais imprudemment soulevé le couvercle.

Je n'arrivais pas à la calmer. J'étais parvenue à la faire monter dans sa chambre, je l'avais couchée dans son lit, mais elle pleurait toujours. Elle sanglotait, hystériquement, et je hurlais pour la faire taire. Alors, je suis allée dans la salle de bains et j'ai regardé dans les médicaments de l'armoire à pharmacie. Il y en avait de très vieux. J'ai mis le nez dans quelques flacons, et j'en ai jeté la majorité. J'ai enfin trouvé un tube de pilules dont je connaissais le nom. Il s'agissait d'un tranquillisant que lui avait prescrit notre vieux médecin du Nebraska. Il était écrit d'en prendre deux, mais j'en ai sorti quatre, je suis descendue à la cuisine et je les ai fait fondre dans un verre de lait chaud aromatisé au sirop de chocolat. Maman a eu du mal à avaler son verre, j'avais un peu peur que ça ait un goût atroce. Mais elle a tout bu. Je suis restée près d'elle, en lui massant les épaules; je craignais que, dans l'état de nerfs où elle était, elle ne vomisse le médicament.

Quand les cachets ont commencé à faire de l'effet, je suis redescendue, j'ai cherché *La mort du cygne* dans la pile de disques, et je l'ai mis sur la platine. J'ai augmenté la puissance au maximum. Les sanglots mélancoliques du violon inondaient la maison entière, et le son plus bas des autres instruments faisait vibrer le plancher.

«Maman, écoute. C'est le violon d'Elek. Tu entends?» Assise à côté d'elle, je lui caressais les cheveux, j'étalais les longues mèches blondes sur la jambe de mon pantalon. «Tout va aller bien, n'est-ce pas, maman? Je ne laisserai personne te faire de mal, tu n'as pas à t'inquiéter. Détends-toi. Papa, Megan et moi, nous t'aimons tant. Nous prendrons toujours soin de toi. Quoi qu'il arrive. Alors, ne t'inquiète pas. Écoute, simplement, écoute le violon d'Elek.»

Elle a fermé les yeux. J'étais allongée tout près d'elle, les deux mains sur son épaule droite, mon visage contre son bras. La musique nous environnait. Épuisées, nous nous sommes endormies toutes les deux.

Le téléphone sonnait.

J'étais abrutie. Il aurait pu être n'importe quelle heure du jour ou de la nuit. J'avais dormi si profondément que je me sentais complètement perdue.

La sonnerie persistait. Je me suis penchée au-dessus de maman pour tourner le réveil vers moi. Encore tout engourdie, je suis lentement sortie du lit.

«Mrs O'Malley? a fait une voix impatientée lorsque j'ai enfin décroché.

–Non, je suis désolée. C'est Lesley. Ma mère n'est pas joignable pour le moment. Qui est à l'appareil?»

C'était la secrétaire de l'école de Megan. Elle voulait parler à maman. Quand je lui ai dit qu'elle n'était pas là, elle a demandé à quelle heure elle rentrerait. J'ai dû lui expliquer que maman était malade et ne pouvait pas venir au téléphone. Alors elle a demandé mon père. J'ai répondu qu'il était à son travail et elle a voulu que je lui donne son numéro de téléphone.

Quelques minutes plus tard, papa a téléphoné. Que faisait maman ? Elle dort, lui ai-je dit sans entrer dans les détails. Pouvais-je aller le chercher avec la voiture, il fallait qu'il aille immédiatement à l'école de Megan. Je lui ai demandé ce qui clochait. Apparemment, c'était un mauvais jour. Mon père a répondu qu'il ne le savait pas vraiment.

Quand nous sommes arrivés à l'école, le directeur a serré la main de papa. Megan était assise dans le premier bureau. Recroquevillée sur une chaise en plastique, elle n'a pas semblé nous voir. Elle tripotait une croûte sur son bras.

Le directeur a invité mon père à entrer dans son petit bureau et, remarquant pour la première fois ma présence, m'a demandé de bien vouloir attendre dehors. Il désigna Megan. Elle pouvait venir avec moi.

Les épaules relevées, la tête baissée, ses longs cheveux noirs étalés sur elle comme un manteau, Megan avait l'air d'un elfe pris au piège, misérablement enfermé dans cette pièce aux chaises de plastique et aux lumières de néon. J'ai ressenti pour elle un élan de sympathie brusque et inattendu. Je me suis approchée d'elle et lui ai passé un bras autour du cou. Elle s'est dégagée. En se laissant glisser en bas de sa chaise, elle est partie dans le couloir, où je l'ai suivie.

L'école était vieille. Le bâtiment datait du début du siècle, du temps où la ville était prospère. Dans l'entrée, il y avait une fresque de bois sculptée dont le sujet était l'avancée vers l'Ouest des pionniers. Elle était surmontée du mot PROGRÈS. Je l'ai examinée pendant quelques instants, avant de m'asseoir sur un banc près de la porte. Délibérément, Megan est allée s'asseoir sur un autre banc au lieu de venir à côté de moi.

« Qu'est-ce que tu as fait ?

– Rien.

– Pourquoi ont-ils fait venir papa, alors ?

–Pourquoi tu vas pas te faire cuire un œuf, Lesley ?

–Tu pourrais me le dire. Papa me racontera de toutes façons. »

Elle m'a regardée de côté, puis elle s'est remise à examiner la croûte qu'elle avait au bras.

« Alors ?

–J'ai pris une claque.

–Sans blague ? Mais pourquoi, Meg ?

–Pour rien. » Elle a arraché sa croûte et l'a étudiée, sans dire un mot de plus.

« Tu m'excuseras, Meg, mais il est rare de recevoir une claque sans aucune raison.

–Fiche-moi la paix, Lesley.

–Alors, qu'est-ce que tu as fait ?

–Rien, je t'ai dit. » Et notre conversation s'est arrêtée là.

Papa est ressorti vingt minutes plus tard. Le directeur a saisi Megan par le menton et a levé son visage vers lui. Elle ne recommencerait plus, n'est-ce pas ? « Non », a murmuré Megan d'une voix presque inaudible. Elle regrettait ? « Oui » a-t-elle dit sur le même ton.

Mon père est entré dans la voiture sans dire un mot. À mi-chemin de la maison, il a regardé Megan qui était assise à côté de lui. « Qu'est-ce qui t'a pris de faire ça ? » Je ne savais toujours pas ce qu'elle avait fait.

Megan a haussé les épaules.

« Tu ne hausses pas les épaules quand je te pose poliment une question, jeune fille. Je ne suis pas content de toi. Pas du tout. Tu as déjà assez d'ennuis comme ça.

–Ils ont dit que c'était pas vrai. » Megan parlait sur un ton revendicateur. « Ils se moquaient de moi. Je ne voulais pas taper si fort. C'était un accident. Je voulais juste lui donner un petit coup, pour le faire taire. »

Mon père a soupiré.

« Il aurait pas dû se faire mal comme ça. C'est juste un accident, papa. J'ai essayé de l'expliquer à Mr. Gaynes. Je ne pensais pas qu'il se cognerait la tête. C'est de sa faute, à ce crétin. Moi, je voulais juste qu'il se taise. Il disait tout le temps que ce n'était pas vrai.

–Mais, Meggie, il a raison. »

Megan n'a pas répondu.

Mon père a arrêté la voiture dans l'allée, mais il n'est pas descendu. Il a sorti les clés de contact et les a posées sur le tableau de bord. Puis il s'est tourné vers Megan, toujours maintenue par sa ceinture de sécurité.

« Tu le sais, que ce n'est pas vrai, n'est-ce pas, Meg ?

– Je ne voulais pas lui faire mal. J'ai dit que je ne voulais pas. Pourquoi personne ne me croit ?

– Je te crois. Mais je ne te parle pas de ça. Honnêtement, Megan, ce gosse, je m'en fiche bien. Il s'agit de tout autre chose. Tu me dis que c'était un accident, d'accord. Tu n'aurais pas dû te bagarrer, évidemment, ce n'est pas digne de toi. Mais, comme je te l'ai dit, il s'agit de tout autre chose. C'est le reste qui m'intéresse. Les raisons pour lesquelles tu t'es embringuée dans ce cirque. Réponds-moi. »

Megan a défait sa ceinture de sécurité.

« Non. Tu ne bouges pas. Pas question de rentrer à la maison et d'embêter maman avec ce genre de conversation. »

Megan s'est enfoncée dans son siège.

« Alors ?

– C'était vrai, a-t-elle dit d'une petite voix de défi.

– Megan.

– C'est vrai. C'est toi qui l'as dit.

– Je n'ai jamais dit une chose pareille.

– Si tu l'as dit. Tu as dit que maman avait été forte, et courageuse. C'est toi qui l'as dit. Ça pourrait être vrai. Tu n'y étais pas. Tu n'en sais rien. »

Elle avait fait courir dans toute l'école une histoire dramatique et héroïque au sujet de ma mère. Emprisonnée pendant la guerre, elle avait lutté à mains nues contre les SS, et avait sauvé la vie de tellement de Juifs que le premier ministre d'Israël voulait la décorer. Bref, maman était devenue tout à la fois Wonder Woman, Golda Meir et Sheena la reine de la Jungle.

Mon père n'a pas grondé Megan. Il l'a prise sur ses genoux ; pourtant ma sœur avait neuf ans et demi, ce n'était plus une petite fille. Elle pleurait, et continuait de prétendre qu'elle avait peut-être raconté la vérité, et, qu'après tout, il ne pouvait être sûr de rien, puisqu'il n'y était pas.

Elle était blottie contre lui, la tête sous son menton. Mon père avait mis sa main sur le visage de Megan, qu'il me cachait presque complètement.

« C'est une belle histoire, lui a-t-il dit gentiment. « Mais il faut qu'on la garde pour nous. Il ne faut pas la raconter aux enfants de l'école. »

Megan sanglotait toujours.

« C'est vrai. Je voulais seulement que ce soit vrai. »

16

Le dix-sept avril, c'était mon anniversaire. Cela faisait sept jours que je restais à la maison avec maman. On n'en parlait absolument pas. Chaque matin, mon père partait travailler en considérant comme acquis que je resterais là.

La nuit précédant mon anniversaire avait été mauvaise. Maman l'avait passée éveillée, à arpenter la maison silencieuse. Elle refusait de parler de Toby avec nous, mais elle n'avait pas renoncé à lui. Mon père l'avait entendue circuler, et il était descendu, la découvrant habillée et en train de mettre des chaussures. Il ne s'était pas rendormi. Aux approches de l'aube, maman s'était enfin assoupie sur le canapé du salon. Quand je suis descendue prendre mon petit déjeuner, vers sept heures, elle dormait toujours. Papa, les yeux rouges et gonflés de fatigue et d'inquiétude, lisait son journal à la cuisine, en buvant une tasse de café.

Megan était là aussi. Elle avait coincé ses pieds dans les barreaux de sa chaise et se balançait d'avant en arrière sur les pieds arrière de la chaise. « Bon anniversaire ! » s'écria-t-elle avec bonne humeur. « Joyeux a-nni-ver-sai-re, joyeux a-nni-ver-saire ! » Elle s'est mise à chanter aussi faux qu'un oiseau malade jusqu'à ce que mon père lui demande de faire attention, pour ne pas réveiller maman.

À ma place, il y avait un paquet enveloppé de papier de soie froissé. Je me suis assise, et j'ai commencé à défaire le nœud.

« C'est de la part de papa et de moi, de nous deux. Et de

maman aussi. C'est moi qui ai choisi. Je suis allée en ville, toute seule, lundi après-midi, et je l'ai acheté. Tu n'as pas remarqué que je n'étais pas là ? Eh bien, voilà où j'étais. »

C'était un livre, un très gros roman, d'un auteur dont je n'avais jamais entendu parler. À l'auto-collant orange vif, mal enlevé, j'ai vu que Megan l'avait trouvé dans le rayon de livres soldés de la librairie.

« Tu vois, me dit-elle avec véhémence. C'est un livre. Le plus gros livre que j'ai pu trouver. À part les dictionnaires, bien sûr.

– Comme c'est gentil » ai-je répondu en essayant de cacher ma déception. Je n'attendais rien de précis, comme cadeau d'anniversaire, mais j'espérais quand même mieux que ça.

« C'est pour que tu le lises, a poursuivi Megan. Pour que tu ne t'ennuies pas quand tu passes toute la journée ici avec maman. J'ai cherché le livre le plus gros, pour qu'il te dure le plus longtemps possible. »

Je lui ai souri. « Merci, Meggie. C'est vraiment très gentil à toi. »

Après le départ de mon père et de ma sœur, j'ai erré dans la maison sans grand enthousiasme. J'ai fait la vaisselle du petit déjeuner, balayé par terre et je suis montée faire tous les lits. Depuis que je restais à la maison, je m'étais prise de passion pour les travaux ménagers. C'était l'unique occupation qui parvenait à remplir mes longues heures d'inactivité.

À dix heures, j'avais tout fini, y compris retourné et refait le lit de Megan, qui n'y arrivait jamais bien. J'avais même épousseté le haut des rideaux.

Maman dormait toujours sur le canapé. Je suis entrée doucement, pour voir comment elle allait. Couchée sur le côté, un bras tendu, elle dormait profondément. Le bruit de sa respiration emplissait la pièce.

Je l'ai regardée.

« Maman ? »

Elle a continué à dormir.

« Maman, c'est mon anniversaire. »

Elle ne devait pas s'en souvenir. Elle ne se rappelait jamais son âge. Son esprit était encombré de choses bien plus importantes, depuis toujours. Mais j'avais plus de chance que Megan. Au moins, elle était consciente de mon existence. La moitié du temps, elle avait l'air sincèrement étonnée d'apercevoir Megan dans les parages, comme si elle était une petite inconnue qu'elle aurait ramassée quelque part, par hasard.

« Maman, pourquoi ne te réveilles-tu pas ? »

Elle dormait tout habillée, ses longs cheveux camouflant en partie son visage. Elle évoquait une de ces princesses endormies des contes de fées, avec ce sommeil si profond et ce visage immobile et sans âge. Comme si elle était protégée par une impénétrable forêt d'épineux.

« J'ai dix-huit ans. Je suis majeure, aujourd'hui. Tu m'entends, maman ? Je suis une adulte, dorénavant. »

Elle n'a pas fait le moindre geste. Je ne parvenais même pas à rider la surface de ce lac immobile. Elle était tout à fait capable de nous créer une foule d'ennuis, et de dormir comme un bébé.

Découragée, j'ai quitté la pièce. Je suis montée dans ma chambre, et j'ai pris le livre que Megan m'avait offert. Assise sur mon lit, j'ai commencé à le feuilleter, toujours en proie au même sentiment de solitude.

Quelques instants plus tard, on a sonné. Je suis descendue avec appréhension. Je craignais toujours de me trouver face à Toby Waterman.

C'était Miss Harrich.

« Bonjour, Lesley. »

J'ai fait un signe de tête en souriant.

Elle avait les bras chargés de dossiers. « Je passais, et je me suis dit que j'allais faire un saut ici, pour prendre de vos nouvelles. Ça fait un certain temps que vous manquez.

– Je sais. Mais mon père a téléphoné tous les jours à l'école.

– Je me suis juste dit que je...

– Je ne sèche pas les cours, Miss Harrich. Mon père les a prévenus chaque matin. Ma mère est malade, vous comprenez. Il faut que je reste à la maison avec elle.

– Comment va votre mère ?

– Ça va.

J'ai haussé les épaules.

– Sa santé s'améliore-t-elle ?

– Comme ci comme ça. »

Il y eut un silence, pendant lequel je me suis demandé ce qu'elle voulait en fait, et à quel point elle était renseignée sur l'état de maman. J'espérais qu'elle ne poserait pas de questions trop précises, qui m'obligeraient à mentir.

«Je souhaite qu'elle se rétablisse complètement, le plus vite possible.»

En la voyait debout sur le perron, j'ai soudainement pensé que Miss Harrich avait à peu près le même âge que maman. C'était très déconcertant. Je ne parvenais pas à imaginer maman vêtue d'un tailleur de tweed, debout sur le perron de quelqu'un, de même que je ne voyais pas Miss Harrich pendant la guerre. Pourtant, elle avait dû la vivre, elle aussi.

«Bon, dit Miss Harrich au bout d'un petit moment, je voulais simplement prendre de vos nouvelles.

–Je vais très bien.

–Il ne faut pas que vous manquiez trop longtemps, avec vos examens.

–Non, non.

–Parfait. Allez, au revoir, Lesley, dit-elle en se retournant et en s'éloignant.

–Miss Harrich?»

Elle s'est arrêtée et a tourné la tête vers moi.

Je l'ai contemplée, incapable de parler.

«Bonne journée, Lesley. Elle repartait.

–Miss Harrich, c'est mon anniversaire, aujourd'hui. J'ai dix-huit ans.»

Elle m'a souri. «Bon anniveraire, Lesley.»

Ensuite, je suis remontée lire le roman de Megan sur mon lit. Il n'était pas si mal que ça, ce livre. Il y avait d'extraordinaires passages de passion physique, et plein de mots assez sales, alors, quand on s'ennuyait autant que moi, ça devenait presque intéressant. Surtout les passages cochons. Vers midi et demie, j'ai entendu la douche. J'ai marqué ma page avec un crayon et je suis descendue préparer quelque chose à manger.

«Maman, tu sais que c'est mon anniversaire, aujourd'hui?» lui ai-je demandé pendant que nous déjeunions.

Elle m'a souri. «Bon anniversaire, chérie.

–Tu sais, je me suis dit que puisque j'avais dix-huit ans, tu te rappelles ce livret d'épargnes, que grand-maman O'Malley a pris à la banque pour moi ? Eh bien, il arrive à expiration aujourd'hui. Je peux le toucher, maintenant. Et je me suis dit que je pourrais prendre cet argent, et que nous pourrions aller au Pays de Galles avec. »

Maman m'a lancé un regard aigu au-dessus de son sandwich au thon.

« Le livret d'épargne de ta grand-mère ?

–Mais oui, tu t'en souviens ? Elle me l'a donné quand j'étais petite. »

Maman a pouffé de rire dans son sandwich. « Elle se retournerait dans sa tombe, si elle savait que tu dépenses cet argent pour moi. Pour de vrai. »

Sa remarque était sans doute juste, mais j'ai décidé de l'ignorer. « Mille dollars. C'est beaucoup d'argent, non ? On pourrait prendre de bonnes vacances. Rien que nous. Toi, papa, Megan et moi. À la Forêt des Fleurs. Ce n'est pas une bonne idée ? Ça te ferait plaisir, maman ? »

Elle a détourné la tête et elle a regardé par la fenêtre de la cuisine. Elle a souri. « En mai, il y a des rhododendrons, a-t-elle dit d'une voix rêveuse. Je t'ai déjà parlé des rhododendrons ? Ils poussent tout seuls. Partout dans la montagne. Il y a des rhododendrons partout.

–On pourrait aller les voir.

–Ça me manque tellement. Elle a soupiré. C'est un bon pays, ici, mais ce n'est pas la même chose. Comme ça me manque ! »

Je me suis penchée en avant et je lui ai touché la main. « Je m'en fiche, de ce que penserait grand-maman. C'est mon argent, maintenant, je peux en faire ce que je veux. Et je veux t'emmener au Pays de Galles. »

En fin d'après-midi, Paul a téléphoné. Son frère Gary était arrivé à l'improviste et ils allaient chasser le rat ensemble. Il s'excusait, mais il ne passerait pas ce soir. Mais c'est mon anniversaire, lui ai-je fait remarquer. Allons, allons, il ne voyait presque jamais Gary. Je n'y attachais pas tant d'importance, n'est-ce pas ? Si, j'y attachais de l'importance. Je m'ennuyais, j'étais énervée, et l'idée qu'il me préférait des rats ne me réjouissait pas du tout. Nous avons échangé quelques mots et j'ai raccroché, fâchée.

À l'heure du dîner, j'étais de très mauvaise humeur. Il me restait un espoir : c'était que papa rapporterait un gâteau d'anniversaire. C'était ridicule. Je n'aimais pas particulièrement les gâteaux du supermarché. Mais je m'étais fichu cette idée en tête et je ne pouvais pas m'en débarrasser.

Et naturellement, il n'en a pas rapporté. Il ne s'était même pas donné la peine d'acheter quelque chose de bon pour le dîner. Nous avons mangé un affreux machin en boîte, qu'on mélangeait à de la viande hachée. J'ai aidé maman à préparer le dîner, tout en ne pouvant m'empêcher d'espérer que quelqu'un allait proposer de m'acheter un gâteau d'anniversaire. J'ai fait une vague allusion au fait que nous n'avions aucun dessert à la maison. À un moment, je me suis dit que mon père en avait acheté un, mais qu'il voulait m'en faire la surprise à la fin du repas. Pourtant, j'avais regardé dans tous les endroits où il aurait pu le cacher. J'avais même pris les clés de sa voiture pour aller voir dans le coffre. Rien.

Pour s'occuper pendant le repas, Megan s'est mise à faire des montagnes et des vallées avec sa purée de pommes de terre, et à me donner des coups de pied sous la table.

« Arrête, Megan.

– Je ne fais rien.

– Tu me donnes des coups de pied. Arrête.

– C'est pas vrai.

– Si c'est vrai. Ça suffit, maintenant.

– Je ne fais rien du tout.

– Megan, tu me donnes des coups de pied dans les jambes. Je le sais parfaitement. Alors, ne le nie pas.

– Tu n'as qu'à pousser tes idiotes de jambes, Lesley. Moi, j'ai les miennes sous ma chaise. Tu prends toute la place.

– Taisez-vous, les filles, et mangez, je vous en prie » a dit papa.

Megan m'a donné un autre coup de pied, en arborant un petit sourire rusé.

« Ça suffit, Megan.

– Je ne fais rien du tout.

– Arrête, petite morveuse. Je te dis d'arrêter.

–Tu entends, maman ? Tu entends comment Lesley m'appelle ?

Maman a levé le nez.

–Occupez-vous de vos assiettes, les filles » a dit papa sans se donner la peine de lever les yeux. Il y avait un travail fou au garage, et il ne s'était pas arrêté pour déjeuner. Il mourait de faim. Au ton de sa voix, on s'apercevait qu'il n'était pas disposé à supporter nos bêtises.

Au bout de quelques instants, Megan a déposé un petit tas de purée sur l'extrémité de son couteau. Elle le tenait de telle façon que j'ai vite compris ce qu'elle se préparait à faire. Elle a vérifié d'un coup d'œil que papa et maman ne la regardaient pas. Quand elle en a été sûre, elle s'est servie du couteau comme d'une catapulte. La purée a atterri sur mon chemisier.

« Papa ! Megan lance de la nourriture !

–Megan Mary, a dit mon père en lui lançant un regard d'une froideur de serpent.

Megan, les yeux écarquillés, arborait une expression de totale innocence.

« Regarde. Elle me l'a lancée en plein sur mon chemisier. C'est mon plus beau, je l'ai mis pour mon anniversaire, et maintenant Megan l'a abîmé. »

Le regard de mon père a quitté Megan pour se poser sur moi. Maman a levé les yeux, elle aussi. « Qu'est-ce qui t'arrive, ce soir, Lesley ? a demandé papa. Depuis que j'ai passé la porte tu n'arrêtes pas de rouspéter. » Puis il s'est retourné vers Megan. « Quant à vous, jeune fille, que je ne vous prenne pas à jeter de la nourriture. Tiens-toi droite et mange. »

Megan a fait la grimace. « Je n'aime pas beaucoup ça.

–Mange, un point c'est tout. » Et il a tendu le bras pour prendre une bouchée de pain.

Comme c'était injuste. C'était mon anniversaire, et tout le monde s'en moquait. Personne n'y avait pensé. On aurait dû faire un bon repas, avec des choses que j'aimais, plutôt que de manger ces affreux machins en boîte. Il aurait dû se passer quelque chose de spécial, ce jour-là.

Megan m'a tiré la langue.

« Arrête, Megan, tu veux ? »

Maman nous surveillait. Manifestement, à voir son expression, nous étions sur le point de provoquer une crise. Mais honnêtement, j'en étais arrivée au point où ça m'était complètement égal.

Quand maman a détourné le regard, Megan a refait un petit tas de purée. Elle a vérifié que tout le monde sauf moi s'occupait d'autre chose et elle l'a posé au bout de son couteau. Je lui ai lancé le regard le plus méchant possible, dans l'espoir de la terroriser. Elle a souri.

Maman a levé les yeux. Megan a prestement baissé son couteau et fait semblant de manger. Je crois que maman se rendait compte qu'il se passait quelque chose. Elle a regardé Megan attentivement pendant plusieurs secondes avant de se retourner pour prendre la cafetière.

Woups ! Le petit tas de purée a volé au-dessus de la table jusque dans mon cou.

« Petite conne ! me suis-je écriée.

– Lesley dit des gros mots » a chantonné Megan, ravie.

Ça m'a achevée. Je n'en pouvais plus, la journée avait été abominable. J'ai tendu le pied, accroché le barreau de sa chaise et poussé de toutes mes forces. La chaise a basculé et Megan avec. Elle s'est écroulée par terre en se cognant le menton contre le rebord de la table. Elle s'est mise à hurler.

Mes parents ont bondi sur leurs pieds.

« Je n'y suis pour rien. Cette sale morveuse ne m'a pas lâchée pendant tout ce sacré dîner ! Pourquoi vous ne lui dites jamais rien ? Elle lance sa bon dieu de purée et maman et toi vous restez là, comme deux bûches !

— Tu es autorisée à retourner dans ta chambre» a dit mon père.

De l'autre côté de la table, maman berçait Megan contre son sein. Elle s'était coupé la lèvre et maman, agenouillée, recueillait le sang dans sa main. Je la contemplais avec ressentiment. J'aurais encore préféré qu'elle ait une crise, plutôt que de la voir cajoler Megan.

« Je viens de te dire que tu peux sortir de table. » Mon père était debout à côté de moi. Nous étions à peu près de la même taille. Je le dépassais même un peu. Mais j'avais manifestement intérêt à lui obéir.

D'un pas bruyant, je suis montée dans ma chambre, dont j'ai claqué la porte. En bas, personne n'a semblé remarquer le vacarme. Alors, j'ai rouvert la porte, et je l'ai claquée à nouveau. Aussi fort que possible. Toujours pas de réaction. Je me suis abattue sur mon lit. Pourquoi était-il tellement en colère contre moi ? C'était Megan qui avait lancé son idiote de purée. J'ai examiné mon chemisier, là où était tombé le premier tas de pommes de terre. C'était recouvert d'une croûte séchée. Si je grattais, on ne verrait rien. Je n'en ai été que plus furieuse.

J'avais l'impression d'être sur le point d'exploser. C'était une sensation physique, dans la poitrine. J'ai jeté un coup d'œil autour de moi. Avisant le roman, ouvert sur la table de nuit, je l'ai pris et je l'ai balancé au travers de la chambre. Voilà. Voilà ce que j'en pense, de ton crétin de cadeau. Je me suis précipitée, je l'ai ramassé, et je l'ai jeté de nouveau. Je lui ai donné des coups de pied. Puis j'ai donné des coups de pied dans le mur. De toutes mes forces. Encore et encore. La peinture des boiseries s'est écaillée.

Abîmée dans la contemplation des plinthes, je sentais la fureur se déchaîner en moi. Ce dont j'avais réellement envie, c'était de détruire quelque chose qui appartenait à Megan. J'ai foncé dans sa chambre, où j'ai trouvé son habituel désordre de jouets et de vêtements. En tâtonnant dans la pénombre, j'ai mis la main sur son tigre en peluche. Lui, elle l'avait soigneusement rangé dans le lit de sa poupée. Je m'en suis emparée. Quelle idiote, cette Megan ! À presque dix ans, dormir avec une peluche !

Où en seraient mes parents si Megan était née la première ? Que ferait papa, s'il n'avait personne pour s'occuper tout le temps de maman à sa place ? Pour servir de bonne à tout faire dans la maison ?

Je suis sortie de la pièce avec le tigre. J'allais le cacher. Je le lui cacherais, et je ne le lui rendrais jamais. Elle pourrait pleurer tout son saoûl, je ne lui dirais pas où il était. J'ai lâché l'animal en peluche et je lui ai donné un coup de pied. Il est allé taper contre le mur d'en face, et il est retombé sur ma commode. Je le jetterais dans les toilettes, et je tirerais la chasse. Il serait fichu, à jamais. Je l'ai pris par une patte, et je l'ai lancé contre la porte. Je l'ai piétiné, juste sur le ventre. Je le lancerais sur le toit, là où personne ne pourrait jamais le récupérer, parce qu'on n'avait pas d'échelle assez grande. Il serait perdu pour de bon.

Je me suis penchée, et je l'ai ramassé. Megan l'avait appelé Gros Minou. C'était bien de Megan, de trouver un nom aussi original. J'ai touché sa fourrure. Elle était douce. C'était maman qui l'avait acheté à Megan. C'était un Steiff, il avait coûté très cher. Beaucoup plus cher que ce que nous pouvions nous permettre de dépenser pour un jouet. Mais maman l'avait acheté quand même, et après elle nous avait nourri de hamburgers pendant une éternité. Petite fille, elle avait eu un lapin de cette même marque. La mère de Mutti le lui avait envoyé de Meissen, pour un de ses anniversaires. Maman avait appelé son lapin Hansi. Elle ne savait pas ce qu'il était devenu. Lorsqu'ils étaient revenus, elle et papa, après la guerre, elle avait fouillé dans toute la maison sans le retrouver.

J'ai caressé la fourrure. Elle était si douce. Je l'ai pris dans mes bras. J'ai lissé ses grosses oreilles rondes, je l'ai regardé attentivement. Le visage était remarquablement ressemblant. Les soins affectueux de Megan n'étaient pas encore venus à bout de lui.

Maman le lui avait acheté l'année où elle avait dû redoubler. Je n'avais pas le droit de dire qu'elle avait été recalée; ça rendait maman furieuse, si je prononçais le mot recalée. Maman était formelle, ça n'avait rien à voir. Megan était plus jeune que les autres, voilà tout; elle était née en août, elle avait presqu'un an de moins, le jeu était inégal. De plus, nous avions déménagé, cet hiver-là, et l'école de Megan, à Washington, n'était pas très bonne, me disait maman. Voilà pourquoi les gens de l'école de North Platte pensaient qu'il valait mieux que Megan refasse une première année. Et maman lui avait acheté un Gros Minou pour que Megan ne pleure plus la nuit à cause de ça.

Je serrais doucement le petit animal contre moi, en le berçant un peu, comme le faisait maman avec Megan en bas, la cajolant, et lui essuyant sa lèvre qui saignait.

Et mon père est entré. Il n'avait pas frappé.

Ma colère était considérablement retombée, comme un petit feu de camp que l'on vient d'arroser. Je n'étais plus qu'inéluctablement malheureuse.

« Qu'est-ce qui te prend, exactement, Lesley ? » m'a demandé mon père en refermant la porte derrière lui.

J'étais assise sur mon lit. Je n'ai pas répondu.

« Explique-moi ta conduite, veux-tu ?

– Tu n'as pas vu Megan ? Elle me jetait de la nourriture. »

Il a levé un sourcil. « Et tu t'imagines que ça te donne le droit de la tuer à moitié ? Honnêtement, Les, je ne m'attendais pas à ça de toi. »

Je serrais le tigre contre moi. Il était lourd, mais inanimé.

« Regarde-moi quand je te parle. »

J'ai levé la tête.

« Tu es une grande fille, Les. À ton âge, on ne se conduit plus comme une gamine. Megan est deux fois plus jeune que toi. Tu es une adulte. Tu n'es plus une enfant. »

J'ai commencé à pleurer.

Il a émis un vague bredouillement. Il était furieux contre moi, et il pensait sans doute que j'étais encore en colère, moi aussi. Il a écarté les bras, découragé. Puis il a bredouillé à nouveau.

« Qu'est-ce que tu as ? »

J'étais incapable de répondre.

Debout, les bras croisés, mon père a secoué la tête. Je ne cessais pas de sangloter, alors il a rouvert les bras. Avec un nouveau geste des mains, il s'est assis à mes côtés.

« Ça va si mal que ça ?

Sa voix s'était radoucie.

– Je voulais un gâteau d'anniversaire.

– Un gâteau d'anniversaire ? Un *gâteau d'anniversaire* ? Tout ça, c'est à cause d'un gâteau d'anniversaire, Lesley ?

– Mais c'est mon anniversaire, papa.

– Oui, je sais, mais…

– J'avais envie de quelque chose de spécial, papa. Je voulais que quelqu'un fasse quelque chose de spécial pour moi.

– Oh, ma chérie » m'a-t-il dit en me prenant dans ses bras. Sa subite tendresse m'a paru encore plus insupportable que sa colère. J'ai pleuré de plus belle, en serrant la peluche contre moi comme un enfant malade.

« Tu as eu un cadeau, tu ne t'en souviens pas ? » Il avait pris une voix où il s'efforçait de mettre de la bonne humeur. « Si tu avais vu le mal que s'est donné Meggie. Elle avait tout prévu.

Parce qu'elle se rend très bien compte que les journées doivent te sembler très longues. C'est elle qui y a pensé.»

J'avais envie de lui dire qu'il était assez évident que seule une enfant de neuf ans pouvait avoir eu l'idée saugrenue de m'offrir ce livre.

Je caressais le tigre, tout en sanglotant. Les larmes me brouillaient la vue, m'étouffaient, coulaient le long de mes joues et sur le pelage orange du petit animal.

«Papa, il faut que tu fasses quelque chose.

–Au sujet de Megan?

–Non. Au sujet de maman. Je ne peux pas continuer à manquer mes cours indéfiniment. Je veux retourner en classe, voir mes amis, être comme les autres.

–Je sais que c'est dur pour toi, ma chérie.» Il me serrait entre ses bras. «Je sais que tu prends beaucoup de choses en charge.

–Mais qu'est-ce qu'on va faire? Je ne peux plus continuer à garder maman comme ça.

–Oui. Je sais, je sais.» Il me serrait contre lui. J'étais presque assise sur ses genoux, et le tigre de peluche était écrasé entre nous deux.

«Mais qu'allons-nous faire?

–Allons, ne pleure plus.» Ses bras étaient forts, solides, chauds. Pressée contre sa chemise de flanelle, je baignais dans son odeur d'homme, puissante, avec quelques traces de sueur. Une odeur si évocatrice, qui me rappelait d'innombrables étreintes, du temps de mon enfance. Je voulais parler, mais il m'a serrée fort contre lui.

«Tu es fatiguée, c'est tout, mon amour. Ça a été dur, et tu es fatiguée.

–Mais non, papa.

–Détends-toi, chérie. Je te comprends. Je te comprends très bien. Détends-toi, c'est tout.»

Je me détendais, en effet, et n'en sanglotais que mieux. Son étreinte était puissante, pour un homme si petit. C'était facile de l'écouter, de prêter attention à ses tendres paroles, surtout quand on se sentait aussi fragile et vulnérable. Dans la force et la chaleur de ses bras, je me suis calmée, comme, j'imagine, l'avait fait ma mère bien souvent.

« Nous avons tellement de chance, me murmurait-il à l'oreille. Je t'aime tant. Nous nous aimons tous. Chacun de nous. Nous sommes une famille de veinards, nous avons tant d'amour. »

J'ai lutté pour reprendre ma respiration, tout en gardant les yeux fermés. Étroitement serrée contre sa poitrine, j'entendais les crissements d'électricité statique émis par ses poils.

« Nous avons tellement de chance », murmurait-il.

Mon père était un véritable magicien. J'avais beau me sentir misérable comme une pierre, il est arrivé à me faire croire qu'il avait raison.

17

Le lendemain matin, avant le réveil de maman, je suis allée en ville pour encaisser le livret d'épargne. J'ai craint un instant que l'homme derrière le guichet ne refuse. Pire encore, j'ai cru qu'il allait téléphoner à mon père. C'est à moi, lui ai-je dit. Ma grand-mère me l'a donné. Pour que j'aille à l'université. Le livret est à mon nom, et il vient à expiration le jour de mes dix-huit ans. C'est-à-dire hier. Je lui ai sorti mon permis de conduire et je lui ai parlé en le regardant droit dans les yeux. Je ne disais d'ailleurs que la stricte vérité.

Au bout de quelques minutes d'atermoiements, le caissier s'est rendu dans un autre bureau. En ressortant, il m'a demandé comment je voulais être payée. Est-ce que j'avais un compte en banque ? Non, ai-je répondu. Je voulais du liquide. Ça a tout arrêté de nouveau. Il est retourné dans un bureau. Un deuxième homme en est sorti. Il m'a demandé des renseignements sur mon identité, mon adresse, le compte bancaire de mes parents. Je lui ai montré mon permis de conduire et ma carte d'étudiante. Tout en leur apprenant que mon père avait un compte chez eux, j'ai confirmé que cet argent ne devait pas y être versé. C'était mon argent, pour l'université. Et j'en avais besoin sur-le-champ. Le premier homme m'a proposé un bon de caisse. Non. Je voulais de l'argent liquide. Ils ont marmonné entre eux, ont disparu une nouvelle fois dans un bureau, et ils ont enfin payé. Je suis sortie avec dix billets de cent dollars.

Une fois dehors, je me suis appuyée contre le mur de pierre et j'ai soupiré de soulagement. Mes mains tremblaient. Mon cœur battait à tout rompre.

« Vous vendez des billets pour le Pays de Galles ? » C'était la seule agence de voyages de la ville. La jeune fille du comptoir n'avait pas l'air plus vieille que moi. Assise derrière une machine à écrire, elle se faisait les ongles. Il n'y avait personne d'autre dans le petit bureau en désordre.

« Gall ? Dans quel état ?

– Pays de Galles, en Grande Bretagne. Vous voyez ? Je peux acheter les billets ici ?

Rose de confusion, elle s'est levée, est allée chercher un gros livre qui ressemblait à un annuaire des téléphones, et l'a posé sur le comptoir devant lequel je me tenais.

« Vous voulez partir quand ? Vol régulier ou charter ? On est en basse saison. Vous le voulez pour maintenant ou pendant la haute saison ? Avec liaison interne ? »

Elle mâchait du chewing gum avec l'élégance d'un chameau.

J'ai secoué la tête en la regardant fixement. Je ne comprenais pas un mot de ce qu'elle disait. J'ai essayé de lui expliquer ce que je voulais, c'est-à-dire aller d'ici au Pays de Galles. J'ai tenté de lui dire le nom du village proche de la Forêt des Fleurs, mais j'ignorais complètement l'orthographe de ce mot étranger aux consonnances si lyriques. Cela n'avait pas grand importance, d'ailleurs, car le Pays de Galles ne figurait pas dans son livre.

« Il faudra que vous passiez par Londres, dit-elle en faisant exploser une bulle de chewing gum. Ses doigts se sont activés sur une calculatrice de poche pour faire l'addition. « Huit cent trente quatre dollars et quatre-vingt-dix-sept. » Elle m'a tendu la calculatrice.

« Pour quatre ? »

Elle a pouffé de rire grossièrement. « Pour un. » Quand elle a vu mon visage, son expression s'est radoucie. « C'est affreusement cher, hein ?

– On ne pourrait pas trouver un moyen ? Il faut que j'y aille. J'emmène maman, vous comprenez. » Je la regardais dans les yeux. « Mais je n'ai que mille dollars. Il n'y a rien de moins cher ?

– Voyons, a-t-elle dit en rouvrant le gros livre. Il faut que je regarde de plus près. Pouvez-vous repasser un peu plus tard ? Je vais essayer de trouver une solution. »

Le temps que j'arrive à la maison, maman s'était levée. Elle s'était lavé les cheveux, et les faisait sécher au soleil sur les marches, derrière la maison. Maman était obsédée par la propreté de ses cheveux. Il fallait qu'elle se les lave chaque jour. Parfois, si elle était sortie, ou si elle avait travaillé dans le jardin, elle les relavait une seconde fois.

« Regarde ça, maman, j'ai l'argent. L'argent pour aller au Pays de Galles. » Je m'étais assise sur les marches à côté d'elle.

Elle a froncé les sourcils d'un air soupçonneux en voyant les billets.

« Je n'ai pas dévalisé une banque, maman, si c'est ce que tu t'imagines en ce moment, ai-je dit en riant. C'est mon livret. Celui que grand-maman m'a donné. Tu te rappelles ? Mille dollars. Regarde. Mille dollars tout rond. »

Le front toujours plissé par l'inquiétude, elle s'est penchée pour toucher les billets. Je pense qu'elle n'en avait jamais vu autant. « Ce n'est pas comme ça que ta grand-mère voudrait te voir les dépenser » dit-elle d'une voix prudente.

« Grand-maman n'est plus là pour s'en soucier, alors ? D'ailleurs, tu connaissais grand-maman. Si ça me faisait plaisir à moi, ça lui faisait plaisir aussi.

– Pas ça. » Maman touchait toujours les billets, ses doigts couraient sur eux, dans ma main. « Et l'université ? Tu ne veux plus aller étudier les langues à l'université ?

– Ne t'inquiète pas, j'irai. Il faudra que je travaille, c'est tout. Mais entretemps, nous irons au Pays de Galles.

– Mais tu iras quand même à l'université ? » Sa voix était pleine de sollicitude. « C'est très important, que tu y ailles, tu sais. J'y tiens beaucoup. J'y suis allée, moi. Popi disait toujours qu'il ne fallait pas gaspiller les dons qu'on avait reçus. Et il avait raison. Tu es très intelligente, tu sais. Tu feras des études, et tu iras au bout, *ja* ? Moi, je ne les ai pas terminées, mais je veux que toi tu le fasses.

– Oui, maman, je terminerai mes études. Ne t'inquiète pas pour ça, d'accord ? » J'ai souri et lui ai donné une tape affectueuse sur l'épaule. « Mais cet argent est pour nous. Pour que toi, moi, papa et Meggie nous prenions de bonnes vacances à la Forêt des Fleurs. »

Paul est passé ce soir-là. Lui, Gary et Aaron étaient allés à la chasse au rat un peu plus tôt. La nuit tombée, ils allaient à la décharge et braquaient les phares de la voiture sur les tas d'ordure. Alors ils s'asseyaient sur le capot et tiraient les rats avec leurs 22. Quand il faisait chaud, Paul et Aaron y allaient deux ou trois fois par semaine. Marie, la dernière petite amie d'Aaron, les accompagnait parfois. Moi, je trouvais le simple fait d'y penser insupportable. Ne parlons pas d'y aller. En fait, j'avais pitié des rats.

Paul avait quitté Gary et Aaron avant de venir, mais il portait toujours son survêtement bleu, son costume de chasse, comme il l'appelait.

Papa et maman jouaient aux cartes avec Megan dans le salon. J'étais montée l'attendre dans ma chambre. Paul s'est installé sur un bras du canapé et a regardé le jeu de Meggie, jusqu'au moment où elle l'a envoyé promener. En riant, il a fait mine de la bourrer de coups et il est allé s'asseoir à côté de maman.

Paul et maman s'entendaient magnifiquement bien. J'avais eu bien tort de craindre qu'elle ne l'effraye par son comportement un peu spécial. En vérité, il s'entendait mieux avec elle que moi. Il la taquinait constamment, lui disait qu'il allait s'enfuir au Mexique avec elle en m'abandonnant. Maman riait et lui répondait qu'il était trop vieux pour elle. Parfois, elle imitait sa voix de façon si parfaite qu'il hurlait de rire. Et un jour, elle a remonté les jambes de son pantalon et a dansé pour lui en socquettes. J'étais indiciblement gênée de rester dans la pièce avec eux, mais Paul riait, et dansait avec elle.

« Je peux sortir? ai-je demandé à mes parents. Nous ne serons pas longs. » Paul choisissait les cartes dans le jeu de maman et les posait sur la table.

Papa a hoché la tête distraitement; il a joyeusement jeté ses cartes sur la table. « Ça y est, j'ai gagné. »

Avant de partir, j'ai obligé Paul à rentrer les fusils et à les poser contre le mur dans l'entrée. La sensation d'être au milieu de ces armes et de ces munitions me rendait nerveuse. Je lui ai dit que je n'irais certainement pas me balader avec ces machins dans la voiture. Il a levé les yeux au ciel, mais il a accepté.

Sitôt dans la voiture, nous nous sommes embrassés. Paul m'a enlacée, et attirée à lui. « Bon dieu, j'ai l'impression que ça fait une éternité » a-t-il murmuré. Nous nous serrions l'un contre l'autre dans l'obscurité que striait de clarté la lumière des réverbères. « Quand reviendras-tu enfin en classe ? J'ai l'impression que ça fait des mois que tu manques.

– Et moi donc ! »

Un autre baiser, long, lent, avide. Puis Paul s'est redressé et a lancé le moteur.

J'ai tourné la tête pour voir notre maison disparaître au moment où la voiture tournait au coin de la rue. « J'ai la sensation d'entrer dans une autre vie.

– Où veux-tu aller ? m'a demandé Paul.

– Comme si je sortais d'une vie et que j'entrais dans une autre. Et puis je retournerai dans la première. Tu ne peux pas savoir ce que c'est. C'est comme si j'étais dédoublée.

– Tu as envie d'aller monter à cheval ? Ou d'autre chose ? Tu veux qu'on aille à l'Astra ? Ils jouent toujours le film de Burt Reynolds. Aaron l'a vu deux fois. »

Un silence. Je n'avais pas fait exprès, mais je ne l'avais pas écouté. Je me suis retournée vers lui. Le silence était rempli de non-dit.

« Alors, a dit Paul lentement, comment va ta maman ? »

J'ai haussé les épaules.

– Elle n'est pas vraiment déprimée, n'est-ce pas ?

– C'est un sale truc, la déprime, Paul. Ça ne se voit pas toujours, quand quelqu'un en est atteint. Crois-moi, je commence à avoir une certaine expérience de ce genre de choses.

– D'accord, mais laisse tomber, Les. Ne me prends pas pour un idiot. Elle n'est pas dépressive. Pas ta mère. Il n'y a qu'à la regarder vivre. Si elle est dépressive, alors c'est que nous autres, nous sommes tous des morts-vivants. Moi aussi, j'en connais un bout sur la question.

– Changeons de sujet, tu veux bien ? Mon but est d'oublier maman, pour une fois, pas de sortir avec elle. »

Paul a acquiescé.

Nous arrivions au bout de la Troisième rue. Paul a engagé la voiture sur la route nationale. En un instant, les lumières de la ville disparurent derrière nous et l'obscurité nous avala.

« Je n'ai pas envie d'aller à Ladder Creek, ai-je dit.

– Où, alors ?

– Tu ne connais pas un autre endroit, pour changer ? J'en ai assez d'aller tout le temps à Ladder Creek.

– Je n'ai pas l'impression que ce serait une bonne idée d'aller chez moi. Aaron a invité Maria. Et Gary est là. Il aide maman à résoudre son problème avec papa.

– Je n'ai pas spécialement envie d'aller chez toi non plus. Ce que je voudrais, c'est un endroit différent, un endroit où je ne sois jamais allée. J'ai vraiment le cafard, ce soir ; j'ai envie d'échapper à tout. »

La voiture a pris de la vitesse. Nous roulions en direction de l'ouest. La route était déserte, aussi loin que portait notre regard.

« Après le divorce, Aaron va vivre avec maman, a dit Paul.

– Et toi ?

– Avec aucun des deux, Dieu merci. Je vais à l'université, tu sais bien.

– Mais pendant les vacances, et tout ça ? Où tu iras ? »

Paul a haussé les épaules.

« Maman a dit que si je n'emportais pas mon téléscope, il faudrait le vendre. Elle dit qu'il n'y aura pas de place pour ce genre de trucs dans son nouvel appartement. Je pourrai venir passer les vacances chez elle, mais je n'aurai pas de chambre à moi. Elle dit que ça n'aurait aucun sens, puisque je ne serai pas là les neuf dixièmes du temps. Donc, pas de téléscope.

« Tu ne pourrais pas le démonter ? On pourrait se servir des pièces pour l'autre, celui que nous allons construire ensemble. Tu sais bien, le grand, on a déjà acheté les lentilles. »

Paul a soulevé une de ses mains et s'est mis à grignoter l'ongle de son petit doigt. Il gardait les yeux fixés sur la route. « Je me demande si on le construira un jour.

– Bien sûr qu'on le construira. »

Nous nous sommes tus pendant un long moment. Je repensais à la soirée chez Claire, et à la première fois que nous étions sortis ensemble. Je me rappelais comme cela m'avait fait du bien de rouler dans l'obscurité, ce soir-là. J'avais l'impression qu'il s'était écoulé une éternité.

« On pourrait aller au Nouveau Mexique, ai-je finalement dit.

– Hein ? Paul m'a lancé un coup d'œil perplexe.

– En continuant de rouler sur cette route, on arriverait au Nouveau Mexique.

– On passerait d'abord par le Colorado. En fait, si on restait sur cette route, on finirait par arriver en Californie.

– On devrait aller quelque part. Quelque part ailleurs. Rouler, sans arrêt, et ne jamais revenir.

– Tu veux ? » m'a demandé Paul. Et j'étais incapable de dire s'il parlait sérieusement.

J'ai souri en haussant les épaules. «Ça ne me dérangerait pas.

– On pourrait s'enfuir » ai-je dit. Mon souffle ternissait la vitre. « On pourrait aller en Californie, et vivre sur la plage. Tu aurais ton téléscope, tu étudierais les étoiles, et moi je ferais des petits boulots. Et on oublierait tout le reste. »

Paul a tendu la main et a pris la mienne, qu'il a serrée en souriant.

Je me suis appuyée contre le dossier de mon siège. « Je le reconnais, j'ai envie de fuir maman. » Je contemplais les taches d'ombres qui jouaient sur le plafond de la voiture. « J'en ai plus que marre de ma mère et de ses bizarreries. »

Un silence.

La vaste plaine nous environnait de toutes parts. La nuit était claire, et seules les étoiles différenciaient le ciel de la terre. De temps à autre, on voyait briller les lumières d'une ferme, mais le reste du temps il n'y avait que l'obscurité, les étoiles et le faisceau de lumière de nos phares.

« Tu ne m'en voudras pas si je te fais une remarque un peu personnelle, Les ? m'a demandé Paul d'une voix calme, presque désincarnée.

– Quoi donc ?

– Je pense que, peut-être, tu en rajoutes un peu, au sujet de ta mère.

– N'en parlons pas, je t'en prie. Je n'ai pas la moindre envie de penser à maman ce soir.

–Oui, mais n'empêche. Il a poursuivi, d'une voix toujours aussi douce. Je le pense vraiment, Les. Je pense que tu es probablement beaucoup trop obsédée par le fait que ta mère soit différente. Elle l'est, c'est vrai. Mais je ne vois pas ce qu'il y a de mal à ça. Vraiment. Moi, je la trouve fantastique. Elle déborde d'énergie, elle est vraiment vivante. Cent pour cent vivante. Pas comme la plupart des adultes, pas comme mes parents, ça non, alors.

–Il y a autre chose, Paul.

–Je trouve que tu as de la veine. Ta mère a une telle joie de vivre. Et elle réfléchit par elle-même. Elle ne dépend pas de la télévision pour savoir ce qu'elle doit penser sur ceci ou cela. C'est quelqu'un d'original.

–Je te l'accorde.

–Oui, mais, ce que je prétends, moi, c'est que c'est *super*. L'arbre te cache la forêt, Lesley. Ne le prends pas mal. Mais je trouve que c'est quelqu'un de créatif, de vivant. Une vraie non-conformiste, authentique. D'accord, elle est différente, mais où est le mal ? Ça ne veut pas forcément dire qu'elle ait des problèmes. À mon avis, tu ne l'apprécies pas assez, tu la mésestimes. Je ne peux pas croire qu'elle ait vraiment des problèmes de ce genre. »

Je l'ai regardé, sidérée. « Tu as un certain culot, je trouve. Bon Dieu ! Comment peut-tu me dire des choses pareilles ? Qu'est-ce que tu en sais ? C'est *ma* mère. Qu'est-ce que tu crois que ça signifie, avoir des problèmes ? Se pendre aux rideaux par les doigts de pied ? Courir tout nu dans la rue ? C'est un sujet auquel tu ne connais strictement rien, Paul. Alors, ne te pose pas en expert, je t'en prie.

–Je ne me pose pas en expert. J'ai simplement dit que je trouvais que tu en rajoutais, et je te le répète. Je comprends très bien d'où vient le problème : tu vis avec elle, je sais ce que ça veut dire. Moi non plus je ne vois pas ma famille d'une façon objective. C'est impossible, quand on vit avec les gens. C'est pour ça que je te dis tout ça. Je comprends.

–Je n'ai rien à faire de ta compréhension, en l'occurrence, parce que tu ne comprends rien à rien. Ma petite sœur en sait beaucoup plus que toi, à ce sujet-là. Tu es peut-être surdoué pour le reste, mais là, zéro. Alors je ne vois pas au nom de quoi tu donnes ton avis. »

Silence.

« D'ailleurs, si j'en rajoute, comme tu dis, pourquoi est-ce que je reste tout le temps à la maison ? Par plaisir, tu crois ? Et mon père est tout aussi aveugle que moi, c'est ça, docteur ?

– Je ne sais pas. En fait, pourquoi tu restes chez toi ? »

Je n'ai pas répondu. La fatigue a pris le pas sur l'irritation, et j'ai senti les larmes me monter aux yeux. Je voulais tout sauf repasser une soirée à pleurer, je me suis donc tue.

Paul, conscient de mon malaise, a posé sa main sur ma jambe. « Enfin, ne commençons pas à nous disputer, ce n'est pas si important que ça.

– Nous sommes déjà en train de nous disputer, il me semble.

– Pardon, Les, excuse-moi. C'est ma faute. Laissons tomber, voilà tout. »

Je me suis frotté le visage du dos de la main avec un profond soupir. « Tu comprends, j'ai envie de passer au moins une soirée tranquille, sans ma mère, qui me prend tous mes moments de liberté.

– Je comprends. »

Paul a mis une cassette dans le lecteur de la voiture. *Star Wars*. La seule musique capable de remplir la nuit. Il m'a souri, le visage fantomatique dans la lumière verdâtre du tableau de bord. Il a appuyé sur l'accélérateur, et nous nous sommes élancés dans l'espace intersidéral.

Nous avons traversé les plaines obscures jusqu'à Eads, Colorado, à plus de cent cinquante kilomètres. Le paysage était toujours le même. Plat, comme partout ailleurs, et très semblable à celui que nous avions quitté. J'étais déçue. Quand je pensais au Colorado, je m'imaginais des lacs et des forêts, de hautes montagnes. Mais Eads était entouré de la même étendue solitaire que tout l'ouest du Kansas.

Nous parlions encore de l'espace, nous jouions à Luke Skywalker et la princesse Leia, quand Paul s'est arrêté dans un drive-in pour nous commander des sundaes arrosés de chocolat chaud. Nous ne nous rappellions aucun des noms de nourriture utilisés dans *Star Wars*, donc nous les inventions. Paul m'a serrée étroitement contre lui pendant que nous attendions d'être servis. Il n'y avait aucune autre voiture dans le drive-in, qui ressemblait à une petite île de lumière orangée étincelant dans l'obscurité. Nous avons eu une grande discussion sur la serveuse : était-elle oui ou non une espionne étrangère qui se dissimulait sur notre station spatiale ? Nous avions peut-être intérêt à la désintégrer. Le temps qu'elle arrive, c'est nous qui étions écroulés de rire.

Au lieu de manger sur place, nous sommes allés jusqu'à une aire de stationnement, et nous sommes sortis de la voiture. Paul a laissé la musique et baissé la vitre pour que nous l'entendions. Nous nous sommes assis autour d'une table de pique-nique en grelottant, et nous avons dévoré nos glaces dans l'obscurité gelée de la nuit d'avril.

Après avoir terminé sa glace, Paul a croisé les mains sur l'emballage vide et m'a regardée.

Il souriait.

Je lui ai souri, moi aussi. Je prenais plaisir au contraste entre le chocolat chaud et la glace, je n'avais pas encore terminé. Je me suis penchée au-dessus de la table et je lui ai donné un baiser qui avait goût de glace.

Il m'a embrassée aussi. Il s'est levé, a pris mon visage entre ses deux mains et a pressé ses lèvres contre les miennes. Son baiser se faisait de plus en plus pressant et en moins de temps qu'il n'en faut pour le dire, Paul était sur la table. Les mains enfouies dans mes cheveux, il embrassait mes lèvres, mes joues, mon cou. Je ne voulais pas qu'il se cogne dans ma glace, que j'ai poussée de côté.

« J'ai pris le thermos d'Aaron » a-t-il murmuré. Je n'ai pas compris immédiatement. Mais quand il a sorti sa main de sa poche, j'ai vu ce qu'il voulait dire. Le thermos plein de préservatifs. « Ton cadeau d'anniversaire », a-t-il dit.

Nous nous sommes laissé glisser ensemble jusque sur l'herbe, toujours enlacés. Je ne prenais pas garde à un obstacle aussi négligeable qu'une table de pique-nique.

La bande s'est arrêtée. Paul a tourné la tête et j'ai senti ses muscles se tendre ; il allait se lever pour retourner la cassette. Je lui ai caressé le visage, et lui ai dit non. Je ne voulais plus de la musique de *Star Wars*. Ceci n'était pas un jeu d'enfants. Je n'avais plus l'intention de faire comme si de rien n'était.

Nous nous sommes pelotonnés dans l'herbe haute de l'hiver. Les mains de Paul se déplaçaient en territoire connu avec une tendresse confiante. Il a déboutonné chacun des boutons de mon chemisier et l'a fait glisser sur mes épaules. L'air de la nuit était un peu froid. Je me suis serrée contre lui. Il m'embrassait partout. Agréablement excitée, j'ai passé la main sous son survêtement.

Et quand Paul s'est interrompu pour mettre le préservatif, j'ai réalisé ce qui allait se passer. Et voilà, me suis-je dit, couchée dans l'herbe à côté de lui. Aussi surprenant que cela puisse paraître, j'étais parfaitement calme. Toute l'excitation qui m'habitait avant qu'il se sorte le préservatif m'avait quittée. Son pénis était énorme. Je l'avais déjà vu, mais, cette fois-ci, je ne pouvais m'empêcher de le fixer. Comment cela allait-il se passer? Est-ce que ça allait me faire mal? Et si je m'y prenais mal? Et si je me mettais à faire des bruits ridicules? Et si quelqu'un nous entendait? J'avais lu dans des livres qu'il arrivait, surtout aux femmes, de perdre tout contrôle sur elles-mêmes et de hurler d'extase. Dans le bouquin de Megan, ça leur arrivait sans arrêt, en tout cas. Peut-être que nous aurions eu intérêt à remettre la musique de *Star Wars*, car ne n'avais aucune envie de faire partager mon extase, et nous n'étions qu'à quelques mètres de la nationale.

Allongé près de moi, Paul m'a reprise dans ses bras.

«Tu veux, n'est-ce pas? Je me suis aperçue qu'il avait senti ma tension.

–Oui.

–Tu es sûre?»

J'en étais sûre, mais j'avais bien plus peur que je ne l'aurais cru.

Nous avons recommencé à nous caresser; j'espérais ressentir à nouveau le plaisir habituel. Mais l'étrange sentiment de détachement persistait. Mon corps répondait mais mon esprit, tendu, éveillé, jouait le rôle d'un observateur étranger.

Doucement, pensivement, Paul me touchait. Je me demandais si pour lui aussi c'était la première fois. Je ne lui avais jamais posé la question, en fait, parce que je pensais être sa première petite amie sérieuse, et que si ce n'était pas le cas, je n'avais aucune envie de le savoir. Mais maintenant, je m'interrogeais. Ses gestes étaient lents et calculés, mais il avait l'air beaucoup plus sûr de lui que moi.

Mon corps s'est mis à vibrer de lui-même. Les doigts de Paul étaient électriques; à chaque fois qu'il m'effleurait, je recevais de petites décharges. Ç'aurait été une sensation agréable, si j'avais réussi à me détendre un peu; mais là, c'était terriblement énervant. Sans le vouloir, quand il a touché le bas de mon dos, j'ai sauté en l'air. Surpris, il s'est soulevé pour me regarder. Je lui ai souri, j'ai secoué la tête et embrassé sa main.

Et je l'ai senti me pénétrer. Ça faisait mal. Pas terriblement, mais plus que je n'aurais cru. J'ai sursauté à nouveau, et il a dû recommencer. Il était couché sur moi, et le poids de son corps calmait l'hypersensibilité de ma peau. Comme je savais ce qui m'attendait, j'ai réussi à me détendre un peu plus, et ça m'a fait moins mal que la première fois. Ça n'avait rien de particulièrement merveilleux, mais ça s'améliorait.

Paul a joui très vite. Avant même d'être complètement entré. J'ai senti le courant chaud dans le préservatif. Une sensation magnifique, subtile, profonde et de loin la plus agréable depuis le début. Paul m'a serrée contre lui en gémissant. Dans mon corps, la tension s'est envolée, et je me suis sentie très amoureuse de lui.

Nous nous sommes caressés à nouveau, avant de nous allonger dans l'herbe humide que nous avions réchauffée de la chaleur de nos corps. Autour de nous, l'air était riche d'une odeur profonde, mûre, comme celle des pommes, mais plus lourde et avec une vague trace de sel. Une bonne odeur. Je la respirais, j'essayais de la définir. La surexcitation avait complètement disparu, j'avais chaud, j'étais heureuse. Paul, les yeux fermés, un vague sourire aux lèvres, me serrait toujours dans ses bras. Je le regardais. Il ne dormait pas, mais il était parfaitement immobile. Son pénis s'était recroquevillé le long de son corps et le préservatif pendait, plein. Je l'ai doucement touché du bout du doigt et il a souri à nouveau, sans ouvrir les yeux.

Paul ne semblait pas avoir envie de bouger. J'étais au chaud dans ses bras. Je suis restée tranquillement allongée, et j'ai réfléchi. Fallait-il plus d'expérience? J'avais imaginé que j'aurais davantage de plaisir. M'y étais-je mal pris? Fallait-il un peu de temps avant d'y arriver? Pourquoi ma peau était-elle devenue si réceptive? Et pourquoi, au lieu de me laisser aller au plaisir sensuel que j'éprouvais lorsque nous nous caressions, mon esprit était-il resté à ce point en éveil? Je me suis tournée sur le dos et j'ai regardé les étoiles à travers les branches des arbres.

Les choses du sexe ne m'étaient pas inconnues. J'avais souvent entendu mes parents faire l'amour. La maison était trop petite pour l'éviter. Ils ne faisaient pas beaucoup de bruit, mais si on était dans le bureau au mauvais moment, il était impossible de ne pas entendre. Ils riaient et pouffaient ensemble. Maman était incroyablement bavarde. Elle disait des choses idiotes à papa, pas du tout son genre de discours habituel. Elle lui parlait bébé, comme si elle était une petite fille. Les réponses de mon père, je ne les avais jamais entendues, il parlait trop bas pour ça. Mais ça me gênait d'entendre maman parler sur ce ton, plus, en fait, que d'entendre l'acte sexuel proprement dit.

En tout cas, me disais-je, je n'avais jamais entendu maman hurler d'extase. Ça n'arrivait sans doute que dans les livres.

Et tout d'un coup, douloureusement, tout s'est mélangé. Faire l'amour, hurler, ma mère. Ils l'avaient violée; elle était vierge, comme moi ce soir. Mais ça ne s'était pas passé dans les bras d'un innocent amoureux. Je me suis assise brusquement.

Paul a ouvert les yeux. « Qu'est-ce qui ne va pas ? »

J'ai essayé de me débarrasser de ces images.

« Qu'est-ce qu'il y a, Lesley ? » Il avait l'air inquiet. Il pensait qu'il avait fait quelque chose, qu'il m'avait fait mal, que je regrettais.

J'ai secoué la tête. « Rien. » Mais tout était gâché : l'humidité avait remplacé la chaleur, j'ai frissonné.

« Tu es sûre ? » Il a remassé son survêtement et l'a enfilé.

J'ai hoché la tête.

« C'était bien ? Tu as aimé ? »

J'ai hoché la tête à nouveau.

Il s'est penché et m'a embrassée dans les cheveux. « Je t'aime. »

J'avais froid, toute nue dans l'herbe. J'ai hoché la tête une troisième fois. J'aurais voulu pouvoir lui dire que moi aussi je l'aimais. Mais je n'arrivais qu'à hocher la tête.

18

Samedi après-midi, je suis allée au Café Torres avec Brianna. Papa tondait la pelouse, donc j'ai prévenu maman, qui faisait une tarte à la rhubarbe à la cuisine, que je sortais et que je rentrerais vers l'heure du dîner.

Je n'avais guère vu Brianna, Claire et mes autres amies depuis quelque temps. Je n'allais pas en classe, je passais tout mon temps avec maman et les quelques instants de liberté dont je disposais, je les consacrais à Paul. Brianna et moi nous sommes donc installées au café Torres, où l'on nous laissait tranquilles pendant des heures, devant un coca et une portion de frites, sans nous harceler pour que nous commandions autre chose. Nous avions mille choses à nous dire. Je lui ai raconté ma nuit à Eads avec Paul, l'intolérable ennui que j'éprouvais à rester à la maison, comment j'essayais de rester à niveau en travaillant chez moi, et que j'avais dû abandonner mes deux nuits de travail à la clinique, car je ne parvenais pas à tout caser. La directrice, Mrs Norton, m'avait d'ailleurs prévenue qu'elle ne pouvait pas me promettre de m'engager à temps plein pendant l'été si j'abandonnais mes tours de garde du printemps. Brianna, elle, m'a raconté tous les ragots du lycée, et surtout que les parents de Jessie Soames l'expédiaient quelque part dans l'est au lieu de l'envoyer à l'université comme prévu. Brianna pensait que Jessie était enceinte.

« Tu veux venir chez moi ? » lui ai-je demandé. Il était à peu près quatre heures et demie et Brianna comptait sa monnaie pour voir si elle avait de quoi nous payer deux autres cocas. « Je crois qu'on a du coca au frigo. En tout cas, il y a le soda préféré de mon idiote de sœur ; »

Brianna a froncé le nez.

« Et des chips ; je crois bien que maman en a rapporté du supermarché. Tu viens ? On s'assiéra sur les marches et tu me raconteras tout sur Danny. Tu crois qu'il va t'inviter ? »

Au moment où nous tournions le coin de ma rue, Brianna m'a donné un coup de coude. « Regarde, Les, il y a une voiture de police devant chez toi ».

Je me suis figée sur place.

Brianna s'est arrêtée aussi.

« Écoute, Bri, » ai-je dit d'une voix aussi calme que possible, « si ça ne t'ennuie pas trop, heu... je crois qu'il vaut mieux que tu viennes un autre jour. »

« Que se passe-t-il ? »

« Je ne sais pas. »

Nous étions debout au carrefour. Je regardais la voiture de police. Aucun doute, elle était bien devant chez nous. Un des policiers se tenait sur le seuil.

« N'en parle pas, d'accord ? À personne ? »

« Je comprends », a-t-elle dit, et je savais que c'était vrai. Son père buvait souvent un coup de trop, les jours de paye, et la police le ramenait à la maison.

« Tu me le promets, Bri ? Tu promets de ne rien dire ? »

« Je te le promets. » Et, en jetant un dernier regard à la voiture de police, elle a fait demi-tour.

Megan était assise sur les marches, en larmes. J'avais fait le tour de la maison pour entrer par la porte de derrière et je l'avais trouvée là, toute bouleversée. «Ils ont arrêté maman.»

« Comment ? Qu'est-ce-qui s'est passé ? »

« Elle est sortie. Pendant que papa tondait la pelouse, du côté du lilas. Elle est allée chez les Waterman, et elle a essayé d'emmener Toby. Ils ont appelé la police. »

« Bon sang ! » Je me suis assise à côté d'elle. Des voix échauffées venaient du salon. « Qui sont tous les gens qui sont là-dedans ? »

« Les policiers. Et papa. Et aussi Mr. Waterman, c'est horrible. »

« Maman est là aussi ? »

« Non. » Megan gémissait. « Ils l'ont mise en prison. »

« Allons, Megan, ne pleure pas. Ça n'arrangera rien, tu le sais bien, » ai-je dit sans grande conviction.

Des portières de voiture ont claqué, un moteur a démarré. Quelques instants plus tard, mon père est apparu sur le seuil de la porte de derrière. Nous sommes poussées sur le côté, pour qu'il puisse ouvrir la porte, et il nous a rejointes.

« Il faut que nous allions chercher votre mère au poste de police. »

« Megan dit qu'ils l'ont arrêtée, qu'ils l'ont mise en prison. »

Il a secoué la tête. «Mais non. Ils l'ont emmenée, c'est tout. Mais la prochaine fois, je devrai payer une amende, pour harcèlement ». Il a froncé le sourcils, le regard perdu sur ses outils de jardinage abandonnés sur la pelouse. « J'ai dû accepter qu'elle aille voir un psychiatre. Autrement, Mr. Waterman portait plainte. Il n'y avait que ce moyen de le dissuader. J'ai promis. La police va prendre un rendez-vous pour elle à la clinique psychiatrique de Garden City ».

Quand nous sommes arrivés au poste de police, nous avons trouvé maman assise sur un banc, devant le bureau du sergent. On lui avait offert un café, dans un gobelet en plastique blanc. Elle contemplait le liquide. Mon père s'est penché sur le bureau et a parlé au policier. Ils lui ont montré de nombreux papiers. Quelqu'un était en train de téléphoner à la clinique psychiatrique. Bon, un rendez-vous était pris pour le lundi suivant. Docteur Carrera, lundi matin, dix heures. Parfait, a dit papa d'une voix douce et déférente, elle irait, il s'en portait garant.

Apparemment, maman avait bandé toute son énergie pour garder son calme pendant qu'elle était au poste. Au moment même où la portière de la voiture se referma sur elle, elle éclata en sanglots. Mon père s'est penché vers elle, l'a prise dans ses bras, et a enfoui son visage contre sa chemise. Nous sommes restés un bon moment dans le parc de stationnement du poste de police, pendant qu'il la réconfortait. Maman, à travers ses sanglots, essayait de dire quelque chose; du siège arrière, je ne l'entendait pas, Mais non, répondait papa très calmement, la police n'est pas comme ça, ici; nous sommes en Amérique, Mara. Personne ne te veut du mal.

Je n'arrivais pas à me figurer comment maman s'était débrouillée pour garder son calme au poste de police; elle était manifestement terrorisée. Elle a pleuré tout au long du chemin de retour, appuyée contre l'épaule de papa. Même à la maison, enlacée par papa, elle n'arrivait pas à s'arrêter. Elle pleurait, elle tremblait de tous ses membres, et elle a vomi le café qu'elle avait bu dans l'évier de la cuisine.

Paniquées, Megan et moi la regardions. Le simple fait d'être entrée dans notre petit poste de police terrifiait maman au point qu'elle en vomissait dans l'évier. Voilà qui en disait long sur les horreurs qu'elle avait dû subir dans le passé, et son impossibilité de les oublier.

Papa essayait de la calmer. Il l'a fait asseoir sur une chaise, lui a essuyé le visage avec un torchon, agenouillé près d'elle, il lui écartait les cheveux du visage. Mais rien n'y faisait.

Il a finit par se lever, passer un bras sous le coude de maman et la soulever. Puis ils sont montés dans leur chambre. Pour une fois, le bruit de leur porte refermée derrière eux était le bienvenu. Les sanglots de maman se sont estompés. Maintenant, ça ne faisait pas plus de bruit qu'une machine à laver.

Megan et moi, nous sommes sorties dans le jardin. J'ai apporté les chips, de la sauce, des bretzels et le soda de Megan, ce que j'avais prévu de prendre avec Brianna.

Allongée dans l'herbe fraîchement coupée, les bras derrière la tête, Megan contemplait les feuilles de l'orme. « Qu'est-ce-qui va nous arriver ? » a-t-elle demandé en se tournant vers moi. « Maman va rester comme ça, maintenant? Elle va continuer à croire que ce petit garçon est son fils, pour toujours ? »

« Non, je ne crois pas. Si nous trouvons un moyen, ça lui passera. Je pense que son esprit n'est occupé par rien d'autre, c'est pour cela qu'elle continue. »

« Mais pourquoi ? Pourquoi ne peut-elle pas comprendre que ce n'est pas Klaus ? »

« Je n'en sais rien, » ai-je répondu en haussant les épaules. «Klaus lui manque, je suppose. Il lui manque tellement qu'elle n'arrive pas à penser à autre chose».

Megan s'est tue. Elle a tendu la main vers le paquet de bretzels, en a pris un, et l'a cassé en une douzaine de petits morceaux qu'elle a lancés un par un sur un oiseau qui sautillait dans l'herbe. « Qu'est-ce-qu'il est devenu, le vrai Klaus, tu crois ? »

« Aucune idée. »

« Tu penses qu'il est toujours vivant ? »

« Sans doute. Il ne serait pas si vieux que ça. Une trentaine d'années. Pas l'âge de Toby, ça c'est certain. Il ne doit plus avoir besoin d'une maman. »

Megan a pris un autre bretzel. « Les, c'est vraiment notre frère, ce Klaus ? Notre vrai frère? Pour de vrai ? »

« Notre demi-frère. »

« C'est bizarre de penser à ça. Il y a quelqu'un quelque part dans le monde qui fait partie de notre famille. Qui est un parent à nous. » Elle s'est arrêtée un instant. « Et l'autre bébé ? Papa a bien dit qu'il y en avait eu deux ? »

« Oui. Mais je ne sais rien de lui. Même pas son nom. »

« C'est bizarre. C'est super bizarre. »

Nous sommes restées allongées sans parler. J'ai grignoté une bonne moitié du paquet de chips. Je les trempais dans la boîte de sauce. Aussi étonnant que cela puisse paraître, j'étais affamée.

« Les ? » Megan s'est mise sur le ventre.

« Humm ? »

« J'ai une question à te poser. »

« Vas-y. »

« Voilà. Si c'était nous, tu crois que maman aurait essayé aussi fort de nous retrouver ? »

« Tu veux dire, si c'était nous que les nazis avaient emmenées au lieu de Klaus ? »

« Ouais. »

J'ai pris ma boîte de soda. « Probablement. Nous non plus, elle n'aurait pas voulu nous perdre. Je crois que ce que veut maman, c'est avoir toute sa famille autour d'elle, réunie. »

« Des fois, je me demande. Je me demande si, puisqu'elle nous a, on compte autant pour elle que les choses qu'elle a perdues. »

« Elle en a tellement perdu, Megan. Il faut essayer de comprendre. »

« Je comprends. Tout ce que dis c'est que... » Elle s'est interrompue pour prendre un autre bretzel. « Des fois, au fond de moi, je ne comprends pas, voilà. »

Nous sommes restées dehors pendant presque deux heures, jusqu'à ce que la nuit tombe. Quand nous sommes rentrées dans la maison, Megan s'est installée devant la télé pour regarder le Muppet Show. Moi, debout sur le pas de la porte, j'ai regardé dans la rue. Il fallait que je sorte. J'ai décidé d'aller voir Paul.

J'ai frappé tout doucement à la porte de mes parents. Il n'y avait plus aucun bruit dans leur chambre depuis un bon moment, je ne voulais pas risquer de les réveiller si par hasard ils dormaient.

« Entrez », a murmuré mon père.

J'ai ouvert la porte le plus silencieusement possible. Ils étaient tous les deux sur le lit. Les couvertures étaient froissées, mes parents étaient couchés sur un drap. Mon père ne portait qu'un T-shirt. Maman était nue. Papa était couché sur le côté droit, un bras étendu sur le drap. Maman était pelotonnée contre lui, la tête contre sa poitrine, ses cheveux défaits lui cachant le visage. Mais j'ai vu qu'elle dormait. La main gauche de mon père était sur elle, son bras posé sur le sien, ses doigts dans ses cheveux. Il faisait très chaud dans la chambre, chaud et humide ; il m'a demandé d'ouvrir la fenêtre, ce que j'ai fait.

Le soleil s'était couché, la pièce n'était éclairée que par le crépuscule d'avril.

« Je me demandais si je ne pourrais pas aller chez Paul ». J'était debout près de la fenêtre, de l'air frais pénétrait dans la chambre. « J'ai téléphoné, sa mère est d'accord. »

« Que fait Megan ? »

« Elle regarde la télé. »

« Vous avez mangé ? »

J'ai fait oui de la tête.

Il m'a fait signe de lui passer le drap du dessus, qui était au pied du lit. Je me suis avancée et je l'ai tiré sur eux. « D'accord, mais ne rentre pas trop tard. Et prends tes clés. »

« Très bien. »

En marchant jusque chez Paul, j'ai pensé à l'amour physique. En voyant mon père et ma mère comme ça, je m'étais demandé comment faisait maman. Comment mon père s'était-il débrouillé pour qu'elle ait du plaisir à nouveau ? Comment était-ce possible de rentrer du poste de police dans un état aussi épouvantable et d'être paisiblement au lit avec mon père quelques heures plus tard ? Je n'arrivais pas imaginer le genre de relation qu'ils avaient ensemble. Comment, en plein cœur de l'orage, parvenait-il à la réconforter, à la rendre à la vie ? J'aurais tant voulu comprendre ; j'aurais tant voulu pouvoir leur poser la question, à l'un ou à l'autre ! Mais je savais que je n'en ferais rien.

Paul et moi nous sommes assis devant la maison, dans le virage. Un voisin avait arrosé, et le caniveau était plein d'eau. Paul fabriquait des petits bateaux avec des feuilles et les faisait naviguer entre nos jambes. Le visage sur les genoux, il les observait.

Derrière nous, la chaîne stéréo de Aaron hurlait. C'était si fort, comme d'habitude, que la maison en tremblait. Dehors, c'était supportable. En fait, j'ai trouvé ce bruit normal plutôt rassurant.

« Ma famille me rendra folle ». J'étais penchée en avant, et je trempais mes doigts dans l'eau qui coulait dans le caniveau.

« Ta famille ? Tu devrais voir un peu ce qui se passe ici. Tu sais ce que mon crétin de frère a fait, aujourd'hui ? Tu connais Marianne MacAlister ? »

« Non, Paul. Je ne parle pas du genre de choses que fait Aaron. Je parle de folie. De la vraie folie. Du genre de choses pour lesquelles on t'enferme à Larned. »

Et je lui ai tout raconté. Je lui ai expliqué pourquoi je n'allais plus en classe. Je lui ai parlé de Klaus et de Toby Waterman, de maman, de la guerre. En fait, je crois qu'il savait déjà pas mal de choses. Pas les détails, bien sûr. Mais, par osmose, il avait saisi les grandes lignes.

Immobile, il contemplait avec un intérêt que je savais feint les petits bateaux qu'il avait lancés dans le caniveau. J'étais incapable de dire à quel point ce que je lui racontais le choquait. Je m'en fichais, d'ailleurs. Le besoin de partager était si pressant que je ne m'occupais de rien d'autre.

« Ce que je voudrais, c'est que mon père fasse quelque chose. Je le lui répète sans arrêt que nous devrions faire quelque chose pour que ça change. Que nous aurions dû faire quelque chose depuis longtemps. Mais mon père ne m'écoute pas. Il tergiverse, et c'est tout. »

« Mais là, il fait quelque chose, non ? Puisque ta mère va voir un psychiatre ? »

« C'est uniquement parce que Mr. Waterman a menacé de porter plainte si elle ne le faisait pas. Sans cela, il ne s'y serait pas résolu. »

« Que voudrais-tu qu'il fasse d'autre ? »

« Je ne sais pas. Il doit bien y avoir une solution. Pourquoi faut-il que ce soit moi qui me pose la question? C'est lui, l'adulte. Il devrait savoir mieux que moi. »

J'ai posé ma joue sur mon genou. La soirée était chaude, on était samedi, et le quartier était très animé. On entendait les voitures s'approcher et s'éloigner dans Main Street, à deux blocs de là.

Paul s'est penché en avant. Il examinait quelque chose sur l'asphalte. « Tu as de la chance, pourtant, a-t-il dit. « Tu sais ce qu'il y a de génial, dans ta famille ? »

« Quoi donc ? »

« Vous vous aimez. Bon Dieu, je n'ai jamais vu deux personnes s'aimer comme ton père et ta mère. Vous vous aimez tous. Vous vous aimez comme des fous, Lesley. Tu restes à la maison avec ta mère, ta petite sœur fait tout ce qu'elle peut pour vous aider. Crois-moi, tu ne te rends pas compte de la chance que tu as. Il y a un bon million de gosses de ce pays qui ne seraient que trop heureux de changer leur place avec la tienne, même s'il fallait assumer les problèmes de ta mère, rien que pour faire partie d'une famille comme la tienne. »

« Tu plaisantes? Mince, alors ! Paul, tu parles sérieusement ? »

« Oui. » Il n'a pas levé les yeux. « La plupart des gens donneraient tout au monde pour vivre dans une famille où on s'aime comme ça. Moi, oui, en tout cas. »

Les doigts dans l'eau, je n'ai pas répondu immédiatement.

« Ça ne suffit pas », ai-je finalement dit. « L'amour, ça aide, mais ça ne suffit pas. Il faut changer les choses. Il faut sortir de sa coquille, comprendre ce qui ne va pas, et faire ce qu'il faut pour que ça s'améliore. C'est là que nous sommes si différents, papa et moi. C'est là qu'il a tort. Si tu veux que le monde soit meilleur, il faut faire changer les choses. Papa arrive, vous met son bras autour du cou, et vous vous sentez mieux, mais rien ne va mieux pour autant. C'est comme ça qu'il s'y prend avec maman. Il la serre contre lui, il l'embrasse, il lui dit qu'elle est merveilleuse et elle le croit. Mais ses problèmes, elle les a toujours. Il n'y a rien de changé.

« Mais qu'est-ce-que tu voudrais bien faire contre ça ? »

J'ai soupiré. Je l'ai regardé lancer un autre bateau, et dans un autre soupir, j'ai dit : « Je ne sais pas. Mais il doit y avoir un moyen. »

19

Samedi après-midi, la police avait téléphoné à l'hôpital psychiatrique de Garden City, et pris un rendez-vous pour ma mère avec l'un des psychiatres, le lundi matin. Nous imaginions tous l'effet de cette information sur maman. Dimanche matin, mon père et moi nous sommes croisés devant la porte de la salle de bains. Il m'a prévenue qu'il envisageait de lui annoncer la nouvelle pendant le petit déjeuner, qui lui semblait le moment le plus opportun. Plus vite elle serait au courant et mieux ce serait, pensait-il. Et les petits déjeuners du dimanche matin étaient toujours d'agréables moments de détente. Si maman s'énervait, il ne voulait pas que Meg ou moi nous en mêlions, pour ne pas compliquer encore la situation en prenant parti. Puis il est retourné dans leur chambre, me laissant devant la porte de la salle de bains, agrippée à mon séchoir, en attendant que Megan me laisse la place. J'avais bien peur que la matinée ne soit condamnée à bien mal se passer, et que nous ayons droit à une nouvelle édition des abominables scènes d'hystérie dont nous avions pris l'habitude. J'ai même envisagé de ne pas assister au petit déjeuner, pour y échapper.

Mon père était capable de manifester une extrême gentillesse. Il avait notamment un don inné pour vous toucher de telle manière que vous ne pouviez manquer de ressentir sa très profonde affection. Debout derrière maman, qui était assise à table, les mains sur ses épaules, il lui a prudemment expliqué que la police ne l'avait relâchée qu'à la condition qu'elle irait à ce rendez-vous, que le docteur Carrera était là pour l'aider à résoudre certaines des questions qu'elle se posait au sujet de Klaus, et qu'elle se sentirait sans doute beaucoup mieux après l'avoir vu. Les coudes sur le journal du dimanche, les deux mains sur la bouche, ma mère ne bougeait pas. Son expression s'est assombrie. Mon père ne voyait pas son visage, mais il a cependant commencé à lui masser les épaules. D'une voix très tendre, il a ajouté qu'il souscrivait à cette décision.

Imprévisible, comme d'habitude, maman n'a manifesté aucune crainte. Elle a explosé. Comme une bombe atomique adaptée à la taille de la cuisine, elle a éclaté, à l'endroit même où elle se trouvait, sans essayer d'entraîner mon père dans une autre pièce, sans nous demander, à Megan et à moi, de les laisser seuls. Nous étions tous là ; nous venions de finir notre petit déjeuner ; nous nous apprêtions à déguster paresseusement un ou deux toasts de plus tout en parcourant le journal ; et ma mère s'est livrée à un explosion de rage digne d'un seigneur de la guerre trahi par le siens.

« Tous des fils de putes ! Et tu es d'accord avec eux ? Ils me volent mon fils, et tu restes planté là, d'accord avec eux ! Mais, bordel de Dieu. pourquoi ne m'aides-tu pas, O'Malley ? De quel côté tu es, espèce d'enculé ? »

Elle a bondi sur ses pieds, en se dégageant violemment des bras de mon père. Il s'est écarté. À l'autre bout de la cuisine, d'abord, puis de l'autre côté de la table. Elle le poursuivait en hurlant des imprécations. Elle n'avait besoin de personne pour l'aider à résoudre les questions qu'elle se posait au sujet de Klaus. De personne sauf de mon père. Car il était son mari, et qu'il était censé l'aider, lui. Alors, pour qui était-il, exactement ? Pourquoi disait-il aux flics qu'elle devait aller voir un psychiatre ? C'était lui qui lui devrait y aller, et se faire examiner le cerveau. Pour savoir ce qui l'avait ensorcelé. Pour découvrir le genre d'homme qu'il était, incapable même de soutenir sa propre femme.

J'avais peur qu'elle ne le frappe. Je n'avais jamais vu maman battre quiconque, mis à part quelques fessées à Megan et moi, quand nous étions petites, mais là, j'ai vraiment cru qu'elle allait frapper mon père. Elle a saisi une chaise par son dossier, et j'ai fermé les yeux. Mais quand je les ai rouverts, elle était toujours au même endroit, dans la même position. Mon père maintenait la table entre eux deux.

Emplie d'amertume par notre refus de la soutenir, par la façon dont nous l'avions récemment traitée, comme si elle était une enfant à qui on ne pouvait pas faire confiance, elle nous agonisait d'injures, et de méchancetés. Pendant toutes ces semaines, elle avait subi ce qu'elle considérait comme une horrible humiliation, comme une trahison, sans mot dire. Maintenant, elle nous vomissait sa souffrance et sa rage à la tête.

Ce qui l'avait blessée le plus profondément, c'était manifestement notre refus de l'aider à réclamer le retour de Klaus. Elle l'a répété cent fois. Pourquoi l'avions-nous abandonnée ? Elle avait raison. Elle savait de quoi elle parlait. Elle avait l'expérience de ce genre de choses, mieux que nous. Pourquoi ne lui faisions-nous pas confiance ? Comment nous étions-nous laissés rouler par les sales tours qu'ils jouaient ? Comment nous avaient-ils convaincus de les croire eux, et pas elle ? Elle s'avait qu'elle avait raison, et elle était horrifiée par la malice qu'ils avaient dû déployer pour que les gens en qui elle avait le plus confiance se détournent d'elle d'un seul coup. Ou alors, c'était que nous étions des être faibles, voilà tout.

« Je n'arrive pas comprendre. Pourquoi est-ce-que tu restes planté là, O'Malley ? Tu disais que tu m'aiderais à récupérer Klaus. Tu me l'avais promis. Promis, O'Malley ! Tu as juré ! Et maintenant, tu me trahis ! »

Puis elle s'en est pris à moi. « Et toi, espèce de grosse vache ? Pourquoi tu restes tout le temps assise sur ton gros cul, comme une merde dans une cuvette ? Pourquoi tu n'écoutes pas ce que te dit ta mère ? Tu es douce. Tu es gâtée par une vie trop facile. Tu ne sais pas ce que c'est, quand des gens te battent tous les jours, que tu n'as rien à bouffer, sauf des trucs qu'on n'oserait même pas donner à des chiens, ici ! Tu n'imagines même pas que ça pourrait t'arriver. Tu es gâtée. Tu es une grosse vache ! »

Je baissais la tête, le nez plongé dans le journal.

« Eh bien, réponds ! Ne reste pas assise là comme une gourde ! Tu crois que j'ai survécu à Ravensbrück pour avoir un enfant comme ça ? J'aurais mieux fait de crever là-bas ! ça oui. Je ne te comprends pas. J'ai essayé de faire de toi quelqu'un de bien. Pourquoi ne veux-tu pas m'aider ? »

« Parce que cette fois-ci, tu n'as pas raison, maman. »

Papa a froncé les sourcils. Il a posé un doigt sur ses lèvres, pur me faire taire. Enervée, triste, j'ai baissé la tête.

Maman s'est enfin mise à pleurer. Ce n'étaient pas des larmes de reddition. Elle était toujours furieuse. Mais, dans les trois langues, les mots lui manquaient. Elle a sangloté longtemps, debout au milieu de la cuisine. Elle s'essuyait vaguement le visage de ses avant-bras, les poings serrés.

« Vous me traitez comme une enfant. Vous tous. Même elle, le bébé. » Elle montrait Megan du doigt. « Vous croyez que je ne m'en rends pas compte ? Vous croyez que c'est ça que je veux ? Vous croyez que ça me rend heureuse ? »

J'étais bouleversée. Maman avait très bien perçu la situation, bien mieux que je ne le croyais. Manifestement, elle avait vécu ces quelques semaines comme un véritable calvaire. À l'écouter, on ne pouvait qu'avoir le cœur brisé. Et comment ne pas l'écouter ?

« Pourquoi, mon Dieu ? Pourquoi me traitez-vous comme ça ? Comme si j'étais une irresponsable ? Une idiote ? Ein Dummkopf. bin ich ja kruzdumm ? Hein, O'Malley ? Bin ich ? »

Stoïquement, mon père ne bougeait pas. Il était appuyé au plan de travail, près de la cuisinière. Debout, les mains sur les hanches, il contemplait le linoleum. Il ne la regardait pas, ne la contredisait pas, ne répondait à aucune de ses questions. Il restait là, c'est tout. J'avais de la peine pour lui. Presque toute la rage de ma mère était dirigée contre lui, et elle l'insultait à tel point que j'avais du mal à ne pas prendre sa défense. Mais je n'en ai rien fait. Je savais le mal qu'il avait à conserver un calme qui n'était qu'apparent ; si j'ouvrais la bouche, sa colère se déchaînerait contre moi. Cette matinée toute entière fut un vrai calvaire. Maman a continué jusque vers onze heures et demie, sans interruption. Secouée de sanglots, elle hurlait, jurait, pleurait. Comme lorsqu'un abcès crève, que le pus coule partout, et que l'on découvre que la douleur ne passe pas pour autant, qu'elle s'aggrave, au contraire. Megan, pétrifiée, avait les yeux fixés sur la page de bandes dessinées du journal, qu'elle tenait de ses deux mains dont les articulations avaient blanchi. Ses yeux allaient et venaient sur les planches de Charlie Brown, Snoopy et Lucy. D'avant en arrière, d'avant en arrière, d'avant en arrière. À part ça, elle était absolument immobile. Moi, je ne parvenais pas à garder la même immobilité. Mes muscles se crispaient. J'avais un besoin de plus en plus urgent d'aller aux toilettes. Les pieds glacés. Mais comme Megan, je n'osais pas bouger. Et, peu à peu, tout s'est engourdi : le corps, l'âme et le cerveau.

Maman s'est enfin écroulée en sanglots épuisés. Elle s'est effondrée sur une chaise en face de moi, s'est cachée la figure dans les mains, et elle a pleuré. Nous trois, figés sur place, nous la regardions. Personne n'osait la toucher. Elle n'est restée assise qu'un petit moment, puis elle s'est levée et elle est sortie de la pièce. Nous l'avons entendu monter l'escalier, redescendre, fouiller dans l'armoire et sortir. Nous ne disions toujours rien, nous ne faisions pas un geste.

Ma mère a passé le reste de la matinée et le début de l'après-midi dans le jardin. À genoux, elle s'est acharnée contre les mauvaises herbes. Son visage était maculé de traces noires, là où elle essuyait les larmes de ses mains sales.

Vers la fin de l'après-midi, j'ai entendu mes parents à nouveau. Une fois de plus, papa expliquait des choses à maman, qui répondait d'une voix plaintive. Elle était épuisée et malheureuse ; elle ne voulait qu'un peu d'affection de sa part. Elle était en larmes, à nouveau. Patiemment, calmement, sans lui faire de reproches, mon père lui expliquait que Mr. Waterman porterait plainte si elle n'allait pas voir ce médecin. Ils étaient dans leur chambre. J'étais assise sur la pelouse, et je les entendais par la fenêtre ouverte. Je n'avais qu'une envie, c'était de leur hurler de se taire. Mais, évidemment, je n'en ai rien fait.

Le lendemain matin, je m'attendais à ce que maman soit non pas résignée, mais pour le moins tellement épuisée par toute l'hystérie du dimanche qu'elle ne créerait pas de problèmes. Erreur. Le rendez-vous avait été fixé à dix heures du matin, et quand je suis montée dans sa chambre pour lui dire qu'il était temps de partir, je l'ai trouvée plongée dans un livre, assise sur son lit.

« Tu es prête, maman ? » Non, elle ne l'était pas. Elle portait un vieux jean et une chemise appartenant à papa, dont elle avait roulé les manches.

« Maman, c'est l'heure de te changer. Allez, viens. Laisse ton livre. » J'ai ouvert l'armoire pour lui choisir des vêtements. Elle n'en avait pas beaucoup, surtout parce que, par esprit communautaire, elle préférait se servir dans la garde-robe de papa ou dans la mienne. Mais il y avait quelques jolies choses, et quand maman voulait bien s'en donner la peine, elle pouvait être vraiment belle.

« Qu'est-ce-que tu penses de celle-là ? » J'avais sorti une robe en lainage rose, que je lui montrais.

Je l'ai rangée dans l'armoire. «Cette jupe marron ? Oui, elle est jolie». Je l'ai sortie. «Elle te plaît, maman ?»

« Il n'est pas question que je mette ça. »

« Tu pourrais prendre mon chemisier blanc, il irait bien avec la jupe ; tu sais, celui qui a le col pointu. »

« Non. » Je n'étais même pas sûre qu'elle ait pris la peine de relever la tête.

Une à une, je lui ai proposé toutes ses robes. Une à une, elle les a toutes refusées.

« Maman, écoute, il faut que tu te changes. Il le faut, point à la ligne. Tu ne peux pas y aller telle que tu es. »

« Pourquoi ? Ce que je porte est propre. C'est assez bien pour que je me montre à O'Malley, donc c'est assez bien pour ce docteur. »

« Mais c'est différent, maman. Il faut que tu mettes quelque chose de joli. Ça ne suffit pas que ce soit propre. Quand on va chez ce genre de docteur, on fait un petit effort. »

«Ce que je porte est parfaitement joli.»

«Non, maman.»

« C'est assez bien comme ça. »

« Mais non, maman. Ton jean est tout déformé. En plus, on ne porte pas de jean dans une occasion comme ça. Ni les chemises de papa. C'est affreux. »

Elle m'ignorait complètement.

« Maman. Je t'en prie, change-toi. Fais-le pour moi, d'accord ? Pour une fois, j'ai envie que tu sortes en ressemblant à la mère de n'importe qui d'autre. »

Elle était toujours plongée dans son livre ; je le lui ai arraché des mains. C'était « Comment sauver votre vie », d'Erica Jong.

« Pourquoi lis-tu des livres pareils ? »

Elle a souri et m'a fait un bon sourire. « Ça peut toujours servir, non? » Puis elle a pouffé de rire.

Je ne l'ai pas trouvée particulièrement drôle.

Elle a tellement traîné, que j'ai finalement dû la mettre sur ses pieds de force pour qu'elle se bouge. « Au moins, rentre ton idiote de chemise dans ton pantalon », lui ai-je dit en agrippant la ceinture du jean et en fourrant les pans de la chemise dedans. « Je te jure, tu est pire que Megan, parfois. »

Tout au long du chemin, elle est restée assise sans dire un mot, les bras croisés sur la poitrine, dans une attitude de déesse de la guerre. J'étais de plus en plus furieuse, pas seulement contre sa résistance, mais contre mon père, qui aurait pu se charger lui-même de cette horrible corvée. Apparemment, la fureur devenait notre état habituel, dans cette famille.

L'hôpital psychiatrique était un bâtiment neuf composé de deux ailes de part et d'autre d'une allée d'entrée. Les zones de réception, à l'intérieur, étaient peintes de couleurs primaires. La femme qui nous a accueillies a fait preuve d'une gaîté inattendue un lundi matin. Avions-nous fait bon voyage? N'y avait-il pas trop de vent? Y aurait-il de l'orage dans l'après-midi? Maman, d'humeur subitement bien amicale, s'est lancée dans une conversation animée avec la réceptionniste. Et j'ai compris ce qui allait se passer. Elle allait montrer délicieuse et séduire chaque personne qu'elle rencontrerait. Je me suis assise et je l'ai regardée faire son numéro. Et j'ai pensé à la guerre. C'était normal, qu'elle ait survécu. Elle savait se mettre en boule sous les coups. Ce n'était jamais qu'un coup de plus.

J'ai lu de vieux magazines pendant l'heure que ma mère a passée avec le docteur Carrera, et pendant l'heure suivante, où elle a subi un certain nombre de tests dans le bureau du psychologue. Puis le docteur Carrera et ma mère sont entrés ensemble dans la salle d'attente. C'était un homme de grande taille, plus âgé que maman, et avec une carrure de joueur de foot, les épaules puissantes et le torse large. Un bel homme, au demeurant, de type latin, habillé d'un costume gris bien coupé et d'une chemise blanche étincelante. Sa cravate dénotait. Elle était large, et d'une couleur bizarre; j'en ai déduit qu'il avait, soit le sens de l'humour, soit très mauvais goût pour les cravates, soit un gosse de l'âge de Megan qui lui faisait des cadeaux.

Il m'a serré la main. « Votre mère reviendra me voir la semaine prochaine » m'a-t-il dit en me tendant une feuille de papier pliée. « En attendant, voici une ordonnance. »

« Il faut qu'elle vienne le matin, comme aujourd'hui? Vous comprenez, je rate l'école pour l'accompagner et... »

« Je reçois le mercredi soir, jusqu'à neuf heures, si cela vous convient mieux ? »

« Oui, merci. » Formidable. Ce serait à papa de s'offrir la corvée.

Le docteur nous a accompagnées jusqu'à la voiture. Enfin, j'avais un peu d'espoir. Nous faisions finalement quelque chose. Le docteur Carrera avait l'air gentil et compétent. Maman s'était bien entendue avec lui, apparemment. Ils ont bavardé à bâtons rompus pendant que je déverrouillais les portières de la voiture. Ils parlaient de Londres. Maman évoquait les roses de Regent Park. Le docteur disait que son fils aîné ne vivait pas loin de là, il faisait des études d'art dramatique.

Nous avons fait halte dans un drive-in pour déjeuner. D'excellente humeur, maman a proposé que nous mangions quelque chose de vraiment bon. Nous avons commandé les plus gros hamburgers du menu, des frites, des oignons et des champignons sautés. Je n'en avais jamais vu dans un drive-in. Ils ne m'ont pas fait envie, loin de là, et j'ai trouvé qu'ils avaient la même odeur que les chaussettes de Megan, alors maman les a tous mangés.

Notre trajet de retour a été tumultueux. Maman m'a raconté le genre de tests qu'on lui avait fait passer, et m'a décrit le psychologue qui les administrait. J'avais presque oublié à quel point maman pouvait être amusante, quand elle était dans de bonnes dispositions. Ce qui m'a d'ailleurs fait prendre une conscience aiguë de la gravité de la dépression qu'elle, et moi, d'ailleurs, avions traversée depuis quelques semaines. Mais elle plaisantait à nouveau, et riait aux éclats.

Je lui ai demandé si elle avait envie d'aller quelque part. Il faisait un temps superbe, et j'en avais plus qu'assez de rester enfermée à la maison. Nous avions la voiture, ç'aurait été dommage de ne pas profiter d'une aussi belle journée. « Bonne idée, payons-nous du bon temps, » a-t-elle dit.

« Où as-tu envie d'aller ? »

Elle aspirait la fin de son milkshake à travers une paille, avec un bruit de succion.

« Au musée ? »

Elle a secoué la tête. « Si c'est pour être enfermées, on est aussi bien à la maison. »

« Où alors ? Tu as envie d'aller faire des courses ? »

« Non ». Je pensais bien que sa réponse serait négative. Elle n'avait jamais particulièrement aimé traîner dans les magasins.

« Et si on allait au zoo ? »

Maman a ri. « Rendez visite à Twinckle l'Éléphant », a-t-elle proféré d'une voix toute professionnelle. Sur la route que nous avions empruntée pour nous rendre à l'hôpital, le matin, il y avait de nombreux panneaux d'affichage qui proposaient « Rendez visite à Twinckle l'Éléphant », au zoo de la ville. J'étais très étonnée que malgré son état d'esprit, elle ait lu des affiches au sujet d'un éléphant. Moi, elles m'avaient échappé.

Finalement, nous avons décidé d'aller au réservoir. Nous n'adorions les éléphants ni l'une ni l'autre et nos n'avons pas eu d'autre idée intéressante. Va pour le réservoir.

« C'est joli, ici », dit maman en ramassant un caillou et en le lançant dans l'eau dont la surface, ridée par le vent, s'ouvrit en anneaux successifs. « Quand Klaus sera revenu, nous l'amènerons. Ça lui plaira de jouer ici. »

« Maman, pour une fois, laissons tomber Klaus. Parlons d'autre chose. »

Elle a acquiescé.

Le soleil brillait. Il faisait un temps à orages : clair, légèrement humide et trop doux pour la saison. Il y avait juste assez de vent pour qu'il ne fasse pas chaud. Nous étions assises au dessus de la vaste étendue d'eau.

« Tu as parlé de Klaus au docteur Carrera ? »

« Je croyais que tu ne voulais pas qu'on parle de lui. »

« Je me demandais, c'est tout. Alors ? »

« Je lui ai dit qu'on m'avait volé mon enfant pendant la guerre. »

« Ça, d'accord. Mais lui as-tu parlé de Klaus aujourd'hui ? De Toby Waterman ? »

Elle a ramassé un autre caillou, dont elle a soigneusement enlevé la terre. C'était une pierre lisse et ronde, grise, banale. Elle l'a regardée attentivement et l'a jetée dans l'eau. À mon avis, il n'y avait rien à regarder. Elle n'a pas quitté le caillou des yeux pendant sa trajectoire. Elle n'a pas répondu à ma question. Et sa soi-disant distraction me disait qu'elle n'avait pas l'intention d'y répondre. Donc, elle n'en avait pas parlé au docteur.

Rien ne troublait le silence. Maman se concentrait pour atteindre sa cible dans l'eau, elle ne cessait de ramasser des cailloux et de les lancer, en étudiant attentivement leur parcours. Je regardais au loin. Le printemps était assez jeune pour qu'il subsiste quelques traces de vert dans la prairie habituellement jaune. Au-dessus de nous, le ciel, à l'infini, bleu à l'infini.

Je me posais mille questions. Klaus, le vrai Klaus, où pouvait-il bien être ? Je songeais à la guerre, et à son impérissable emprise sur ma vie.

« Maman ? ai-je appelé en me retournant vers elle. Le menton appuyé sur ses bras croisés, elle aussi observait le lointain. « Le père de Klaus, qui c'était ? »

Tout d'abord, elle n'a rien dit. Je me suis sentie mal à l'aise. C'était une question si personnelle ! Peut-être aurais-je mieux fait de ne pas la poser.

« Je n'en sais rien ». Elle a secoué la tête. « Je ne les connaissais pas, en fait. Aucun. Ils venaient, c'est tout. Je ne savais même pas leur nom. »

« Et mon autre frère ? Comment s'appelait-il ? »

« Jozsef. »

« Qu'est-il devenu ? Tu le sais ? Ça a été pareil que pour Klaus ? »

Elle s'est redressée en soupirant. La lèvre inférieure venant recouvrir la supérieure, elle laissa échapper un long soupir, qui fit voler ses cheveux.

« Je suis désolée. Je ne devrais pas te poser des questions pareilles, n'est-ce-pas ? Pardonne-moi. Je sais que c'est très personnel. Et je comprends que tu n'aies pas envie de m'en parler. »

« La question n'est pas là », répliqua-t-elle en souriant dans le vague. « La question est : as-tu envie de savoir ? »

J'ai détourné la tête.

Le silence est tombé.

« Ça a été une période horrible. C'est pour ça que c'est difficile à raconter. La vie normale avait disparu ; évaporée, comme de la fumée. Il n'y avait plus de règles sur lesquelles fonder ta conduite. Il fallait s'en inventer. Quand on n'a pas vécu ça, c'est très difficile à expliquer. »

Elle a pris une autre pierre, en a enlevé la terre, a visé son invisible cible et l'a lancée. Un silence a suivi le flop.

« Tu comprends, dans des périodes pareilles, il arrive qu'on fasse des choses terribles. Et on les fait, parce que ça semble être la moins mauvaise des solutions. »

Ses doigts jouaient dans la poussière ; elle cherchait un autre caillou.

« Tu comprends ce que je veux dire ? m'a-t-elle demandé en me regardant dans les yeux.

« Je crois que oui. »

« Ici, dans ce pays, les choses sont simples. Personne n'est obligé de prendre des décisions horribles. Les choix, ici, ne sont que des choix. Le bien est bien ; le mal est mal. Aucune ombre noire ne pèse sur chacune des décisions que tu prends. Elle a contemplé l'ongle de son petit doigt. « C'est pour ça que c'est si difficile à raconter. Je ne suis pas sûre d'être capable de te l'expliquer. »

« Mais si, maman. Je crois que je comprends ce que tu essayes de me dire. »

Silence. On n'entendait que les cris des corbeaux dans les pins, derrière nous. Maman les a regardés, puis elle s'est penchée pour choisir un caillou. Elle l'a pris, l'a frotté contre sa chemise, l'a observé attentivement. Il ne lui a pas plu, elle l'a laissé retomber. Puis elle s'est mise en quête d'une autre pierre.

« J'étais très jeune. Je n'avais que dix-sept ans quand Klaus est né. Dix-sept ans et deux mois. Et pas maligne pour mon âge. Tu en sais bien plus long que je n'en savais à ton âge. Bien plus long. J'avais été trop protégée. Je ne connaissais de la vie que les jolies robes, les bals, et les bonnes notes en classe. Popi voulait faire de moi une grande dame. Il aurait mieux fait de m'élever en futur soldat. »

Elle a marqué un temps.

« Je ne savais rien, je ne comprenais rien, » a-t-elle poursuivi d'une voix douce. « J'étais étudiante, oui, mais j'ignorais tout du monde. Tout. Je croyais encore qu'on faisait les enfants en s'embrassant sur la bouche.

« Quand je suis arrivée dans ce foyer, on m'a mise dans une chambre et on m'a fait déshabiller. J'avais honte, tellement honte d'être obligée de faire ça. Popi était très strict à ce sujet. Il exigeait la plus grande pudeur, et me grondait s'il me trouvait un peu audacieuse. Et j'étais là, toute nue, devant des étrangers. Et malgré toute ma naïveté, je ne pouvais pas croire qu'ils étaient tous des docteurs. Il y en avait qui portaient des uniformes de SS.

« Et il y en eu un qui m'a mesurée. Partout. Il a mis un de ces machins, comment dit-on déjà, — Greifzirkel — autour de ma tête, pour juger de la taille de mon cerveau. »

Elle s'est penchée en avant ; ses doigts erraient dans l'herbe. Elle a trouvé un cloporte, dont elle a tapoté la carapace de l'ongle.

« Ensuite, ils m'ont installée dans une petite chambre, avec un lit et une armoire. Pas de table, pas de chaise. Si j'ouvrais les bras, je touchais les murs. La plupart des filles étaient deux par chambre. Certaines avaient des rideaux à leurs fenêtres, et des couvre-lits de couleur. Je crois qu'il y avait des volontaires. Elle savaient pourquoi elles étaient là. Et elles avaient les jolies chambres. Et les jolies choses. Mais moi pas. J'étais une étrangère, on m'a isolée. »

Elle s'est arrêtée.

Elle tenait toujours le cloporte entre ses doigts, et le fixait.

« Quand il est entré dans ma chambre, la première nuit, je ne savais pas ce qu'il voulait. Je ne savais même pas qui c'était. Je ne l'avais jamais vu. Il était plus vieux, il devait avoir dans les vingt-cinq ans ; il m'a dit de me coucher sur le lit. Je l'ai fait. Je ne me rappelle pas pourquoi j'ai obéi sans discuter. Je crois que je n'avais pas la moindre idée de ce qui allait se passer. Donc il a dit couche-toi et je me suis couchée. Mais je ne voulais pas enlever ma chemise de nuit. « Qu'est-ce qui te prend ? » m'a t-il demandé. Il croyait que je le taquinais, que je faisais la mijaurée. Warum tust du so sprode ? Voilà exactement ce qu'il a dit. Sprode. Comment dit-on ça? Farouche? Il croyait que je me moquais de lui. Mais non, ce n'est pas ça, lui ai-je dit. Enlève ta chemise, alors. Mais il n'en était pas question. Que penserait Popi de moi, si je me mettais à enlever mes vêtements devant le premier étranger venu ? Donc, je lui ai dit non. Alors il a attrapé ma chemise de nuit et il a tiré. J'étais en colère : il avait tiré si fort qu'elle s'était déchirée, à l'épaule. Je me rappelle que je l'ai engueulé. C'était la seule chemise de nuit que j'avais. « Vous vous imaginez peut-être qu'elle poussent sur les arbres, ces chemises de nuit ? » Mais il m'a attrapée, il m'a poussée sur le lit et il s'est jeté sur moi. Là, j'étais trop terrorisée pour penser à la chemise de nuit. Il portait encore son uniforme. Il était couché sur moi, il pesait très lourd. »

Elle a relevé la tête, et regardé le réservoir.

« Comment tu t'appelles, il m'a demandé. J'ai dit « Mara ». Alors il m'a dit, « Ah, c'est toi, la slave, alors ? » J'ai répondu que j'étais une Volksdeutscherin hongroise. Il me soufflait au visage. Il avait bu du schnapps, ça se sentait à son haleine. Il était si lourd que j'avais du mal à respirer. Il m'a embrassée sur la bouche. Personne ne m'avait jamais embrassée comme ça. Quand il a voulu recommencer, je l'ai mordu. Ça l'a fait rire. « Elle est fougueuse, la petite pute hongroise ! » Je lui ai dit que je n'étais pas une putain. « Bien sûr que tu en es une, Mara, sinon, tu ne serais pas ici. Tu es une petite suceuse hongroise, un point c'est tout. » Et tu veux que je te dise ? Je me suis mise à pleurer. J'avais tellement honte, je me sentais si humiliée. J'avais si peur. J'ai éclaté en sanglots.

« Je lui ai tout raconté. Je lui ai parlé de ma maison, à Lebeny ; je lui ai dit que je n'avais pas vu mes parents depuis longtemps, que j'étais inquiète pour eux, à cause de la guerre. Qu'on m'avait envoyée à l'école à Dresde. Je lui ai parlé de tante Elfie, de Birgitta qui ne supportait pas que j'aie le mal du pays, et qui n'avait plus accepté de partager sa chambre avec moi. De l'université, où j'étais entrée à l'âge de seize ans. J'ai dit que je n'avais pas choisi de venir dans cet endroit, qu'on m'avait expédiée ici alors que je n'avais qu'une envie, c'était de rentrer chez moi, de retrouver Mutti. Mais il s'est moqué de moi, et il m'a traitée de petite connasse vicieuse. »

Elle a passé sa langue sur ses lèvres, et les a essuyées sur son poignet gauche. Les corbeaux se sont envolés à tire d'aile au-dessus de l'eau.

« Une fois, je me suis enfuie. Peu de temps après mon arrivée. J'ai réussi à atteindre la gare, mais je n'avais pas d'argent pour acheter de billet, évidemment. J'avais l'intention de me glisser dans le train de Vienne. Mais il n'y avait aucun train qui partait pour le sud. Tant pis, je prendrais n'importe lequel. Mais ils m'ont retrouvée avant, et ils m'ont ramenée. L'homme avec les grandes bottes, celui qui était dans la pièce où on m'avait fait déshabiller devant tout le monde, il m'a dit qu'il y avait des camps. Est-ce-que j'étais au courant? Si ça ne me plaisait pas, d'être ici, je pouvais me faire envoyer dans les camps.

« Et dès lors, ils m'ont enfermée dans ma chambre. Pendant la journée, ça m'était à peu près égal. Ils m'apportaient des journaux et des livres. Je prenais mes repas dans ma petite chambre. Mais la nuit... »

Elle a secoué la tête. « Je les entendais approcher. J'étais au lit, j'écoutais le bruit de leurs pas. Et je devinais. Je devinais toujours s'ils allaient quelque part ou s'ils venaient dans ma chambre. J'ai appris à les reconnaître au bruit de leurs bottes. Je ne savais pas leurs vrais noms, je leur en avais inventé. Grandes Bottes, Pas Ferme, Sautilleur. Mais ça, c'était le jour. La nuit, j'étais couchée, j'entendais le bruit de leur pas sur le plancher et je savais s'ils venaient dans ma chambre. Je ne me suis jamais trompée. »

Elle s'est interrompue un instant.

J'avais envie de lui demander de s'arrêter complètement. Je ne voulais pas en entendre plus. Elle racontait avec une simplicité qui arrachait le cœur; pas comme d'habitude, où elle émaillait son récit de suspense et de devinette. Elle parlait, tranquillement, sans fioritures, et cela contrastait tellement avec sa façon habituelle de raconter que j'avais presque l'impression d'écouter aux portes, ou de lire un journal intime.

Le vent était tombé. Il faisait chaud. Tout autour de nous, la prairie était presque entièrement silencieuse. Un silence quasiment tangible.

« Je suis tombée enceinte », a-t-elle finalement repris. « Ça s'est beaucoup mieux passé, à ce moment-là. Grandes Bottes venait encore de temps en temps, mais il en empêchait les autres, sous prétexte que j'étais déjà enceinte. Lui, il venait quand même.

« Mais enfin, ça allait mieux. Je n'avais plus à les supporter tous. C'était plus facile. Et je croyais qu'on allait me renvoyer à la maison. Il y avait des filles qu'on expédiait chez elles du moment où elles étaient enceintes; elles ne revenaient que pour accoucher.

Je crois qu'il y en même eu qui étaient mariées à des officiers SS, mais je n'en suis pas certaine. Personne ne parlait, là-bas. J'ai demandé à Grandes Bottes, et il m'a dit *ja*, *ja* je rentrerais chez moi quand le bébé serait né. »

Un petit sourire sur les lèvres, elle m'a regardée. « Je le sentais, le bébé, » a-t-elle continué en se passant doucement la main sur le ventre, « c'était magnifique, de le sentir bouger. Je restais couchée, et je rêvais. Je me disais : « Tu seras bientôt libre, Mara. L'année prochaine, à la même époque, tu seras chez toi, tu aideras Popi à planter ses fleurs. Ce bébé va te sauver. » Et maman s'est mise à rire de façon inattendue. Elle a pouffé, m'a regardée et a poursuivi : « Je dois bien t'avouer que j'avais un peu la frousse de rentrer à la maison. Tu m'imagines en train d'expliquer à Popi et Mutti que j'avais un enfant? J'y pensais sans arrêt. J'ai inventé les histoires les plus abracadabrantes. J'y ai pensé pendant neuf mois. « Mara, comment vas-tu expliquer ça à Popi ? »

« Et il est né. Ça je te l'ai déjà raconté. Dans la salle de travail du foyer, sur un matelas de caoutchouc. » Les coins de sa bouche se sont abaissés. « Enfin, je l'ai appelé Klaus à cause de Hans Klaus Fischer, le fils du boulanger. J'avais été amoureuse de lui, à quinze ans, je croyais que je l'épouserais plus tard, j'en étais convaincue. À quinze ans, j'avais prévu absolument toute ma vie future. Et pourtant, » dit-elle en secouant la tête, « et pourtant, non, hein? Mais j'ai quand même donné son nom au bébé. J'aurais tellement voulu que ce soit le sien ! »

Elle a eu un petit sourire intime. « Quel adorable bébé c'était. Plus calme que Megan, ou toi. Vous deux, vous faisiez un tel boucan, vous réclamiez sans cesse qu'on s'occupe de vous. Il aimait être cajolé. Il était très… comment dire… serein. Comme la mer, lorsqu'elle est calme. Il était dans mes bras, il me regardait, et il était en paix avec lui-même. Il était minuscule, petit comme ça. » Elle a écarté ses mains. « Tu étais plus grande, toi. Une grosse empotée, » a-t-elle ajouté avec un sourire.

Il y eut un silence qui se prolongea. Elle regardait le lointain, pas moi. Ses yeux se sont retrécis, elle s'est redressée, sans mot dire. Moi, je fixais les rides sur l'eau. Elle a finalement repris.

« Quelle idiote j'étais ! Die grosse Idiotin. J'en crève, quand je me rappelle à quel point j'étais bête. Tu te rends compte? Je les croyais ! Même après la naissance du bébé, qu'ils trouvaient si mignon. Il n'avait pas les cheveux bruns, comme certains des bébés. Il était tout blond. Les infirmières me l'amenaient. Tout le monde était gâteux de lui. Même Grosses Bottes. Un jour, il est venu me voir et il m'a apporté une boîte de chocolats en me félicitant d'avoir mis au monde un si bel enfant. Grosse Idiotin. Je continuais à me dire « Mara, tu es une finaude. Tu n'as pas fait d'histoires, tout le monde est content de toi, tu seras bientôt libre. Et en plus, tu as ce merveilleux bébé. » Tu vois, je les croyais toujours. Je m'estimais très maligne. »

Elle a laissé échapper un gros soupir. « Je pensais que le bébé et moi — Je pensais — » Les mots lui manquèrent. Elle baissa la tête et la reposa dans ses bras, à l'abri de mon regard. Tout d'un coup, j'ai eu peur qu'elle ne se mette à pleurer. Pas maintenant, suppliais-je intérieurement, car je ne savais pas si je supporterais ces larmes-là. Quand elle a relevé la tête, j'ai constaté avec soulagement qu'elle avait les yeux secs, et qu'elle regardait le ciel.

Rien. Le silence complet. Le temps a passé ; des secondes, des minutes, des années peut-être.

«Ils l'ont pris. Il avait vingt jours, et ils ont cru que je n'avais plus de lait». Elle s'est arrêtée brusquement. «Mais non, j'ai tort. Ça n'avait rien à voir avec le lait. Ils avaient toujours eu l'intention de l'emmener. Mais l'Idiotin,» dit-elle en se frappant la poitrine, elle avait besoin de raisons, de justification, elle. Eux, non. Jamais.

« Je me suis juré de le récupérer. Je me suis ouvert le bras. Regarde, voilà la cicatrice. J'ai barbouillé la porte de mon sang, Je leur ai dit qu'ils ne m'empêcheraient jamais de le reprendre. Il était ma chair et mon sang. Ils se sont moqués de moi. « Mara, la petite conasse hongroise, quel cirque elle nous fait ! »

« Et ça a recommencé. Je les ai prévenus que je ne laisserais plus les hommes entrer. J'ai poussé mon armoire devant la porte. « Vous ne pouvez pas me faire ça. Je suis un être humain ». Maintenant que j'avais compris, je ne le supporterais plus. Je ne les laisserais plus me traiter comme ça. Mais lui, celui avec les grosses bottes, il est venu avec une cravache. « Pour nous, tu n'es qu'une chienne ; et je vais te le prouver ». Chaque nuit, il est venu, avec la cravache. Chaque nuit, jusqu'à ce que j'aie mes règles à nouveau. Alors, il a envoyé les hommes. »

Avec un haussement d'épaules, elle a ajouté : « Que veux-tu que je te dise de plus ? C'était comme avant. Sauf que je n'avais plus de privilèges. Pas de livres. Je ne sortais jamais de ma chambre.

« Je voulais à tout prix savoir ce qui se passait à l'extérieur. On était en 1941, j'entendais les avions alliés. La nuit, je me cachais dans l'armoire. Les avions nous survolaient, j'entendais tomber les bombes. J'étais morte de peur. Je ne savais pas lesquels étaient les ennemis et lesquels pas. Remarque, ça ne changeait pas grand-chose. Je n'avais que des ennemis, à l'époque.

« Quand ils venaient, la nuit, je leur demandais ce qui se passait. À tous. Toutes les nuits. Et j'étais plus gentille, s'ils m'apprenaient quelque chose. Qui gagne ? Qu'est-ce qui se passe ? Que nous font les alliés ? Un type m'a annoncé que très bientôt Hitler écraserait les Anglais et entrerait à Londres. Un officier a prétendu que ce n'était plus qu'une question de jours, et que la domination du Reich de Mille Ans éclaterait à la face du monde. Tous, ils disaient qu'on gagnait la guerre. Et je crois qu'ils le pensaient. Tous.

« Et moi, eh bien je croyais que je resterais enfermée dans cette chambre pour toujours. S'ils pouvaient continuer à me faire faire des enfants, il n'y avait aucune raison pour que ça s'arrête à la fin de la guerre. Bien entendu, les alliés me terrorisaient. Je m'imaginais qu'ils me tueraient immédiatement, s'ils remportaient la victoire. Quoi qu'il arrive, ça se présentait bien mal, pour moi. Plus jamais je ne serais libre à nouveau. »

Les coudes sur les genoux, la tête entre ses deux mains, elle fixait le réservoir. Il y avait un animal, une vache, sûrement, qui avançait lentement, sans but apparent.

« En décembre, je suis tombée enceinte à nouveau. C'était l'unique chose qu'ils attendaient de moi. Donc ma situation s'est un peu améliorée. J'ai eu droit à des livres. Et parfois, quand l'infirmière était avec moi, je pouvais prendre mes repas hors de ma chambre. Mais j'étais atrocement malade. Je ne l'avais pas été pour Klaus. Pour Megan et pour toi, non plus. Mais pour lui ! Je vomissais du moment où je me réveillais le matin jusqu'au moment où je m'endormais le soir. Je croyais que j'allais finir par vomir l'enfant avec.

« Mais ils prenaient soin de moi. Ils ont envoyé une infirmière spéciale. Elle me disait : « Ne vous inquiétez pas ; nous sauverons cet enfant ; vous ne ferez pas de fausse couche. Quand on est malade comme ça, c'est que l'enfant est bien accroché. » Elle restait tout le temps avec moi, même la nuit. »

Le vent reprit faiblement, faisant voler ses cheveux sur ses épaules. Perdue dans ses pensées, elle fixait l'horizon. J'étais assise à côté d'elle, paralysée.

« Eh oui, il y a des décisions qu'il faut prendre. Même quand elles sont toutes mauvaises ; J'ai fait mon choix. J'avais dix-huit ans, j'étais une gamine, un peu moins naïve qu'avant, mais une gamine quand même. Le choix que j'ai fait, la décision que j'ai prise, ce sont les plus importants que j'aie jamais eu l'occasion de faire dans ma vie. »

Elle s'est interrompue un instant.

« Le bébé est né prématurément. On l'attendait pour le mois d'août, mais il est arrivé en juillet, trois jours après mon anniversaire ». Elles s'exprimait d'une voix détachée. « Je leur ai demandé de l'appeler Josef, comme mon père. Mais en hongrois, Jozsef. Je n'avais pas l'intention d'en faire un allemand. Je leur ai demandé de le faire baptiser, et de me ramener le certificat de baptême, pour vérifier l'orthographe du nom.

« Ils l'on fait. » Elle s'est arrêtée, les mains jointes pressées contre sa bouche ; elle s'est tue. Interminablement. Elle regardait l'herbe.

« Mes seins étaient très pleins. Tu sais, quand on n'a pas allaité pendant un bon moment, les seins grossissent beaucoup, durcissent. Surtout au début des montées de lait ». Sa voix était douce, fragile, mais n'exprimait aucune émotion.

« Alors, quand ils me l'ont ramené, cet après-midi-là, ils me l'on donné, et… Je l'ai pris dans mes bras. Il avait l'air affamé, il n'avait rien bu depuis le matin. Alors il s'est pressé contre mon sein, comme le font les bébés. Et moi, doucement, très doucement, j'ai appuyé sa tête contre ma poitrine et je l'ai étouffé. »

Elle a haussé les épaules. « Ils m'ont envoyée à Ravensbrück. « Je n'ai pas le choix », m'a dit Grosses Bottes. Une lueur sardonique sur le visage, elle a poursuivi : « En effet, le choix, c'est moi qui l'avais eu. Moi seule. »

20

«Il a eu du plaisir à la rencontrer», me dit mon père ce soir-là, dans le bureau.

«Mais que pense-t-il qu'elle ait? Pourquoi se conduit-elle comme cela, à son avis?»

«Il a dit qu'il l'avait trouvée charmante. Et très intelligente.»

«Tu connais maman, papa. Elle s'est montrée délicieuse, très consciemment.»

«C'est plutôt bon signe, tu ne trouves pas? Qu'elle soit capable de faire ce genre d'effort.»

«Papa! Qu'a dit le docteur? Qu'est-ce-qu'elle a? Que peut-on y faire?»

«Il a dit qu'il ne pensait pas que c'était très grave. Un trouble de la personnalité, une obsession momentanée.»

«On n'avait pas besoin d'un psychiatre pour nous dire ça. On le sait, qu'elle est obsédée. Même Meg pourrait nous le dire. Mais qu'est-ce qu'on va faire contre ça? Qu'est-ce qu'on va faire au sujet des Waterman? Quand est-ce que je pourrai enfin reprendre mes cours?»

Mon père a tendu le bras et saisi une des photos de maman, encadrées sur son bureau. «Il veut la voir régulièrement. Tous les mercredis. Pour essayer de résoudre son problème. Et il lui a prescrit des cachets. Des cachets efficaces.»

«Et s'ils ne le sont pas?»

«Pourquoi ne le seraient-ils pas?» Papa s'est détourné; il

avait toujours la photo à la main. Il l'examinait attentivement. « Tu sais ce que le docteur m'a dit? Ils lui ont fait passer des tests. Tu sais. Pour mesurer l'intelligence. Le Q.I. Et tu veux que je te dise? » Il s'est retourné vers moi. « Le docteur a dit qu'elle avait donné toutes les bonnes réponses. Il a dit que c'était une femme extrêmement brillante. »

« Mais papa, elle ne passe pas un concours pour entrer à la fac. »

« Comme elle est belle ! » dit-il doucement à la photographie.

« Papa ! » Je criais d'exaspération. « Arrête, tu veux ? On parle de maman. De maman, là en-bas, qui va sans arrêt chez les Waterman. Et de ce qui lui arrivera si ces cachets ne lui font pas d'effet. C'est ça que je veux savoir. Rien de plus. Et s'ils ne lui font pas d'effet ? »

« Il n'y a aucune raison, Lesley. Le docteur l'a dit. C'est un psychiatre, il a l'habitude de ce genre de problèmes. Ce sont des cachets très spécifiques, des tranquilisants, très forts. C'est ce qu'on donne aux schizophrènes, pour les empêcher d'avoir des hallucinations. »

« Mais maman n'a pas d'hallucinations. Et elle a déjà pris des milliers de tranquillisants. Et s'ils ne lui font pas d'effet? J'en ai plus qu'assez d'attendre. Je veux savoir ce que nous allons faire par la suite, si ça ne marche pas. »

« Il faut que tu sois patiente, Les. »

« Ce n'est pas toi qui es allé là-bas aujourd'hui, papa. Tu n'as pas vu comment elle les a tous embobinés. Ce n'est pas toi non plus qui passes toutes tes journées avec elle, en essayant de deviner ce qui va bien lui passer par la tête. Tu n'as pas laissé tomber tes cours, tes amis, ton boulot, à cause d'elle. »

« Ta mère n'a « embobiné » personne, Lesley. C'est un psychiatre, ce type. Un spécialiste, expérimenté. Il connaît ce genre de problèmes. »

« Elle ne lui a pas parlé de Toby. »

« Il était au courant. » Papa était un peu en colère contre moi, je l'entendais à sa voix.

Vexée, j'ai tourné le dos et je me suis mise à regarder les livres. « Je n'y crois plus, voilà tout, papa. J'ai besoin de savoir ce que nous ferons par la suite, si ça ne marche pas. »

Il a levé une épaule, d'un geste las.

« Il sera temps d'y penser quand on y sera, fillette. »

Je me suis retournée, face au bureau.

En voyant l'expression de mon visage, il a détourné le regard et secoué la tête. « Ne crée pas tant de problèmes, Lesley. C'est dur. Je sais que c'est dur, crois-moi. Mais il y a bien d'autres familles qui traversent des épreuves de ce genre, et même bien pires. Des familles qui ont un enfant attardé. Ou des parents séniles. Qui doivent langer un enfant de douze ans, comme les Martin le font pour Kenny. Ou Perry Edelman, qui a un fils autistique. Ce n'est pas facile. On fait ce qu'on peut. Si on ne veut pas les mettre dans des asiles, Les, on fait son possible. Par moments, c'est infernal. J'en suis, hélas, bien conscient. Mais si on aime quelqu'un, c'est un fardeau que l'on accepte. »

Je n'ai rien dit.

« Et j'aime ta mère, Lesley. Elle n'ira pas à l'hôpital, ni à l'asile. Ça la tuerait. Tant que je vivrai, elle n'y mettra pas les pieds. »

« Ce n'est pas ce que je te demande, papa. »

« Si, c'est ça. Si Megan et toi vous n'arrivez plus à la supporter, c'est ce qui arrivera. »

J'ai baissé la tête.

« Mais je ne laisserai pas faire ça. Quels que soient les sacrifices que cela nous imposera. Moi vivant, il n'arrivera rien à ta maman. Elle n'est pas responsable de son état. »

D'un seul coup, sans prévenir, les larmes me sont montées aux yeux et se sont mises à ruisseler sur mes joues.

Désolé, mon père a contourné son bureau. Incapable de prononcer un mot, j'ai secoué la tête.

« Je suis désolée pour toi, ma chérie. Je suis désolée que ce fardeau tombe sur tes épaules. Je te comprends. »

« Ce n'est pas ça. » Je m'étranglais presque.

Il a levé les sourcils.

« Elle m'a raconté. Cet après-midi, dehors. Elle m'a parlé du foyer et de Jozsef. Elle m'a dit pourquoi on l'a envoyée à Ravensbrück. J'essayais de ne pas y penser, mais je ne peux pas. Ça m'obsède. »

Les cachets rendirent maman comateuse. Le docteur lui en avait prescrit deux par jour. Ils lui firent un effet immédiat. Elle était incapable de garder les yeux ouverts. Elle s'asseyait sur le canapé du living, la tête dans les mains, et s'efforçait de rester éveillée. Finalement, elle abandonnait, s'allongeait et s'endormait. Mon père téléphona au docteur Carrera pour lui dire qu'à son avis les cachets étaient trop forts, mais le psychiatre prétendit qu'elle s'y habituerait.

Mardi après-midi, je suis retournée en classe, après deux semaines d'absence. Ça m'a fait un drôle d'effet. Apparemment, je m'étais monté la tête: ça m'avait bien moins manqué que je ne l'avais imaginé, et je n'éprouvais pas une joie délirante à être de retour. Mr. Tennant, le vieux professeur d'allemand, m'a interrogée comme si j'avais été là la veille. Personne ne m'a posé de questions. À la fin de la journée, je me sentais solitaire et déprimée. J'étais à cheval entre deux mondes.

Les cachets paralysaient littéralement maman. On pouvait la laisser seule sans inquiétude: s'ils ne l'endormaient pas tout à fait, ils la mettaient dans un tel état de torpeur qu'elle était incapable de faire quoi que ce soit. Quand je partais en classe, le matin, elle était allongée sur la canapé et regardait la télévision. Quand je rentrais, dans l'après-midi, elle était toujours au même endroit. Elle ne se donnait même pas la peine de se préparer à déjeuner.

Megan supportait très mal le comportement de maman. Il lui fallait quelqu'un pour s'occuper d'elle, ne cessait-elle de répéter. Surtout quand elle a vu que maman ne s'était pas fait de café de toute la journée. Elle savait combien maman aimait son sombre breuvage, fort et odorant. Si nous arrêtions de lui faire prendre ces cachets, disait Megan, elle acceptait de rester à la maison avec elle. Ça lui était égal de rater l'école. Vu son dernier bulletin, on la croyait sans peine.

Le jeudi, maman a enfin semblé s'habituer aux tranquillisants. Au petit déjeuner, elle s'est montrée animée, et, quand je suis rentrée de l'école, dans l'après-midi, elle était redevenue elle-même: elle s'activait dans la cuisine en fredonnant. Je l'ai observée attentivement, pour détecter un éventuel regain d'intérêt pour Toby Waterman, mais il semblait bien que non. Elle portait une paire de vieux tennis, pas ses chaussures de marche. Elle a surtout parlé de petits événements sociaux, joyeusement, et en anglais.

Un peu plus tard, je me suis aperçue qu'il y avait de la poussière dans le salon. Décidément, j'étais obsédée par le ménage, ces derniers temps. Maman n'avait bien entendu pas été capable de s'en occuper pendant la semaine, donc je suis allée chercher l'aspirateur dans l'armoire.

À genoux derrière le canapé, j'ai trouvé un morceau de papier, tombé d'une pile de journaux et de magazines se trouvant sur le bout de la table.

Je l'ai ramassé et retourné. Si je l'avais remarqué, c'était qu'il y avait l'écriture de maman dessus. Elle avait griffonné au dos d'un devoir de Megan, daté du lundi précédent. Maman avait donc écrit cela tout récemment. C'était en allemand, et de l'écriture très particulière de maman; les lettres étaient faciles à déchiffrer, malgré leur côté européen. On aurait dit une liste. Chaussures marron, trois chemises, pain.

« Maman ? » lui ai-je demandé en entrant dans la cuisine, « Qu'est-ce-que c'est que ça ? » Je lui tendais la feuille.

Elle l'a regardée, mais ne l'a pas prise. Puis elle a secoué la tête.

« C'est ton écriture, maman. Qu'est-ce-que c'est ? »

« Je ne sais pas. Ces médicaments, ils me tourneboulent. Je fais des choses, et je ne m'en souviens pas. »

« On dirait une liste de courses à faire. »

« Ça m'arrive. Ils ne sont pas bons, ces cachets. Ils te font faire des choses sans même que tu t'en aperçoives. »

J'ai levé un sourcil, mais elle me regardait tranquillement. Elle était rusée comme un renard, maman, pilules ou pas pilules.

Vers huit heures et demie, je suis montée retrouver mon père dans son bureau. Il lisait un magazine, assis à sa table.

« Papa, j'ai fait quelque chose dont il faut que je te parle. Ça ne va pas te faire plaisir, mais à mon avis, il le fallait, et j'ai eu raison. »

Il a levé les yeux. Il s'était lavé les cheveux sous la douche en rentrant de son travail, et ne s'était pas peigné. Sa chevelure, bouclée, noire et en désordre, lui donnait l'air d'un Albert Einstein irlandais.

«J'ai pris le livret de grand-maman, et je l'ai encaissé. Puis j'ai acheté des billets pour le pays de Galles.» J'ai posé l'enveloppe de l'agence de voyage sur la table. «Il y en a deux. Je voulais qu'on y aille tous, mais c'était trop cher. La fille de l'agence s'est débrouillée pour m'avoir ces deux-là à un prix intéressant. Il nous reste trois cents dollars. Plus mes économies sur ce que j'ai gagné à la clinique. Les voilà.» J'ai posé l'argent sur le bureau. «Je veux que vous alliez au pays de Galles, maman et toi. Je m'occuperai de Megan. Mais je tiens à ce que tu la ramènes là-bas.»

Papa n'a pas dit un seul mot. Il avait les yeux fixés sur l'enveloppe de l'agence et sur les billets de banque.

«Je sais que tu vas être furieux contre moi. Je sais que tu ne voulais pas que je fasse cela. Mais je le devais. Il fallait que j'agisse. Je ne me supportais plus, en train de tourner en rond, et de regarder maman aller si mal. C'est mon argent, après tout. Et j'ai décidé de le dépenser comme ça.»

Un peu de rose était monté à ses joues. Il a hoché la tête. «Lesley, ma chérie, tu n'aurais pas dû faire ça.» Sa voix n'était qu'un murmure.

«Je sais que tu ne vas pas être content. Mais après tout, c'est toi qui me parles toujours d'amour. Toi qui dis qu'il y a des choses que l'on fait sans se poser de questions, quand on aime quelqu'un. Donc, voilà. Je vous aime, maman et toi. Et ça, je devais le faire.»

Il a exhalé un profond soupir, la bouche cachée derrière sa main. Il ne levait pas la tête, il ne me regardait pas.

«C'est pour le mois de juin. Il fallait les prendre au moins vingt et un jours à l'avance, pour avoir les réductions. Ça ira? Tu pourras te libérer, au garage?»

«Oh, Lessie, tu n'aurais pas dû faire ça», a-t-il répété. «Comment allons-nous payer l'université, maintenant? Qu'allons-nous faire?»

«Comme tu dis toi-même, nous résoudrons ce problème au moment où il se posera. Je me débrouillerai. Je travaillerai. J'irai, et je m'en tirerai. Mais pour l'instant, tout ce que je veux c'est que maman et toi vous retourniez à la Forêt des Fleurs.»

Je souhaitais qu'il me parle. Je m'étais préparée à l'entendre me faire un discours, mais pas à le voir réduit au silence.

« Papa, il fallait que je fasse quelque chose. »

« J'aurais préféré que tu m'en parles d'abord. »

« C'était impossible », ai-je répliqué. « Tu ne m'aurais jamais donné l'autorisation. »

***

Le lendemain matin, par le plus grand des hasards, je suis remontée dans ma chambre quelques instants après être partie pour l'école. Je n'avais fait que quelques pas dans l'allée avant de m'apercevoir que j'avais oublié mon devoir de français sur mon bureau.

Ma chambre était tout à côté de la salle de bains. Ça m'avait toujours déplu, car j'entendais tout ce qui s'y passait. Quand je suis remontée chercher mon devoir, ce matin-là, j'ai entendu quelqu'un vomir dans la salle de bains.

Je suis allée à la porte et j'ai regardé dehors. Au moment où j'étais passée par la cuisine, Megan était en train de prendre son petit déjeuner. J'ai pourtant supposé que c'était elle.

« Megan ? Tu es malade ? » ai-je appelé devant la porte de la salle de bains. « Ouvre ».

Pas de réponse. J'ai voulu ouvrir la porte, mais elle était fermée à clé.

J'ai couru prendre un cintre dans ma chambre. La porte de la salle de bains ne fermait que par un petit crochet, car papa avait toujours trouvé que c'était une pièce dangereuse. On pouvait glisser dans la baignoire, ou avoir un accident quelconque, nous disait-il, il fallait donc que l'on puisse ouvrir la porte de l'extérieur en cas d'urgence. Je savais que le système marchait, parce que Megan l'avait utilisé plus d'une fois quand je m'y enfermais.

C'était maman, assise sur le rebord de la baignoire, à côté de la cuvette. Elle avait l'air inquiet. La chasse d'eau venait d'être tirée.

« Qu'est-ce-que tu fais ? Et tout d'un coup j'ai compris. « Tu vomi ces sacrées pilules, c'est ça, hein ? » La colère m'est montée au nez.

Elle avait les joues rouges. Sa langue se promenait d'un côté à l'autre de sa bouche.

« Vraiment, maman, qu'est-ce-qu'on va bien pouvoir faire de toi ? » Je me frappais les mains de désespoir.

« Elles me font dormir. Je ne peux plus penser. »

« Tu n'es pas censée penser, sacré bon dieu ! Nous ne voulons pas que tu penses. Tous les problèmes viennent de là. Bon dieu, maman, ces pilules, on te les donnait pour ton bien ! »

Elle était incroyable. Elle nous prenait toujours de court. Mon père avait tort, ce n'était pas du tout pareil de mettre des couches à Kenny ou au fils autistique de Perry Edelmann. Maman, il ne s'agissait pas de la prendre en charge. Ça, elle ne demandait qu'à s'en charger elle-même. S'occuper d'elle revenait à livrer une longue et futile bataille, à coup d'astuces.

J'ai soupiré. « Tu vas voir, quand papa sera au courant. Tu vas voir quand je le lui dirai ? Parce qu'il faut que je le lui dise, tu le sais bien. D'ailleurs, je ne vais pas en classe. Si tu t'imagines que tu peux faire ce genre de choses, que tu peux nous tromper et t'en tirer, tu te trompes.

« Qu'est-ce-que tu avais l'intention de faire, hein? Une petite balade chez les Waterman, je parie. Et voir Toby ? » J'ai croisé les bras sur ma poitrine. « Eh bien, tu ferais mieux de ne plus y songer, maman, parce qu'il n'en est pas question. Je ne te laisserai pas y aller. »

Toujours en colère, j'ai claqué la porte de la salle de bains et je suis retournée dans ma chambre. Je me suis changée en vitesse : j'ai jeté mes vêtements de classe sur le lit et j'ai enfilé un T-shirt et un jean. Quand je suis descendue, Megan était toujours à table. Elle m'a regardée, l'air surpris.

« Tu ne vas pas en classe ? »

« Non. » Je n'arrivais pas à cacher la colère que j'éprouvais. « Mais toi, tu ferais mieux de partir, et en vitesse, crois-moi. »

Après un instant de réflexion, elle s'est levée. « Bon. J'y vais. »

Debout sur le pas de la porte de cuisine, j'ai aperçu la feuille de papier que j'avais dénichée en faisant le ménage dans le salon la veille. Je l'ai prise, et j'ai essayé de comprendre. Qu'est-ce-que maman avait en tête, quand elle avait écrit ça? Ce n'était jamais qu'une liste, au feutre bleu, mais elle avait un air sinistre. Envisageait-elle de s'enfuir? De kidnapper Toby et de disparaître avec lui ?

Tout d'un coup j'ai réalisé que maman, même maintenant, même ici, dans le Kansas, avec sa propre famille, se croyait toujours en guerre. Elle avait survécu au foyer; elle avait survécu au camp de concentration; elle avait survécu aux SS; aucune raison, bon dieu, qu'elle ne nous survive pas à nous. C'était courageux, cette persévérance ; mais quelle sauvagerie ! La guerre était finie ; nous n'étions pas ses ennemis. J'ai pris la liste et je me suis affalée sur une chaise.

Quelques instants plus tard, maman est entrée dans la cuisine. Elle avait toujours mal à l'estomac, apparemment, car elle se le caressait doucement. Elle a pris un verre dans l'armoire et est allée se verser un verre de lait. Elle ne me parlait pas, ne me regardait pas. Elle était blessée. Le silence entre nous était chargé d'une brutalité douloureuse, quasiment palpable.

Sans me lever de ma chaise, je l'ai observée. Pourquoi avait-elle de la peine? C'était moi qui avais gâché ma journée. Je n'éprouvais aucune compassion pour elle, bien au contraire; je désirais alimenter la rage que j'avais ressentie en descendant dans la cuisine, pour être capable de lui reparler de cette liste ridicule, pour lui faire comprendre qu'elle me fichait ma vie en l'air, avec ses idioties. mais quelques secondes après son arrivée dans la pièce, ma rage s'était estompée, comme de la fumée dans l'obscurité.

« Qu'est-ce-qu'on va faire de toi, maman? » J'avais le menton appuyé sur ma main, et je la regardais.

Elle s'est retournée et nos regards se sont croisés au dessus du véritable abîme que constituaient la table, quatre chaises et trois mètres carrés de carrelage. Le silence, angoissant, s'appesantissait sur nous. Elle s'est versé un autre verre de lait, le dos tourné.

« Je ne suis pas une enfant, » a-t-elle dit en regardant son verre, la voix chargée de ressentiment.

Subitement, de façon absolument imprévisible, j'ai été submergée par un profond sentiment de désespoir; c'était si violent, que j'ai eu l'impression d'avoir reçu un coup, physiquement. Ma mère était toujours debout, de l'autre côté de la table. Sur son visage, on pouvait lire l'étendue de son malheur. En une seconde, j'ai mesuré la gravité du dommage que ces événements faisaient subir à notre famille. Le monde a basculé sous mes yeux. Tout ceci était en train de nous détruire.

Et, pour la centième fois en quelques jours, j'ai senti que j'allais pleurer. je n'y pouvais pas grand-chose, sinon laisser couler mes larmes. Cette soudaine prise de conscience m'avait ôté toute énergie ; il m'en restait juste assez pour tenir assise sur ma chaise.

Maman a levé les yeux vers moi. Elle avait toujours son verre de lait à la main. Elle a bu lentement, en m'observant. Un peu de liquide blanc s'est déposé sur sa lèvre supérieure. Elle l'a essuyé. Elle avait l'air méfiant, comme si elle ne faisait aucune confiance à ma subite décomposition. Je crois que nous étions aussi étonnées l'une que l'autre par ma crise de larmes.

« Comment en sommes-nous arrivés là ? » Ma voix tremblait. J'ai essuyé mes larmes d'un revers de main. « Maman, qu'est-ce qui nous arrive ? »

Elle avait toujours son expression méfiante.

« C'est trop pour moi. Je ne le supporte pas. Tout ce que je demande, c'est qu'on soit une famille normale, de nouveau. Je ne veux pas continuer à te faire de la peine. Je ne veux pas que tu m'en fasses. Je veux qu'on vive normalement. Mais je ne sais plus quoi faire. Je meurs de peur, maman. Je ne comprends plus rien à ce qui nous arrive. Je ne veux pas que ça se passe comme ça, mais je ne sais pas quoi faire. »

La compassion a soudain adouci ses traits, de même que l'eau irrigue le sol. La prudence qu'elle avait manifestée pendant quelques instants s'est évanouie. Elle a écarté les chaises, elle est venue vers moi et m'a pris le visage entre ses deux mains avant d'ouvrir grands ses bras et de me serrer contre elle, de m'embrasser, de me bercer, rassurante, solide.

« *O mein liebes, liebes Kind*, murmurait-elle. « *Liebes, liebes Kind.* » Elle me serrait fort contre elle, ses doigts jouaient dans mes cheveux, ses lèvres se pressaient contre ma tête, je sentais la chaleur de son haleine.

Puis, très doucement, elle s'est écartée et m'a relevé le visage. « Je t'aime tant, » a-t-elle dit dit en souriant. Puis elle m'a embrassée sur la bouche.

Dans ses yeux aussi, il y avait des larmes.

21

J'ai tout dit à mon père. Que j'avais découvert maman en train de rendre les tranquillisants, que j'avais trouvé la liste, et que maman ne voulait pas s'en expliquer. Je parie qu'elle a l'intention de kidnapper Toby Waterman, lui ai-je dit. Quand je me suis arrêtée, il a appelé maman. Elle a passé la tête par la porte, il lui a demandé d'entrer.

Et, une fois de plus, mes parents ont entamé une discussion sur le comportement de maman. Mais cette fois, c'était mon père qui élevait la voix, et on n'entendait pas maman répondre. Quand ils sont sortis du bureau, maman ne pleurait pas. Son visage était rouge d'émotion, mais au lieu de piquer une crise, elle est allée se faire du café et en a bu une tasse dans la cuisine, tout en dessinant du doigt sur la nappe.

Je me suis tenue à l'écart. Megan voulait que je lui natte les cheveux, je suis montée dans sa chambre avec elle, et nous y sommes restées jusqu'au moment de nous coucher.

Quand ma mère m'a réveillée, je dormais profondément, d'un sommeil sans rêves. Elle m'a posé la main sur l'épaule. Surprise, j'ai sursauté. Elle était penchée sur moi, ses cheveux défaits me balayaient la joue.

« Que se passe-t-il ? Qu'est-ce-que tu veux, maman ? » À mon réveil, il était 3 heures 47.

« Descends avec moi ». Elle avait une voix basse, rauque à

force de fumer. quand elle parlait tout bas, on n'entendait que les voyelles. D'ailleurs, elle prononçait bizarrement ses *r* et ses *t*.

Tout endormie, je me suis frotté les yeux en m'asseyant sur mon lit.

Quand je suis entrée dans la cuisine, une cigarette se consumait dans le cendrier ; elle avait dû prendre brusquement la décision de me réveiller. La théière était sortie. Elle s'était fait un thé indien, très fort, et le buvait avec du lait. Sans me demander si j'en voulais, elle a sorti une autre chope et m'a versé du thé.

« Tu n'arrives pas à dormir ? »

« Je ne sais pas ce que c'est. » Elle parlait à voix très basse, alors qu'ici en bas, ce n'était plus nécessaire. On sentait que les larmes n'étaient pas loin.

Elle a tiré une bouffée de sa cigarette, pensivement, le regard fixe. Je me demandais ce qui l'avait poussée à venir me réveiller. C'était inhabituel. En général, l'un de nous l'entendait et se levait, mais autrement, elle ne nous réveillait que rarement. Surtout ces derniers temps. Et surtout moi. Si elle avait besoin de compagnie, elle recherchait plutôt celle de mon père. J'étais intriguée. C'était peut-être à cause de leur discussion, qui lui avait sans doute fait plus de peine qu'on ne le croyait ; donc elle ne pouvait pas dormir, mais elle avait peur de réveiller papa. Je n'en savais rien ; je n'avais aucun moyen de savoir. Elle fumait en silence, vêtue d'une vieille chemise de nuit passée sur laquelle elle avait enfilé un cardigan. Les nœuds de la chemise de nuit étaient défaits et on voyait la naissance de ses seins.

« Qu'est-ce-que je fais ? » Elle parlait doucement, à sa cigarette. « Je me pose la question. Je me dis, « Mara, qu'est-ce-que tu leur fais ? » O'Malley est tellement furieux contre moi. En rage. J'ai peur qu'il se mette à me détester. J'ai peur que tout le monde se mette à me détester. Je me pose la question, « est-ce-que tu as tort ? »

Elle m'a regardée. « J'ai tort ? »

Elle commençait finalement à douter. Elle s'exprimait en allemand, très doucement, en luttant pour contenir son émotion, et s'adressait en priorité à sa cigarette. Nous n'étions pas encore parvenus à la convaincre que Toby Waterman n'était pas son fils ;

mais, pour la première fois depuis des semaines, sa résolution semblait faiblir. Elle semblait comprendre ce qu'il lui en coûterait de s'entêter au sujet de Klaus. Elle semblait s'apercevoir de ce qui nous arrivait à tous à cause de ça, et elle faiblissait.

Le soulagement se répandait en moi comme de l'eau fraîche et bienfaisante. Voilà les mots que je souhaitais entendre, que j'avais rêvé lui entendre prononcer. Mes muscles se sont relâchés, ma tension a commencé à céder.

Elle enroulait autour de son doigt les lacets de sa chemise de nuit. « Je ne sais pas quoi faire, maintenant ».

« Il est temps d'oublier, maman. Et nous redeviendrons comme avant. »

Elle a respiré profondément, et tendu la main pour prendre une autre cigarette. « Si seulement c'était aussi simple, chérie. Mon dieu, si seulement. » Et l'on sentait à nouveau le poids du non-dit derrière ses paroles. Elle s'est passé la main dans les cheveux.

J'ai décidé de refaire du thé.

« En fait, c'est la culpabilité. »

Je me suis tournée vers elle.

« C'est de vivre avec la culpabilité. »

« Quelle culpabilité, maman ? » Je supposais qu'elle voulait parler de ce qui était arrivé à Jozsef. Ou de ce qu'elle nous faisait subir depuis quelques semaines.

« Je ne sais pas. D'exister, c'est tout. »

Après avoir rapporté du thé frais, je me suis assise en face d'elle.

« Quand j'étais à Ravensbrück, j'étais dans une telle colère contre Elek. Parce que j'étais là-dedans, et pas lui. Ça a été pareil toute ma vie, je me disais. C'était un tel chenapan ! Il imaginait des tours pendables, et se débrouillait pour que ce soit moi qui en subisse le blâme. On faisait quelque chose, et c'est moi qui me faisais punir. La ceinture de Popi, c'était pour moi. « Elek est petit, Mara, » me disait toujours Popi. « Mais toi, tu es plus âgée ». Pour l'amour du ciel ! Je n'avais que treize mois de plus que lui. Et c'était lui qui avait eu l'idée. » Elle s'est interrompue, a caressé le bord de la tasse du bout du doigt. « Ce n'étaitent que des gamineries, rien d'important. Mais à l'époque, je ne me disais pas ça. quand j'étais à Ravensbrück, j'enrageais contre lui. C'est comme d'habitude, je me disais. Moi, je suis là, et lui, il est tranquillement à la maison. »

« Et puis j'ai appris qu'ils l'avaient tué. Moi, j'ai survécu, mais lui, ils sont venus, ils l'ont collé au mur et ils ont tiré. Les taches de sang étaient encore visibles, quand nous y sommes retournés, avec O'Malley. Je ne me pardonnerai jamais d'avoir été aussi mesquine. »

Immobile, elle contemplait la nappe.

« Tu ne peux pas te figurer ce que cela signifie d'avoir souhaité la mort de quelqu'un, pour des bricoles, et d'apprendre qu'il est mort pour de bon. Surtout quand tu as toi-même commis des atrocités bien pires que les siennes.

« Je voulais vivre, de toutes mes forces. Tu ne peux pas comprendre. Il faut être passé par là pour savoir combien la vie est précieuse. La vie, et ses petites banalités quotidiennes. Je les ai trahis à cause de ça. Tous. Elek. Mutti. Popi. J'ai trahi la Hongrie. Je voulais devenir allemande, pour survivre. »

Penchée sur la table, je lui ai tendu la main. « Non, maman, je suis certaine que tu n'as trahi personne. »

« Si. Pour rester en vie, j'ai trahi tout le monde. C'est évident, non ? Je suis vivante, et ils sont tous morts. » Elle s'est interrompue. « Comment n'ai-je rien vu venir ? Je me pose tout le temps la question. J'étais là. Comment n'ai-je pas vu ce qu'ils avaient dans la tête ? Pourquoi les ai-je laissés m'emmener ? Ils m'ont dit de monter dans le car, et je l'ai fait, sans rechigner. Pourquoi n'ai-je pas compris ce qui se passait ? »

« Tu n'avais que seize ans, maman. Plein de gens bien plus vieux que toi n'ont rien vu non plus. »

« Comment ai-je pu être aussi bête ? »

« Maman... »

Elle pressait son nez entre ses doigts. Dans un profond soupir, elle a poursuivi. « Et j'étais là. Ça a été pire au foyer qu'à Ravensbrück. J'avais déjà perdu mon âme, à Ravensbrück. J'avais déjà trahi tous ceux que j'aimais. Pour survivre. J'aurais dû agir autrement, c'est ce que je ne cesse de me répéter. Quand les hommes venaient, j'aurais dû essayer de les tuer. C'étaient tous des officiers SS. Je me le demande sans arrêt, combien de juifs j'aurais sauvé, si j'en avais tué un pendant qu'il était avec moi ? Mais je n'ai même pas essayé. c'étaient des gens importants, ces officiers. Ils étaient dans le *Lebensborn*. Et ils avaient beaucoup de sang sur les mains. Si je les avais tués, j'aurais sauvé la vie de beaucoup de gens. Bref, j'aurais dû les tuer, ou me tuer, j'aurais dû faire quelque chose. Mais j'avais la trouille. Je voulais en sortir vivante.»

«Mais, maman, c'est tellement compréhensible.»

«Avant que la nuit ne tombe, je m'asseyais dans ma petite chambre et je me disais: il n'y a que moi qui sois réelle. Que mon corps, mon âme, mes sentiments. Rien d'autre n'est réel. Les hommes entraient, je les voyais, mon cerveau savait qu'ils étaient là; mais, à mes yeux, ils n'étaient pas réels. Je ne leur accordais aucune importance. Et ça marchait, tu sais. Ils pouvaient me faire tout ce qu'ils voulaient, je ne ressentais rien.» Elle a secoué la tête. «Mais j'avais tort, maintenant je le sais. J'aurais dû essayer de les tuer.»

«Mais, maman, tu n'étais qu'une toute jeune fille. La plupart des gens auraient fait comme toi. Tu n'avais pas conscience de trahir qui que ce soit.»

«Ils m'attachaient. Ils m'enlevait mes vêtements et ils m'attachaient, comme un animal. Je les laissais faire. Je les ai laissé me pisser dessus. Je rampais à genoux devant eux, et je léchais leurs bottes. J'avais tellement peur d'eux.»

«Maman, je t'en supplie, arrête. N'en parlons plus, d'accord? C'est fini. C'est arrivé, mais c'est fini, maintenant. Il faut essayer d'oublier. Je t'en prie, fais-le pour moi.»

«Popi aurait eu tellement honte de moi». Un long silence pesant s'est établi; puis, la tête dans les mains, elle m'a regardée. «Tu le sais, ça? Tu veux que je te dise quelque chose de terrible?»

Je ne bougeais pas.

«J'ai fait quelque chose de vraiment terrible,» dit-elle d'une voix très douce. «De vraiment mal. Après la guerre, quand O'Malley et moi nous sommes allés à leur recherche, j'ai prié. Et tu sais pourquoi j'ai prié? J'ai prié pour qu'on ne retrouve pas Popi. Je n'ai jamais rien fait de pire que ça. Encore aujourd'hui, je meurs de honte quand j'y pense. J'ai prié pour qu'on ne le retrouve pas. Mon propre père. Qui m'aimait.» Elle passait le doigt sur la nappe, pensivement. «J'avais peur».

Un silence.

Qui s'est prolongé.

Elle, immobile, à part le mouvement de son doigt sur la nappe.

Immobile, moi aussi, je la regardais.

« Je n'étais jamais à la hauteur de ses ambitions pour moi. Elles étaient si grandes. Quand j'étais petite, il venait me chercher dans la nurserie et il m'emmenait au salon. Il me faisait asseoir sur une chaise en cuir, près de son bureau. Puis il s'installait, sortait sa pipe et la fumait. Et me regardait. « Tu es la meilleure, me disait-il. La meilleure de tous. Au village, tout le monde me fait des compliments. Comme votre fille est jolie. C'est déjà une vraie dame. Et ils pensent que je suis un homme heureux. Je ne sais combien de fois il m'a répété ça. Moi, j'étais assise sur cette chaise, et mes pieds ne touchaient pas le sol. »

Elle s'est interrompue, ignorant les larmes qui perlaient, contemplant toujours la nappe.

« Pourquoi moi ? » poursuivit-elle plaintivement. « Pourquoi nourrissait-il tant d'ambitions à mon sujet ? Je ne valais pas grand-chose. Pourquoi me répétait-il sans cesse ce genre de choses ? Pourquoi pas Elek, ou Mohaly ? Qui étaient ses fils. Je n'ai jamais compris. Pourquoi moi ? »

Elle s'est interrompue à nouveau, sans lever les yeux.

« J'avais si peur qu'on le trouve. Il aurait su. Il m'aurait regardée, et il aurait deviné ce que j'avais fait pendant la guerre. »

« Ne parlons plus de tout ça, maman. »

« Pourquoi ai-je survécu ? J'aurais dû mourir. Ç'aurait été mieux de mourir que de les laisser me faire tout ça. »

« Maman, je t'en supplie... »

Un silence. Elle s'abîma dans la contemplation de sa tasse de thé.

« Tu as compris ce que je t'ai dit au sujet de Jozsef ? Et des décisions qu'il fallait prendre ? »

« Oui. Oui, je crois. »

Nouvelle interruption. Toute énergie sembla la quitter, et elle se couvrit les yeux de la main. « Mais comment veux-tu que je sache ? Et pour Klaus ? »

Je n'ai pas répondu.

« O'Malley s'inquiète tellement pour moi. Je suppose qu'il ne va pas tarder à me détester. Et comment veux-tu que je me débrouille sans O'Malley ? comment pourrais-je vivre sans lui ? »

« Tu n'as pas à te faire de souci pour ça, maman. Tu n'as même pas besoin d'y penser. »

« J'y pense, pourtant. »

« Je le vois bien. Mais c'est inutile, maman. Papa ne t'abandonnera pas. Tu le connais. »

« Je me fais tellement de souci », a-t-elle soupiré. Elle murmurait, ses yeux étaient pleins de larmes. « Comment fait-il pour me supporter ? Je suis souillée. J'ai laissé tant d'hommes me toucher. Tous ces cochons dégoûtants. C'est impossible que je ne sois pas devenue un cochon répugnant, moi aussi. Comment O'Malley supporte-t-il de partager son lit avec moi ? Comment peut-il m'aimer ? »

« Tu ne dois pas parler comme ça, maman. » Je me suis soulevée, je me suis penchée sur la table et j'ai mis la main sur son visage, je lui ai embrassé les cheveux. « Papa t'aime, tu le sais. Il t'aime plus que tout au monde. comme nous. Tout ce qui a pu se passer n'y change rien. Il faut que tu le comprennes, et que tu le croies, parce que c'est la vérité. »

Maman s'est redressée ; elle a essuyé ses larmes, a reniflé, puis elle a pris la théière, s'est versé une tasse de thé, y a ajouté du lait. Avec un pan de sa chemise de nuit, elle a soigneusement nettoyé la goutte de thé qui avait coulé sur la table, puis elle a bu, à longues gorgées.

Un coup d'œil à l'horloge : il était presque cinq heures.

« Je me suis toujours sentie si coupable d'être aryenne. Je l'écrivais sans cesse à Herr Willi. Je le lui répétais sans arrêt. Je voulais tant qu'il me pardonne. Mais c'était inutile. Quand j'y pense, aujourd'hui, je sais que ce n'était pas le fait d'être aryenne. C'était le fait d'être vivante.

« J'ai dit à Herr Willi que puisque j'avais dû vivre une époque pareille, j'aurais préféré être juive. C'est vrai. C'est mieux d'être un innocent mis à mort, c'est mieux de subir les pires atrocités que d'en commettre soi-même. Au moins, je n'aurais pas eu honte. Au moins, je n'aurais pas à me dire : Les gens qui m'aiment aimeraient mieux ne plus m'aimer. »

« Maman, je t'en supplie, ne pense plus à tout ça. S'il te plaît ? Je comprends. Vraiment. Jozsef, le foyer, Ravensbrück. Je comprends ce que tu as fait, je comprends les décisions que tu as prises. Elles sont compréhensibles, maman. »

Elle m'a regardée. « Et tu me pardonnes ? *Ja*? Tu peux me pardonner ce que j'ai fait ? »

« Oh oui, maman. Oh oui, je peux te pardonner. »

Le lendemain matin, après le petit déjeuner, quand Megan est sortie jouer dehors, j'ai parlé à mon père de la nuit agitée qu'avait passée maman, et de la conversation que nous avions eue. Il était au courant de tout. Il l'avait toujours été, je suppose.

Il m'a parlé d'autres aspects de l'époque. Son long et lent rétablissement du typhus, les conséquences de son séjour de deux ans et demi à Ravensbrück, qu'elle avait en grande partie passés avec des Polonaises, comme Jadwiga, à travailler aux champs. Leur voyage à Lebeny et leur recherche infructueuse de Klaus, dix années durant, au travers des ruines de l'Allemagne. C'était pour cela, en vérité, qu'ils s'étaient installés au pays de Galles, d'où il était plus facile de poursuivre des recherches sur le continent. Je ne le savais pas, mais mon père et ma mère avaient passé une courte période aux États-Unis, chez ma grand-mère. Mais maman était tellement obsédée par l'idée qu'elle risquait de passer à côté d'un indice lui permettant de retrouver Klaus qu'elle avait persuadé mon père de retourner en Europe. En dépit de recherches exhaustives dans les orphelinats de la Croix-Rouge et dans toutes les autres organisations qui tentaient de réunir les familles, il n'y avait jamais eu de piste sérieuse. Tous les documents du foyer du *lebensborn* avaient été détruits, et le bâtiment abandonné devant l'imminence de l'arrivée des forces alliées. Ceux qui avaient recueilli Klaus ignoraient sans doute qu'il n'avait pas été abandonné volontairement ou bien ils avaient préféré ne pas se faire connaître. Maman était obsédée : elle voyait Klaus parmi tous les écoliers ; dans chaque petit garçon aux yeux bleus et aux cheveux blonds. Elle ne pouvait aller nulle part sans dévisager tous les enfants : dans chaque boutique, chaque famille, chaque rue. À la fin mon père insista pour qu'ils retournent aux États-Unis. On était en 1957, il était temps de penser à leurs vies, et de ne plus se laisser détruire par cette recherche.

Ce samedi-là, papa est resté à la maison au lieu d'aller travailler au garage comme il le faisait d'habitude. Mon récit l'avait bouleversé. Il arpentait la cuisine, l'air agité. Il a fait la vaisselle avec une brutale énergie. Puis je l'ai retrouvé assis par terre à côté du canapé du salon, où maman dormait toujours. Il lui caressait très doucement les cheveux, son visage tout près du sien.

Paul venait déjeuner. Il était allé à la chasse aux rats avec Aaron la veille au soir, donc il avait promis de compenser en passant le samedi après-midi avec moi. Nous n'avions pas de projet précis : aller tout simplement à Ladder Creek, et être seuls tous les deux.

Il est arrivé vers onze heures, d'excellente humeur. Il avait parié avec Aaron qu'il tuerait cinq rats de suite sans en rater un seul et il avait gagné ; Aaron avait donc dû lui acheter trois boîtes de balles, qu'il m'a fièrement montrées. Je lui ai dit que je trouvais ce passe-temps répugnant, que c'était le trait de son caractère que j'aimais le moins et que je n'avais aucune envie de l'entendre s'en glorifier. Mais je l'ai très volontiers aidé à rentrer les fusils et les munitions dans la maison. Je ne comptais pas aller me promener avec tout ça dans la voiture, c'était dangereux, lui ai-je dit. Il a accepté de bon cœur, mais je savais très bien qu'en fait ce qu'il craignait c'était qu'on lui vole ses précieuses armes et qu'on le prive ainsi de son plus grand plaisir.

La nuit avait été dramatique, mais maman, quand elle s'est réveillée, était dans les meilleures dispositions du monde. Elle n'avait fait surface que peu avant l'arrivée de Paul, et prenait une douche. Pendant que nous préparions des légumes pour le déjeuner, elle est entrée dans la cuisine, les cheveux enveloppés dans une serviette.

« Dernière mode de l'Inde, hein ? a dit Paul en la voyant.

« Où as-tu dégotté ce crétin ? Dans une décharge, en train de tuer des rats ? Il n'a pas le moindre respect pour ses aînés. » Et maman a défait la serviette qui lui entourait les cheveux et l'a lancée à la tête de Paul. Il a bondi sur ses pieds, et ils se sont chamaillés comme des chimpanzés.

Le déjeuner a été joyeux. Maman, détendue, reposée, plaisantait avec chacun. Papa et Paul se sont lancés dans une discussion sérieuse sur les Chicage Cubs. Megan, dans un effort désespéré pour attirer l'attention sur elle, se balançait d'avant en arrière sur sa chaise tout en mettant son grain de sel dans les conversations.

Ensuite, nous sommes sortis, Paul et moi. Papa avait promis à Meg qu'il l'emmènerait en ville. Cela faisait quelque temps que Megan désirait une certaine paire de chaussures plus que tout au monde. Tout le monde en portait, à l'école, et Megan avait l'impression que, si elle ne s'y mettait pas elle aussi, toute sa vie sociale en serait compromise. Mon père lui avait d'abord dit qu'elle était stupide que nous n'avions pas d'argent à dépenser pour des caprices, que ses chaussures étaient en bon état, pour une fois, et lui allaient encore parfaitement. Mais papa avait fait des heures supplémentaires au garage, et Megan l'avait persuadé. Il l'emmenait donc chez Penney. Quand nous sommes partis, Paul et moi, elle était pieds nus dans l'entrée : papa lui avait demandé de vérifier si ses chaussettes n'avaient pas de trous, donc Megan les avait enlevées et les inspectait. Papa lui a dit de se dépêcher.

« Il me les faut, ces pompes » marmonnait Megan sans s'adresser à personne. « Elles coûtent 10 dollars 98, et il me les faut. »

« Tu vas avoir autre chose, si tu ne te dépêches pas » soupira papa.

Paul et moi sommes allés à Ladder Creek, à notre endroit habituel. Là et nulle part ailleurs, je ne sais pas trop pourquoi. C'était devenu notre deuxième maison.

Nous avons sorti une couverture de la voiture et nous l'avons étendue sur l'herbe, au bord de l'eau. Paul a enlevé sa chemise et nous nous sommes allongés. De la brume de chaleur montait de la plaine. J'ai inspecté le ciel. Il y a des orages au Kansas, en avril et en mai, il faut faire attention. Le ciel était clair et sans nuage. Je me suis demandé pour combien de temps.

Nous ne parlions pas beaucoup. Notre principal sujet de conversation était notre départ pour deux universités différentes. Notre relation y survivrait-elle? Nous en parlions d'un ton froid et détaché, comme si cela n'avait guère d'importance, alors que je savais que ça en avait beaucoup. J'ai annoncé à Paul que je n'étais même plus certaine de faire des études, car j'avais encaissé le bon d'épargne de ma grand-mère. Il m'a dit que lui même hésitait à entrer à l'université de l'état d'Ohio, car il avait très envie d'étudier l'astronomie, ou, au moins, la physique. Après un temps, il a dit que c'était plus facile quand on était gosse. quand on n'avait pas à se préoccuper d'un boulot, ou d'argent. Nous nous sommes mis à parler de l'enfance en général. Je trouvais que Megan avait la vie plus facile que je ne l'avais eue à son âge, qu'elle n'avait pas le même sens de ses responsabilités envers la famille. Paul pensait que c'était une question de caractère, que des enfants différents réagissaient de façon différente, et que ce je disais était également vrai pour lui et Aaron, qui ne se sentait responsable de rien du tout, vivait au présent et ne se préoccupait en rien de l'avenir. Aaron ne pensait pas, point à la ligne. Je me suis mise à penser à Megan et à sa lecture assidue de livres sur la guerre, une manie qui persistait, et dont je ne comprenais pas la cause. Personnellement, ai-je dit à Paul, j'avais l'impression d'en savoir plus qu'assez, et je bénissais l'ignorance. Faux, a répondu Paul. C'est l'innocence qu'il faut bénir. À son sens, l'ignorance revenait à vivre enfermé dans une cellule de prison dont la porte serait ouverte, mais qu'on ne pousserait jamais.

Penché sur moi, Paul a déboutonné mon chemisier. J'ai bientôt senti contre moi la chaleur de sa peau nue. Dans l'immobilité de l'après-midi, nous avons fait l'amour. C'était beaucoup mieux, plus facile. J'arrivais à me détendre. La chaleur m'y aidait; lourde, soporifique, elle endormait mon cerveau, et mon corps répondait sans effort.

Ensuite, nous avons sommeillé. Des insectes voletaient tout autour de nous et faisaient entendre leurs sonorités haut-perchées. Enlacés, nous avions les yeux fermés; la sueur rendait nos corps glissants. N'ayant pas dormi de la nuit, j'étais fatiguée. Au son rassurant des battements du cœur de Paul, je m'endormais doucement.

Une voiture est passée sur la route. Paul m'a tirée de mon sommeil en se relevant sur un coude pour écouter. On ne pouvait nous voir, depuis la route. La voiture a ralenti, puis elle s'est éloignée; je suis retombée sur la couverture. J'avais dormi profondément, j'avais rêvé. Un rêve compliqué, du genre de celui d'Alice devant le terrier du lapin. Je ne m'étais aperçue que je dormais qu'en m'éveillant, et maintenant j'avais très envie de reprendre le cours de ce rêve. J'ai fermé les yeux.

Paul était toujours en alerte. Sans doute un gamin en train de repérer les voitures en stationnement, dit-il. Je lui ai demandé s'il avait fermé la voiture à clé. Oui, dit-il, mais heureusement qu'il avait sorti les fusils.

Nous avons paresseusement repris notre conversation. Les bandes de gosses, les voitures, les drogues, que l'on pouvait se procurer au lycée si on savait où les chercher. Je lui ai demandé s'il connaissait Jennifer Olsen, car je savais qu'elle était défoncée la moitié du temps. Ça se voyait, d'ailleurs. Paul m'a appris que sa mère avait surpris Aaron avec un joint, quelque temps auparavant, et qu'elle l'avait averti que si elle l'y reprenait, elle l'expédierait vivre avec son père. J'ai demandé à Paul s'il avait déjà fumé du hash. Une fois, m'a t-il répondu, avec des amis d'Aaron. Mais ça ne lui avait pas fait grand-chose. Et moi, a-t-il interrogé ? Moi, jamais, je n'en avais pas eu l'occasion.

Nous avons entendu la voiture revenir. Paul était certain que c'était la même, il reconnaissait le bruit du moteur. Il allait voir qui c'était. J'étais nue ; j'ai tendu le bras pour attraper mon jean, au cas où nous devrions nous montrer.

Au moment où je finissais de reboutonner mon chemisier, un policier a fait son apparition. J'ai eu un moment de panique, en me disant que ce que Paul et moi venions manifestement de faire était peut-être illégal, mais il est vite passé. J'oubliais toujours que j'étais une adulte.

« Lesley Elena O'Malley ? a interrogé le policier.

La panique est revenue. Je me battais avec mon dernier bouton. Paul était entre moi et le policier.

« Vous êtes bien la fille de Cowan Christopher et de Mara Elena O'Malley ?

« Oui. »

« Voulez-vous nous accompagner, s'il vous plaît ? »

Je me suis levée. J'étais plus proche de la terreur que de la panique. Je n'avais aucune idée de ce qu'il me voulait, ce qui rendait tout ça d'autant plus effrayant. J'ai trop écouté les histoires de maman, me suis-je dit, tout en songeant à m'enfuir.

« Qu'est-ce-que j'ai fait ? » J'avais enfin retrouvé la parole, nous arrivions au bord de la route.

Le policier a ouvert la porte de la voiture et m'a aidée à y monter. Quand Paul a fait mine de monter derrière moi, le policier a tendu le bras. « Non, fils », a-t-il dit gentiment. « La jeune fille seulement. »

Le policier a fait le tour de sa voiture et a pris place. Paul était retourné au bord de l'eau pour chercher nos affaires. Je l'ai aperçu quand il est remonté en courant, la couverture de laine rouge sous le bras. La voiture de police a démarré.

Je tremblais, mais la panique était partie aussi vite qu'elle était venue. Bien au contraire, j'étais d'un calme totalement déconcertant. «Que me voulez-vous ?» ai-je demandé.

Il avait les yeux fixés sur le rétroviseur, et ne me regardait pas. « C'est votre mère. Elle vient de tuer trois personnes. »

22

Ma mère avait attendu que Paul et moi soyons partis et que papa ait quitté la maison en voiture avec Megan. Alors, armée de l'un des fusils de Paul, elle était allée chez les Waterman.

Apparemment, elle avait tout d'abord tué Toby Waterman, dans le jardin, sous les yeux de sa mère qui essayait de le mettre à l'abri. Un seul coup de feu. Puis Madame Waterman. Et enfin ma mère tira sur monsieur Waterman, rechargea son arme et lui tira deux autres balles dans le corps.

Le temps que la police arrive, mon père était déjà là; il essayait de lui faire lâcher son fusil. Mais, prise de panique à la vue des policiers armés, elle tira sur eux. Les policiers dirent qu'ils avaient bien été obligés de riposter. Quand elle était tombée, elle tenait toujours le fusil.

Pendant le trajet de retour de Ladder Creek, le temps a pris une qualité bizarre: il passait à la fois trop vite et trop lentement. Comme un film que l'on passe sur un appareil de projection en mauvais état, le paysage bondissait à ma rencontre, mais, à l'intérieur de la voiture, les choses se déroulaient au ralenti. Chacun des gestes du policier assis à côté de moi, je le voyais image par image. Il jetait un coup d'œil dans le rétroviseur, puis dans le miroir extérieur, regardait devant lui, se frottait la joue, engageait la voiture sur la nationale. Il me regardait. Il me souriait poliment. Il avait la peau très foncée, de type levantin. Apparemment, son uniforme n'était pas agréable à porter : il ne cessait de tirailler sur son col de chemise pour l'écarter de son cou. Moi, assise près de lui, j'étais littéralement figée ; chaque petit détail, de la couleur de sa barbe à l'odeur de voiture de police, je l'enregistrais avec une acuité extraordinaire. Mais, à l'intérieur, je ne sentais rien. J'étais vide.

Il y avait foule devant le poste de police. Trois voitures de police, une ambulance, deux véhicules de surveillance des routes et un car de Channel Seven News. Maman fournissait décidément une distraction de taille à cette petite ville endormie du Texas profond.

« Hey ! Hey ! » s'écria une femme au moment où nous descendions de voiture. Armé d'un micro, elle a couru vers nous. Le policier m'a prise par le bras et s'est interposé entre la femme et moi.

« Vous êtes sa fille ? » cria-t-elle. Un autre policier a ouvert la porte et m'a tirée à l'intérieur par la manche de mon chemisier. Je me suis retournée pour regarder cette femme. Sa question résonnait dans ma tête, comme des mots prononcés dans une langue étrangère.

Mon père était là. Le poste de police ne se composait que d'une grande pièce divisée en deux par une barrière en bois avec une porte. Les bureaux étaient au fond. Derrière la grande pièce, il y avait un petit bureau avec des parois de verre et une seule cellule. Mon père était assis sur une chaise en bois, près de l'un des bureaux du fond. Il s'est retourné quand je suis entrée, s'est levé à moitié. Puis il s'est figé au milieu de son mouvement et m'a contemplée, comme s'il voyait une étrangère. Il s'est rassis.

Et j'ai enfin réalisé l'énormité de ce qui venait d'arriver. Cela m'a frappée comme un coup, comme si je pénétrais soudain dans une étuve. Je ressentais une horreur si profonde, si bouleversante, que j'étais dénuée de toute émotion. J'avais l'impression de m'enfoncer, de passer au travers du parquet. Au-dessus de moi, tout autour de moi, un tourbillon de couleurs, qui me paralysaient par leur vivacité psychédélique. Sous leur poids, mes genoux ont cédé.

Et tout d'un coup mon père était là, et me soutenait, m'aidait à tenir debout. La sensation s'est estompée, comme une nausée après qu'on a vomi. Elle m'a laissé le même genre de goût dans la bouche.

Je me souviens à peine du reste de l'après-midi. Tous les détails de mon retour de Ladder Creek sont gravés dans ma mémoire, alors qu'il ne me reste quasiment aucun souvenir des heures que j'ai passées au poste. Paul est venu avec sa mère, ça je m'en souviens. C'était son fusil, dont s'était servi maman. Il était debout, pâle, les mains derrière le dos. Pendant qu'il parlait avec l'inspecteur, sa mère nous a regardés, papa et moi. Elle nous fixait obstinément, et elle n'a pas détourné les yeux quand j'ai croisé son regard. Elle a continué de m'observer, comme si j'étais une étrangère, ou, plutôt, comme si je n'étais pas tout à fait une personne humaine et que l'on pouvait m'observer sans se gêner. Elle portait un chemisier de soie rouge qu'elle m'avait fait essayer un jour. J'ai pensé qu'en fait je n'avais jamais beaucoup aimé le rouge. Paul a regardé aussi, mais nous n'avons jamais été assez près l'un de l'autre pour nous parler.

Je me souviens aussi des visages qui se pressaient contre les vitres quand j'ai traversé le hall d'entrée pour aller aux toilettes ; on aurait dit un tableau surréaliste. Mais je me rappelle surtout le café qu'ils ne cessaient de nous offrir, dans de petits gobelets en plastique : une lavasse au goût chimique. Je me demandais tout le temps comment il avait pu rendre ma mère malade, le week-end précédent, et s'il allait me faire le même effet.

L'autre souvenir précis, c'est le sergent de ville. C'était avec lui que parlait mon père quand j'étais entrée, à lui qu'il avait raconté les petits secrets de maman. Il était petit, rondouillard il perdait ses cheveux, et il avait les joues rouges d'un Père Noël. Il est venu nous tendre la main, à mon père et à moi. Quand mon père lui a tendu la sienne, le sergent l'a gardée entre les siennes, sans la serrer.

« C'est la chose la plus abominable dont j'ai jamais entendu parler » a-t-il dit à papa. « Je voulais vous dire à quel point cela me bouleverse. Toute personne connaissant son cas ne peut qu'éprouver la plus vive compassion pour votre femme ».

Mon père a hoché la tête sans le regarder. Il tenait toujours la main du sergent.

Je me souviens de ça.

En fin d'après-midi, on nous a autorisés à quitter le poste de police. Papa est allé directement à l'hôpital, où maman était en soins intensifs. Il a gardé la voiture ; un des policiers m'a ramenée à la maison pour éviter la foule qui était toujours massée devant le poste.

Tout continuait de me sembler irréel. En chemin, je me suis demandé *à quel point* exactement cela semblait irréel et, sans même que je m'en aperçoive, les choses ont repris leur visage normal. Je me suis vue arriver à la porte d'entrée et l'ouvrir. Dans l'entrée, l'odeur de pain frais et de soupe se mêlait à l'odeur familière de la maison. Tout m'apparaissait très clairement. Le tapis d'un rose passé sur le parquet. Les chaussures sales de Meggie. La silhouette de l'horloge bien-aimée de papa, dans l'entrée. Le tas de manteaux et de vestes sur les patères au bas de l'escalier. Cette obscurité spécifique des maisons où seule est allumée la lumière de la cuisine. Je sentais distinctement l'odeur de soupe. De la soupe aux lentilles. C'était la préférée de papa, et maman en faisait une fois par semaine. J'entendais sa voix ; elle fredonnait. Une chanson que je ne connaissais d'ailleurs pas, qu'elle chantait souvent, sans y penser. Ni sa voix ni la chanson n'étaient particulièrement mélodieuses. Megan jouait en haut. J'entendais ses pas sur le palier. Tout était en place.

Enfoncée dans ma rêverie, j'ai remercié le policier qui m'avait ramenée et je suis descendue de voiture. Ce que je voyais, ce que j'entendais, ce que je sentais, et même les sensations que j'éprouvais en général en rentrant à la maison, tout contribuait à entretenir l'illusion de la réalité. C'était l'autre scène, l'obscène, qui n'était pas réelle. On venait simplement de me faire une blague atroce. Convaincante, mais fausse. Et de mauvais goût. Je le savais : il suffisait que je tourne le bouton de la porte pour que je voie l'entrée plongée dans l'obscurité, la lumière dans la cuisine, et maman.

Mon rêve s'est brutalement écroulé. La maison était bien entendu vide, et sombre. Le silence s'est abattu sur moi comme une pile de livres tombant d'une étagère surchargée. Je suis restée un bon moment sur le pas de la porte, amère et humiliée.

Je ne savais pas ce que mon père avait raconté à Megan. Je ne lui ai rien demandé quand je suis allée la chercher chez les Reilly. Je ne savais pas comment papa s'y était pris, mais Megan savait certainement.

La soirée baignait dans un halo de rêve. Megan et moi agissions comme d'habitude. Nous suivions la routine, sans nous parler de ce qui était arrivé, et cependant sans penser à quoi que ce soit d'autre. Megan faisait d'immenses efforts pour se conduire à peu près normalement. Au milieu de la soirée, elle m'a regardée et elle a dit : « En fait, c'est comme si maman avait eu une de ses crises, et que papa était en train de s'occuper d'elle au premier. C'est tout. Et nous sommes en bas, comme d'habitude. »

L'un des fusils de Paul était toujours appuyé contre le mur. J'avais supposé que la police l'avait emporté. Quand je me suis cognée dessus, j'ai sursauté comme si j'avais heurté quelque chose de vivant. Les boîtes de munitions étaient là aussi. On voyait qu'elles avaient été manipulées, mais je n'arrivais pas à me décider à regarder dans quelle boîte maman avait prélevé ses balles. Je ne voulais pas y toucher. Megan a pris les choses en main. Elle a apporté un sac en plastique et y a soigneusement rangé les boîtes de munitions. Nous avons emporté le sac et le fusil, et nous les avons mis dans le placard, avec l'aspirateur. Megan a refermé la porte du placard et a posé la corbeille à linge devant. Puis elle a regardé pensivement la corbeille, elle est allée chercher une corde dans le garage et elle a solidement attaché la poignée de la porte.

« Voilà. » dit-elle en essayant d'ouvrir la porte du placard. « Ça tient. »

« Tu ne penses pas qu'ils vont croire qu'on veut les leur cacher, hein ? Et qu'ils vont venir nous arrêter ? » m'a-t-elle demandé.

« Non. On les a rangés, c'est tout, dans un endroit sûr. Ils comprendront. »

Nous avions toutes les deux les yeux fixés sur le placard.

« L'autre fusil, il est au poste, de toute façon. Je l'ai vu. Ils se moquent sans doute de ces trucs-là. »

Megan observait toujours le placard. Puis elle est retournée dans la cuisine. « Fermons à clé », a-t-elle dit. Et elle a soigneusement tiré le verrou.

Nous avons dîné de viande froide et de pain, que maman avait achetés pour le déjeuner de dimanche. J'avais faim, et j'en ressentais une vague honte. Ce n'était vraiment pas le moment de penser à manger.

Mon père est rentré vers huit heures. L'état de maman n'était pas aussi encourageant que les médecins l'avaient espéré, et ils envisageaient de la faire transporter en hélicoptère à l'hôpital St. Joseph, à Wichita. L'extraction des balles avait duré trois heures et demie et l'hémorragie n'était toujours pas enrayée. Papa a dit qu'elle était à moitié inconsciente, mais elle était toujours sous l'influence de l'anesthésie, il n'y avait donc aucune raison de s'inquiéter. C'est du moins ce qu'il a prétendu.

Il a bu un café et mangé un sandwich, puis il a téléphoné à tante Caroline, à Chicago. C'était la sœur aînée de papa, et le seul membre de sa famille avec qui il avait gardé contact.

Je me suis mise en colère. Je n'avais aucune envie de voir débarquer tante Caroline. Elle ne venait presque jamais nous rendre visite, pourquoi lui demander de venir maintenant ? ai-je demandé à papa. Je lui ai aussi dit que tante Caroline, quand elle était là, se livrait à d'acerbes remarques sur maman et lui, et sur notre mode de vie. Il le savait, dit-il. Elle était comme ça. Moi, je n'aime pas ça, lui ai-je répondu, et je n'ai pas envie que Megan ait les oreilles rebattues de ce genre de commentaires. Surtout maintenant. Que lui était-il donc passé par la tête ? De plus, il ne s'était même pas donné la peine de nous consulter, Megan ou moi. J'étais très agacée.

Il n'y avait pas grand-chose à discuter, a dit papa. Que voulais-je donc qu'il fasse? Nous n'avions personne d'autre. L'oncle Kip et l'oncle Mickey? Ils ne s'envoyaient même pas de cartes de vœux pour Noël. Tante Kath était toujours chez les sœurs de la Miséricorde, en Colombie. Oncle Colin ? Il buvait tellement que c'était inutile de lui demander une aide quelconque. Et papa n'avait plus adressé la parole à oncle Paddy depuis que maman avait jeté un pot de confiture à la tête de tante Gretchen. Il faut avouer que maman n'avait pas très bonne presse dans la famille de papa.

Nous n'avions besoin de personne, ai-je rétorqué. Puisque j'avais été capable de maîtriser la situation avant, je le pourrais d'autant mieux maintenant, avec seulement Megan et moi. Non, dit-il d'un ton sans réplique. Si on envoyait maman à Wichita, il irait avec elle, et il ne voulait pas entendre parler de nous laisser livrées à nous-mêmes pendant des jours et des jours. Une fois que tante Caroline serait là, je pourrais retourner en classe, et reprendre le cours normal de ma vie.

Parfait! C'était exactement ce que je voulais! Retourner en classe: dieu sait si j'en avais eu envie, mais maintenant, la simple idée m'était intolérable. Étant donné ce que venait de faire maman, c'était carrément dans un autre pays qu'il fallait que j'aille en classe. Et même sur une autre planète. J'ai soupiré sans rien dire. C'est toujours le même problème, dans la vie, me suis-je dit amèrement. Quand on veut faire quelque chose, on ne peut pas. Quand on peut, on ne veut pas.

Papa est monté, il a pris une douche, il s'est rasé et il a mis une chemise propre. Puis il nous a embrassées toutes les deux et il est reparti passer la nuit à l'hôpital avec maman. Une fois encore, nous étions seules, Megan et moi.

Depuis les meurtres, nous étions harcelés par la presse. Il y avait une voiture de police devant la maison, pour les empêcher de venir embêter Megan ou moi. Ils nous avaient également conseillé de décrocher le téléphone. Mais papa, distraitement, l'avait remis en place après avoir téléphoné à tante Caroline. Un quart d'heure après son départ, il a sonné.

Il était dix heures moins le quart. Je me rappelle avoir regardé l'heure et m'être demandé qui pouvait bien nous appeler si tard avant de me dire qu'il valait mieux ne pas répondre. C'était trop tard. Megan avait décroché.

Elle semblait si stupéfaite qu'il était évident que ce n'était pas quelqu'un que nous connaissions. L'écouteur dans les deux mains, elle écoutait attentivement.

Qui que ce soit, cette personne avait dû s'apercevoir qu'elle parlait à un enfant, à quelqu'un qui était incapable de la faire taire. Elle ne cessait pas de parler. J'entendais le faible bourdonnement de sa voix. J'ai fait signe à Megan: raccroche.

« Qui est-ce? » lui ai-je demandé, car elle continuait d'écouter.

Elle a secoué un peu la tête, toujours aussi attentive aux paroles prononcées par son interlocuteur.

J'étais debout, à l'extérieur du cercle de lumière que dispensait le lampadaire. Mais Megan était baignée de clarté. Elle a commencé à pleurer; les larmes ont perlé à ses yeux, elles étincelaient dans la lumière.

Je me suis approchée et je lui ai enlevé le téléphone des mains.

L'homme parlait toujours quand j'ai raccroché. J'ai attendu un instant, et j'ai soulevé le récepteur.

« N'y touche, pas Meggie. Laisse-le comme ça. Et si jamais on le rebranche par hasard, ne réponds pas. D'accord ? »

Elle effaçait des traces de larmes d'un revers de main, dans l'espoir, je suppose, que je ne les aie pas remarquées. « Maman a accepté Jésus, Les ? »

« C'est de ça qu'on te parlait ? Il ne faut pas y prêter attention, Megan. »

« Elle l'a accepté, ou non ? Il disait que maman était habitée par le diable. Que c'est le diable qui l'a fait sortir et aller tuer des innocents. Que Dieu la mettait à l'épreuve, et qu'il fallait qu'elle accepte Jésus. »

« N'y pense plus, Megan. Nous croyons en des choses différentes. Ne t'occupe pas de ce qu'il a dit. »

Elle avait une expression consternée. « Mais il a dit que maman irait en enfer. Il a dit qu'elle mourrait, qu'elle irait en enfer et qu'elle brûlerait éternellement dans les flammes de l'enfer, pour la punir de ce qu'elle a fait. Il a dit qu'il fallait que j'aille tout de suite à l'hôpital, pour lui dire d'accepter Jésus comme son Sauveur, tout de suite, et que comme ça elle serait sauvée de l'enfer. »

Je me suis agenouillée près d'elle et je l'ai prise dans mes bras. « C'est ce que croit cet homme, Meggie. Nous, nous n'y croyons pas. Maman est innocente, Meggie. Elle ne voulait pas faire ce qu'elle a fait. Tout s'est mélangé dans sa tête, mais elle ne voulait pas faire ça. Elle n'ira pas en enfer. D'ailleurs, elle n'est pas en train de mourir. Alors n'y pense plus, oublie ce qu'il t'a dit. »

Elle avait du mal à retenir ses larmes. Elles ne roulaient pas le long de ses joues, mais affleuraient sans cesse à ses yeux. Elles les essuyait, et il en perlait de nouvelles. « Et s'il avait raison, Lesley ? C'est un péché. C'est défendu de tuer quelqu'un, dans les Dix Commandements. Jésus ne serait pas content, même si ce n'était qu'une des bizarreries de maman. On n'est pas censé tuer les gens, pour aucune raison. »

Le coup de téléphone nous avait troublées toutes les deux. Megan n'arrivait pas à penser à autre chose. D'ailleurs, il était tard, elle aurait dû être couchée depuis longtemps, et nous étions bien trop épuisées pour pouvoir réfléchir rationnellement. Moi, je me sentais d'autant plus vulnérable, toute seule dans la maison. Après tout, ce n'était peut-être pas une si mauvaise idée, de faire venir tante Caroline. Avant d'aller me coucher, j'ai fait le tour de la maison; j'ai vérifié la fermeture de toutes les portes et de toutes les fenêtres. J'ai tiré tous les rideaux. Malgré la présence dans la rue du car de police et des deux policiers, je n'étais pas rassurée. En me brossant les dents, j'ai jeté un coup d'œil sur Megan, qui se déshabillait. Sans mot dire, nous sommes redescendues toutes les deux, et nous avons mis des chaises sous toutes les poignées de porte.

Nous avons dormi ensemble. Nous avons d'abord eu l'intention de dormir dans son lit, puis dans le mien. Finalement, nous nous sommes couchées dans celui des parents. Et si papa revenait à la maison? a demandé Meggie, avec espoir. Ça m'étonnerait, ai-je répondu, mais à ce moment-là, on lui ferait une place.

Nous nous serrions les uns contre les autres, tous les trois, Megan, moi et Gros Minou. Nous avions fermé toutes les fenêtres, tiré tous les rideaux. La nuit de printemps parfumée ne pénétrerait pas. Les longs cheveux sombres de Megan étaient éparpillés sur nous, comme une couverture. Elle sentait bon. En étant si près d'elle, on respirait sa chaude et familière odeur d'enfant; pendant un instant, j'ai cru que tout cela n'était qu'un cauchemar, et que nous n'allions pas tarder à nous réveiller.

Je ne pouvais pas dormir. Allongée, immobile, le chat en peluche et Megan dans les bras, je n'avais même pas fermé les yeux. Megan ne bougeait pas. Je croyais qu'elle dormait depuis longtemps quand elle a dit:

«Lesley, tu es réveillée?»

«Oui.»

«J'ai peur».

Je l'ai serrée plus fort contre moi.

«Tu as peur, toi?

«Un peu.»

Un silence.

«Ils sont morts.»

«Quoi?»

« J'ai dit, ils sont morts. Je les vois tout le temps, tu sais, le petit garçon, Toby Waterman. Je me rappelle la première fois qu'on l'a vu, avec maman. Je le vois parfaitement. Comme s'il était devant mes yeux. Et je le vois mort. Dans les buissons, près de la crique. Je sais bien que ce n'est pas là que ça s'est passé, mais c'est là que je le vois. Et il ressemble au chat de Mrs Becherman, quand il s'est fait écraser par une voiture. Tout écartelé. »

« Megan, ne pense pas à des choses pareilles. »

Un silence.

« Lessie, ce fusil, en bas, dans le placard, on aurait dû demander à papa de l'emporter. »

« Ce n'est pas ce fusil-là, Meggie. Ne pense pas à tout ça. Oublie. »

Un silence

Un silence prolongé.

« Tu peux oublier, toi, Lesley ? »

« Non. »

23

Le lit de mes parents avait un creux au milieu, et je ne pouvais m'endormir sans rouler sur Megan, qui, plongée dans un sommeil agité, ne cessait de me donner des coups. On entendait les crissements de l'alèse en plastique que Megan avait tendue sous les draps, au cas où elle s'oublierait. Je me suis donc réveillée très tôt, avec l'impression de n'avoir pas dormi du tout. Megan dormait, détendue, le corps en travers du lit. Lorsque j'ai grimpé sur elle pour sortir du lit, elle s'est étirée. Après quelques instants d'hésitation, elle s'est soulevée sur le coude et m'a regardée. Je n'ai pas eu le temps de lui conseiller de se rendormir que c'était déjà fait.

Il était presque six heures et quart. Tout était tranquille. Le jour était levé, le soleil brillait intensément sur l'herbe humide. Sans réfléchir, je suis allée chercher le journal sur le pas de la porte ; je ne portais qu'un T-shirt de papa, et un slip. L'un des deux policiers installés dans le car m'a regardée quand j'ai ouvert la porte, et m'a saluée au moment où j'ai levé les yeux. Gênée, j'ai reculé et claqué la porte.

À la cuisine, je me suis versé un verre de jus de pomme et je me suis assise avec le journal. En manchette, en première page, on lisait : UNE FEMME DE LA VILLE INCULPÉE D'UN TRIPLE MEURTRE.

À côté de l'article, il y avait une grande photo de maman. Comment donc se l'étaient-ils procurée ? Ce fut la première question que je me posai. C'était une photo de famille, prise lors d'un pique-nique, l'été précédent. Maman portait sa veille chemise à pois rouges, celle dont le col se relevait indépendamment des multiples fois où elle le repassait. Elle souriait, décontractée, naturelle. Ses longs cheveux étaient tirés en arrière. Elle était dos au soleil, ce qui l'environnait d'un halo de lumière et faisait apparaître ses cheveux plus blonds encore qu'ils ne l'étaient. Cette lumière accentuait également son air d'étrangère, lui donnait un côté exotique, avec ses pommettes hautes et ses yeux très écartés, étirés par son sourire. Pourtant, c'était une photo qui inspirait confiance, la photo de quelqu'un qui vous conseille la meilleure marque de lessive, de lingerie ou de saucisses, pas celle de quelqu'un qui vient de commettre un triple meurtre.

L'absence de maman commençait déjà à être douloureuse. Mon père allait et venait sans cesse : son absence, même si on la remarquait, était acceptable. Maman, elle, était toujours là. J'ai pris brutalement conscience qu'on était le matin, et que ma mère n'était pas là. Elle était subitement au centre même de toutes mes pensées. Je ne savais plus que deux choses : elle était ma maman, et elle n'était pas là.

Ce sentiment m'a rendu la lecture de cet article encore plus ardue que je ne l'avais prévu, car la femme dont ils parlaient était en même temps ma maman et une étrangère.

L'article était long, mais plutôt imprécis. Ils se trompaient de date de naissance ; ils la disaient allemande alors qu'elle était hongroise. Ils faisaient allusion aux camps de concentration de façon brève mais relativement exacte, mais ils ne mentionnaient pas le foyer de jeunes filles et négligeaient de souligner la relation entre ces années et les Waterman. Les meurtres semblaient dénués de sens.

Ils étaient d'ailleurs les seuls à êtres décrits en détail. Même maintenant, en lisant le journal, ils n'avaient pas l'air vrai ; on aurait dit que les Waterman étaient des personnages d'une émission de télévision, dont la vie ou la mort ne présentaient pas le moindre intérêt. Intellectuellement, je savais qu'il ne fallait pas que je pense ainsi. C'étaient de véritables êtres humains, et on les avait assassinés. Ma mère les avait assassinés. Elle avait pris un fusil et les avait tirés comme des lapins. Le sang qui d'ordinaire coulait à profusion sur l'écran éclaboussait aujourd'hui une petite ferme du Kansas. Il était réel.

Je me suis efforcée d'y penser. De voir Mrs Waterman effondrée sur le corps de son fils, comme le décrivait l'article. J'ai essayé d'imaginer les corps, le sang répandu, sous le chaud soleil; le même soleil sous lequel nous avions fait l'amour, Paul et moi. J'ai essayé d'imaginer les autres enfants Waterman, terrifiés, enfermés dans un placard. Mais je ne pouvais pas. Ils restaient des personnages de rêve, comme le souvenir de quelque chose que l'on a imaginé.

Assise à la table de la cuisine en train de lire le journal, un verre de jus de pomme devant moi, je ne pouvais me souvenir que de l'image de Toby Waterman le jour où je revenais de chez le dentiste. Il s'était assis sur cette chaise, en face de moi. C'était un enfant assez horrible, mais il avait l'air de revendiquer hautement son droit à entretenir une relation avec ma mère. Il m'avait fait peur. Dès que je l'avais aperçu pour la première fois, près de son tronc d'arbre. Il avait cru si facilement ce que maman lui avait raconté.

Et maintenant, il était mort. C'était aussi simple que ça. Il ne grandirait jamais, ne deviendrait jamais un homme, n'irait jamais à l'école, ne ferait jamais l'effort d'apprendre. Il ne saurait même jamais à quoi ressemblait cette belle matinée, alors que la veille, il s'était réveillé, comme moi. Comment pouvait-on comprendre une chose pareille ?

Le bus de tante Caroline arrivait à onze heures et demie. Mon père était passé à la maison en coup de vent. Il s'était rasé, et avait changé de chemise; je savais donc qu'il fallait que Megan et moi nous fassions un effort d'élégance. Mais nous sommes restées à la maison; papa est allé à la gare routière tout seul. J'avais vu les journalistes courir derrière la voiture de papa au moment où il arrivait; il semblait plus sage que nous les évitions dans la mesure du possible.

Le temps que papa et tante Caroline arrivent à la porte d'entrée, ils étaient déjà en train de se disputer. Papa tenait sa valise d'une main, et un sac de voyage de l'autre.

« Tu aurais dû me le dire, Cowan, que Mara était comme ça. Ça ne sert à rien de faire semblant, en tout cas, pas avec sa propre famille. Tu aurais dû nous prévenir. » Papa a posé la valise près de l'escalier, et le sac dessus.

« Tu comprends, Caroline, Mara n'était pas comme ça, je te l'ai déjà dit. » Sa voix était tendue. Ils devaient se disputer depuis un certain temps. Il est passé devant Megan et moi et il est entré dans la cuisine. Il a rempli la bouilloire d'eau et l'a posée sur le feu.

« Elle a toujours été susceptible, Cowan. Depuis le début. Depuis la première fois où tu l'as amenée à la maison. Tu t'en souviens ? Tu te rappelles comment elle s'est conduite avec maman ? »

« N'importe qui se conduirait pareillement avec maman, Caroline. Pour l'amour de dieu ! Elle était encore malade. Elle était en convalescence. Franchement, qu'est-ce-que tu espérais ? »

« Ce qui est sûr, c'est qu'elle avait ses opinions. Et qu'elle était très susceptible. On ne pouvait pas lui faire la moindre remarque. »

« Maman n'avait pas besoin de la provoquer sans cesse. De la harceler avec la religion, sans arrêt. »

« D'accord, Cowan. Mais Mara n'avait pas non plus besoin d'affirmer sans cesse que c'étaient des foutaises. Elle voyait bien que ça faisait de la peine à maman. »

« Et maman savait bien, elle aussi, qu'elle lui faisait de la peine. Franchement, Caroline. Elle était là, elle était notre invitée, une étrangère, dans un pays étranger, encore malade, encore à demi affamée ; elle venait de vivre une expérience dont toi et moi nous serions sans doute morts. Tu crois vraiment que maman avait besoin de lui parler comme ça ? » Après une brève interruption, il a poursuivi. « Je l'ai épousée, Caroline. Elle était ma femme, et je l'aimais. En disant tout ça, maman me faisait autant de mal qu'à Mara. »

Tante Caroline a secoué la tête.

« Mais si, Caroline. Une fois de plus, maman me disait que j'étais un raté. »

« Tu es trop sensible, Cowan. Tu l'as toujours été. » À ce moment-là, elle nous a vues, Megan et moi, debout sur le pas de la porte de la cuisine.

Elle nous a adressé un chaud sourire, désarmant, a ouvert ses bras et nous a serrées fort contre elle.

Mon père est reparti immédiatement pour l'hôpital, sans même prendre le temps de déjeuner avec nous. Megan et moi, il a bien fallu que nous aidions tante Caroline à s'installer. Elle dormirait dans le bureau, sur le canapé-lit. Nous avons porté ses valises à l'étage, ouvert et fait le lit. Tante Caroline est restée au rez-de-chaussée pour préparer le déjeuner.

Vu ce qu'il y avait à la maison, elle s'est bien débrouillée. Personne n'avait fait les courses, il n'y avait guère de choix. Maman avait tant de mal à se rassasier qu'à la maison il y avait toujours plein de pain, de pommes de terre et de pâtes. Voilà de quoi disposait tante Caroline pour préparer notre déjeuner dominical.

Le mode de vie de ma tante était complètement différent du notre. Son mari, notre oncle Roger, était dentiste à Winnetka; cela faisait trente-quatre ans qu'ils vivaient dans la même rue, dans la même maison. Leurs enfants y avaient grandi, s'étaient mariés, avaient eu des enfants à leur tour. Tante Caroline, quand elle n'était ni à l'église ni à une réunion de Weight Watchers, passait presque tout son temps à jouer au bridge. Tante Kath et tante Caroline, à l'encontre de leurs frères, étaient toutes deux de fortes femmes. Je crois que tante Caroline faisait partie des membres fondateurs des Weight Watchers. Du plus loin que je me rappelle, elle allait à leurs réunions. Pourtant, elle était toujours trop grosse. Chaque fois qu'elle était venue nous rendre visite, sa manie des hydrates de carbone avait rendu maman malade. L'une était incapable de maigrir, l'autre incapable de grossir; elles s'enviaient réciproquement.

Tante Caroline venait nous voir relativement souvent, mais oncle Roger l'accompagnait rarement. Caroline disait qu'il ne pouvait pas abandonner ses patients, mais je crois que c'était plutôt à cause de maman. Maman haïssait les dentistes. Quand elle était à Ravensbrück, on s'était livré à des expériences sur ses dents, sans anesthésie. Et je crois qu'elle n'a jamais été complètement convaincue que tous les dentistes n'étaient pas des complices des SS. Elle avait une façon de présenter la chose si sophistiquée qu'on avait un mal fou à lui prouver qu'elle avait tort. Et elle n'abandonnait jamais la partie. Elle coinçait oncle Roger, et lui affirmait qu'il devait y avoir une tendance sadique chez un individu qui a choisi une profession qui terrorise la plupart des gens, et qui l'autorise à les faire souffrir en toute légalité. Ce point de vue, on peut le comprendre, ne rendait pas maman particulièrement chère au cœur d'oncle Roger, qui était un homme tranquille et doux. Je me rappelle qu'une fois, dans la cuisine où l'avait entraîné maman, il avait essayé de lui faire comprendre que les dentistes, en fait, essayaient d'empêcher les gens de souffrir, et que ce n'était pas de leur faute s'ils faisaient peur. Maman avait ri. La tête en arrière, elle avait éclaté de rire, comme une hyène. Oncle Roger n'était jamais revenu.

J'étais incapable de manger. Je suis allée à la cuisine, je me suis assise à table, tante Caroline m'a servie, mais je savais que si j'avalais quoi que ce soit, je vomirais sur le champ. Assise à la place de maman, tante Caroline me regardait.

« J'ai peur de ne pas avoir beaucoup d'appétit, » ai-je fini par dire. J'en étais arrivée au point où la simple odeur de nourriture me donnait la nausée.

« Tu devrais essayer de manger un peu. Tu es un vrai squelette, Lesley. Tu t'es regardée dans un miroir, récemment ? Tu te nourris certainement bien mal. »

« Je me nourris très bien. Mais aujourd'hui, je n'ai pas faim, c'est tout. »

Tante Caroline a soupiré.

« Je suis désolée. Ce n'est pas que ce ne soit pas bon. C'est moi. »

« À mon avis, tu es anorexique, voilà tout. »

« Qu'est-ce-que ça veut dire, anorexique, tantine ? » a demandé Megan.

« Anorexie nerveuse ».

« Oh » a dit Megan, toujours perplexe. Elle a ruminé cette information pendant quelques instants, puis a poursuivi : « Ça veut dire qu'on est nerveux ? »

« Quelque chose comme ça. »

« C'est vrai, que Lesley est nerveuse. »

J'ai repoussé mon assiette.

« Tu ferais mieux de faire attention, c'est tout. Ou tu finiras comme ta mère, » m'a dit ma tante.

Papa est rentré vers cinq heures et demie. Les docteurs avaient décidé de faire transférer maman à l'hôpital de Wichita. Il y partait en voiture, comme cela il serait sur place quand l'hélicoptère arriverait. Si je voulais, je pouvais aller la voir à l'hôpital avant qu'elle ne s'en aille.

Megan, assise auprès de moi, bondit sur ses pieds en disant qu'elle voulait y aller aussi. Elle a éclaté en sanglots avant même que mon père n'ait eu le temps de lui dire non. «Tu es trop jeune, chérie,» lui dit-il en repoussant ses cheveux en arrière. Comme elle continuait à pleurer, il l'a prise sur ses genoux. «Nous irons une autre fois, quand maman se sentira mieux», lui dit-il. «Tante Caroline t'amènera à Wichita en car.»

L'hôpital était calme. L'heure des visites était passée, j'étais seule dans les couloirs. Mes pas résonnaient haut et fort. Il était si petit, cet hôpital, qu'on aurait dit qu'il ne s'y passait rien nulle part.

Les soins intensifs ne comprenaient que deux chambres minuscules, séparées l'une de l'autre par le bureau des infirmières. Maman était la seule malade. Deux infirmières étaient plongées dans leur registre. L'une d'entre elles a levé la tête, m'a souri et m'a dit que je ne pourrai rester que dix minutes.

La chambre était toute petite; le lit prenait presque toute la place. Tout était sombre; je me suis subitement remémoré le dernier week-end, quand j'avais entrouvert la porte de la chambre de mes parents et que je l'avais vue endormie dans les bras de papa. Elle dormait, ou elle était dans le coma, je n'en savais rien. Papa avait dit qu'elle avait des moments de conscience, mais pour l'instant, elle reposait dans son lit, immobile et silencieuse, telle Blanche-Neige dans son cercueil de verre.

Dans un coin de la chambre, la longue veille de mon père avait laissé quelques traces: journaux, boîte de soda, gobelets de café, un livre de poche, une demi-douzaine de paquets de cacahuètes vides, des papiers de bonbons. Il avait oublié sa montre, posée sur la table de nuit.

En m'approchant de maman, j'ai vu l'appareillage technologique auquel elle était accrochée. On aurait dit un plat de spaghetti. Un tube sortait de son nez, relié à une bouteille posée sur la table, qui faisait des bulles selon l'activité de son estomac. Un sac de sang était accroché au-dessus du lit. De l'autre côté, il y avait deux autres sacs, emplis d'un liquide clair. Reliés à l'oscilloscope qui surveillait son rythme cardiaque, des fils parcouraient les draps.

Prudemment, j'ai glissé ma main sous l'amas de tubes, pour lui toucher le visage. Elle était brûlante et moite. J'ai cherché une serviette, que je pourrais mouiller pour la rafraîchir, mais je n'en ai pas trouvé. J'avais peur de sortir pour en demander une à l'infirmière; elle ne me laisserait peut-être pas revenir. J'ai préféré tremper mes doigts dans un broc d'eau glacée posé sur la table de chevet, et essuyer ainsi la transpiration qui perlait à la racine de ses cheveux.

« Maman? Tu m'entends? Maman, c'est Lesley. Tu m'entends ?» Ce que je craignais, c'était qu'elle ne soit consciente, mais que son corps soit incapable de le manifester. Elle serait terrorisée : seule, souffrante, et sans aucun de nous autour d'elle. Papa y avait pensé, je le savais. C'était pour cela qu'il avait tant insisté pour qu'on l'autorise à rester près d'elle, même dans le service de soins intensifs. Je n'avais qu'une envie: me mettre au lit avec elle, et la prendre dans mes bras. À la place, je me suis penchée sur elle et je l'ai embrassée. Sur le front. Sur la joue. Je voulais l'embrasser sur la bouche, mais à cause du tube gastrique, je n'ai pas pu. Puis je me suis assise près du lit.

Elle a bougé. Très lentement, précautionneusement, elle a tourné la tête et ouvert les yeux. Elle essayait de parler, mais aucun son ne passait ses lèvres.

« Tu veux boire, maman ?» J'ai cherché un verre, mais je n'en ai pas vu. Il n'y avait que le broc. Puis j'ai réalisé qu'avec le tube, elle ne pouvait pas boire, et que l'eau avait été mise là pour papa. La fièvre lui avait desséché les lèvres; je me suis dit qu'un peu de fraîcheur lui ferait peut-être du bien. J'ai pris un glaçon dans le broc, et je le lui ai mis dans la bouche.

La pompe à air a émis un gargouillis obscène. J'ai sursauté. Maman a souri.

J'avais un million de choses à lui dire. Je la regardais, je lui mettais de petits morceaux de glace entre les lèvres, et je n'arrivais pas à prononcer le moindre mot. Je voulais lui dire que ce qu'elle avait fait m'était bien égal. Que je l'aimais. Que je me moquais des horreurs que disaient les gens. Que l'unique chose qui comptait, c'était qu'elle guérisse, et qu'elle rentre à la maison, avec Megan, papa et moi. Je voulais qu'elle soit sûre que ces journées passées à la maison avec elle ne m'avaient pas dérangée du tout. Que rien de tout ce dont je m'étais plainte ne m'avait en fait réellement dérangée. Que tout cela n'était rien. Qu'elle était tout.

Le problème, c'était que je n'arrivais pas à dire un mot. Tout au fond de moi, résidait la peur que si je faisais la paix avec elle, elle risquait de mourir. Alors que si je ne la faisais pas, il faudrait bien qu'elle vive, pour que je lui dise tout ça plus tard. De toute façon, je n'arrivais ni à prononcer un mot, ni même à ouvrir la bouche. J'étais muette.

« Où est O'Malley ? » a t-elle murmuré.

« Il est à la maison, avec Meggie. On va t'emmener à Wichita, en hélicoptère, pour que tu guérisses plus vite. Papa va partir devant en voiture, pour être là quand tu arriveras. » J'ai réussi à sourire. « Tu es déjà montée en hélicoptère ? Moi pas. Ça doit être formidable ! »

« Je suis fatiguée ». Elle a fermé les yeux.

« Dors, si tu veux. Je reste près de toi. Tu peux dormir. Je suis là. »

Elle a lutté contre les tubes, pour respirer profondément. J'ai voulu prendre sa main, et je me suis rendu compte que je tremblais. Pour qu'elle ne le remarque pas, j'ai utilisé mon autre main pour tenir la première. Mais elle l'a remarqué, et elle s'est tournée vers moi.

« Je t'avoue maman, que tu m'as fichu une sacrée frousse. Je ne veux pas qu'il t'arrive quoi que ce soit. Je t'aime. »

« Oh, Liebes ! Viens, mon bébé, viens plus près, que je te touche. »

Je me suis assise près du lit, la tête sur le drap. Elle a posé sa main sur mes cheveux, et les tubes se sont balancés devant mes yeux. Un réconfortant silence est tombé sur nous. Je restais immobile, le poids familier de sa main dans mes cheveux, sur mon oreille.

« Tu vois, maintenant, mon bébé ? » Elle murmurait.

Je ne savais pas à quoi elle faisait allusion. J'étais trop émue pour le lui demander, et, quand j'ai bougé pour la regarder, je me suis aperçue qu'elle était à nouveau plongée dans le sommeil.

Et je me suis rappelé la fois où je m'étais perdue dans la forêt de tournesols, quand elle avait foncé parmi les hautes tiges et m'avait sauvée, et soulevée sur ses épaules pour que je voie au-delà des fleurs.

Je ne crois pas qu'elle ait songé à cela. Je n'en sais rien. Mais, moi, assise dans ce crépuscule du mois d'avril, voilà à quoi je pensais.

24

Le lendemain matin, quand je suis entrée dans la cuisine, j'ai trouvé tante Caroline en train de préparer des flocons d'avoine. Personne n'en mangeait dans la famille, sauf maman. C'étaient ses flocons d'avoine. Aucun de nous ne les aimait, et Megan les avait même en horreur.

J'ai observé ma tante pendant quelques instants. Elle était en robe de chambre, et s'affairait dans la cuisine comme si elle la connaissait depuis des années.

« Megan n'aime pas les flocons d'avoine », ai-je dit.

« Ça ne m'étonne pas que vous soyez tous maigres comme des clous, dans cette maison. »

« Je pourrais lui faire des œufs brouillés, ou quelque chose comme ça, » ai-je proposé. Je n'étais pas d'humeur à supporter la scène que ferait Megan si elle n'avait que des flocons d'avoine pour son petit déjeuner. Megan n'était pas particulièrement difficile, en ce qui concernait la nourriture, mais s'il lui fallait supporter cela en plus du reste, je savais que ça se passerait très mal.

Ça ne se passait pas bien non plus avec tante Caroline. « J'y ai mis des raisins. Je suis sûre qu'elle n'a jamais goûté, avec des raisins. Elle aimera sûrement ça. »

« Je ne pense pas. »

« Eh bien, si elle n'aime pas ça, elle restera sur sa faim. »

Les mains dans les poches de mon jean, debout, je me suis subitement dit que comme nous n'allions pas en classe, ni Megan ni moi, la journée allait être interminable.

« Je peux te poser une question, tante Caroline ? »

Elle s'est retournée. Un des bigoudis qu'elle avait sur la tête lui est tombé sur l'oreille.

« Comment se fait-il que tu sois venue ? Je veux dire, si tu n'aimes pas être avec nous, pourquoi es-tu venue ? »

Elle a eu un doux sourire, désarmant. « J'aime être ici, Lesley, et je suis venue parce que ton père me l'a demandé. Nous sommes de la même famille, et, quoi qu'il arrive, c'est à la famille qu'on fait appel. Mais je ne prendrai pas de précautions particulières avec vous, si c'est à ça que tu penses. Vous serez traitées comme mes propres enfants. Ta mère a fait ce qu'elle a fait, ce n'est pas une raison pour que vous vous apitoyiez sur vous-mêmes. Ce sont ses problèmes à elle. Vous, vous devez continuer à vivre normalement. »

Je me suis détournée et je suis allée m'installer à table. J'étais submergée par une vague de dépression. « Je ne demandais aucune faveur particulière, tante Caroline. Je voulais seulement des œufs plutôt que des flocons d'avoine. Nous n'aimons pas les flocons d'avoine. Aucun de nous, sauf maman. Ce sont les siens, pas les nôtres. C'est pour elle. »

Tante Caroline a refixé le bigoudis qui était tombé avec une épingle. Puis elle a soupiré, et dirigé son regard vers la cuisinière. Elle s'est interrompue durant une interminable minute. « Bon, alors, pour une fois... Mais ça vous ferait du bien, vous devriez en manger. Maigres comme des crayons, tous. Cowan le premier. Il doit faire de l'anémie. Mais, pour une fois, n'en parlons plus. »

Ce fut une journée intolérable. Nous tournions en rond, Megan et moi ; nous ne savions ni ou aller ni quoi faire. On n'arrivait pas à se concentrer sur quoi que ce soit. Nous commencions des jeux que nous ne terminions pas. Nous branchions la télévision, mais nous étions trop énervées pour la regarder.

Il était environ onze heures lorsque nos avons entendu un épouvantable vacarme au dessus de nos têtes, tante Caroline et moi. Nous sommes montées et nous avons trouvé Megan sur le palier, avec la machine à coudre. Le sol était jonché de bobines de fil, de morceau de tissu et de patrons, jusque dans sa chambre.

« Qu'est-ce-que tu fabriques ? » lui ai-je demandé. « Regarde le désordre que tu as mis ! »

« Je voulais installer la machine à coudre. Maman m'a dit qu'elle me ferait un chien en paille, avec ce modèle, tu te rappelles ? Je voulais couper le tissu. »

Les mains sur les hanches, tante Caroline secouait la tête. Puis elle est allée enlever la machine des mains de Megan, mais celle-ci ne voulait pas la lui donner.

« Ta mère n'est pas sur le point de se remettre à la couture, Megan. Alors, pour l'instant, rangeons la machine. »

« Je veux couper le tissu. »

« Fais-le en bas. On te donnera des ciseaux et des épingles, descends le tissu sur la table de la cuisine. Et tout ça, on va le ranger. » Tante Caroline essayait toujours de lui enlever la poignée de la machine des mains.

« Megan, voyons, ce n'est même pas sûr que maman te l'aurait fait. Tu le sais bien. Elle avait dit peut-être. Quand as-tu vu maman coudre pour la dernière fois ? »

« Elle t'en a fait un, à toi, Lesley. »

« Bon sang ! Ça fait des années. Aux environs de 1965, je crois. »

« Puisqu'elle t'en a fait un pour toi, je veux qu'elle m'en fasse un aussi. » Elle s'accrochait à la machine, le visage vibrant d'excitation. Tante Caroline a abandonné, et s'est mise à ramasser tout ce que Megan avait fait tomber.

« Megan, réfléchis. J'étais bien plus petite que toi quand maman m'a fait ce chien. »

« Et alors ? »

« Il faut grandir, Megan. Tu as presque dix ans. Tu n'as plus besoin de casser les pieds de maman pour qu'elle te fasse un jouet ridicule. »

« Mais j'en veux un. Toi, tu as tout eu, quand tu étais petite. Maman ne fait jamais rien pour moi.

« Pour l'amour du ciel, Megan ! Maman n'est même pas là. »

« Mais quand elle reviendra, je veux qu'elle me fasse un chien. Pour aller avec Gros Minou. Tu sais. Comme ça, j'aurai un chat et un chien. Maman l'a dit. »

« Elle a dit peut-être. Ça n'a rien avoir. »

« Ne vous disputez pas, les filles, » a dit tante Caroline en revenant vers nous, les bras chargés. Elle a tout remis dans le petit placard.

Megan a éclaté en de violents sanglots.

« Megan Mary ! Je ne m'attendais pas à ça de toi. »

« Allez, Meg, pourquoi pleures-tu ? Pour un idiot de chien ? Bon dieu, Megan ! Maman est dans un hôpital, à deux cents kilomètres d'ici. Pour l'instant, il n'est vraiment pas question qu'elle te fasse quoi que ce soit. Ne te conduis pas comme un bébé. »

Elle a poursuivi de plus belle, et, lâchant la poignée de la machine à coudre, lui a lancé un féroce coup de pied.

« Megan Mary O'Malley ! » s'est écriée tante Caroline, horrifiée. « Veux-tu arrêter immédiatement ! »

Hurlante, Megan s'est laissée tomber par terre, en plein palier.

« Ça alors ! Une grande fille comme toi ! Piquer une colère pareille ! »

« Je veux être en colère. »

Pendant le déjeuner, tante Caroline a suggéré que Megan et moi nous allions en classe. Ça nous calmerait peut-être, pensait-elle. De plus, elle était d'avis que pour affronter la meute, comme elle disait, le plus tôt serait le mieux.

Cette simple perspective m'était intolérable. Comment pourrais-je m'asseoir au cours d'allemand et répondre à la traditionnelle question du lundi de Mr. Tennant : « Qu'avez-vous fait de beau pendant ce week-end ? »

Quant à Megan, elle a accueilli la suggestion de tante Caroline en vomissant sur le carrelage de la cuisine.

Au fur et à mesure que s'écoulait l'après-midi, je prenais une conscience de plus en plus nette de l'horreur de ce qu'avait fait maman. La réalité se faisait jour peu à peu. J'avais sans cesse présente à l'esprit l'image de Toby Waterman, avec ses yeux de chien aveugle et son air d'innocence un peu veule. Les meurtres eux-mêmes, je les avais écartés pendant quelque temps. Mais ils s'étaient réfugiés dans un recoin de mon cerveau, et dès que je baissais la garde, ils revenaient, et pesaient sur moi d'un poids insurmontable, comme lorsque l'on pense à une dette que l'on ne peut payer.

Je les imaginais dans tous leurs détails. Grâce à ce que j'avais lu dans les journaux, à ma connaissance de la maison des Waterman et à mon imagination, je recréais un scénario parfaitement réaliste. C'était surtout Toby que je voyais. Et toujours mort, les yeux grand ouverts, le visage recouvert de sang, comme Sissy Spacek dans Carrie. Si je réfléchissais, je savais que ces visions, pour réalistes qu'elles soient, ne correspondaient pas à la réalité. Mais ça n'avait pas vraiment d'importance.

En même temps, j'éprouvais une angoisse croissante pour maman. J'étais assise dans le living, je regardais par la fenêtre, et plus le temps passait, plus j'étais inquiète. Qu'allaient-ils lui faire ? Où l'emmèneraient-ils ? Même si elles comprenaient que maman était elle aussi une victime, comme les Waterman, les autorités ne pouvaient pas pardonner et oublier. Pas quelque chose comme ça. J'ai fini par poser la question à tante Caroline, qui se préparait à monter voir Megan. À son avis, qu'allait devenir maman ? L'enverrait-on en prison, ou à l'hôpital ? Qu'est-ce-qui était préférable ? Tante Caroline s'est arrêtée net, a ouvert la bouche en prenant une expression profondément choquée et m'a reprochée d'être une enfant absolument insensible, capable de penser à ces choses d'une façon aussi réfléchie. J'ai commencé à pleurer. Les traits de tante Caroline se sont adoucis, elle est venue vers moi et m'a prise dans ses bras. Elle m'a conseillé de ne pas penser à ça. « Nous n'en savons rien, c'est inutile de s'inquiéter à l'avance. »

Mais rien n'y faisait. J'étais dévorée d'inquiétude, et, de tout l'après-midi, je n'ai pas pu penser à quoi que ce soit d'autre.

Deux idées primaient. L'une était que c'était la seconde fois que maman se trouverait privée de sa liberté. Ça me paraissait particulièrement injuste, car s'il n'y avait pas eu de première fois, il n'y aurait pas eu de seconde fois non plus. L'autre était la conscience que j'avais du plaisir intense qu'éprouvait maman dans sa vie quotidienne. Elle mentionnait très souvent la différence entre sa vie avec nous et ce qu'elle avait vécu pendant la guerre. Elle avait toujours insisté, avec Megan et moi, sur la chance que représentait le simple fait de vivre une journée normale. Et maman était si attachée à ses petites libertés ! Plus qu'aux grandes. À mon sens, elle pourrait survivre enfermée dans un immeuble, dans une cave, mais il fallait qu'elle puisse se faire une tasse de café quand elle en avait envie, ou se laver les cheveux, ou vaquer à n'importe quelle occupation triviale.

Je me suis attardée sur l'innocente cruauté du système : dans une institution, ses préférences, ses plaisirs, ses sentiments ne compteraient plus. Aux yeux du personnel, elle ne serait plus qu'une femme d'un certain âge, que l'on traiterait comme la majorité des vieilles dames que j'avais connues à l'hospice où je travaillais. On la lèverait le matin, on lui imposerait un horaire, on la nourrirait, on l'emmènerait aux toilettes, on la surveillerait comme un petit animal dont il faut se méfier. Nous riions d'elles derrières leurs dos, de leurs petits travers, de leur sénilité. Pas pour se moquer, mais parce qu'elles étaient comiques, et que nous ne les aimions pas. À nos yeux, elles n'avaient plus de dignité. Elles étaient notre travail. Nos les traitions bien, mais avec indifférence, même les meilleures d'entre nous.

Mon père n'est pas rentré de la journée; il est resté à Wichita, avec maman. Il nous a téléphoné pour nous annoncer qu'il pensait revenir le lendemain matin, et nous emmener voir maman, Megan et moi. Nous y passerions la nuit, et rentrerions en car. «Comment va maman ?» lui ai-je demandé. «Mieux,» a-t-il dit. Elle était presque tout le temps consciente. Avait-elle peur ? Non. Il ne pensait pas. Maman, a-t-il dit avec un petit rire, se montrait plus résistante que lui. C'était sans doute la vérité.

Tante Caroline lui a parlé des deux journalistes qui s'étaient présentés à notre porte après dîner, et de Megan, qui avait vomi tout l'après-midi. Ça me faisait tout drôle d'entendre quelqu'un appeler mon père Cowan.

Je me suis couchée, mais je ne parvenais pas à trouver le sommeil, malgré mon intense fatigue nerveuse.

Megan était toujours malade. J'avais d'autant plus de mal à dormir que je l'entendais chaque fois qu'elle allait dans la salle de bains. À un moment, tante Caroline s'est levée aussi, et elles sont restées quelque temps à parler devant ma porte. Megan pleurnichait de nouveau: elle craignait qu'on ne la laisse pas aller à Wichita le lendemain matin, sous prétexte qu'elle était malade. D'une voix tendre et maternelle, tante Caroline lui disait de ne pas se tracasser à l'avance pour des choses qui n'arriveraient peut-être pas, et que, le matin venu, elle irait sans doute très bien. Manifestement, Megan ne la croyait pas.

Tante Caroline était retournée se coucher depuis longtemps, mais j'entendais toujours Megan pleurer dans son lit. Le bureau était à l'autre extrémité du palier, Caroline ne se rendait probablement pas compte de l'étendue du chagrin de Megan. Je l'ai entendue se relever, vomir à nouveau et passer en reniflant devant ma porte. Je suis allée la rejoindre.

Je me suis assise sur son lit, près d'elle. « Tu veux que je te fasse un thé, Meggie? Ou que je t'apporte un Seven-Up ? »

Elle a secoué la tête.

« Tourne-toi. Je vais te masser le dos, ça te fera du bien. »

« Non ».

« C'est ce que ferait maman. » Je lui ai caressé les cheveux. « Allez, tourne-toi. »

Megan a obéi, de mauvais gré. Gros Minou était avec elle, bien serré contre sa joue.

« Tu sais ? » m'a-t-elle dit pendant que je lui frottais le dos.

« Quoi ? »

« C'est ma faute. »

« Quoi donc ? »

Elle s'est éloignée de moi et a remonté les couvertures sur elle. « Ce que maman a fait. Qu'elle soit allée tuer les Waterman. »

« Mais bien sûr que non, Megan. Qu'est-ce-qui te fait croire une chose pareille ? »

« J'ai obligé papa à m'emmener en ville, tu te rappelles? Il avait l'intention de me déposer et de rentrer immédiatement, mais j'ai insisté pour qu'il vienne avec moi. Parce que ce que je voulais, en fait, c'était qu'il voie aussi les sandales. Je voulais qu'il me les achète aussi. »

« Mais ça n'a rien à voir avec ce qu'a fait maman, Megan. »

« Si madame. Si je n'avais pas fait ça, il serait resté absent un tout petit petit moment. Il serait rentré bien avant qu'elle ne soit arrivée là-bas. Il l'aurait rattrapée, si je ne lui avais pas demandé de rester. »

« Ce n'est pas une raison pour que ce soit ta faute, Meg. »

« Si je n'avais pas fait ça, il ne serait rien arrivé, tout serait comme avant. Mais j'ai été si égoïste ! »

« Tu ne dois pas te dire ça, Megan. Maman l'aurait sans doute fait de toute façon. Elle était à bout, Meg. Ne te fais aucun reproche. Ce serait arrivé de toute manière. Ce n'était pas de ta faute du tout. »

Megan s'est frotté les yeux. Elle était épuisée. Son chat pressé sur son visage, elle a fermé les yeux quelques instants. Puis elle les a ouverts à nouveau. «C'est peut-être moi qui irai en enfer. Parce que j'ai été égoïste, et qu'à cause de moi maman a tué des gens.»

«Ce n'est pas de ta faute, Megan.»

«Tu n'en sais rien, de ce que pense le bon dieu», a-t-elle dit tranquillement. «On n'en sait jamais rien.»

Maman est morte.

À cinq heures trente-cinq du matin, le premier mai, ma mère est morte paisiblement, dans son sommeil. Elle avait passé presque toute la nuit précédente éveillée, à parler à mon père de toutes sortes de choses. Les résultats scolaires de Megan, qui n'étaient pas fameux, le temps, humide pour la saison, et papa, à qui ses chaussettes donnaient des démangeaisons. Le tube gastrique lui faisait mal à la gorge, papa lui donnait sans cesse des pastilles adoucissantes. Dans les bouteilles, le liquide était devenu rouge. aux petites heures du matin, maman s'était endormie.

Mon père avait cru que son état s'améliorait. Elle s'était montrée si vive, si bavarde, qu'il s'était imaginé que le pire était passé. Quand il s'est penché sur elle pur la couvrir, vers cinq heures, elle lui a semblé un peu froide, mais il n'y a pas vraiment attaché d'importance. La nuit était glaciale. Donc, au lieu d'appeler une infirmière, il avait tiré les couvertures et s'était allongé pour quelques instants avec elle. Je suppose que c'était la meilleure façon de mourir, pour maman, dans la chaleur des bras de papa.

Elle qui avait mené une vie si agitée, elle est morte si paisiblement que s'il n'y avait pas eu un moniteur branché, personne ne se serait aperçu de ce qui se passait. Elle n'a jamais repris conscience, n'a plus prononcé un seul mot. Le plus grand regret de mon père fut que les dernières paroles de maman aient concerné une démangeaison provoquée par des chaussettes. Mais peut-être cela aussi était-il le plus souhaitable: ainsi, maman est morte en se préoccupant des petites choses de la vie quotidienne, qui avaient tant d'importance pour elle.

Le lendemain matin, mon père est rentré à la maison. Il sanglotait. Il a traversé l'entrée pour aller s'asseoir dans la cuisine. Il ne pleurait pas comme j'imaginais qu'un homme le faisait : il émettait de petits sanglots aigus. Ses épaules étaient secouées ; personne ne pouvait le consoler.

Tandis que Megan et tante Caroline étaient avec papa dans la cuisine, je suis allée d'abord dans le living, puis sur le perron. Assise sur une marche, le menton dans les mains, je regardais dans la rue. Ils pleuraient tous les trois, tante Caroline aussi, qui pourtant n'avait jamais aimé maman. Je suis restée dehors ; j'étais consciente, je respirais, mais toute vie m'avait abandonnée.

Qu'allions-nous devenir, sans maman ? Où serais-je, cet été, ou l'année prochaine, ou dans dix ans ? La vie reprendrait-elle un jour son cours normal ? Pour le moment, je n'y croyais pas. Dans un petit coin de mon esprit, je me suis demandé où était allée l'âme sans religion de maman. En enfer ? Allait-on vraiment en enfer, parce qu'on ne croyait pas en Jésus-Christ ? Ou parce qu'on avait tué des gens ? C'était évidemment une des raisons les plus plausibles d'y aller. J'essayais de l'imaginer, froide, immobile. J'avais vu des cadavres, à l'hospice, des vieillards, la bouche affaissée. Mais pas ma maman.

J'ai pensé à Klaus, aussi, la cause de tout, et qui avait échappé à tout, même à la douleur douce d'aimer maman. Ç'aurait tout aussi bien pu être moi ; il aurait suffi que je naisse la première. Moi, vivant ailleurs, aimant d'autres gens, et ne prenant jamais conscience de l'angoisse provoquée par mon existence, ne sachant jamais que des gens étaient morts à cause de moi.

25

Le soir même de la mort de maman, mon père et moi nous nous sommes disputés. Ça a commencé avec quelque chose qui n'avait strictement rien à voir avec les événements de la journée. Megan avait un rendez-vous chez le dentiste le vendredi suivant. On était mardis soir, et j'ai dit qu'à mon avis il n'était pas obligatoire qu'elle y aille. Nous ne savions pas encore la date de l'enterrement de maman, et, avec tout le vacarme que l'on faisait autour des meurtres, j'ai dit à papa qu'il n'était pas utile, à mon avis, de faire subir à Megan une visite de dentiste par-dessus le marché. Mon père a catégoriquement refusé d'envisager qu'elle rate son rendez-vous. On allait simplement lui nettoyer les dents, disait-il, et les rendez-vous étaient si difficiles à obtenir, chez ce dentiste, qu'il n'était pas question de l'annuler sans raison.

Cette dernière phrase a mis le feu aux poudres. « Sans raison » disait-il. Pensait-il vraiment que ce qui venait de nous arriver n'était pas une raison, lui-ai-je demandé, d'une voix trop haute? Et j'ai ajouté qu'il n'avait jamais eu le sens des priorités. Il a rétorqué en hurlant que j'étais trop jeune pour comprendre, et qu'il ne voyait aucune raison de me consulter au sujet des dents de Megan. Ça ne me regardait pas. C'est le moment qu'a choisi tante Caroline, attirée par le bruit, pour entrer dans le bureau. Elle nous a ordonné de nous taire, pour l'amour de dieu. Pauvre Mara, elle était tout juste morte et nous étions là, à nous chamailler comme des chiffonniers à propos d'un rendez-vous chez le dentiste. Je ne sais pas trop pourquoi, mais nous nous sommes retournés contre elle. Peut-être simplement parce qu'elle avait dit que maman était morte. Les mots me semblaient obscènes. Du coup, nous avons arrêté de nous disputer, papa et moi, mais nous étions toujours en colère.

Le lendemain matin, Paul est venu. On était mercredi, il n'était donc pas allé à ses cours. Nous nous sommes assis sur les marches.

« Je voulais venir avant », m'a-t-il dit. « Mais maman ne m'a pas laissé. Je voulais venir te dire à quel point je suis désolé. »

J'ai croisé les bras sur mes genoux, et j'ai appuyé la tête dessus. De l'autre côté de la rue, Mrs. Beckerman lavait ses vitres. Des tulipes rouges avaient fleuri dans ses plates-bandes, et elle manœuvrait son échelle avec précaution, pour ne pas les abîmer. Elle était grosse, la scène me semblait comique. J'avais une rengaine idiote qui me trottait dans la tête.

« Je suppose que c'est ce qui se dit, désolé, mais je n'en suis pas certain. Je suis resté à la maison, à penser à tout ça. Bon dieu, Les, tu ne peux pas t'imaginer à quel point j'y ai pensé. »

«J'imagine.»

«Oui, Tu dois pouvoir imaginer.»

Un silence. À ma grande surprise, j'étais absorbée par le spectacle sans intérêt de Mrs. Beckerman en train de laver ses vitres. Je la regardais, et je ne pensais à absolument rien d'autre.

« Mais je suis vraiment désolé, Les. »

J'ai hoché la tête.

Un nouveau silence.

Le facteur passait dans la rue. Je l'ai observé attentivement, je l'ai suivi des yeux, de maison en maison. Y aurait-il des gens qui nous enverraient des petits mots de condoléances ? Est-ce que ça se faisait, quand quelqu'un était tué par la police ?»

« Tu savais que maman était morte ? »

« Oui, je l'ai lu dans les journaux. »

Le facteur sifflait.

« J'ai une peine terrible, Les. Vraiment. J'aimais ta mère. Je l'aimais vraiment. Elle était fantastique. À mes yeux, c'était la personne la plus formidable que j'avais jamais rencontrée de ma vie. »

« Toby Waterman pensait la même chose. »

Paul n'a pas répondu. Le facteur était arrivé chez les Beckerman. Mrs. Beckerman est laborieusement descendue de son échelle, a enjambé ses tulipes et trottiné jusqu'à la grille. « Bonjour ! Quelle belle journée » a dit le facteur joyeusement. J'imagine qu'ils nous avaient vus, et que bien qu'ils en mouraient d'envie, ils n'osaient pas échanger les derniers potins sur ce qui se passait chez nous. Je les ai vus jeter un coup d'œil de notre côté et détourner la tête. Ils se sont mis à parler à voix basse. Comme les gens pouvaient être cruels, inconsciemment.

« Je comprends », a dit Paul.

« Tu comprends quoi ? » Le facteur a donné son courrier à Mrs. Beckerman.

« Je comprends ce qui a poussé ta mère à faire ça. Je veux dire que je vois très bien comment elle en est arrivée là. »

Mrs. Beckerman tenait une de ses enveloppes à la main, et la levait pour voir à travers. C'était sans doute une lettre de son fils, Sidney. Elle disait toujours à maman que son fils choisissait des filles qui ne lui convenaient pas. Elle ne comprenait pas comment un aussi gentil garçon que Sidney pouvait avoir si mauvais goût.

« Je pense que ce n'est pas un vrai crime. Pas comme attaquer une banque et tuer le caissier. Ce qu'a fait ta mère, c'est complètement différent. »

« Ça ne sert à rien de dire ça à un policier. »

« Mais c'était différent. Elle avait une raison. »

« Le type qui tue le caissier aussi. »

« Non, Les, ça n'a rien à voir. Elle, ce qu'elle a fait, c'est honorable, en quelque sorte. Tu me comprends ? C'était comme si elle allait là-bas, et qu'elle le sauvait ; qu'elle refusait qu'on l'élève en nazi, et qu'il grandisse dans un monde de ce genre-là. C'est presque… noble. »

« Il n'y a rien de noble à assassiner des gens, Paul. Elle a tué les Waterman. Ils sont morts. Ce n'est pas une émission de télé. »

« Mais elle croyait en ce qu'elle faisait. Elle pensait que c'était son fils. Elle croyait qu'ils étaient nazi ; et qu'il valait mieux qu'il meure. Et ça, c'est noble, si tu y réfléchis. » Il a haussé les épaules. « Je ne dis pas qu'elle a eu raison. Mais c'est noble. »

Comment la conversation avait-elle, sans que je ne le remarque, pris ce tour, où Paul défendait maman contre moi ?

« Tu ne sais pas de quoi tu parles, Paul. »

« C'est que, j'y ai beaucoup pensé. »

« Je te dis que tu ne sais pas de quoi tu parles. Tu ne sais pas comment était ma mère. Tu ne sais pas ce que cela signifiait de vivre avec elle. Ni ce qu'elle a subi pendant la guerre et durant les années suivantes. Nous en souffrons toujours. Même Meg et moi, qui n'y sommes pour rien. Tu vis dans Cedar Street, dans une grande maison d'avocat. Vous avez deux voitures, ton frère a une chaîne stéréo à lui, dans sa chambre. Et vous avez des chiens. Nous, après Piffi, on n'a même pas pu avoir de chien. Après que Piffi s'était fait écrasé. Par un camion-benne, en plus. Cet énorme monstre, qui se fait écraser par un vulgaire camion-benne. Maman a eu tant de peine que papa n'a pas voulu que nous ayons un autre chien. Tu sais à quel point j'en ai eu envie, pendant tout ce temps ? Est-ce-que tu le sais ? Je n'avais que douze ans quand Piffi s'est fait écraser, et papa n'a pas voulu que nous en ayons un autre. Il disait que ça faisait trop de peine à maman de perdre quelque chose. J'avais douze ans, et pendant les six dernières années, chaque jour de ma vie, j'ai eu envie d'avoir un chien. Mais on ne pouvait pas. Et vous, vous en avez deux. »

« Oh, Les ! » a-t-il dit doucement, en m'entourant les épaules de son bras.

Je me suis brutalement dégagée. « Alors, comment peux-tu savoir quoi que ce soit? Tu n'en sais rien. Tu n'en as pas la moindre idée. »

« *Lesley.* »

« C'est la faute de mon imbécile de père. Il ne s'est jamais donné la peine de penser à nous. De toute sa vie, il n'a jamais fait autre chose que s'inquiéter pour maman. S'inquiéter, c'est tout. Mais agir, jamais. Il aurait pu empêcher ça, l'emmener quelque part ; ou déménager, ou la faire aider. Bon sang ! Il valait quand même mieux qu'elle soit enfermée que morte. Il aurait pu faire quelque chose, l'empêcher de… et elle serait vivante, maintenant. »

Paul essayait de me prendre dans ses bras. Moi, je hurlais, et j'en étais consciente. Je savais que Mrs. Beckerman avait cessé de laver ses vitres. Le facteur avait dû interrompre sa tournée, lui aussi. Mais je m'en fichais. Ils nous croyaient tous cinglés, de toute façon. Autant leur offrir le spectacle auquel ils s'attendaient.

« Il aurait dû agir. Il ne le faisait pas parce qu'il avait peur de souffrir. Pas à cause de maman. Maman était forte. Elle souffrait, mais elle survivait. C'était lui. Il ne supportait pas de la voir malheureuse. Même si quelque chose l'avait tout d'abord rendu très heureuse, il ne tolérait pas qu'elle en souffre par la suite. Elle aurait adoré avoir un autre chien. Elle n'aurait pas eu besoin d'aller se dénicher un soi-disant fils. Mais papa n'a pas voulu. Je lui ai demandé mille fois, il a toujours dit non. Pourtant, maman aussi en voulait un. Elle savait que tout meurt. Bon dieu ! Elle le savait mieux que nous tous. Il aurait pu lui donner un chien. Ou, au moins, m'en donner un à moi. »

« Je suis désolé, Les. » Il n'essayait plus de me prendre dans ses bras. Il restait assis à l'autre bout de la marche.

« Va-t-en. Tu ne comprends pas. »

« Je suis désolé. »

« Va-t-en, et laisse-moi tranquille. »

« Bon, dit-il en se levant, « il fallait que je parte, de toute façon. J'ai déjà raté le cours d'histoire. » Il m'a caressé les cheveux et ajouté : « Nous nous verrons un peu plus tard, quand tu te sentiras mieux. »

« Va-t-en. »

Dans l'après-midi, tandis que je lisais allongée sur mon lit, Megan est entrée dans ma chambre. Elle avait toujours son espèce de virus, et avait passé la journée à traîner dans la maison en pyjama. Je n'étais pas de meilleure humeur, ni particulièrement ravie de la voir dans ma chambre, car elle continuait de vomir de façon incoercible. Si elle vomissait dans ma chambre, l'ai-je prévenue, elle la nettoierait elle-même.

Elle est rentrée quand même, et elle s'est assise sur le lit, la tête contre le mur. « Où est le disque de maman, Le vol de l'alouette ?

« Dans le casier à disques, sans doute. » Je n'ai pas levé les yeux, ni cessé de lire.

« Non, il n'y est pas. Et tante Caroline ne sait pas où il est. Je lui ai demandé. »

« Moi non plus. »

« Mais où crois-tu qu'il peut bien être ? »

« Meg, je ne sais pas si tu t'en aperçois, mais je suis en train de lire. Je n'ai aucune envie de parler. Alors, tire-toi, d'accord ? »

Elle s'est installée de telle façon qu'elle m'a mis ses pieds presque sous le nez. Ils sentaient mauvais. Megan était encore à l'âge où on est capable de ne pas se laver un mois durant, si personne ne vous y oblige. Je lui ai bourré les chevilles de coups, et elle a plié les genoux, reculant ainsi ses pieds.

« J'ai toujours mal au ventre », dit-elle pensivement en contemplant le plafond. « Je me demande si ça va guérir. »

« Probablement pas. » Le doigt sur la ligne où j'en étais, j'essayais de me concentrer sur ma lecture.

« C'est vraiment pas drôle ».

J'ai continué à lire.

« Qu'est-ce-qui te met de si mauvaise humeur ? »

« Toi, surtout. Tu n'arrêtes pas de m'embêter. Je t'ai dit que je voulais lire. »

« Ah », s'est-elle écriée, comme si c'était une bonne idée. Puis après quelques instants de silence : « Tu veux savoir pourquoi je cherche ce disque ? »

« Pas vraiment. »

« Pour le donner aux pompes funèbres, et qu'ils le jouent à l'enterrement de maman. »

« C'est trop long, Megan. Et ce n'est pas le genre de musique qu'on joue à des enterrements. »

« Pourquoi ? C'était le morceau préféré de maman. Ils devraient le jouer. Ça ferait plaisir à maman. »

« Je crois que maman s'en fiche, maintenant, Megan. »

Elle s'est brusquement redressée. « Je ne te comprends vraiment pas, ces temps-ci. Tu es odieuse avec tout le monde. Je ne comprends pas ce que tu as. »

Le soir même, à table, Le vol de l'alouette a provoqué une nouvelle scène. C'était la première fois depuis lundi midi que Megan prenait un repas avec nous. Apparemment, sa maladie n'avait pas beaucoup affecté son appétit ; à mon avis, elle essayait de se rendre intéressante. Ça m'a mis en colère, de voir que personne n'avait l'air de se rendre compte qu'elle faisait semblant. Et elle s'est mise à parler du Vol de l'alouette.

«On peut le faire jouer, papa ?»

« On ne joue pas ce genre de musique à un enterrement, idiote. Je te l'ai déjà dit. »

« Je parle à papa, Lesley. Pas à toi. »

« Ne la laisse pas faire, papa. »

« Je l'ai retrouvé. Il était sous le gramophone. Alors je me suis dit que quand l'homme des pompes funèbres viendrait, on pourrait le lui faire entendre. Et si c'est trop long, il pourrait n'en jouer qu'une partie. »

« Vraiment, Megan ! Quelle idée ridicule ! » ai-je dit. « Ce que tu peux être bête. Pas étonnant que tu redoubles. »

« Ce n'est pas une idée ridicule », a hurlé Megan. Elle s'est mise debout, et m'a menacée de sa fourchette. « C'est toi qui es bête. C'est le morceau préféré de maman, et je veux qu'elle l'entende une dernière fois. Et c'est une bonne idée. Dis-lui, papa. Dis-lui que ce n'est pas une idée ridicule, parce que ce n'est pas vrai. »

Papa et tante Caroline avaient l'air stupéfait. Nous hurlions à qui mieux mieux, et ils n'avaient même pas eu le temps de comprendre de quoi il retournait.

Alors papa a tapé de la main sur la table. Les assiettes ont tremblé. La sauce a giclé sur la nappe. Sans dire un seul mot, il m'a montré la porte du doigt. Le silence s'est prolongé pendant que je me demandais si j'allais ou non le défier. J'ai décidé que non, j'ai jeté ma fourchette, je me suis levée et je suis sortie en trombe.

Je ne suis pas montée, comme mon père avait semblé m'en intimer l'ordre. Je suis allée à la porte d'entrée et j'ai regardé la rue, et les tulipes rouges de Mrs. Beckerman.

Je ne savais pas pourquoi j'étais si furieuse. C'était comme pendant la conversation avec Paul au sujet des chiens. Je n'avais pas eu l'intention d'en faire un tel cirque ; en fait je ne tenais pas tant que ça à avoir un chien. Si j'en avais eu un, la plupart du temps je ne m'en serais pas occupée. Mais sur le moment, en parlant avec Paul, le chien avait cristallisé tous les problèmes de ma vie. Maintenant, c'était pareil. Ce n'était pas un mauvais choix, Le vol de l'alouette, et c'était incontestablement le morceau préféré de maman.

Mais je ne voulais pas qu'on le joue.

Pour moi, cette musique évoquait Lebeny, les jardins de la propriété, l'étang. Un des passages ressemblait beaucoup à un air folklorique et, quand je l'entendais, je voyais toujours des femmes et des hommes sans visage, en robes fleuries et costumes blancs, comme les riches protagonistes de Gatbsy le magnifique. Ils étaient beaux, comme des personnages de rêve, et c'était comme ça que j'imaginais maman quand elle était jeune, avant le Lebensborn et Ravensbrück. L'idée de perdre cette vision m'était intolérable, et je ne voulais pas que Le vol de l'alouette me rappelle uniquement l'enterrement de ma mère.

Et il y avait la première partie, un solo de violon, celui que jouait Elek, je suppose. Elle était si belle, qu'elle vous brisait le cœur. Le violon représentait l'ascension musicale de l'alouette solitaire, avant que les autres instruments ne se joingnent à lui. Quand je l'écoutais, étant enfant, je comptais les secondes qui s'écoulaient avant que le violon, courageux et désespéré, ne soit recouvert par les sons amicaux des autres instruments. Pire encore que de perdre l'image des élégants danseurs, je ne pouvais supporter l'idée que maman me quitte en compagnie de ce violon.

Mais je ne trouvais aucun moyen d'expliquer à mon père et à ma sœur l'effet que me faisait cette musique. Donc, les mains dans les poches, je regardais par la fenêtre.

26

L'enterrement a eu lieu vendredi matin. Megan n'irait pas chez le dentiste, finalement. En m'habillant, je me suis demandé si papa avait pensé à téléphoner pour décommander le rendez-vous. Cela m'a horrifiée, de découvrir que je pouvais penser à quelque chose d'aussi idiot le matin de l'enterrement de ma mère.

Nous sommes allés à la cérémonie dans une limousine noire. Je n'étais jamais montée dans une voiture pareille. J'ai caressé le souple cuir qui garnissait l'intérieur des portières et j'ai regardé le paysage que reflétaient les chromes.

Il n'y avait pas grand monde. Mr. Hughson était là, avec plusieurs employés du garage; il était en costume et cravate sombres, les cheveux bien tirés en arrière. Je l'ai à peine reconnu. Je ne me souvenais pas des noms des hommes qui l'accompagnaient. Je ne les avais rencontrés qu'une fois ou deux. Mais Bobby était là, le neveu de Mr. Hughson. Il était légèrement attardé. Il avait le visage doux et inquiet des gens qui se sentent de trop. Au garage, s'il lui arrivait d'aider papa, il se contentait le plus souvent d'apporter le café et de faire les courses. Au deuxième rang, j'ai vu nos voisins, les Reilly, et derrière eux, la caissière du supermarché. Tout au fond, seul, Paul. Il a encore raté son cours d'histoire, me suis-je dit tout d'abord, puis, en remarquant son costume foncé, j'ai compris qu'il n'irait pas en classe de la matinée. Il y avait une seule autre personne: le sergent de ville qui avait manifesté une si terrible compassion. Il a croisé mon regard, et m'a souri. Je ne savais pas quoi faire d'autre, je lui ai donc rendu son sourire.

Je ne pouvais me figurer ce que maman aurait pensé de cet enterrement. Si elle avait eu le choix, je ne crois pas qu'elle aurait voulu de service. Maman n'aimait guère les cérémonies.

L'entrepreneur des pompes funèbres avait choisi de faire jouer Le vol de l'alouette, et plus précisément, comme je l'avais craint, le solo de violon. Je n'avais jamais vu l'interprète. Debout, il jouait très doucement, les yeux fermés. Il était petit et mince, et avait le type étranger, genre sud de l'Europe. Il était peut-être juif. Je le souhaitais, pour maman. Il jouait de son archet en amoureux, et en tirait un son d'une infinie tristesse. Je m'attendais à pleurer. Megan, mon père et Caroline étaient en larmes. Mais j'avais les yeux secs, et je pensais avec désespoir à maman, qui m'avait quittée, qui était partie.

Mon père n'avait pas réussi à éliminer toute trace de religion du service. Le vol de l'alouette avait remplacé l'hymne ; on avait lu un extrait de La tempête de Shakespeare au lieu de versets de la Bible. Mais l'homme qui dirigeait la cérémonie invoquait tout de même le nom de Dieu. En l'écoutant, je me demandais en quoi avait vraiment cru maman. Je n'en savais rien. C'étaient les religions qu'elle méprisait, mais il était difficile de dire si elle croyait ou non en un être suprême, responsable de l'ordre de l'univers. Maman avait tendance à être très outrancière, ce qui donnait à croire qu'elle disait beaucoup de choses ; je crois que ça l'arrangeait. Mais, en fait, elle gardait la plupart de ses pensées pour elle.

Pour moi, le pire fut de découvrir que le cercueil était ouvert. Papa ne m'avait pas prévenue. Pourquoi les gens voudraient-ils aller regarder maman morte ? On n'aurait même plus dit maman, d'ailleurs, mais plutôt un de ces personnages de musée de cire, exceptionnellement ressemblant, mais cependant stérile et inanimé. Megan l'a embrassée sur la bouche et a déposé une branche de lilas à côté d'elle. Je ne l'ai pas touchée.

En arrivant à la maison, je suis descendue de voiture, j'ai traversé la maison et je suis allée au fond du jardin, là où le lilas marquait la fin de notre terrain. Je ne cherchais qu'à échapper aux propos futiles de Megan ou de mon père. Je voulais être seule. Il n'y avait guère d'autre endroit pour cela, dans la maison.

Je portais toujours les chaussures à hauts talons de tante Caroline. Moi, je n'en avais pas. Sur ma robe, j'avais passé le châle turquoise que m'avait offert maman. C'était la première fois que je le mettais. Il avait constitué la seule tâche de couleur parmi les noirs, les gris et les marron. Mais j'étais sûre que maman aurait voulu que je le porte, donc je me moquais bien des remarques que tante Caroline ferait à papa.

De là où je me tenais, il n'y avait pas grand-chose à regarder : la clôture, l'allée et l'arrière de la maison des Nelson. Au loin, entre les maisons, j'apercevais la plaine qui s'étendait, ininterrompue.

J'ai enlevé mes chaussures, et j'ai senti l'humidité du sol. L'air avait un entêtant parfum de lilas. Ça m'a fait penser à Lebeny, à la sœur de maman, Johanna, qui était morte de la scarlatine alors que maman attendait en bas, dans le hall, environnée du parfum des lilas. Maman avait-elle imaginé qu'elle mourrait elle aussi à l'époque où les lilas étaient en fleurs ? Je songeais qu'il était triste qu'elle soit morte au début du printemps, alors que s'épanouissaient toutes les fleurs qui lui manquaient tant durant l'hiver. Mais j'en ai conclu qu'il valait mieux mourir au printemps, et ne pas connaître un nouvel hiver.

Le temps a passé. Je me tenais toujours près de la clôture.

« Lesley, pourquoi ne rentres-tu pas à la maison ? » C'était tante Caroline.

« Je n'en ai pas envie. Je préfère être seule. »

« Rentre, chérie, » me dit-elle en posant une main sur mon épaule. « Je sais à quel point ce doit être difficile pour toi. »

« S'il te plaît, laisse-moi. Je veux rester ici. »

« J'ai préparé des sandwichs. »

« Je n'ai pas faim. »

Je sentais sa présence ; elle ne bougeait cependant pas, et je lui tournais le dos.

« Personne n'est responsable de ce qui est arrivé. »

Je n'ai pas répondu.

« C'est facile de vouloir rejeter la faute sur quelqu'un, ou sur soi-même, quand il se passe quelque chose de terrible. C'est naturel. Mais il ne faut pas. Ne fais pas ça, Lesley. Renonce à ta colère. Pour ton père, c'est épouvantable. Je t'en prie, ne lui rends pas les choses encore plus difficiles. Ta mère avait un caractère très difficile. Lesley. Je sais que tu l'aimais tendrement. Vous l'aimiez tous. Cowan le premier. Mais c'était quelqu'un de difficile.»

«Laisse-moi tranquille, d'accord?» Je lui tournais toujours le dos.

«Elle a sans doute été difficile toute sa vie. Même quand elle était jeune fille, en Hongrie. Qui sait? En tout cas, elle l'est devenue après la guerre. Une femme intelligente, douée, sensible, mais difficile.»

«Je n'ai aucun besoin que tu me parles de maman, tante Caroline. Je sais tout d'elle.

«Il le faut, Lesley. Il faut que quelqu'un t'explique. Tu n'es plus une enfant.»

«Je sais tout ce que j'ai besoin de savoir, merci.»

«Mais ce n'est pas de la faute de ton père. Je ne supporterai pas que tu rejettes la responsabilité sur lui. La seule erreur qu'il ait commise, le malheureux, c'est d'avoir aimé quelqu'un d'un peu plus imparfait que la plupart d'entre nous.»

Je me suis enfermée dans ma chambre. Après m'être changée, j'ai repris le livre que j'étais en train de lire. C'était un bon livre. Il devait l'être, pour que je le trouve aussi absorbant.

Megan est montée me prévenir que le dîner était servi. Je lui ai dit que je n'avais aucune faim, et que je n'avais pas l'intention de descendre. Quand elle a essayé d'ouvrir ma porte, j'ai bondi et je la lui ai claquée au nez. Elle s'est cogné la tête dedans. Je l'ai entendue tressaillir de douleur sur le palier, mais elle était bien décidée à refuser de me donner la satisfaction de l'entendre pleurer. Finalement, elle est redescendue.

Au milieu de la soirée, mon père est monté. Il est entré dans ma chambre sans frapper, et a refermé la porte derrière lui. Il a traversé la chambre, a pris la chaise derrière mon bureau, l'a posée près de mon lit et s'est assis.

«J'ai l'impression que tu m'en veux terriblement.»

«Pas spécialement.»

J'ai poursuivi ma lecture.

«C'est une période dure, pour nous tous, Lesley.»

Non seulement, j'arrivais à lire, mais aussi à me concentrer sur le déroulement de l'histoire.

« Une période presque insupportable. »

Je l'ignorais complètement.

« Et je t'avoue que je n'ai vraiment pas besoin, en ce moment, que tu te conduises comme cela avec moi. »

« Je ne fais rien. »

Mon père m'a regardée, longuement. Je le sentais. Puis il s'est penché, et a mis sa main sur la page que je lisais. J'ai levé les yeux. Son visage n'était qu'à quelques centimètres du mien.

« Si tu veux vraiment le savoir, » ai-je dit, « je pense que si tu l'avais vraiment voulu, tu aurais pu la sauver. »

Ses pupilles se sont contractées, puis dilatées à nouveau. Il a secoué la tête.

« Si, tu aurais pu. »

« Non ».

« Si, si, tu aurais pu. Si tu l'avais vraiment voulu. Si tu avais vraiment essayé. »

Il a secoué la tête une nouvelle fois.

« Nous aurions pu déménager, papa. Comme on y avait pensé cet hiver, d'ailleurs. On aurait pu aller au Mexique, ou en Floride, n'importe où, mais loin des Waterman. »

« Elle aurait refusé de partir », dit-il en continuant de secouer la tête.

« Tu aurais pu la forcer. Ou tu aurais pu l'emmener plus tôt chez un psychiatre. Pourquoi ne l'as-tu pas fait ? Tu te rappelles, en mars, quand je te disais qu'il fallait qu'elle aille voir un docteur ? Tu te rappelles ? Tu aurais pu la forcer à y aller. »

Il avait les yeux baissés.

« Bon sang, papa, ç'aurait quand même été mieux si on l'avait mise à l'hôpital. Je sais qu'elle avait peur. Mais elle aurait pu passer un certain temps à l'hôpital, et guérir, et elle serait revenue. Quand on aime quelqu'un, parfois il faut l'obliger à faire certaines choses. Il n'aurait rien pu arriver de pire. Tu aurais dû faire quelque chose. »

« Lesley, ni moi ni personne ne pouvait obliger ta mère à faire quelque chose contre sa volonté. Jamais. Personne. »

« Tu aurais pu essayer ! Tu aurais pu lui tenir tête, pour une fois ! Tu aurais pu lui montrer la vérité en face. Elle t'aurait cru, toi. Moi, non, ni Megan, ni un docteur, mais toi, oui. D'accord, elle avait peur des médecins, des psychiatres, des policiers. Peur qu'on l'enferme. Je le sais. Et je sais parfaitement pourquoi. Mais il fallait que quelqu'un l'oblige à comprendre qu'on ne peut pas agir comme elle le faisait, que même en Amérique on ne la laisserait pas faire. Tu ne lui as pas dit les choses assez clairement. Toi, elle t'aurait écouté. »

« Et tu crois que je n'ai pas essayé ? Tu le crois vraiment ? »

Le silence s'est abattu sur nous. Je l'avais mis en colère. Mais dans ce silence, sa colère est retombée. Il a fini par baisser la tête, se mettre un poing sur la bouche et soupirer, tout en secouant la tête d'un air las.

« Lesley, il faut que tu saches à quel point j'ai aimé ta mère. Elle représentait tout pour moi. Du moment où je l'ai rencontrée, je l'ai aimée plus que ne croyais possible d'aimer quelqu'un. Elle avait une personnalité si extraordinaire, si incroyable, si vibrante ! Je ne suis pas comme elle, Lesley. Je suis quelqu'un de très banal. L'aimer, c'est la seule chose exceptionnelle que j'aie accomplie de toute ma vie. »

Un silence.

« Mais, ma chérie, ta mère n'en faisait qu'à sa tête. Elle a toujours fait ses choix. Elle ne m'appartenait pas. Et je crois qu'elle n'a jamais appartenu à personne. Je l'ai emmenée le plus loin possible, c'est tout ce que je pouvais faire pour elle. J'ai essayé de lui donner un maximum de sécurité. J'y ai consacré ma vie entière. Et je ne le regrette pas le moins du monde.

Alors, tu ne penses pas que je me les suis posées, toutes ces questions ? Tu ne penses pas que je me sens assez mal comme ça, sans que tu en rajoutes ? »

J'ai arraché une peluche sur le couvre-lit.

Puis j'ai haussé les épaules. « Tout ce que je dis, c'est que je pense que tu aurais dû en faire plus, c'est tout. Tu n'as pas regardé la réalité en face, et pourtant, elle était manifeste. Je n'arrêtais pas de te dire qu'il fallait agir. Je n'arrêtais pas de te dire que nous ne pouvions pas continuer à lui laisser faire ce qui lui passait par la tête. »

« Très facile à dire maintenant, Lesley. Mais nous n'avions aucune idée de ce qui nous attendait. Je faisais de mon mieux. »

« Tu ne faisais rien. »

Je me rendais bien compte qu'il était en proie à la même colère que moi, si seulement il criait, il hurlait, que je puisse hurler moi aussi ! Mais non. C'était une colère froide.

« Il faut que tu comprennes que ta mère avait de graves problèmes. »

« Inutiles de me parler des problèmes de maman. Tante Caroline s'en est déjà chargée. Elle m'en a dit largement assez pour aujourd'hui. »

« J'ai vécu plus de trente ans avec ta mère, Les. Ça donne le temps de connaître quelqu'un. Elle a eu beaucoup de hauts et de bas, pendant tout ce temps, dans toutes sortes de circonstances — y compris d'autres drames au sujet de Klaus. Mais je n'étais pas dans sa peau, dans sa tête, dans ses pensées. Je ne ressentais pas ses émotions. Elle avait de vrais problèmes, tu ne peux pas le nier. Elle suscitait parfois des difficultés absolument incontrôlables. Mais elle était bonne. Malgré tout, c'était une personne bonne. Rien, jamais, n'aurait pu laisser supposer qu'elle ferait un jour une chose pareille. Bon Dieu ! Évidemment que j'en aurais fait plus si j'avais pu prévoir ce qui s'est passé ! Mais je n'ai jamais soupçonné ça ! »

J'ai soupiré et me suis replongée dans mon livre.

« J'ai fait mon possible, Les. J'ai sans doute commis bien des erreurs, pendant toutes ces longues années que j'ai passées à ses côtés. Mais, Les, j'ai fait de mon mieux. »

Je feuilletais les pages de l'ongle, distraitement. La tristesse prenait peu à peu la place de la colère. J'étais fatiguée. Trop fatiguée pour continuer la conversation. Trop fatiguée pour pleurer. Trop fatiguée, même, pour avoir de la peine.

Les mains sur les genoux, mon père était toujours assis à côté de mon lit.

« Pourquoi est-ce arrivé, papa ? »

Il a levé les yeux.

« Elle était bonne. Pourquoi lui a-t-on infligé toutes ces atrocités ? Elles ont gâché sa vie. Et la nôtre, presque. Pourquoi est-ce-que ça nous est arrivé, papa ? »

« Je ne sais pas. »

« Pourquoi ? Pourquoi nous ? »

« Je ne sais pas. C'est arrivé, c'est tout. »

« Il faut bien qu'il y ait une raison. »

Il n'a pas répondu.

« Il faut bien qu'il y ait des réponses. »

« Non », a-t-il rétorqué. « Je n'en suis pas certain ; ou du moins, je ne suis pas certain que nous ayons à les connaître. »

« Je peux accepter que ce soit arrivé », dis-je en baissant la tête. « Si je sais pourquoi. Je pense que je peux l'accepter, mais j'ai besoin de connaître les réponses. »

Mon père a soupiré, rien de plus.

27

Extérieurement, nous avons repris un semblant de vie normale. Le mercredi suivant, tante Caroline est retournée à Winnetka, en nous laissant, papa, Megan et moi, essayer de vivre sans maman. Jeudi, papa a décidé qu'il était temps que nous retournions en classe. Il fallait bien affronter cela, un jour ou l'autre. «Le plus tôt sera le mieux,» a-t-il dit, surtout pour ma sœur, qui avait terriblement négligé son travail durant les semaines qui avaient précédé les meurtres. Mon père l'a accompagnée, le lendemain matin, pour dire un mot à sa maîtresse et au directeur. Moi, je suis allée au lycée toute seule.

Intérieurement, en tout cas en ce qui me concernait, il n'y avait aucune trace de normalité. Je n'avais pas prévu la façon quasiment tangible dont me manquerait maman. Ce sentiment d'absence me détruisait. Je me réveillais avec, dans une sorte d'hébétude, et je restais allongée dans mon lit jusqu'à ce que j'entende mon père se lever le premier. Je ne supportais pas d'entrer dans sa chambre, de le voir tout seul dans le grand lit où il dormait toujours scrupuleusement du même côté, sans déranger l'autre. Alors, j'attendais. Même le week-end, où je me levais d'habitude la première, je me réveillais et j'attendais. Le pire moment de la journée était la fin de l'après-midi. Je rentrais de l'école et je m'attendais toujours à voir maman. Bien après que j'avais réussi à ne plus l'espérer, quelque chose en moi ne pouvait s'empêcher de se tendre au moment où j'ouvrais la porte. Et je ne voyais que Megan, assise toute seule à la cuisine ; l'hébétude me reprenait. La maison était désertée, mes journées étaient ternes et grises.

Je ressentais une sorte d'accablement. Il faisait chaud, l'air sentait le lilas et le foin, mais chaque jour qui passait m'accablait davantage. Jour après jour, le fardeau devenait plus lourd. Mes épaules me faisaient mal, physiquement, et mon dos était si douloureux qu'il m'était devenu très pénible de rester debout. J'en ai parlé à papa, qui m'a fait des compresses chaudes, et des massages. Comme cela n'a eu aucun effet, il m'a pris un rendez-vous chez le médecin. Mais c'étaient les jours qui pesaient si lourd sur moi, ce que j'ai dit au docteur. Il a hoché la tête et m'a prescrit du Valium.

Il n'y avait qu'allongée sur le dos que je ne souffrais pas. Je passais de plus en plus de temps dans ma chambre, sur le lit. Si je restais parfaitement immobile, je n'avais pas mal. Mais il fallait que je ferme ma porte, pour éviter que Megan ne vienne me déranger, car je m'étais aperçue que lorsque je parlais avec Megan, je bougeais trop. Quelque temps plus tard, je me suis rendu compte que parler à Paul, à Brianna ou à papa me faisait mal aussi. Alors j'ai fermé ma porte à clé.

Je ne faisais rien, dans ma chambre. Je restais allongée, le plus immobile possible, à regarder la fente du plafond. Et je pensais. Au début, je pensais à maman. J'avais toujours eu la capacité de visualiser, et je la voyais parfaitement clairement : sa façon de pencher la tête, de porter ses vêtements, la rapidité de ses mouvements. Je l'entendais aussi. Son rire était très particulier. Quand elle était vraiment contente, son rire escaladait toute la gamme. Grâce à son accent, sa voix était très facile à évoquer. Ses « r » surtout, si étrangers, qui roulaient dans sa gorge avant de sortir de ses lèvres. Et parfois, elle massacrait l'anglais et employait des structures allemandes : en retenant notre respiration, nous attendions impatiemment le verbe pour comprendre ce qu'elle voulait dire. Il lui arrivait d'employer des expressions mal à propos, du plus haut comique : une fois, elle avait dit à la maîtresse de Megan que celle-ci souffrait d'une mauvaise conjugalité, alors qu'elle voulait dire conjonctivite. Maman n'avait jamais été parfaitement à l'aise en anglais. C'était une langue qui l'agaçait, et qu'elle semait de mots impropres. D'ailleurs, dès que ça devenait trop gênant, elle passait à une autre. Quand j'étais enfant, son accent m'ennuyait, et je n'aimais pas qu'elle parle une langue étrangère. Désormais, ces souvenirs m'emplissaient de tendresse.

Je m'interrogeais sur l'enfance de maman. Je tentais de l'imaginer avec une queue de cheval et des bosses sur les genoux, dans toute la maladresse et l'innocence de l'enfance. Les paysages de Lebeny et de Dresde, avec tante Elfie, se déroulaient sans effort devant mes yeux, mais je me rendais compte que j'étais incapable d'y faire figurer la petite fille qui allait avec. Je ne pouvais évoquer que la survivante, l'extrémiste, qui avait vécu dans un monde où tout se résumait à loyauté ou trahison, confiance ou méfiance, vie ou mort. Impossible, sur une base aussi dramatique, d'imaginer une enfance. Que pouvaient bien peser, sur cette balance, les rivalités de petites filles, les bagarres pour la plus grosse part de gâteau, le désespoir de ne pas être invitée à une soirée? L'unique image que je parvenais à voir était celle d'une fillette aux trais aryens très prononcés et à l'air distrait et mal à l'aise, si fréquent chez les enfants très intelligents. Mais je ne lui ai jamais accordé l'innocence.

Puisque je ne parvenais pas à voir la jeune fille d'avant-guerre, je tentais de recréer son image tout de suite après. Je n'y arrivais pas non plus. Comment l'imaginer pesant moins de cinquante kilos, les cheveux courts? Papa, c'était plus facile. Je le voyais comme sur les photos du mariage d'oncle Kip. Il était garçon d'honneur, debout en uniforme à côté de son frère, sur les marches de l'église. Mince, les joues rondes et rouges comme des pommes d'automne, les yeux cachés par la visière de sa casquette. Mais maman, comment l'avait-elle vu, dans cet hôpital allemand? Elle, avec sa passion pour la musique classique et le ballet, avec sa connaissance de la haute société européenne, avec son intelligence vive et indomptée? Comment l'avait-il séduite au point qu'elle ait voulu d'un bon gros paysan d'Illinois au visage rouge? Quel tour de magie avait-il utilisé pour la persuader de choisir une vie où elle s'habillerait d'un vieux jean, frotterait ses parquets et errerait d'un trou perdu à un autre, avec un homme dont l'unique titre de gloire était de l'aimer? Je créais des images, mais je ne parvenais jamais à animer le jeune homme et la jeune femme qu'ils avaient été.

Il m'arrivait aussi de penser à Klaus. Où vivait-il? Comment était-il? Ressemblait-il à maman? Elle avait une bouche large et tendre, très particulière ; Megan et moi en avions toutes les deux hérité. Et lui ? Que faisait-il, à l'instant où je pensais à lui ? Un après-midi, j'ai compté les fuseaux horaires dans un atlas. Sept heures de décalage entre l'Allemagne et le Kansas. dès lors, chaque fois que je regardais l'heure, je ne pouvais m'empêcher de faire un rapide calcul pour savoir l'heure qu'il était pour Klaus. Quatre heures et quart, ça fait onze heures et quart. C'est la nuit. Est-ce que Klaus dort ? Est-ce qu'il prend un bain, ou lit un livre, ou fait n'importe laquelle des petites choses que l'on fait avant d'aller se coucher ? Est-ce qu'il a des enfants ? Il a peut-être un fils et une fille. Est-il en train de leur dire bonne nuit ?

L'aspect le plus troublant, quand je pensais à Klaus et à Jozsef, c'était de savoir que maman avait voulu les tuer tous les deux. J'en avais la chair de poule. Être la fille d'une mère capable d'assassiner ses propres enfants : l'idée était paralysante. Cependant, comme je n'étais pas en danger, je parvenais à la considérer avec une certaine fascination, proche de l'horreur. Le plus curieux, c'est que cette femme-là, capable d'un acte pareil, m'était tout aussi étrangère que Klaus ou Jozsef.

Peu à peu, un incoercible désir de retrouver le passé s'est emparé de moi. Ce n'était pas seulement les événements, ni les histoires que m'avait racontées maman, qui me l'inspiraient : c'était maman elle-même. Elle existait en moi. Elle m'avait fait. Elle m'avait portée dans son corps, comme Klaus et Jozsef. Je faisais partie d'elle avant d'exister. J'avais un droit sur son monde, sur ses rêves, sur ses souvenirs. C'était une évidence. Je me disais : ils sont à moi. Ce sont mes souvenirs.

J'ai songé à aller en Hongrie, pour visiter Lebeny. J'ai pensé à suivre la trace de papa et maman, du nord de l'Allemagne où ils s'étaient connus, jusqu'en Autriche et en Tchécoslovaquie. J''ai songé à aller à Ravensbrück. À chercher Klaus. Et j'ai surtout rêvé d'aller à la Forêt des Fleurs, là ou avait eu lieu la résurrection de ma mère. Où que ce soit, je me suis rendu compte qu'il fallait que je parte.

J''en ai appris long sur la nature humaine, durant les premières journées où je suis retournée en classe. Très vite, j'ai reconnu les différents signes : les regards, et les regards qu'on évite, la fuite immédiate ; ma simple présence provoquait un malaise intense.

Quant aux petites phrases sans importance où il est question de meurtre ou de folie, les petites phrases de tous les jours que l'on prononce sans y penser, elles prenaient en ma présence une toute autre signification, dont j'étais parfaitement consciente.

Un jour de la première semaine, j'ai fait un saut au laboratoire de français pour demander à Miss Conway si je pouvais recommencer à y travailler durant mon temps libre. Il fallait à tout prix que je trouve quelque chose qui m'occupe l'esprit. Je nourrissais aussi le secret espoir qu'elle me renouvellerait son invitation à venir regarder ses photos de Paris, comme elle l'avait promis. J'en rêvais, je pensais que nous pourrions devenir amies. Elle n'avait que vingt-trois ans. Je le savais par Brianna, qui travaillait à l'administration de l'école, et avait regardé dans les registres. Après tout, j'étais une adulte, maintenant, j'avais presque mon diplôme; si nous nous rencontrions hors du lycée, peut-être oublierait-elle que je n'étais qu'une élève.

Il était quatre heures passées. Le lycée était plongé dans un silence de mort. Miss Conway mettait des fiches dans des dossiers, méthodiquement, l'une après l'autre. Il y avait si peu de bruit, que j'entendais le frottement de ses ongles sur les chemises.

« Vous vous débrouillez assez bien en français » m'a-t-elle dit quand je lui ai parlé des bandes. « Pourquoi n'allez-vous pas voir Mr. Tennant, Lesley ? Vous auriez plus de facilités avec l'allemand. Avec votre histoire… »

Elle n'a pas terminé sa phrase. C'était inutile, je savais ce qu'elle allait dire. Tout le monde savait, désormais, pourquoi j'étais si bonne en allemand. Il suffisait d'avoir lu les journaux.

« Je préfère le français. Et j'ai besoin de le pratiquer. »

Elle a continué à ranger ses dossiers sans rien dire. Je l'ai regardée. Elle était toute petite. Je la dépassais, je me sentais gauche et empruntée, à côté d'elle.

Puis elle a levé les yeux. « Je suis désolée, Lesley, mais je n'ai plus le temps de préparer des bandes pour vous. C'est la fin du trimestre, vous comprenez… » Elle a souri, poliment. Parfaitement poliment. Difficile d'affirmer que ce n'était pas amical.

Je tripotais un bouton de mon chemisier. « Mais je pourrais les faire moi-même. Si ça ne vous dérange pas. Comme je l'ai fait en mars, vous savez. Je viendrais ici, et je les ferais moi-même. »

J'avais tout d'un coup terriblement envie de pleurer. Je voulais qu'elle sache à quel point je souffrais, combien j'avais besoin de me distraire, combien le français était important pour moi, justement parce que ma mère ne le parlait pas. En fait, je voulais surtout qu'elle me plaigne, qu'elle passe son bras autour de mes épaules et me dise qu'elle comprenait. Les larmes ont perlé à mes yeux, mais elles n'ont pas coulé. Je n'ai pas essayé de les lui cacher.

Si elles les a vues, elle a fait mine de rien. Elle m'a tourné le dos et s'est dirigée vers l'armoire.

« Non. Le laboratoire doit être fermé à clé quand je n'y suis pas. Il faut qu'il soit surveillé par un professeur. C'est le règlement du lycée. »

J'ai observé son visage. Je l'avais trouvée très belle. Je n'avais pas changé d'avis. Elle avait les cheveux très foncés et de grands yeux qui laissaient supposer une ascendance latino-américaine. Elle avait les traits délicats d'une poupée de porcelaine.

« Vous comprenez, n'est-ce-pas ? Pourquoi n'allez-vous pas voir Mr. Tennant ? Je crois qu'il reste tard le mercredi et le vendredi. Vous pourriez vous préparer des bandes en allemand à ce moment-là. »

« Je suis déjà venue dans le labo toute seule, Miss Conway. J'ai toujours travaillé ici toute seule. Vous n'étiez pas là. »

« Non », a-t-elle dit. Et c'était une fin de non-recevoir.

Ce soir-là, nous étions seuls dans la cuisine, papa et moi. Après dîner, il avait préparé un café comme l'aimait maman, et autorisé Megan à en prendre une tasse. Elle y avait goûté, puis elle était partie, en nous laissant devant la cafetière.

Il faisait très chaud. Les fenêtres et la porte de derrière étaient ouvertes, papa avait branché le ventilateur posé sur le plan de travail. Il allait et venait, balayant mes cheveux à chaque passage. La sueur perlait à nos fronts. Nous buvions une tasse de café brûlant derrière l'autre.

« Tu sais, j'ai réfléchi. Quand les cours seront finis, je vais partir pendant quelque temps. »

Il a brusquement relevé la tête. Il était en train de sucrer son café, soigneusement ; il mélangeait, regardait, et ajoutait une petite dose. Maman ne mettait jamais de sucre dans son café, seulement du lait, mais mon père ne s'était jamais habitué à son goût fort et puissant. Il est resté la petite cuiller en l'air.

« Tu veux dire que tu vas aller à l'université ? » Son ton était soupçonneux. Je savais qu'il savait que je ne parlais pas de l'université.

« Non. Partir un peu, c'est tout. »

« Où ? »

« Je ne sais pas. Ailleurs. »

Les sourcils froncés, il a laissé tomber le sucre dans sa tasse et a mélangé. « Je ne veux pas t'entendre parler comme ça. Les. Il s'est passé trop de choses, ces dernières semaines. Nous avons tous besoin de retrouver notre équilibre. Pas de nous lancer à l'aventure. »

« Ce n'est pas une aventure. Je veux juste partir un peu. Il le faut. J'ai besoin de réfléchir. Je me sens écrasée. »

Il n'a pas répondu.

« Je ne le supporte plus. »

« Qu'est-ce-que tu ne supportes plus ? »

J'ai parcouru la cuisine des yeux. Le plan de travail était encombré de vaisselle sale, d'épluchures de légumes. Quels souvenirs aurais-je de cette cuisine, dans une vingtaine d'années ? J'y avais passé tellement de temps. De quoi me souviendrais-je ?

« Qu'est-ce-que tu ne supportes plus ? » a-t-il répété.

« Tu te souviens de Miss Conway, mon professeur de français ? Tu te rappelles qu'elle me laissait toujours travailler dans le labo de langues, après les cours ? En mars, par exemple ? »

Il a hoché la tête.

« Je lui ai demandé si je pouvais recommencer. Je pensais que ça me ferait du bien, que ça me ferait penser à autre chose… Bref, je lui ai demandé, et tu sais ce qu'elle m'a répondu ? Non. Non, tout simplement. Pas peut-être, ou plus tard, pas en ce moment, attendez encore un peu. Non, c'est tout. Elle a dit qu'elle ne pouvait plus m'autoriser à y travailler toute seule, et qu'elle ne voulait pas rester, qu'il fallait qu'elle ferme le labo à clé en partant. Bon sang, papa, elle m'a laissé travailler là-bas toute seule des milliers de fois. »

J'ai plongé le nez dans ma tasse. « Tu t'imagines l'effet que ça m'a fait ? »

«Oui.»

«Je ne le supporte pas. C'est bien assez pénible comme ça d'attirer tous les regards. De voir les gens murmurer: c'est la fille de Mara O'Malley. Et maintenant, voilà que Miss Conway refuse non seulement de rester seule avec moi dans le labo, mais aussi de me confier ses idiotes de bandes.»

Il a soulevé une épaule, en un petit geste de compréhension. «Ça s'arrangera. Il faut laisser faire le temps.»

«C'est trop humiliant.»

«C'est vrai, ça l'est. Mais nous n'y pouvons pas grand-chose, sauf le supporter, et leur prouver à tous qu'ils ont tort.»

J'ai fait la grimace. La pièce était étouffante, je me suis soudain aperçue que j'étais en sueur. Pourquoi donc avais-je bu tout ce café? J'ai repoussé ma tasse.

«Je l'aimais beaucoup, et je croyais qu'elle m'aimait bien aussi. J'étais sa meilleure élève. J'étais prête à tout pour le rester. Simplement parce que je savais que ça comptait pour elle, et parce que je l'aimais beaucoup. Ç'aurait été tellement plus facile pour moi d'être première en allemand! Je n'aurais même pas eu besoin de rapporter les livres à la maison.»

«Donc, tu veux fuir?» m'a demandé papa en s'essuyant le front du revers de la main.

«Non. Pas fuir. Je n'ai jamais dit ça. Tout ce que j'ai dit, c'est qu'il fallait que je m'éloigne un peu, et que je reprenne des forces.»

«Tu partiras de toute façon, Lesley. À l'automne, quand tu iras à Kansas City.»

«Je ne parle pas de ça.»

Nous sommes tombés dans une silence poignant, qui révélait l'intensité de mon désespoir. Il l'a senti comme moi. Et il a soupiré.

«Ce n'est pas une fuite, papa. Ça n'a rien à voir.»

«Quand tu veux t'en aller parce que quelqu'un t'a humiliée au lycée, Les, j'appelle ça une fuite.»

J'ai respiré profondément. «Non, pourtant. Ça ressemble peut-être à une fuite, mais ce n'est pas ça. Et ce n'est pas pour cette raison que je veux partir.»

«Pour quelle raison, alors?»

Je tapotais la nappe du doigt.

«Notre famille a traversé de dures épreuves, Les, mais elle est solide quand même.»

« Je le sais. Mais j'ai besoin de la quitter pendant un certain temps. Tu ne peux pas comprendre ? »

Il s'est retourné, et il a pris la cafetière sur la cuisinière. Il a versé le café dans sa tasse, puis le sucre, lentement, cuiller par cuiller, puis le lait. Il a mélangé son breuvage, et finalement, a relevé les yeux. Quand il a vu que je le regardais toujours, il a baissé les yeux à nouveau. « Non, » a-t-il dit. « Non, je crains bien que non. »

28

Quand j'étais toute petite, maman m'autorisait à dormir avec elle. Mon père, qui ronflait bruyamment, constituait l'horizon montagneux de ces nuits, mais c'était avec maman que je dormais, enfouie dans ses épais cheveux, protégée par la densité de son corps. De ces nuits, je me souvenais surtout d'une bienheureuse obscurité ; je me pelotonnais contre sa poitrine, je me baignais dans son odeur forte et familière. Je n'ai eu de lit à moi qu'à trois ans passés, quand nous nous sommes installés au Texas.

Megan avait elle aussi dormi avec papa et maman. J'étais alors assez âgée pour m'en souvenir parfaitement. Megan n'avait jamais eu de vrai berceau, juste une corbeille à linge, que maman transportait de pièce en pièce dans la journée. Elle n'était encore qu'un nouveau-né qu'elle passait déjà ses nuits dans le grand lit, entre papa et maman. Une fois, je suis entrée dans la chambre pendant la nuit. J'avais eu mal au ventre, et je venais me faire consoler. Megan devait avoir dans les deux ans, elle avait déjà ses longs cheveux raides, comme ceux de maman. Je les ai vus tous les trois. Maman était profondément endormie, elle se reposait de l'indomptable énergie qu'elle déployait dans la journée, et respirait paisiblement. Megan était lovée comme un petit loir dans le creux du bras de maman. Malgré l'obscurité, j'ai vu leurs cheveux emmêlés, les bruns et les blonds ; j'ai senti qu'elles rêvaient. C'était mon père qui s'était réveillé, pas maman, et bien qu'il m'ait fait une place dans le lit et qu'il m'ait prise dans ses bras, je me rappelle avoir un peu pleuré car elles ne s'étaient réveillées ni l'une ni l'autre.

Au cours de ce mois de mai qui a suivi les meurtres, le souvenir de ces nuits me hantait. Je dormais mal, et pendant les heures que je passais allongée dans mon lit, bien réveillée, j'avais tendance à évoquer l'obscurité qui avait environné mon enfance, et à me souvenir de la totale sécurité de ces nuits. Mais il ne me revenait que de vagues émotions, pas la chaleur elle-même. Ces souvenirs m'emplissaient donc de nostalgie.

Au beau milieu d'une nuit, je me suis levée; mon cerveau bruissait de pensées informulées : et si j'allais dormir avec Megan ? Et je me suis cognée contre papa. Il était en pyjama, des mouchoirs dans la main.

« Papa ! Qu'est-ce-que tu fais ? » La maison était plongée dans le noir.

Il a secoué la tête.

J'étais moi-même à demi endormie. J'avais l'impression d'avoir croisé une apparition. Il n'a rien répondu, et j'ai tourné le dos, intriguée, puis je suis retournée dans mon lit en oubliant pourquoi je m'étais levée.

Ce fut la première fois que je le remarquai. Mais je découvris rapidement que chaque soir, après que Megan et moi étions couchées, il arpentait la maison, tel un fantôme oublié et abandonné. Dans la journée, il agissait normalement. Il ne parlait pour ainsi dire jamais de son chagrin. Mais il n'en avait guère besoin. Il suffisait d'entendre ses pas, sa quête, de chambre en chambre, dans le noir.

« Tu veux que je te dise un secret? » Megan m'a posé la question un après-midi, alors que j'étais installée sur mon lit, car j'avais mal au dos. Megan se balançait d'un pied sur l'autre sur le pas de la porte. Je lui avais demandé de me laisser tranquille, car j'en avais assez qu'elle me tourne autour après l'école, mais elle s'était arrêtée sur le pas de la porte.

« Quel secret ? »

« Tu veux que je te le dise ? »

« Oui. »

« Je sais où est maman. »

Je n'ai rien répondu. Je ne savais pas trop quoi lui dire. Elle se balançait toujours, ses longs cheveux volaient autour d'elle, en rythme.

« Tu veux que je te le dise ? »

J'ai acquiescé.

« Viens. Je vais te montrer. »

Je me suis levée et je l'ai suivie jusqu'au placard à linge. « Maintenant, Les, ferme les yeux. »

« Qu'est-ce-que tu as encore inventé, Meg ? »

« Fais-le, d'accord ? Ferme les yeux une seconde. »

Je me suis sentie ridicule, mais j'ai obéi ; j'ai entendu Megan ouvrir la porte du placard. Elle m'a prise par la main et m'a attirée à l'intérieur.

« Et maintenant, sens, Les. Garde les yeux fermés, et sens. »

J'ai respiré profondément. Ça puait la cigarette froide, cette horrible odeur de cendrier, que j'avais toujours détestée. Maman avait tendance à tout repasser. Elle repassait les draps, les taies d'oreiller, les serviettes de bain et même les gants de toilettes. Si nous ne les enlevions pas à temps de la corde à linge, elle repassait mes sous-vêtements et ceux de Meg. En fumant sans interruption. Et, avec la vapeur et la chaleur du fer, l'odeur de cigarette s'imprégnait dans le linge.

J'avais violemment protesté. L'année où nous avions étudié les méfaits de la cigarette, je rentrais chaque soir à la maison en la conjurant d'arrêter de fumer. J'avais tout essayé pour la convaincre ; j'avais pleuré, je lui avais rapporté des photos de poumons cancéreux, et de singes incapables de renoncer à la cigarette. Finalement, je lui avais défendu de m'embrasser, car elle sentait trop mauvais. Ça l'avait fait pleurer.

Et maintenant, dans la pénombre de ce placard, je respirais profondément son odeur.

« Des fois, je viens ici en rentrant de l'école, avant que tu ne sois là. Je ferme les yeux, et je sens. Ça donne l'impression que maman est là, n'est-ce-pas? Comme si elle était tout à côté. »

Je me suis tournée vers Megan. Elle pressait son visage contre un drap et respirait comme quelqu'un qui inhale de la cocaïne. Puis elle a doucement remis le drap à sa place et en a lissé la surface repassée. Nous ne disions plus rien.

Finalement, Megan m'a regardée d'un air interrogateur. « Comment est-ce arrivé ? Pourquoi maman est-elle morte, Lesley ? »

Ce n'était encore qu'une gamine ; elle portait un short rose, et un T-shirt trop petit pour elle ; elle avait le petit ventre arrondi des enfants. L'adolescence ne s'annonçait pas encore.

« Tu crois que si on avait été plus gentilles elle aurait été heureuse avec nous ? Et qu'elle n'aurait pas eu besoin de chercher ce petit garçon ? »

J'ai secoué la tête.

« Peut-être que si. Et si j'avais mieux travaillé à l'école. Maman était inquiète quand je ne faisais pas mes devoirs. Un jour, elle me l'a dit. Qu'il fallait que je fasse mes devoirs, pour pourvoir aller à l'université plus tard. Et tu veux que je te dise ? Je lui ai répondu que je ne voulais pas aller à l'université, jamais. » Megan s'est interrompue un instant, et a caressé le drap sur l'étagère. « Je n'aurais jamais dû dire ça. Si j'avais mieux travaillé à l'école, elle n'aurait peut-être pas eu besoin de faire ce qu'elle a fait. »

« Maman était malade, Meg. Comme si elle avait eu un cancer. Tu le sais bien. Papa te l'a expliqué l'autre soir. »

« Alors pourquoi ça ne se voyait pas ? Elle n'avait pas l'air malade du tout. »

« Elle l'était pourtant. À l'intérieur. Là où ça ne se voit pas. Les gens meurent du cancer, Maman est morte de sa maladie, voilà tout. »

Megan a donné de petits coups de pieds dans l'étagère du bas en détournant le regard. « Tu crois ? »

« Oui ».

« Je ne sais pas, » a-t-elle dit d'un air de doute. « Peut-être, mais peut-être que non ».

Une nuit, j'ai rêvé de Klaus. J'ai rêvé que je le voyais dans un champ de tournesols. Ce n'était encore qu'un bébé, abandonné dans une corbeille à linge, à quelque distance, dans les hautes tiges. Je le voyais, mais j'avais terriblement peur d'aller à son secours en plein milieu des tournesols. Cependant, le désir de le sauver et de le ramener à maman était si fort que je me suis lancée. Mais c'était un de ces rêves où les efforts ne sont jamais couronnés de succès. Je n'arrivais pas à traverser les hautes tiges touffues. Le temps que j'atteigne enfin le panier, ce n'était plus Klaus qui était dedans, mais le chat en peluche de Megan.

Je me suis réveillée en larmes, à trois heures du matin. Je me suis assise dans mon lit et j'ai allumé la lampe de chevet pour dissiper mon rêve, mais il s'accrochait à moi, revêtant toutes les apparences de la réalité. J'ai sangloté, assise dans mon lit défait.

Papa est apparu sur le pas de la porte, les cheveux tout emmêlés, torse nu, vêtu seulement de son pantalon de pyjama à rayures bleues, trop long pour lui.

« Qu'est-ce-qui ne va pas, ma chérie ? » Il s'est penché sur moi et m'a caressé les cheveux. « Tu as fait un cauchemar ? Que s'est-il passé ? »

J'étais incapable de formuler un mot.

« Allons, allons, » a-t-il murmuré en s'asseyant sur mon lit et en me serrant dans ses bras, tout contre sa poitrine velue.

J'ai essayé de lui expliquer mon rêve, de lui dire comment j'avais retrouvé Klaus, et voulu aller le chercher au milieu des tournesols. Et que quand j'y étais arrivée, ce n'était plus Klaus, et que j'étais si déçue que ça m'avait réveillée. Malgré les caresses de papa, je ne pouvais pas m'arrêter de pleurer. Ce n'était pas tant la réception qui me bouleversait que d'avoir brusquement réalisé, en me réveillant, que même si j'avais trouvé Klaus, maman n'était plus là pour que je le lui ramène.

Il fallait décidémment que je m'en aille. J'ai désespérement essayé de m'en expliquer avec mon père. Je n'arrivais pas à comprendre sa résistance ; il ne voyait pas qu'il était nécessaire que je quitte cet environnement familial où les souvenirs me harcelaient. Je ne trouvais sans doute pas les mots justes : lorsque je lui en parlais, il fronçait les sourcils et s'éloignait.

«Qu'est-ce-que tu cherches ? me demandait-il. Pourquoi fuis-tu ? À quoi veux-tu échapper ?»

Je ne pouvais pas plus répondre à ses questions que lui aux miennes.

«Où songes-tu à aller ?» m'a demandé papa un soir où nous finissions ensemble la vaisselle du dîner.

J'ai haussé les épaules.

«As-tu envie d'aller passer quelque temps chez Caroline et Roger? J'ai reçu une lettre de Caroline aujourd'hui. Elle propose que tu ailles passer l'été chez eux, si ça te fait plaisir. Je lui ai un peu parlé de toi, tu sais, et elle dit qu'ils seraient enchantés de t'avoir chez eux. Roger pense qu'il pourrait te trouver du travail à son bureau; rien d'extraordinaire, tenir des dossiers, répondre au téléphone; mais ça te ferait de l'argent de poche.»

«Non».

Mon père releva la tête. Il avait remonté ses manches pour faire la vaisselle.

«Il faut que je m'en aille, papa. Il ne s'agit pas d'aller chez tante Caroline. Tu comprends?»

«Non, Lesley. Non, je te l'avoue.»

Je me suis gratté la joue, et je me suis détournée un instant. J'ai pris un verre sur l'égouttoir, je l'ai essuyé puis levé dans la lumière, pour voir s'il n'y avait pas de traces.

«Ce que je crois», et je parlais davantage au verre qu'à mon père, «c'est que j'ai envie d'aller dans les endroits où est allée maman. Après la guerre.»

«Par exemple?»

«La Hongrie, peut-être. L'Allemagne. Ou le pays de Galles.»

«Pas question. Tu n'as aucun besoin de t'en aller si loin. Et je ne tiens pas à te voir parcourir le monde livrée à toi-même.»

«J'ai dix-huit ans.»

«Je sais. Et je sais aussi que par beaucoup de côtés, tu es mûre, et raisonnable. Mais nous n'avons jamais beaucoup voyagé, Lesley. Tu ne connais pas grand-chose à ces endroits. Ce sont des pays étrangers.»

«Je me débrouillerai.»

J'ai pris une casserole, que j'ai essuyée avec le plus grand soin. Puis j'ai essuyé les assiettes et je les ai rangées dans l'armoire.

«Je trouve que ce serait bien d'aller travailler au bureau de ton oncle.» Mon père parlait d'une voix douce, mais emplie d'espoir. «Tu habiterais chez eux. Tu as toujours aimé leur maison. Tu te rappelles la grande balancelle? Et Caroline dit qu'elle t'emmènera faire des achats à Chicago. Tu trouveras sans doute de jolies choses, pour l'université. Caroline t'aiderait. C'est une vraie championne, quand il s'agit d'avoir l'air chic. Betsy et Carl y vont tout le temps, avec les petits-enfants. Et tu serais la première à connaître le nouveau bébé de Betsy. Ça ne te plairait pas ? »

« Non ».

« Penses-y. Je vais dire à Caroline que tu y réfléchis. »

« Non, papa. Je n'y réfléchirai pas. »

Il a essoré l'éponge dans l'évier. Nous étions si loin l'un de l'autre. On aurait dit que nous étions à des kilomètres, non pas à un mètre. Il a rincé l'évier avec le jet, puis l'a essuyé avec le chiffon.

« Qu'est-ce-que tu as en tête, en voulant aller là-bas ? »

« Y aller, c'est tout. Surtout à la Forêt des Fleurs. On a toujours les billets, d'ailleurs. Rien ne m'empêche d'y aller, et de voir comment c'est. »

Il a ouvert le robinet.

« Et aussi en Allemagne. J'aimerais bien voir ces endroits, ces camps, où tout ça est arrivé. Ils ont joué un tel rôle dans ma vie, que je voudrais au moins savoir à quoi ils ressemblent. »

Le silence n'était troublé par le bruit des gouttes d'eau qui tombaient lentement dans l'évier. Je me suis séché les mains avec le torchon que j'ai ensuite appuyé contre ma joue. Il était mouillé ; c'était agréable, avec la chaleur humide qui régnait dans la cuisine.

« En fait, je me disais que si j'allais en Allemagne, je pourrais peut-être chercher Klaus. »

Mon père s'est brutalement figé. Toute couleur a disparu de son visage.

« Non ». Un non brutal.

« Klaus est mon frère, papa. Mon demi-frère. Nous sommes faits de la même chair, du même sang. Après tout ce qui est arrivé, je voudrais vraiment le connaître. Je pense à lui sans cesse. Je rêve de lui. Il m'obsède. »

« Non. Dieu du ciel, Lesley, non. Pas toi aussi. Si tu as vraiment envie de voyager, si tu penses que ta vie est fichue sans ça, bon. Je finirai sans doute par l'accepter. Mais pas ça. Pas l'Allemagne. Je te l'interdis. Klaus ne t'aura pas toi aussi. »

« C'est différent pour moi, papa. »

« Non. Et il ne t'aura pas. Je te le garantis. Tu n'iras pas. »

Il n'était manifestement pas question de discuter. J'ai accroché le torchon en soupirant. Cette conversation n'avait aucun sens.

Nous l'avions d'ailleurs eue auparavant, sous d'autres formes. «Tu ne comprends donc pas, papa ?

« Non. Je ne comprends pas. Voilà bien le problème. »

« Klaus, l'Allemagne, Lebeny, le pays de Galles... Tout ça, je le porte en moi, comme si ça m'était arrivé à moi et pas à maman. Vos mondes m'obsèdent, et il faut que je m'en construise un à moi. Il est temps que je devienne adulte, que je vive ma propre vie. Pas la vôtre, par procuration. »

Lentement, il s'est tourné vers moi. Il s'est appuyé contre le plan de travail et m'a observée, longuement. « Je n'ai pas l'impression que tu sais ce que tu veux, Lesley. D'un côté, tu parles de t'échapper, de vivre ta vie, de fuir une famille qui te pèse, tout d'un coup. Mais de l'autre, où dis-tu vouloir aller? Tu veux retourner aux endroits dont maman t'a parlé. Tu veux reprendre la recherche de Klaus, après tout le mal qu'il nous a fait. Je te comprendrais, je pense, si tu voulais aller en Espagne, en Norvège, en Argentine. Mais les endroits dont tu parles, ce n'est vraiment pas une évasion. Alors, je ne comprends pas. »

Furieuse, muette, immobile, je ne savais comment lui faire comprendre ce que je ressentais.

« Tu ne trouveras aucune réponse là-bas, Lesley. Ça, je te l'affirme. »

« Si je ne peux pas trouver de réponses, j'ai au moins besoin de connaître les questions. »

29

J'ai finalement opté pour le pays de Galles. C'était la moins fugitive de mes options, et le voyage était déjà plus ou moins organisé. Papa a suggéré que j'écrive au fermier à qui appartenait la Forêt des Fleurs pour lui demander l'autorisation de lui rendre visite, et pour qu'il m'indique un endroit où je pourrais habiter pendant mon séjour.

Le fils du fermier a répondu à ma lettre. Son père était mort en 1968, et c'était à lui, désormais, qu'appartenait la ferme et la Forêt des Fleurs. Il serait ravi de m'accueillir, et il me proposait d'habiter à la ferme.

Résigné, mon père m'a aidée à m'y retrouver dans les impossibles noms de lieux gallois. Ce n'était vraiment pas une langue pour étrangers. Les mots avaient bien trop de consonnes, et parfois aucune voyelle. Mon père les prononçait pour moi. Dans sa bouche, ils faisaient drôles. Maman n'avait jamais cessé de passer d'une langue à l'autre, sans transition, parfois, mais c'était la première fois que j'entendais papa prononcer un mot autre qu'anglais. À l'encontre de Megan et moi, qui avions pris l'habitude de copier les ja ja de maman, ce qui d'ailleurs nous avait valu des ennuis en classe, les professeurs croyant que nous disions un paresseux yeah, papa ne répondait jamais à maman dans la langue qu'elle avait employée. Le soir, quand maman était fatiguée, leurs conversations se déroulaient en deux langues : maman parlait allemand, et papa anglais. C'était d'autant plus curieux de l'entendre dire si facilement ces noms gallois : Llanymawddwy, Cwmystradllyn, Bwlchllwyd-ddu. Il m'écrivait la prononciation phonétique de chacun d'entre eux. Coed-y-Bleiddiau : tel était le nom gallois de la Forêt des Fleurs.

Tant bien que mal, le mois de mai est passé. On était enfin en juin, le mois qu'attendent tous les élèves de dernière année. J'étais tellement absorbée par autre chose, que j'en avais presque oublié mes examens. Ils n'avaient plus pour moi d'autre importance que de signifier la fin d'une époque. Examens et résultats se sont déroulés dans une relative indifférence de ma part. Mon père a cependant insisté pour que j'assiste à la cérémonie de remise des diplômes.

Ce soir-là, la maison était sens dessus-dessous. Megan, en petite culotte, criait dans l'escalier : « Papa, papa, tu me repasses ça ? »

J'étais dans ma chambre. J'ai entendu mon père sortir de la sienne. « Megan, il n'est pas question que tu portes ça. C'est trop petit pour toi. Mets ta robe rose ; elle est dans ta chambre, et déjà repassée. »

« Nooon ! je veux mettre celle-là. Mais je ne sais pas repasser les fronces. S'il te plaît ? »

« Je t'ai dit de mettre l'autre. Celle-ci est trop petite. »

« Mais non, elle n'est pas trop petite. Et j'ai tellement envie de la mettre ! S'il te plaît, papa. »

J'étais debout devant le miroir, tout habillée. J'avais passé la toge, pour voir de quoi j'avais l'air. J'ai remarqué que le mortier était un peu trop grand : la pointe de devant descendait entre mes sourcils. Dans le miroir, j'ai vu papa retourner dans sa chambre ; il se bagarrait avec ses boutons de manchettes. Il avait laissé Megan pleurer dans l'escalier.

« Papa ! » Elle criait, mais n'obtenait aucune réponse.

Je me regardais dans la glace. Treize années de ma vie, si je comptais la maternelle. Une foule de matériels scolaires divers. Je me souvenais très bien de l'année où j'avais appris à lire : Mrs Johnson écrivait soigneusement les lettres sur le tableau, et me gardait toujours après la classe parce que j'oubliais régulièrement la lettre qui suivait le R dans l'alphabet. Je me rappelais la fois où j'avais vomi dans la poubelle, et que ma maîtresse m'avait félicitée de ne pas avoir vomi par terre. Je me rappelais maman, qui avait applaudi si fort à l'une des fêtes de l'école que j'avais dit à ma voisine que je ne savais pas qui c'était.

Et c'était terminé. J'aurais pensé que cela me ferait plus d'effet que cela.

Megan était sur le pas de la porte. Les yeux pleins de larmes, elle étreignait la robe de coton bleue que maman lui avait achetée à Pâques dernier. À l'époque, Megan ne quittait pas ses survêtements et ses cols roulés. Comme elle avait été invitée à un dîner de Pâques chez son amie Katie, maman avait dû lui acheter une robe pour qu'elle soit présentable.

« Tu me la repasses, Lesley, s'il te plaît ?

« Meg, elle est vraiment trop petite pour toi. »

« C'est pas vrai. »

« On va voir ta culotte à chaque fois que tu te pencheras. Tu ne veux quand même pas que tous les garçons regardent ta culotte ?

Les larmes ruisselaient sur ses joues ; elle contemplait sa robe. Avec une petite grimace chagrine, elle a dit : « Je ne me pencherai pas, d'accord ? »

« Mets ta robe rose, celle que papa a préparée pour toi. Elle te va très bien, avec la couleur de tes cheveux. »

« C'est à cause de ça. » Elle tripotait les fronces sur le devant de sa robe. « Je ne sais pas comment les repasser pour que ça fasse joli. Les, je t'en prie, fais-le pour moi. »

Mon père est entré. D'une main, il redressait sa cravate. « Megan, je croyais t'avoir dit de mettre ta robe rose. Je ne plaisante plus. Va t'habiller, et range cette robe à sa place. Nous allons être en retard. »

Elle s'est remise à pleurer éperduement.

Papa a levé les yeux au ciel en soupirant.

« Maman me l'aurait repassée, elle. Si maman était là, ça ne se passerait pas comme ça. »

« Même maman n'aurait pas pu t'empêcher de grandir, chérie. Allons, sois raisonnable et va t'habiller. »

J'ai assisté à toute la scène dans mon miroir. Toujours revêtue de la toge et du mortier, je tournais le dos à la porte.

«Es-tu prête ? m'a demandé papa. Je voudrais que tu descendes, pour qu'on prenne quelques photos.»

Je l'ai regardé avec stupéfaction.

«Dehors, près de l'épicéa. Comme ça, la toge se détachera bien.»

«Je n'en ai pas envie, papa.»

«Tu te fais du souci pour Meg? Ça lui passera, tu la connais.»

«Elle va avoir le nez tout rouge, à force de pleurer.»

«Ça va passer».

Je le contemplais dans le miroir. Il sentait l'after-shave, un produit au nom incroyablement érotique que Meg lui avait offert pour son anniversaire, à l'odeur musquée et écœurante.

«Ça ne me dit vraiment rien.»

«Quoi ? Prendre des photos?»

«Non. Tout ça.» J'ai tiré sur la toge.

«Il suffit de démarrer. Après tout ira bien. Tu es nerveuse, c'est tout.»

J'ai secoué la tête. Il y a eu un long silence embarrassé.

«Je ne ressens rien, papa. Strictement rien. Je me regarde, et je me fais l'effet d'être déguisée. Je ne veux pas y aller. Pourquoi faire semblant? Après tout ce qui nous est arrivé, ça n'a pas la moindre importance.»

Il a secoué la tête.

«Je ne veux pas y aller.»

«Tu le regretteras, plus tard. Quand la situation sera différente, tu regretteras d'avoir raté ça.»

Je l'ai observé dans le miroir. Je ne voyais pas du tout comment la situation pourrait un jour être différente.

Trois jours plus tard, je suis allée promener ses chiens avec Paul. Il faisait très chaud. Il avait lâché les chiens, qui couraient dans le parc; nous nous étions assis sur un banc, près du terrain de jeu. Les chiens, la queue dressée, gambadaient en tous sens, déchiffraient des messages, passaient à autre chose. Je les suivais des yeux.

« Je me suis inscrit en informatique à Fort Hays, cet été », m'a annoncé Paul. « Je n'étais pas sûr d'être reçu. Rob Thurman y va aussi, et il est bien plus calé que moi. Il va à Cal Tech[1] l'année prochaine, en programmation. Tu le savais ? »

« Non ».

« Je suis drôlement soulagé d'avoir été admis. Il faut absolument que j'apprenne l'informatique. Si tu ne sais pas te servir d'un ordinateur, pas question de faire des statistiques. »

La sueur perlait à mes tempes. Je l'ai essuyée du dos de la main, et j'ai contemplé les traces humides qui faisaient briller mes doigts.

« Et tu sais, » a continué Paul, « j'ai vendu mon téléscope. Et bien vendu. Presque cinq cents dollars. C'est un type de Dodge City qui me l'a acheté. »

« Chouette. »

« Il vaut plus que ça. Je l'ai payé huit cents, il y a presque cinq ans. Et un téléscope, ça ne s'abîme pas. Mais je n'espérais pas en tirer tant que ça. »

« Et l'autre ? » lui ai-je demandé au bout de quelques instants.

« Quel autre ? »

« Tu sais bien, celui que nous voulions construire ensemble. Avant tout ce qui est arrivé. »

« Ah, celui-là ! » Il a haussé les épaules. « Nous n'avions pas beaucoup avancé. Tout ce qu'on avait, c'était les lentilles et les miroirs. »

« Qu'est-ce-que tu en as fait ? »

« Ils sont dans une boîte, sous mon lit. »

Paul s'est mis à jouer avec une des laisses.

« Je finirai peut-être par les vendre. J'ai dit au type de Dodge City que je les avais, et ça a eu l'air de l'intéresser. Ils prennent de la place, un point c'est tout. Et j'ai besoin de l'argent. »

« Mais si on ne fabrique pas ce téléscope, et que tu as vendu l'autre, tu n'en auras plus, » ai-je rétorqué en songeant non seulement au plaisir que nous avions eu à contempler les étoiles, mais aussi aux cahiers entiers de notes et d'observations que Paul avait remplis des années durant. Il avait commencé à étudier le ciel à l'âge de douze ans. Presque chaque nuit, quand il faisait assez clair, il établissait la carte des étoiles. « Tu vas perdre la piste de tout ce qu'il y a dans le ciel, si tu n'observes plus. »

1. Institut de technologie de Californie.

Il a laissé tomber la laisse. «C'est vrai, mais à l'université, je n'aurais pas pu continuer, de toute façon. Je n'aurais pas eu le temps. Et ils ne m'auraient sûrement pas laissé installer mon téléscope dans un endroit intéressant. On aurait fini par me le piquer, en plus. Et je me serais retrouvé plus pauvre de pleins de dollars.» En ramassant la laisse, qu'il a posée sur le banc entre nous deux, il a poursuivi : «C'est fini, maintenant, les gamineries».

Nous étions tout près du terrain de jeu. Une petite fille grimpait sur le toboggan. Elle était très jeune, presque un bébé. Quand elle est arrivée en haut, elle a eu peur de se laisser glisser. Un homme à l'allure de grand-père l'attendait en bas et tentait de l'encourager, d'une voix caressante, mais où perçait de l'impatience.

Nous n'avons rien dit pendant quelques minutes. Paul a sifflé l'un des chiens, qui s'était aventuré au bord de la route.

«Qu'est-ce-que tu vas faire de tout l'argent du téléscope ?

«Je ne sais pas.»

L'un des chiens a couru vers nous. Il était adulte, mais il avait gardé cette expression de chiot ravi et joyeux qui rend les labradors si sympathiques.

«Tu veux venir avec moi ? Si tu vends les miroirs et les lentilles, ça suffira sans doute.»

«Où ça ? Au pays de Galles ?»

«Oui. Ça serait formidable d'être là-bas tous les deux.»

Un léger sourire a erré sur ses lèvres. Il envisageait la question. Le sourire persistait. Il a posé sa main sur ma cuisse.

«Pourquoi pas ?»

Il a soupiré et secoué la tête. «Je ne peux pas.»

«Pourquoi ? Tes parents seraient d'accord.»

«Non. Pas mon père. Il penserait que je me paye du bon temps avec son argent.»

«Mais c'est ton argent.»

«Il se dirait que je me paye du bon temps avec mon argent, ça ne ferait aucune différence. Ce serait peut-être même pire. Il se dirait qu'il avait raison de ne pas me faire confiance. En plus, j'ai mon cours d'informatique à Hays, tu te rappelles ?»

«Annule cet imbécile de cours. Tu feras ça plus tard.»

Il n'a pas répondu immédiatement. L'un des chiens était resté à côté de nous, et Paul fourrageait dans son poil. J'ai levé les yeux, et regardé ce qu'étaient devenus le vieil homme et la petite fille. Ils étaient aux balançoires. Je me suis demandé comment s'était résolue la question du toboggan. Je n'avais pas vu.

«Le problème, c'est que j'ai vraiment besoin de suivre ce cours. Comme je te le disais, les statistiques sans utiliser un ordinateur, c'est impossible. J'ai une chance de prendre un bon départ.»

«Tu la prends vraiment au sérieux, cette histoire de statistiques?»

«Il faut bien devenir sérieux un jour. Il y a des millions de gens qui cherchent du boulot. Si je veux m'en sortir, il ne faut pas que je perde mon temps.»

J'ai détourné la tête.

Il a soupiré, tapé à coups de pieds dans la poussière sous le banc et ajouté doucement, dans un autre soupir: «Les choses ont changé, Les. Je commence à m'en apercevoir. Il faut grandir. Je ne pouvais continuer toute ma vie à jouer à La Guerre des Étoiles. C'est bien l'unique chose que j'ai apprise, ce printemps. Le téléscope, tout ça, c'était amusant, mais ce n'était pas la réalité. Les étoiles resteront là-haut; elles n'ont aucun besoin que je les regarde pour ça. Tout continuera sans moi.»

Je ne bougeais pas. Le soleil me chauffait les cheveux, les épaules, les jambes. La transpiration mouillait de sueur mes aisselles et mon T- shirt. Je contemplais le sol, et perdis conscience de ce qui se passait dans le parc, tout autour de nous.

Paul parlait toujours, mais sa voix s'estompa également. Sa référence à la Guerre de Étoiles m'avait remis en mémoire notre premier rendez-vous, lorsqu'il m'avait emmenée à Ladder Creek. Je marchais dans le paysage désolé, frissonnante dans le froid de cette nuit de janvier, lorsqu'il m'avait dit qu'il s'amusait à tuer des rats en faisant semblant d'être Luke Skywalker en train de sauver l'univers en tirant sur l'Étoile de la Mort. Je me rappelais que je m'étais demandé quel genre de crétin de première classe j'avais dégotté là.

J'ai tourné la tête vers lui. Il n'avait rien d'extraordinaire. Cheveux châtain, yeux noisette, T-shirt, jean, baskets. Ses mains étaient jointes sur ses genoux. Il observait ses chevilles. Tout d'un coup, j'ai eu envie de le toucher, de tendre la main, et qu'il soit à nouveau comme cette première nuit à Ladder Creek, ou comme à Eads, au Colorado, où nous nous cherchions à tâtons dans l'obscurité. C'était du passé, et je le regrettais.

« Je vais te donner la nouvelle adresse de ma mère ; dès que je connaîtrai mon adresse à Fort Hays, je lui écrirai. Toi, quand tu seras au pays de Galles, tu lui diras où on peut te joindre, et quand j'entrerai à l'université de l'état d'Ohio, je pourrai te donner mon adresse. »

Je ne répondis pas. Je ne pouvais pas parler. J'étais toujours à demi perdue dans l'obscurité de janvier, et je me disais que Paul, malgré ses nombreuses tentatives, n'était pas parvenu à détruire l'Étoile de la Mort.

Le dernier soir est arrivé. Mon sac était prêt. J'avais repassé mes vêtements de voyage. Les billets d'avion étaient sur la table de la cuisine.

Après dîner, nous nous sommes assis sur les marches, mon père et moi. Il portait encore sa chemise de travail, dont il avait remonté les manches. Désormais, il était rare qu'il se change et se douche en rentrant de son travail ; il exhalait toujours une vague odeur de cambouis et de sueur, une odeur d'homme et de gros travaux, pas désagréable mais différente des senteurs familières du savon et des chemises de flanelle.

« Tu feras attention à toi, hein ? Tu vas dans un pays étranger, même si on y parle anglais. Ne l'oublie pas.

« Je ne risque pas, tu me le dis sans cesse. »

« C'est que je tiens à ce que tu fasses très attention. »

« C'est entendu, je te l'ai promis. »

« Bon. »

Le silence était lourd de non-dit. Les coudes sur les genoux, le menton dans les mains, je regardais la rue. Le voisinage résonnait des bruits de l'été. L'un des chats de Mrs Beckerman se roulait dans la poussière de la rue. Il était noir et blanc, et beaucoup plus maigre qu'elle. Je me suis retenue d'aller le caresser.

« J'espère que tu as bien compris que tu peux aller au bout du monde, ça ne t'empêchera pas de te réveiller le matin et de découvrir que tu es toujours Lesley O'Malley. Tu ne pourras rien changer à ça. »

« Je ne veux rien y changer, papa. Je le sais. »

« Savoir et comprendre, ce n'est pas pareil. »

Mon père aussi regardait le chat. J'étais surexcitée à l'idée de partir le lendemain matin, mais, bizarrement, je me rendais compte que s'il me demandait de rester, je le ferais

Megan est venue s'asseoir avec nous. Elle était pieds nus, les genoux couronnés, et déjà bronzée. On aurait dit un personnage de contes de fées, avec ses longs cheveux défaits et ses membres déliés. Elle était dans mon champ de vision, même si je ne la regardais pas directement ; j'ai été frappée par son air indompté, atavique. Je n'avais jamais été comme ça, moi. Jamais, de toute ma vie. Moi, j'étais apprivoisée, raisonnable, ordinaire.

« Je suis désolé, Les », dit mon père. « Désolé que les choses aient tourné comme ça pour toi. Que tu aies dû porter un si lourd fardeau. J'aurais aimé que tu aies eu une meilleure famille. »

« N'en parlons pas, papa, tu veux bien ? »

Il a changé de position.

Moi, immobile, je regardais toujours le chat. Un éclat de rire a filtré par la fenêtre ouverte des Beckerman, j'ai aperçu la lumière de leur téléviseur. Des enfants criaient quelque part. Megan se grattait la jambe.

Mr. Reilly, notre plus proche voisin, a commencé à tondre sa pelouse. Megan a cueilli un brin d'herbe, l'a mis entre ses mains et a essayé de siffler, sans résultat. Elle a persévéré dans sa tentative. Papa a tendu la main pour l'arrêter. Elle a lâché le brin d'herbe mouillé de salive, qui a déposé une auréole humide sur le ciment.

Le chat s'est levé, a secoué son poil pour faire tomber la poussière.

« Je me suis enfui, une fois. Je ne te l'ai pas raconté ? » Mon père parlait doucement.

« Je ne m'enfuis pas, papa. »

« Il voulait que je me fasse prêtre. » Les coudes sur les genoux, il a joint les mains. « Ça se faisait à l'époque, en Irlande. De temps en temps, il se rappelait l'Irlande. Du moins, il croyait qu'il se la rappelait. Bref, il disait que le fils aîné héritait, et que le cadet se faisait prêtre. »

J'ai tourné légèrement la tête pour voir son visage sans le regarder directement.

« Je lui lisais la Bible. Il ne voyait plus assez bien, ou peut-être qu'il ne savait pas assez bien lire, je ne sais pas. Je ne l'ai jamais su. Toujours est-il que je lui lisais la Bible. Les Psaumes. Il ne voulait entendre que les Psaumes. »

Megan se rapprocha de lui et posa sa tête contre son bras. Il lui caressa les cheveux, comme il le faisait à maman quand elle posait sa tête sur ses genoux.

« Je me rappelle le jour où ils l'ont ramené. Ma mère était allée à Marconis, j'étais en train de sarcler, tout en surveillant Mickey. Il n'avait que deux ou trois ans, à l'époque. Deux types de Oak Grange l'ont ramené. Bill et Tuper, ils s'appelaient, je crois. Ou Tucker. Bill et Tucker. Ils portaient mon père. Son bras pendait… Il pendait, comme ça. Et j'ai vu le sang sur sa chemise. Ils l'on porté dans le salon.

« Je leur ai dit de ne pas faire ça. Ma mère voulait toujours que le salon soit propre et bien rangé. Pour le père MacCauley, quand il venait nous rendre visite. Ou Mrs. Mavis Jones. Je l'ai dit à Bill et Tucker. Et je leur ai dit que maman me fouetterait si je les laissais salir le salon de sang ».

Mon père s'est interrompu. Il serrait Megan tendrement contre lui, la main toujours enfouie dans ses cheveux. Elle examinait l'ongle de son pouce, l'air lointain.

« Il m'a frappé. Bill. Sur la bouche, du revers de la main. Assez fort pour me faire mal. Il a dit : « Mon garçon, on peut pas le monter dans cet état-là. On peut pas le mettre dans sa chambre. On le laisse là ». Et ils l'ont posé sur le tapis persan de ma mère, qu'il a inondé de sang.

« Puis ils sont partis. Je ne me rappelle pas exactement. Ils sont peut-être allés chercher un médecin. Nous n'avions pas le téléphone, en ce temps-là, je suppose que Bill et Tucker sont allés le chercher.

« Je me rappelle, je pensais que mon père était en train de mourir. Je le savais. Mickey pleurait, je ne savais pas quoi faire. Je restais planté là, et le sang coulait sur le tapis. J'ai eu l'impression que ça durait des heures. C'est drôle, ce dont je me souviens le mieux, c'est qu'il faisait froid dans la maison. J'étais pieds nus, j'avais les pieds glacés. On était à la mi-juillet, en pleine moisson. Il faisait terriblement chaud dans les champs. Mais le salon était froid. Ça, je m'en souviens. Je le regardais, et je me disais qu'il faisait froid.

« Puis il m'a dit : « Rends-toi utile, au lieu de rester planté là ». Alors je suis allé chercher la Bible. Je me suis assis sur le tapis à côté de lui, et j'ai commencé à lui lire le Psaume 23. Non, il m'a dit. Non, lis-moi le Psaume 103. « L'homme ! Ses jours sont comme de l'herbe, comme la fleur des champs, il fleurit ; sur lui qu'un souffle passe, il n'est plus, jamais plus ne connaîtra sa place. Voilà ce qu'il voulait entendre. Quand j'ai fini de lire, il m'a dit : « Tu deviendras prêtre. Tu appartiens à l'église. »

« J'ai dit oui. Je mourais de frousse. J'avais treize ans, et je savais qu'il allait mourir sur le tapis du salon. Alors j'ai dit oui, je deviendrais prêtre. « Promets-le moi, a-t-il dit. Mets ta main sur la Bible, et promets. » Et je l'ai fait, naturellement. C'était mon père.

Un silence a suivi. Megan se mordillait l'ongle. Malgré tous les bruits environnants, j'entendais le cliquètement presque rythmique de sa dent sur son ongle.

J'ai levé la tête et regardé dans la rue. Il régnait une chaleur sèche, comparable à celle d'une pièce bien chauffée, en plein hiver.

« C'est là que tu t'es enfui, papa ? » a demandé Megan. « Quand ton père est mort ? »

« Non. En fait, je ne me suis enfui que bien plus tard. Mais c'était à cause de ça. Parce que je le lui avais promis, à lui et à votre grand-mère, et que je savais que je ne pourrais jamais devenir prêtre. J'avais dix-huit ans, quand je me suis enfui. Le jour même de mon anniversaire. C'est l'âge qu'il faut avoir pour s'engager dans l'armée sans le consentement des parents. Donc, le jour de mes dix-huit ans, j'ai quitté la ferme et je me suis engagé.

« Mais ton anniversaire est en janvier, » l'ai-je interrompu. « Je croyais que tu avais terminé tes études secondaires avant de t'engager. »

« Non. »

Première nouvelle.

« Non », a-t-il répété. « J'ai eu mon diplôme par hasard. Une équivalence, après la guerre. Mais je n'ai pas terminé l'année. Dans l'armée, tout ce qui les intéressait, c'était qu'on ait l'âge requis. »

Le chat noir et blanc faisait sa toilette.

« J'aimais l'église. C'est ce que ma mère n'a jamais pu comprendre : j'aimais l'église, et pourtant je l'avais quittée. Je n'ai jamais pu le lui expliquer. »

Il m'a souri. « Et j'ai rencontré ta maman. Ta maman, toi, Meggie, rien d'autre n'a plus compté. »

« Il t'est arrivé de le regretter ? Je veux dire regretter de ne pas être devenu prêtre ? D'avoir plutôt épousé maman ? »

« Non. »

J'étais assise à quelque distance de mon père et de ma sœur, les bras sur mes genoux repliés. L'air sentait bon l'herbe fraîchement coupée. On entendait une émission de variété provenant de la télévision des Beckerman. Mais la rue était déserte. Même le chat était parti. Distraitement, je me suis demandé pourquoi les enfants ne jouaient plus dans la rue, comme quand j'étais petite.

Derrière les maisons, on voyait la plaine qui s'étendait dans le noir. Un orage approchait, mais il était encore si loin que tout ce que j'en voyais était un éclair de temps en temps. On n'entendait pas le tonnerre, et les nuages n'avaient pas encore obscurci le ciel.

« Puisque ça t'est arrivé, tu dois pouvoir comprendre pourquoi il faut que je m'en aille. »

« Sans doute. Mais ce que je comprends vraiment, maintenant, c'est ce qu'a ressenti ma mère. »

30

En m'éveillant, j'ai vu une jeune fille assise en face de moi. Elle tenait dans ses bras un bébé d'âge et de sexe indéterminés. Tandis que le train traversait le cœur de l'Angleterre industrielle, je m'étais endormie ; à part le contrôleur, rien n'était venu interrompre mon sommeil, profond et sans rêves. Nous étions déjà au pays de Galles, je ne savais ni où ni quand la jeune fille était venue s'asseoir en face de moi.

Je me suis frotté les yeux et j'ai regardé par la fenêtre. Tout était gris. Des montagnes se profilaient à ma gauche, lourdes et bosselées, comme des athlètes écartés des honneurs, revêtus de chandails mal tricotés. Le brouillard les avalait, elles s'estompaient et se perdaient dans les nuages. À ma droite, la mer d'Irlande, à quelques mètres de la voie. Agitée, houleuse, elle s'étendait à perte de vue et se fondait avec le ciel.

« En vacances ? » m'a demandé la jeune fille.

J'avais l'intention de me rendormir. Je payais mon tribut au décalage horaire, à l'étrangeté de tout ce qui m'entourait. Dès que je ne faisais rien, je sombrais dans le sommeil. Je m'étais redressée pour pousser mon sac de voyage afin de pouvoir étendre les jambes ; elle avait interprété ce mouvement comme un retour à la conscience.

« Vous êtes d'où ? » a-t-elle insisté en voyant que je ne répondais pas immédiatement. Elle berçait négligemment le bébé sur un de ses genoux. Tout en bleu marine, avec un chandail rouge, il avait le visage rond comme une boule. « Vous êtes américaine ? »

Étonnée que cela soit si visible, j'ai acquiescé.

« Je pensais bien. Je vous ai entendue parler au contrôleur. »

En me passant une main sur la figure, j'ai recommencé à regarder par la fenêtre. Voilà une des choses que maman a dû supporter, me disais-je, être reconnue comme étrangère chaque fois qu'elle ouvrait la bouche. Je me rappelais l'avoir entendu dire à mon père à quel point elle souffrait de ne pas pouvoir passer inaperçue. Sa drôle de façon de dire certaines choses m'avait toujours amusée. Mais aujourd'hui, pour la première fois, je la comprenais. Et cela me soulageait énormément de comprendre quelque chose, même si c'était mineur.

« Vous venez de quel coin d'Amérique ? » Le bébé s'est mis à grogner, et elle l'a bercé plus attentivement.

« Du Kansas. »

« Où ça se trouve ? »

« Vous voyez où est Denver ? »

Elle a secoué la tête.

« C'est une grande ville du Colorado. Vous voyez où est le Colorado ? »

Nouvelle dénégation. « Je vois où est Miami. »

« C'est très loin de Miami. »

« Et de Hollywood ? »

« C'est plus près de Hollywood que de Miami. »

La lumière s'est allumée et elle m'a souri joyeusement. « Le Kansas ! C'est là qu'était Judy Garland dans le Magicien d'Oz ! » Avec un air stupéfait, elle ajouté : « C'est un vrai pays ? » Comme si j'avais annoncé que je venais du pays de nulle part.

J'ai fait oui de la tête et me suis remise à regarder par la fenêtre. Je me sentais vaguement déprimée.

Ça ne ressemblait pas à mon rêve. J'étais tellement imprégnée des récits de maman que je croyais que je reconnaîtrais le paysage. Et ce n'était pas du tout comme ça. Le train sinuait entre une muraille rocheuse et la mer. On était au pied des montagnes, dont les contreforts n'étaient que rocs et broussailles. Les montagnes elles-mêmes étaient plus loin, cachées derrière les collines ; leurs sommets perçaient parfois les nuages. Elles n'étaient pas bien hautes, ni lointaines, comme les Montagnes Rocheuses, mais hostiles, lourdes, grises. Le paysage grouillait de moutons que faisait fuir le grondement du train. J'ai tout d'un coup éprouvé la nostalgie du Kansas, de ses vastes plaines ensoleillées et familières.

Ma voisine ne cessait pas de bavarder, que je lui réponde ou non. Je n'ai pas su son nom, mais le bébé s'appelait Christopher; elle avait dix-neuf ans, c'était son fils. Elle était allée passer la journée à Rhyl, où habitait sa mère. Et elle rentrait à Lleyn, où elle vivait avec son mari, qui était boucher, et ses beaux-parents.

Lorsqu'elle m'a demandé où j'allais, je lui ai dit Dark Gray Pass. Devant son air intrigué, j'ai répété le nom, pensant qu'elle ignorait où cela se trouvait. Puis j'ai sorti la feuille de papier où mon père avait écrit les noms en gallois. Oh, Bwlch-llwyd-ddu! s'est-elle exclamée en riant.

Maman ne disait pas comme ça. À moins que maman n'ait jamais prononcé le nom. Elle donnait toujours les traductions anglaises des mots gallois, qui étaient si bizarres, pour qu'ils aient un sens pour Megan et moi. La Forêt des Fleurs, La Vallée des Brumes, La Rivière qui Repose dans l'Œil du Soleil. Je m'étais imaginé que puisque les Gallois étaient tous bilingues, ils connaîtraient les noms dans les deux langues. Mais j'ai découvert avec consternation que si l'on voulait aller à un endroit appelé Bwlch-llwyd-ddu, on ne pouvait pas le traduire comme le faisait maman. Il fallait le prononcer, même si on l'écorchait affreusement. Dark Gray Pass! Sans se gêner le moins du monde, la jeune fille se tordait de rire avec délices, se moquait de mon ignorance, la tête renversée en arrière. On ne voyait que ses dents.

Devant cette fille banale, qui croyait que le Kansas était un pays de contes de fées, je me suis sentie idiote. Je ne lui ai pas dit que j'avais toujours appelé Coed-y-Bleiddiau La Forêt des Fleurs. Parcourir dix mille kilomètres pour voir un endroit dont on n'est même pas capable de prononcer le nom! Que c'était ridicule.

Elle s'est aperçue qu'elle m'avait vexée. «Donnez-moi le papier, je vais vous aider à prononcer les noms». En jetant un coup d'œil sur la liste, elle a dit avec cet orgueil spécifique que les gens éprouvent à l'égard de leur pays que, bien que le pays de Galles ait été conquis sept siècles plus tôt, les Gallois n'avaient jamais oublié leur héritage, et que, bien qu'affaiblie, l'ancienne langue se maintenait, à l'ombre de la toute puissance de l'anglais. Là, je comprenais, lui ai-je dit. C'était une langue purement intérieure.

Nous avons parlé d'autre chose. Elle m'a interrogée sur les États-Unis. Étais-je allée à Hollywood? Avais-je vu des vedettes de cinéma? Elle s'imaginait manifestement que le Kansas était la porte à côté de Los Angeles, que l'on faisait l'aller et retour dans la journée, comme pour aller voir sa maman à Rhyl. Un jour, elle irait en vacances aux États-Unis. Elle irait voir les vedettes de cinéma, Hollywood, la Floride. Elle s'étendrait au soleil pour bronzer. À Rhyl, il ne faisait pas toujours chaud sur la plage. Pas en juin, en tout cas. Et en août non plus, d'ailleurs. Un jour, elle irait en Floride, où il y avait toujours du soleil.

Assise dans un compartiment de seconde classe crasseux, avec un gros bébé sur les genoux, elle parlait de l'Amérique comme du pays des merveilles. Comme maman parlait de pays où elle n'était jamais allée, et qu'elle parait de tous les charmes. J'ai tenté de la dissuader. Je lui ai dit que la Floride était très dangereuse, qu'il s'y commettait, comme partout aux États-Unis, bien plus de crimes qu'au pays de Galles. Que les gens se faisaient voler et assassiner, qu'ils ne pouvaient pas aller à l'hôpital quand ils étaient malades, que personne ne s'occupait de personne à moins d'y trouver son compte. L'argent, lui ai-je dit. Là-bas, il n'y a que cela qui compte. Sans se laisser impressionner, la jeune fille a haussé les épaules. « Un jour, a-t-elle dit, je veux aller me faire bronzer en Floride ».

Le bébé criait; elle lui a donné des biscuits et lui a chanté une chanson galloise d'une voix douce et aimante. Engourdie par le mouvement du train, j'ai observé les moutons dans leurs pâturages rocheux, les hautes murailles de pierre et la mer. Là, maman avait vu juste: tout était gris et vert.

La jeune fille ne m'a plus parlé. Le bébé l'absorbait: elle le chatouillait, pour lui arracher un sourire. À l'odeur, il était clair qu'il avait souillé ses couches, mais ça ne semblait pas la gêner. Je ne la regardais pas, mais je ne pouvais m'empêcher d'entendre son babil étranger. J'ai subitement réalisé qu'elle était mariée et qu'elle avait un enfant, alors qu'elle avait presque le même âge que moi. Elle me semblait si puérile, à rêver de vedettes de cinéma et de Hollywood. Pourtant, inexplicablement, avec mon sac de voyage et ma liberté, je me sentais inférieure. *Toi aussi, maman, tu étais une femme à dix-neuf ans, alors que moi je ne suis qu'une enfant*?

Je suis descendue à Bangor, en Galles du nord. Là, j'avais un car pour le village de Bwlch-llwyd-ddu. Je me suis acheté un coca tiède et l'ai mis dans mon sac à dos, pour le boire pendant le trajet. J'ai traversé la ville pour aller à la gare routière.

C'était un vieux car gris, qui brinqueballait dans le paysage gallois en faisant un bruit de casserole. Au bout d'une demi-heure, nous avons quitté la nationale et la plaine maritime pour nous engager dans les montagnes. La route était incroyable. Elle était si étroite, par endroits, que deux cars ne pouvaient pas s'y croiser. Notre conducteur faisait marche arrière jusqu'à la première ferme pour laisser passer l'autre car, et nous reprenions la grimpée.

J'ai sorti ma boîte de coca. Une partie s'est répandu sur mes genoux au moment où je l'ouvrais, car le bus était en train de négocier un virage apparemment inattendu. J'ai bu une gorgée ; les bulles me piquaient le nez. J'avais beau avoir très soif, je l'ai trouvé mauvais, tiède, avec un goût de sirop. Entre le coca et la fumée des cigarettes, je n'ai pas tardé à avoir mal au cœur. J'ai donc laissé la moitié de mon breuvage, et j'ai attendu la fin de cet interminable voyage.

Les derniers six kilomètres, je les ai faits à pied. Mon car s'arrêtait dans la vallée et si je voulais prendre celui qui montait au village, il fallait que je l'attende une heure et demie. J'ai préféré marcher, en espérant que quelqu'un me prendrait en stop.

Mais il n'est passé que deux voitures, dans le mauvais sens.

J'ai donc poursuivi ma route jusqu'au sommet de la colline pour voir le village. Je me suis arrêtée, j'ai oté mon sac que j'ai posé sur le mur de pierre qui bordait la route, et je me suis adossée pour reprendre mon souffle.

C'était ça ? Maman nous parlait de ce village à Meg et à moi ; elle faisait cinq kilomètres à pied pour l'atteindre depuis la Forêt des Fleurs. À l'entendre, c'était une aventure si amusante : il lui fallait échapper au chien de berger des Jones qui collait à ses talons, marcher dans l'eau du ruisseau, car elle craignait de glisser sur le sentier et de renverser les précieuses denrées qu'elle rapportait à la maison ; parfois, elle s'asseyait devant le bureau de poste, avec la vieille Mrs. Evans, et l'aidait à carder sa laine.

C'était ça ? Son but, c'était ça ? Cette petite rue étroite, bordée de maisons grises recouvertes de lichen, menait à leur maison, à papa et à elle ?

Du haut de la colline, je regardais. Ce n'était même pas un hameau. Au Kansas, on ne se serait même pas soucié de lui donner un nom. Quelques maisons de pierres grises. Une boutique avec des cageots de choux et d'orange à l'étalage, quelques journaux dans la porte et une enseigne de la poste au-dessus. Il n'y avait rien d'autre à Bwlch-llwyd-ddu.

Les nuages descendaient. Le ciel avait été couvert toute la journée, mais au bord de la mer, c'était moins uniforme. Ici, je voyais que la brume qui enveloppait les montagnes n'était autre chose que des nuages bas qui roulaient au dessus de la route étroite et des maisons de pierre, humides, et étonnamment chauds, comme l'haleine d'une vache.

Deux moutons déambulaient dans la rue devant moi. Il y avait des moutons partout. Ils étaient bien plus nombreux que les gens dans cette région du pays de Galles, ils se sentaient chez eux, et parcouraient tranquillement les rues, s'arrêtaient devant les porches, se frayaient un chemin parmi la mauvaise herbe.

J'ai fait halte à la boutique du village pour demander mon chemin. La propriétaire, une vieille femme âgée d'environ soixante ans, m'a donné les indications nécessaires. Montez la route, et gardez votre droite. Puis au second croisement, prenez à gauche. Vous verrez un grand chêne. Elle a poursuivi longtemps ses explications, semées de croisements à droite ou à gauche, d'arbres et de maisons en ruine, de cabanes de berger et de barrières. J'inscrivais hâtivement. Elle parlait anglais avec l'accent chantant des Gallois, je ne la comprenais pas bien. C'est loin? ai-je demandé. Trois kilomètres.

Derrière les maisons, la route se transformait en un petit sentier creux, bordés de murs croulant sous le lichen. À cause du brouillard, je ne voyais pas les montagnes vers lesquelles je me dirigeais. J'étais entourée de pâturages, de murs de pierre, et de houx.

En dépit de ma fatigue, je trouvais le pays très beau, mais d'une beauté bien différente de celle que j'avais imaginée. J'attendais un paysage de dessin animé, clair et joyeux. En fait, c'était archaïque et angoissant, noyé dans le brouillard, et habité d'une faune et recouvert d'une flore à ras de terre: escargots, lichen, limaces. Sa beauté était pourtant évidente, et si primitive qu'elle frôlait la douleur.

Le sentier s'achevait dans la ferme des Jones. La maison était simple et en ardoise, comme toutes les autres. Après un instant d'arrêt, j'ai frappé.

Une femme est venue m'ouvrir.

« Je suis Lesley O'Malley, je vous ai écrit en mai, des États-Unis. Pour venir visiter la maison et la ferme. Mes parents ont vécu ici après la guerre. À Coed-y-Bleddiau ».

J'ai bien vu à son expression que j'avais massacré les mots. Donc je lui ai montré le papier.

« C'est à mon mari que vous avez écrit. Je m'en souviens très bien. Entrez. »

Je l'ai suivie dans des pièces au plafond bas et aux lourdes poutres noires, jusque dans la cuisine, au fond de la maison. Elle était petite, malgré ses murs blancs; il y régnait une chaleur infernale, entretenue par un feu de charbon dans une gigantesque cheminée. Le temps avait beau être couvert, il ne faisait pas froid; dans la cuisine la température avait atteint quarante degrés. Deux très jeunes enfants jouaient par terre; en me voyant entrer, ils se sont interrompus un instant, puis ont repris leur conversation.

Impossible de donner un âge à cette femme. Elle pouvait aussi bien avoir vingt-cinq ans que quarante; ses cheveux étaient foncés, et ses traits insignifiants. Son mari était dans les pâturages, me dit-elle en préparant le thé. Il n'allait pas tarder à descendre; je n'avais qu'à l'attendre, devant la tasse de thé brûlant qu'elle m'offrait.

Je me sentais à la fois en un autre lieu et en un autre temps. J'avais l'impression d'être entrée sur un plateau de cinéma. Tout, absolument tout, m'était étranger. Je n'avais qu'une seule envie: me retrouver au Kansas.

Le plus grand des enfants s'est levé et a bu une gorgée de thé au lait dans une petite cuiller. Il devait avoir trois ou quatre ans et portait un short et des chaussures ressemblant à des sandales de fille. Il s'est arrêté près de la table.

« Comment vous vous appelez, s'il vous plaît, Mademoiselle ? »

« Lesley. Et toi ? »

« Eirian Wyn Jones. S'il vous plaît, vous allez habiter avec nous ? »

J'ai souri.

Owen Jones avait la même silhouette trapue que mon père, les même cheveux noirs et bouclés sous une casquette en tweed, et les mêmes yeux bleu délavé que tous les Gallois de la vallée. Il portait un bleu de travail, une chemise rouge à carreaux et une veste en tweed par-dessus.

Sa femme lui a dit qui j'étais pendant qu'il se versait une tasse de thé dans une chop orange. Elle beurrait de grosses tartines de pain frais et les posait sur la table. Les deux enfants se sont assis sur le banc, à côté de moi.

« Alors, vous êtes la fille de la Dame », me dit-il en venant s'asseoir en face de moi. « Vous lui ressemblez ; vous avez son teint, et la même allure qu'elle. » Il m'a souri.

« Si vous saviez tout ce que votre lettre m'a rappelé ! Je n'avais plus pensé à La Dame depuis des années. Et vous voilà ici. »

Le passé lui revenait, et il remuait distraitement son thé. Un sourire a joué sur les coins de sa bouche. « Je n'étais qu'un gosse, à l'époque. Sept ans, je crois. Mais je me rappelle parfaitement le jour de leur arrivée, à elle et votre père. Elle était si belle, votre maman, avec ses cheveux jaunes ».

Owen Jones souriait intérieurement. Il mangeait sa tranche de pain, mâchait pensivement tout en souriant et en regardant au loin.

« Mon père leur a donné la vieille maison. Elle était en ruine, les moutons, vous savez. Il n'y avait plus une seule vitre aux fenêtres. Le premier hiver, votre père a rapporté du carton de l'épicerie. Il passait son temps un marteau à la main, votre père, à faire des améliorations. »

Il s'est interrompu. « Mais votre maman… » il m'a souri. « Nous étions trois gamins, moi et mes deux frères. Emyr, l'aîné, il devait avoir douze ans, et le bébé, Dai. Le jour de leur arrivée, Dai nous a dit, à Emyr et à moi, qu'elle ressemblait à Dame Guenièvre, vous savez, la femme du roi Arthur. Et on l'a toujours appelée comme ça, La Dame. En signe de respect, parce qu'elle était si belle. Enfin, nous, les gosses, on avait l'impression que c'était respectueux. » Il riait.

J'ai souri en retour, amusée par l'idée que maman avait séduit cet homme lorsqu'il n'était qu'un enfant.

« C'est vrai que vous lui ressemblez. J'aurais deviné que vous étiez la fille de La Dame avant même qu'Angharad ne le dise ».

J'ai baissé la tête, gênée par le compliment implicite.

Owen Jones a pris une autre tranche de pain. « Où sont-ils, maintenant, vos parents ? Où habitent-ils ? »

Un silence.

Je regardais mon thé. Je l'ai remué à nouveau. La tasse était vide, sauf pour un fond, que l'on ne pouvait pas boire car on aurait avalé en même temps les feuilles de thé. Je mélangeais, et je regardais les feuilles de thé se déposer dans le fond de liquide. Comment faisait-on pour lire l'avenir dedans ?

« Ma mère vient de mourir. En mai. »

« Oh non ! » répliqua-t-il d'un ton stupéfait. Puis il n'a rien dit pendant un long moment. Je suppose que j'étais censée donner les causes de cette mort. Mais je me suis tue, et il était trop poli pour insister.

« Mon père est toujours en Amérique. Et j'ai une petite sœur de neuf ans ; il est resté à la maison pour s'occuper d'elle. »

« La Dame est morte ! Tu as entendu, Angharad ? La Dame est morte ! »

« C'est pour ça que je suis venue. Maman aimait tellement cet endroit. Elle nous en parlait tout le temps, à ma sœur et à moi. Elle racontait des histoires merveilleuses. Je crois que j'ai voulu me rendre compte par moi-même. »

Un instant, j'ai cru qu'il allait me prendre dans ses bras. Ses yeux étaient emplis d'une compassion douloureuse, qui rendait plausible l'image de ce fermier d'un certain âge se levant de table et me prenant dans ses bras. Mais cette expression a disparu.

« Voilà qui ne nous rajeunit pas », a-t-il soupiré. « C'était une brave femme, votre maman. Dai, mon frère, il louchait. Les autres moufflets se moquaient tout le temps de lui. Sans pitié, ils étaient. Et la Dame le trouvait en larmes contre le mur. « Ne fais pas attention à eux, Dai, » elle lui disait. « Viens à la maison, je vais te donner une tartine avec du sucre dessus. C'est bien, Dai, viens, je vais te raconter une histoire. Ça n'a pas tardé ! On aurait tous voulu loucher aussi. »

Nous étions engourdis. La femme d'Owen Jones émincait des choux dans une casserole, sur la cuisinière. Les deux petits garçons avaient repris leur conversation par terre. Je les écoutais attentivement, pour vérifier s'ils parlaient gallois ou anglais avec un drôle d'accent. Par la fenêtre, je voyais le paysage noyé dans la brume. Vert et gris.

L'archaïsme était encore plus évident que la bichromie régante. Manifestement, le temps ne laissait pas de traces, ici. Mes parents auraient pu s'asseoir dans cette même cuisine, vingt ou trente ans plus tôt. Le temps laisse les champs et les montagnes indifférents.

« Ils avaient fait la guerre, non ? » a dit Owen Jones. « Je me rappelle, maintenant. J'essayais de retrouver pourquoi ils avaient atterri ici. Mais c'était la guerre. Votre père était en garnison, quelque part dans le Suffolk, non ? »

J'ai hoché la tête.

« Et La Dame... » Il n'a pas poursuivi, mais a pensivement remué son thé.

« Elle aussi, elle a fait la guerre », ai-je dit.

« Je ne me rappelle pas grand-chose de l'époque où ils sont arrivés. Mais elle était maigre comme un clou, ça je le sais. Ma mère m'expédiait leur apporter du beurre, pour qu'elle prenne des forces. Elle s'étonnait toujours que La Dame mette si longtemps à récupérer. Elle en parlait avec papa. Elle priait pour elle. Et La Dame avait les cheveux tout courts, presque comme un garçon ; mais elle les a laissés pousser, très longs. Elle ne se les coupait jamais, je crois. Même courts, ils étaient jaunes. Dai, Emyr et moi, on était fascinés. »

Il se passait un doigt sur les lèvres, songeusement. « Je me rappelle qu'un jour, le premier été après leur arrivée, je crois, je suis monté chez eux. Elle jardinait ; moi, je me suis dit, je vais la surprendre. Alors, je me suis caché derrière le mur, et quand elle s'est relevée, j'ai bondi. Je l'ai terrorisée, pour de bon. Elle hurlait. J'ai eu si peur que je me suis enfui en courant jusqu'à la ferme. Ça devait être la guerre, n'est-ce-pas ? Se faire surprendre, après avoir vécu la guerre ! Sur le moment, je n'ai pas compris. J'ai cru qu'elle était furieuse contre moi. »

Longuement, Owen Jones a joué avec des miettes de pain. « Ils avaient perdu un fils, pendant la guerre, non ? La Dame en parlait. Ça a dû être horrible. Ça, je m'en rendais compte, même à l'époque. Un an de moins que moi, il aurait eu. Le nombre de fois qu'elle m'a dit que son petit garçon et moi, on aurait presque le même âge. »

Il sourit brusquement. « Quand ma mère était furieuse contre moi, et qu'elle me frappait, je lui disais quelquefois : « Je vais aller vivre avec La Dame, maman, » ça la rendait folle ! mais c'était mon rêve, d'être le fils qu'avait perdu Dame Guenièvre. »

Le sourire a fait place à la tristesse. « À vrai dire, maintenant que les années ont passé, et que j'ai des gosses, moi aussi, je me rends mieux compte de ce qu'a dû souffrir votre maman. J'étais trop jeune pour comprendre, alors, mais je savais que ça lui avait brisé le cœur, d'avoir perdu son petit garçon. »

J'ai hoché la tête. « Oui, c'est vrai. Et elle ne s'en est jamais remise. »

31

Avant le dîner, la femme d'Owen Jones m'a emmenée voir la chambre où je dormirais. C'était une petite pièce tapissée de papier peint à fleurs rose et bleu, située au premier étage. Il y avait un minuscule lavabo dans un coin. Le lit était doux et moelleux, caché sous un couvre-lit en tapisserie de couleurs vives. C'était l'une des deux chambres d'hôte qu'elle louait l'été, m'expliqua Angharad, pour gagner une peu d'argent. Les voyageurs y dormaient et prenaient le petit déjeuner à la ferme.

J'ai dîné avec les Jones. Ils appelaient ça le thé; à mon sens, c'était le dîner. Ce repas ne faisait pas partie de notre arrangement, mais Angharad m'a invitée à le partager avec eux, comme si j'étais une parente éloignée, et inconnue. Owen Jones promit de m'emmener à Coed-y-Bleddiau après le repas.

Pendant que nous dînions, le soleil a percé. Des rayons dorés traversaient la cuisine de part en part, l'éclairant d'une lumière épaisse et très jaune. Les deux petits garçons, Eirian et Siôn Twm, étaient assis exactement face au soleil qui auréolait leurs visages du halo que l'on voit autour des saints sur les images pieuses. Le brouillard gris se déchirait: partout, les pierres, l'herbe, les murs, et même les moutons baignaient dans la lumière dorée du couchant.

Après dîner, Owen Jones a sorti sa Land Rover de la grange. Deux chiens de berger ont accouru vers lui. Il leur a ouvert la porte arrière, et m'a invitée à monter en voiture.

La route par laquelle nous avons quitté la ferme était plutôt une piste entre deux murets de pierre. La vieille Land Rover peinait dans la montée. Selon Owen, le paysage derrière les murs n'était que lichen et bruyères.

Nous sommes enfin arrivés sur un vaste plateau. La route a disparu dans l'herbe. Le terrain montait, et Owen Jones a rétrogradé. La Land Rover a tressauté, et continué.

La vue était spectaculaire. Après n'avoir vu du pays de Galles que des rochers et du brouillard, j'étais émerveillée par la splendeur de ce paysage rocailleux. On voyait jusqu'à la mer d'Irlande, à plus de quinze kilomètres à l'ouest. Dans le creux de la vallée, coulait une rivière qui, telle une route pavée d'or, se jetait dans l'estuaire.

Tandis que nous montions de plus en plus, j'ai réalisé que le pays de Galles était tout petit. Au nord aussi, on voyait la mer. De là où nous étions, on embrassait un bon tiers de tout le pays. Et, de mer à mer, tout n'était que montagnes.

« C'est là », dit Owen Jones avec un geste du doigt, « que dort le Vieil Homme. » La Land Rover avançait au pas. Devant nous, encore caché par des nuages, c'était le Snowdon, la plus haute montagne du pays de Galles. « Yr Wyddfa, en gallois », dit Owen Jones, « ce qui signifie La Tombe. »

Une forêt a surgi sur notre droite.

« C'est là. On continue à pied. »

Il y eut quelques instants de silence. Owen Jones était penché sur son volant. Sa casquette en tweed lui descendait presque jusqu'aux sourcils. Il l'a redressée d'une main. « Je suppose que vous préférez y aller seule. »

« Oui, j'aimerais bien. »

« Vous voyez ce sentier, à gauche du chêne ? »

À cette distance, pour moi, tous les arbres se ressemblent. J'ai cependant acquiescé.

« Suivez-le. Attention à ne pas le quitter en sortant de la forêt. Restez bien à droite. »

« D'accord. »

« Je reviendrai vous chercher vers neuf heures, ça va ? »

Oui, ai-je fait de la tête.

Il s'appuyait toujours sur son volant. Un des chiens a passé sa tête entre les sièges.

« Il n'y a pas grand-chose, vous savez. Il y a bien longtemps que c'est abandonné. que personne n'y vit. On n'y trouve que des moutons. J'espère que vous ne serez pas trop déçue. »

« Sûrement pas. Merci. »

La beauté de la forêt contrastait violemment avec le flanc rocailleux de la colline. C'était une forêt de chênes vénérables. D'immenses racines, que l'on aurait dit sorties d'un récit de Tolkien, nouaient leurs méandres sur le sol. Mais, partout, des rhododendrons fleurissaient dans le vert de la mousse. On était à la fin du mois de juin, la floraison était presque finie, mais pas tout à fait. D'énormes massifs, croulant de fleurs, formaient une forêt dans la forêt.

Je n'en avais jamais vu de pareils. En fait, les seuls que j'avais jamais vus étaient les poussives plantations de maman, durant un hiver à Yakima. Ici, ils étaient presque tous plus grands que moi et tapissaient la forêt d'un lit de fleurs qui m'arrivaient aux chevilles. Je me suis arrêtée, émerveillée. Voilà donc pourquoi on appelait la maison la Forêt des Fleurs.

Il était difficile de suivre le sentier : d'une part, il était recouvert de feuilles et de fleurs, et d'autre part, ce n'était pas vraiment un sentier. Le soleil brillait encore, l'illuminait quasiment à l'horizontale. J'avançais lentement, avec précautions. Abruptement, le chemin s'est interrompu. J'étais arrivée au sommet d'une colline qui donnait sur une autre vallée. À ma droite, il y avait la maison.

Owen Jones avait raison. Il n'y avait pas grand-chose à voir. Elle était en ardoise, et recouverte de multiples couches de chaux, qui s'effritaient entre les pierres. Vide et abandonnée, elle était absolument isolée : une butte de pierres la dissimulait aux regards. D'après son nom, je l'avais toujours imaginée au cœur de la forêt, mais c'était faux. Il n'y avait aucun arbre autour d'elle. Elle se dressait, seule, sur un terrain nu et désolé. Quelques rhododendrons avaient fait une timide poussée entre elle et la forêt.

Un mur bas courait tout autour. Je me suis arrêtée, et j'ai tenté de réconcilier l'image que je m'étais forgée depuis tant d'années avec ce que je voyais. La forêt était plus belle encore que dans mes rêves, mais la maison elle-même n'était pas à la hauteur des plus modestes de mes estimations. Ce n'était pas tant les ruines que la désolation absolue, et la solitude du versant dépourvu d'arbres, qui me frappaient. La maison n'avait que deux pièces minuscules. On vivait simplement, en ce temps-là. Elle serait entrée tout entière dans l'espace qu'occupaient ma chambre et celle de Megan. Les planchers étaient faits d'ardoises posées sur la terre battue. Une petite cabane éloignée servait de toilettes. Quant à l'eau courante, il devait s'agir du ruisseau, étroit, mais vigoureux.

J'aurais dû m'en douter, évidemment, même si maman n'y faisait guère allusion. Il n'y a aucune raison pour qu'un fermier inconnu vous offre un château gratuitement. Et l'on pouvait déduire du fait qu'aucune route n'y menait que ce n'était pas le Taj Mahal. Et pourtant, je m'étais attendue à autre chose. La façon dont maman en parlait, la joie de tous le récits qu'elle en faisait, m'avaient sans doute menée à imaginer pour elle et pour papa un toit plus digne d'eux que celui-ci.

J'ai arpenté les deux pièces pour les mesurer : elles faisaient environ douze mètres carrés chacune. Dans la première pièce, une immense cheminée occupait presque tout le mur du fond. Le foyer était profond de plus d'un mètre, une lourde poutre formait le manteau ; des clous et des crochets y étaient plantés.

J'ai repoussé du pied les crottes de mouton, et, comme il n'y avait aucun endroit pour s'asseoir, je me suis assise par terre. Il régnait dans la maison une odeur de bois humide, de mousse, pas désagréable d'ailleurs. Le sol était très froid, je le sentais à travers mon pantalon. La petite fenêtre ne laissait filtrer qu'un rai de lumière.

J'ai parcouru le périmètre de la pièce à quatre pattes ; j'inspectais les pierres du mur, les rebords et les embrasures des fenêtres aux cadres dépourvus de vitres. Puis je me suis relevée et j'ai passé la main sur le manteau de la cheminée, je suis entrée dans le foyer, j'ai regardé dans le conduit, noirci par des siècles de feu. On voyait le ciel. Scrupuleusement, j'ai exploré toute la maison, cherchant un message, un signe qui aurait traversé les années pour m'apporter un certain réconfort. Je n'ai rien trouvé, évidemment.

Apparemment, dans cette région du pays de Galles il y avait autant d'araignées que de moutons, et elles étaient presque aussi grosses. Adossée au rebord de la fenêtre, j'en ai observé une qui devait faire cinq centimètres d'envergure. Elle avait détalé du mur lorsque je l'avais dérangée, et s'était précipitée au milieu de la pièce, où elle attendait sans bouger. Quand elle a vu que je restais immobile, elle a prudemment pris le chemin du retour. J'avais l'intention de l'écraser, mais je ne l'ai pas fait. Elle a tourné autour de mes pieds, et s'est enfoncée dans une crevasse du mur.

J'ai traversé l'ancien jardin. De la maison, on ne voyait pas la forêt, mais les rhododendrons, tels une armée en marche, pointaient au-dessus de l'arrête de la colline. Quelques années encore, et ils atteindraient le mur de la maison, et y ouvriraient une brèche. Les moutons avaient brouté chaque brin d'herbe; il restait bien quelques buissons de houx mais il était impossible de déterminer les endroits où l'on avait planté quelque chose. L'unique trace de fleurs était les feuilles de jonquilles gonflées de pollen qui jonchaient la terre.

Je me suis arrêtée là où devait avoir poussé le chèvrefeuille dont maman tressait des guirlandes pour que la maison sente bon. Il ne restait qu'un squelette d'arcade, décrivant un angle bizarre. Les moutons avaient fait un sort au chèvrefeuille.

De là, on voyait plus loin encore que de chez nous. La vallée, en dessous, puis, à perte de vue, les montagnes, toutes dorées par le couchant. C'était si grand et si majestueux qu'on était transporté par toute cette beauté. Je m'y suis abîmée. C'est cependant un sentiment de solitude qui prévalait. Une telle splendeur anéantissait encore plus la maison perchée sur son versant désolé.

Je me suis assise sur le mur du jardin. Et maintenant?

Owen Jones chantait, d'une voix si profonde qu'elle traversait la forêt. Je l'ai entendue bien avant de sortir des arbres. Son chant était aussi solennel qu'un hymne, mais il l'entonnait joyeusement, tout en chargeant trois moutons à l'arrière de la Land Rover. Lorsque j'ai émergé de la forêt, le soleil était bas à l'horizon. Owen Jones m'a fait signe, ses chiens ont bondi autour de moi.

« Alors, vous avez vu la maison? »

Je portais un bouquet de rhododendrons, mais ils étaient si avancés que les fleurs tombaient.

J'ai souri en hochant la tête.

« Qu'est-ce-que vous en pensez? »

J'ai ouvert la porte de la Land Rover et me suis juchée sur le siège. Avec un sourire, j'ai dit: « Je ne sais pas à quoi je m'attendais, mais j'avoue que ce n'était pas à ça. »

« Je m'en doutais », a-t-il dit en riant.

Nous tressautions sur la piste ; les trois moutons bêlaient tristement contre mon épaule ; les deux chiens s'efforçaient de tenir sur le siège en vinyl, entre Owen Jones et moi. Il fredonnait toujours la même chanson.

« Vous avez bien connu mon père ? »

Il m'a regardée.

« Vous vous souvenez si bien de ma mère ! Mon père aussi, vous vous le rappelez ? »

Un silence a suivi. La Land Rover est passée sur un rocher, et un des chiens a glissé. Je me suis poussée pour lui faire de la place. Un mouton, le nez contre mon oreille gauche, a émis un bêlement plaintif.

« Il était très adroit de ses mains. Plus que mon père. Il n'arrêtait jamais, votre père. C'est pour ça que je ne le revois pas très bien. Il travaillait tout le temps. Votre maman, elle, elle restait à la maison, alors on la voyait plus. Mais votre père, il était toujours à la ferme, avec le mien. Il l'aidait. Mon père disait que c'était un homme sur qui on pouvait compter, et qui travaillait plus que ce que valait la maison. »

Owen Jones conduisait plus vite qu'à l'aller. Nous sautions en l'air à chaque bosse, moi, les chiens et les moutons.

« Il nous a fait une petite voiture, à Dai et à moi. Une petite voiture en bois, avec des roulettes, pour dévaler la pente devant la maison. Et jolie, avec ça. Peinte, et tout. Qu'est-ce qu'il était adroit, et patient. Il acceptait toujours qu'on l'aide à faire les choses, pas comme mon père, qui ne supportait pas de nous avoir dans les pattes quand il travaillait. Votre père, ça lui était égal, il ne se fâchait pas quand Dai faisait quelque chose de travers. Il aimait beaucoup votre père, Dai. Il voulait toujours l'aider. Mais il voyait si mal qu'il ne faisait que des bêtises. Mais votre père était très patient avec lui, il ne s'est jamais fâché. »

« Vous vous souvenez d'autre chose ? »

Nouveau silence pensif. Ses lèvres se sont retroussées, et il a gloussé. « Oui, mais ça a l'air un peu bête, maintenant. Vous voyez, on était un peu jaloux de lui, Emyr et moi ». Il s'est frotté le menton en souriant intérieurement et a poursuivi. « Moi, en tout cas, je l'étais. Emyr, peut-être pas. Mais moi, oui.

Un jour, je devais avoir huit ans, j'ai demandé à votre mère de se marier avec moi. J'étais complètement fou d'elle. Je lui ai dit que si elle attendait que je sois assez grand, je l'épouserais, et elle viendrait habiter dans la grande maison». Owen Jones m'a regardée en souriant. «C'est comique, hein, de se rappeler ce qu'on faisait quand on était gosse! Mais bon, j'étais fou d'elle, voilà tout. Elle m'a répondu: «Owen bach, j'ai déjà un mari». Et elle nous renvoyait toujours à la maison. On était chez elle, elle le voyait arriver sur le chemin, et elle nous disait «Voilà O'Malley!» Elle était si contente. Elle disait, «Voilà O'Malley. Allez-vous en maintenant.» Une fois, je lui ai demandé pourquoi il fallait qu'on rentre chez nous quand il arrivait, et elle a répondu «Parce que j'ai envie d'être avec lui, maintenant, je suis sa femme». Qu'est-ce-que j'étais jaloux! Je n'aimais pas ça du tout, qu'elle me renvoie chez moi quand O'Malley arrivait. Ce que je me rappelle le mieux de votre père, vous voyez, c'est qu'il rentrait toujours à la maison!» Il riait en prononçant ces dernières paroles.

La voiture est entrée dans la cour de la ferme. Je l'ai aidé à faire sortir les moutons, qu'il a menés dans une grange. Je l'ai suivi.

«Ça vous ennuierait si j'y habitais quelque temps?»

«Où ça?»

«À la petite maison. J'ai un sac de couchage, tout ce qu'il me faut. Ça vous dérangerait que je campe quelque temps la-haut?»

«Il y a toute la place que vous voulez à la ferme. Vous n'avez pas besoin de vous installer là-bas.»

«Mais je crois que ça me ferait plaisir. Si ça ne vous dérange pas. Juste un jour ou deux.»

«Il n'y a rien, vous savez. Pas d'eau, pas d'électricité. Rien.» Il avait enlevé sa casquette et se passait la main dans les cheveux.

«Quand même. Je vous payerais la même chose que si je restais ici.»

«Pas question!» s'est-il exclamé avec un grand geste de dénégation. «Faites comme chez vous. Personne n'y va, sauf les moutons.»

Quand nous sommes entrés dans la cuisine, Angharad était assise dans un fauteuil à bascule, près du feu, son plus jeune fils dans les bras. Il dormait, la tête sur son bras, bouche ouverte, les cheveux plaqués sur le front par la chaleur du poêle. Elle nous a souri et s'est levée pour poser le bébé endormi sur un banc. Elle a dit quelque chose à Owen Jones, en gallois, et il a ri. S'approchant de l'enfant, il lui a essuyé le front, et a repoussé en arrière ses cheveux bouclés.

« Notre Siôn Twm, c'est vraiment Winnie l'Ourson. Il a encore vidé le pot de miel. » Il s'est penché, et a embrassé le petit garçon sur la tête.

Angharad a fait du thé. Puis elle a apporté une boîte en fer pleine de biscuits. Sans raison, je me suis souvenu des milliers de fois où nous nous étions, Megan et moi, mises à table ensemble. Au Kansas, il était l'heure de déjeuner. Que faisaient Megan et papa ? Pensaient-ils parfois à moi, à propos de petits événements du quotidien ? Le cours de mes pensées m'a rappelé maman.

« Vous vous souvenez des tournesols ? » ai-je demandé à Owen Jones, qui s'était assis sur le banc à côté de son fils endormi. Il avait ouvert la boîte de biscuits, et en mangeait un à la suite de l'autre. « Là-haut. Maman parlait toujours des tournesols sauvages qui poussaient quand ils sont arrivés. »

Perdu dans ses souvenirs, Owen Jones contemplait fixement un biscuit. Angharad a versé le thé ; cette fois, elle a utilisé une passoire pour filtrer les feuilles. Elle a tendu à son mari sa tasse de thé, après y avoir ajouté du lait. Il réfléchissait toujours.

Puis il a secoué la tête. « Non, je ne vois pas. Mais je ne suis pas jardinier, pour moi, toutes les fleurs se valent. »

Angharad a ri pour montrer qu'elle l'approuvait. Owen Jones lui a souri.

Moi aussi. Auprès de cet homme au bonheur contagieux, on était facilement de bonne humeur.

« Maman en parlait tellement. Elle adorait les fleurs, et ces tournesols étaient très importants pour elle. On l'avait mise dans un camp pendant la guerre, vous savez. Dans un camp de concentration… »

J'ai baissé les yeux sur ma tasse de thé brûlant. J'ai soufflé, et des ronds se sont formés à la surface du liquide. J'ai levé ma tasse et j'ai bu mais il était encore trop chaud, et je me suis brûlé la langue. J'ai ajouté du lait crémeux.

« En tout cas, quand ils sont arrivés, mon père et elle, Coed-y-Bleddiau était recouvert de tournesols sauvages. C'est pour ça qu'elle est tombée amoureuse de cet endroit. Les tournesols la rendaient si heureuse. »

« Elle et les fleurs ! Je m'en souviens bien. Elle passait sa vie dans le jardin. Et de belles fleurs ! Parfois, elle en apportait. Ma vieille grand-mère vivait encore, et La Dame lui apportait des fleurs, pour mettre dans le salon. Tu te rappelles, Angharad, ces photos de Mamie ? Tu te rappelles, les fleurs dans les vases ? C'étaient les fleurs de La Dame. »

« Je les ai cherchés, les tournesols », ai-je dit. « Mais les moutons ont dû les manger, comme tout le reste. Je me demandais juste si vous saviez exactement où ils poussaient. »

« Non, pas du tout. Ça fait si longtemps. »

Le bébé a remué. Il était entre son père et sa mère, qui se sont tous les deux tournés vers lui en le sentant bouger. Owen a recouvert le visage à la peau translucide de sa main calleuse et lui a chuchoté quelque chose. L'enfant bougeait, mais il dormait toujours.

Pourquoi n'était-il pas couché ? me suis-je demandé. Angharad avait-elle cru que le pot de miel risquait de le rendre malade ? Ou l'avait-elle puni pour l'avoir mangé et hésité à l'envoyer se coucher en larmes ?

Angharad ne s'est plus préoccupée du bébé ; elle a fermé la boîte de biscuits et ramassé la passoire, qu'elle a mise sur une assiette ; il y avait une petite flaque de thé en dessous, et Owen a pris son mouchoir et l'a essuyée. La journée s'achevait dans un paisible silence.

« Je n'ai jamais vu de rhododendrons pareils. Quand je pensais à une forêt de fleurs, je n'imaginais pas ça. Ils sont magnifiques. »

Owen Jones a reniflé avec mépris.

« Ils ne vous plaisent pas ? »

« C'est une vraie plaie. Ils recouvrent tout. »

Surprise par son animosité, j'ai secoué la tête. « En Amérique, les gens les font pousser dans leurs jardins. »

« Oui, et il y a un crétin qui en a fait autant ici ; voyez ce qui est arrivé. Ils sont chez eux, maintenant. »

« Mais ils ont de la valeur. En Amérique, grands comme ça, ils vaudraient une fortune. En Amérique, on aurait fait un parc de cette forêt. »

« Eh bien, je vous les vends quand vous voulez. On n'arrive pas à s'en débarrasser. Je coupe, je coupe, mais ces cochonneries repoussent toujours. Du vrai chiendent. Plus on les coupe, mieux ils poussent. Même les moutons n'en viennent pas à bout. »

En finissant mon thé, dans le silence qui nous environnait, j'ai senti la fatigue. Angharad a pris le petit garçon dans ses bras et l'a bercé, appuyée contre le mur.

« Ils sont beaux, pourtant, si fleuris ! »

« Beaux, ils le sont, » a dit Owen Jones. « Mais ça ne les rend pas bons. »

32

J'y suis restée. Non pas un jour ou deux, ni une semaine, mais tout le mois de juin, tout le mois de juillet et une partie d'août. La plupart du temps, j'étais à Coed-y-Bleddiau, mais parfois je dormais à la ferme. J'avais conclu un arrangement tacite avec les Jones: en échange de la petite maison et de quelques bains, je m'occupais un peu des enfants, et je les aidais dans le jardin et dans le travail de la ferme.

Le premier mois, je l'ai consacré à rendre la maison habitable. J'ai frotté le sol, balayé la plupart des araignées et la poussière accumulée dans la cheminée qui était si grande qu'il y avait quelques marches dans le foyer, afin que les petits ramoneurs des siècles passés puissent accéder au conduit.

Angharad m'a aidée à fixer un plastique transparent sur les fenêtres et, un samedi, Owen a remplacé les ardoises les plus endommagées du toit. Malgré ces aménagements, mon abri était des plus précaires; j'avais plutôt l'impression de camper. Mais c'était gratuit, et ça me permettait de satisfaire mon désir de rester dans les vertes montagnes galloises.

J'ai appris à me sustenter avec les surplus d'œufs, de lait et de beurre de la ferme, à faire du feu avec des tiges de rhododendrons et à cuire ma nourriture dans la cheminée. Je me suis faite aux courants d'air, à la pluie qui tombait dans la cheminée, et aux toilettes dans la cabane primitive et pleine d'araignées; après tout, elles fonctionnaient. Et surtout, j'ai appris à me rendre indispensable aux Jones en travaillant plus dur que je ne l'avais jamais fait de ma vie. Ils ne se sont jamais ouvertement posé de questions sur mon intrusion dans leur vie. L'hospitalité était une sorte de commerce, dans ces fermes isolées, et je pense qu'ils étaient conscients de ne pas faire un marché de dupes.

Au début, Angharad Jones me faisait peur. En Amérique, je n'avais jamais rencontré de femme aussi silencieuse qu'elle. J'ignorais pourquoi elle était comme ça, j'avais peur qu'elle ne m'aime pas, qu'elle trouve ma présence gênante, ou qu'elle se sente exclue de nos conversations animées sur des gens qu'elle n'avait pas connus. Mais, comme l'été avançait, je me suis aperçue que c'était sa nature, et que ça n'avait rien à voir avec moi. Elle n'était pas bavarde, voilà tout; en fait, sous son silence, il y avait une bienveillance simple et amicale. Angharad m'a acceptée, je pense, comme les agneaux rejetés par leur mère que lui apportait son mari pour qu'elle les garde au chaud.

De plus, elle disait souvent qu'elle était contente d'avoir deux bras supplémentaires dans la maison. Et peu à peu, j'ai compris qu'elle appréciait ma compagnie, car, chaque fois que je déclarais qu'il était temps que je rentre, elle m'offrait une autre tasse de thé, ou découvrait une nouvelle tâche à accomplir dans la maison. Mais elle ne s'est jamais montrée bavarde. Elle ne m'a jamais posé de questions sur ma vie ou ma famille, pas plus qu'elle n'a parlé de sa propre existence avant que je n'y entre. C'était rassurant, ce silence. Pour la première de fois, je me suis détendue : je savais qu'on ne me poserait pas de questions. Quel soulagement ! D'ailleurs, moi-même je parlais peu, excepté de sujets se rapportant directement à la ferme, de nourriture, d'enfants, du temps, des chiens et des moutons. Il n'y avait que cela qui avait de l'importance, ici. Angharad m'a intégrée à tout cela, m'a appris à survivre dans cet environnement, sans jamais me demander pourquoi je m'y trouvais.

Joyeux et d'humeur égale, Owen Jones racontait autant d'histoires que maman. Nous parlions sans cesse de mes parents. Je lui tenais souvent compagnie, lorsqu'il changeait les moutons de pâturage. C'étaient les moments où il racontait le plus volontiers ses souvenirs d'enfance, à la ferme, avec ses deux frères. Il n'avait pas besoin de public pour parler. Maman vous obligeait à participer à son histoire : à la fin, l'histoire était autant la vôtre que la sienne. Mais pas Owen Jones. Une fois lancé, il n'avait nul besoin d'encouragement pour continuer. Parfois, il fallait que je coure pour rester à sa hauteur, et ne pas perdre le fil de ce qu'il racontait, mais en général je n'avais qu'à écouter. Ses histoires semblaient venir d'un lointain passé, et peu à peu mes parents sont devenus des gens qui m'étaient familiers, à la façon de personnages de feuilleton, mais que je ne fréquentais plus.

Il avait beau raconter plein d'histoires, Owen Jones ne ressemblait pas à ma mère. Il avait les pieds sur terre, il n'était pas sentimental. La lutte qu'il menait pour vivre de ce sol aride ne lui laissait guère le loisir d'éprouver des émotions romantiques sur la vie des autres. Il entretenait cependant une relation intime avec l'environnement dont il avait hérité.

Un jour, nous étions sur un haut pâturage. Il pleuvait à torrents, les nuages étaient si bas que l'on ne voyait presque rien. J'étais venue pour aider Owen Jones à remonter un mur qui s'écroulait. J'avais beau porter un pantalon et une veste en ciré, je transpirais tellement sous le poids des lourdes pierres que je lui passais, que j'étais aussi mouillée que si aucun vêtement ne me protégeait de la pluie.

Nous avons fait une pause. Il était d'un côté du mur et moi de l'autre. Il a défait la fermeture de son blouson pour s'aérer et s'est appuyé contre le mur, en me tournant le dos.

« Toqués de moutons ! » s'est-il exclamé en me montrant du doigt un petit troupeau qui s'ébattait dans les flaques d'eau. « En plein dans l'eau ! Ils vont se choper des douves, à tous les coups ».

Je ne les regardais pas. Tout en essayant de reposer mes bras endoloris, je contemplais le versant voilé de la colline. De cet endroit, on apercevait l'orée de la forêt au-dessus de la crête de la colline, mais, à cause des nuages, on ne voyait guère qu'une vague ligne grise, estompée. J'étais en train de me dire qu'au soleil, ce paysage était monotone et banal. Cette région, il ne fallait pas la voir en pleine lumière, car alors, on n'en captait que les défauts : des fermes en ruines sur des collines désolées, les cicatrices laissées par un siècle d'extraction de l'ardoise, et le squelette abandonné de l'industrie victorienne. Même les montagnes avaient l'air petit et nu, au soleil. Mais avec les nuages, avec la brume et le brouillard, le paysage se renouvelait en un vibrant contraste de verts, de gris et de noirs étincelant sous la pluie. Les brumes semblaient faire mille promesses, et les montagnes grandissaient, leurs voiles les auréolaient de mystère. Et l'intemporalité était saisissante. Inutile de lire dans un livre combien cette région était vieille. On le *sentait*. Et l'on sentait que si le fragile écran séparant le passé du présent pouvait se déchirer quelque part, c'était ici.

Owen Jones parlait toujours des moutons. Il était inquiet car il fallait qu'il aille à Dolgellau, à la foire aux chiens de berger, ce qui signifiait qu'il resterait deux jours absent. Il y avait tant à faire, les moutons se portaient si mal, cette année, disait-il. Les étés pluvieux étaient toujours les plus difficiles.

« Avez-vous jamais vécu ailleurs ? »

« Hein ? »

« Je disais, avez-vous jamais vécu ailleurs que dans cette ferme ? Quand vous étiez plus jeune, par exemple ? »

« Non. »

La pluie forcissait. Owen Jones a refermé son blouson, mais n'a pas repris le travail. Dans le pâturage, une brebis a bêlé. Une fois. Deux fois. Elle regardait vers nous. Un mouton lui a répondu.

« Une fois, je suis allé à Liverpool. Avec mon père, pour acheter des chevaux. » Il a sifflé en secouant la tête. « Oh, non ! Plus jamais. Trop de monde. La foule, ça me rend nerveux. J'ai attrapé mal au ventre. »

« Donc, vous n'avez jamais vécu ailleurs ? » J'essayais d'imaginer ce que cela signifiait de passer sa vie entière à l'endroit où l'on était né. Nous avions tellement erré, avec maman, que je ne parvenais à concevoir une chose pareille. « Et vous n'en avez jamais eu envie ? »

« Non ».

La brebis bêlait toujours, plaintivement. C'était un son mélancolique, au timbre étonnamment humain.

Nous la regardions, et elle nous regardait.

« Non. Ce voyage à Liverpool, c'est la seule fois où j'ai quitté le pays de Galles. Et ça m'a suffi. »

Silencieusement, j'ai gratté le lichen sur le mur qui nous séparait.

« Vous n'êtes même pas allé à Londres ? »

« Non. Un jour, un ami à moi, Gareth, il s'appelait, m'a demandé d'aller passer un week-end à Londres avec lui. Pour prendre du bon temps, vous savez. Pour aller dans ces endroits où vont les garçons, quand ils ont vingt ans. Ça fait longtemps, maintenant. Ça devait être en 1962 ou 1963. Je ne me rappelle pas. Donc, il me demande. C'était l'été. Je lui dis, « Non, Gareth, pas pendant l'été ». À Londres, on aurait eu trop chaud, alors qu'ici, il faisait bon et frais. Je n'avais pas l'intention de bouger. Le temps a passé. Gareth est revenu. « Owen, ça te dit de venir passer un week-end à Londres avec moi? » C'était l'automne. Je me suis dit, je ne peux pas y aller en automne, il y a trop de travail à la ferme. Alors je lui ai dit, « Non Gareth, pas cette fois ». Je n'avais pas l'intention de bouger. Le temps a passé. Gareth, c'est un brave garçon, il n'abandonne pas comme ça. Aux alentours de Noël, il fait un saut à la ferme. « Alors, Owen, on va à Londres ? » C'était l'hiver. Je me suis dit, je ne peux pas y aller en hiver. La ferme est si tranquille, en hiver. c'est la seule saison où j'ai un peu de temps à moi. Parfois je me promène dans la vallée, le long de la rivière. L'hiver dernier, j'ai fait les refuges d'oiseaux, derrière la maison. À vrai dire, je crois que l'hiver est ma saison préférée. Donc j'ai refusé. Je n'avais pas l'intention de bouger. La dernière fois que Gareth m'a proposé de l'accompagner, c'était en mai. Il vient, et il me dit : « Owen, on n'est pas en été, il ne doit pas faire chaud à Londres, ce n'est pas l'automne, et ce n'est pas l'hiver. Veux-tu venir passer un week-end à Londres avec moi ? » Et je me suis dit : « Comment pourrais-je y aller au printemps ? » Vous avez déjà vu le printemps, ici ? Alors je dis à Gareth : « Comment veux-tu que je m'en aille d'ici maintenant ? » « Rien que pour un week-end, il me répond. Mais je crois que tu ne veux pas y aller ». Et il avait raison. Je ne voulais pas aller à Londres. »

Son histoire m'amusait, elle me rappelait une chanson : le chanteur était incapable de trouver une saison où il pourrait quitter la femme qu'il aimait. Si je me rappelais bien, à la fin de la chanson, la femme le trompait et s'en allait.

« Mais vous n'avez même pas envie de savoir à quoi ressemble Londres ? »

« Non. Je l'ai vu à la télé. On se rend encore mieux compte, à la télé. C'est toujours comme ça. Comme pour les matchs de rugby.

Je suis chez moi, bien au chaud, et je vois mieux ce qui se passe que les tordus qui y sont. »

« Mais ce n'est pas pareil. »

« Moi, ça me suffit. »

J'ai enlevé un peu de lichen de sous mon ongle avec un éclat d'ardoise. « Et la musique, les pièces de théâtre ? Vous n'auriez pas envie d'aller à Londres pour voir une belle pièce ? Ou pour entendre un concert ? Ou aller dans un très bon restaurant ? »

Il a secoué la tête.

« Vous n'auriez pas du tout envie d'y aller au moins une fois ? De voir tout ça par vous-même ? »

« Pourquoi faire ? Qu'est-ce-que j'y trouverais ? Du ciment et des briques. Il n'y a que ça. Toutes ces rues, tous ces immeubles. Un trou à rats, voilà tout. Rien que du ciment et des briques, des briques et du ciment, où qu'on regarde. Qu'est-ce que j'irais faire là-bas, alors que j'ai tout ça ? »

Comme il n'avait jamais quitté la ferme, les souvenirs qu'avait conservés Owen Jones de mes parents étaient particulièrement vivaces. Aux yeux du jeune garçon qui les avait côtoyés pendant son adolescence, ils étaient des figures particulièrement exotiques : non seulement des étrangers, mais des gens qui étaient venus partager le mode de vie des autochtones et qui s'étaient révélés capables de les quitter.

Il avait été désespérément, ouvertement, amoureux de ma mère. Durant toute son enfance, Owen avait parcouru à pied la distance qui séparait la ferme de la petite maison pour être avec elle. Il lui parlait de l'école, de la chapelle, de la vie à la ferme. Il jouait avec elle à des jeux qui accroissaient son vocabulaire. Il chantait pour elle, de sa voix haut perchée d'écolier soprano, et elle adorait cela. Quant à maman, elle lui souriait, riait, et lui racontait les délicieuses histoires de Lebeny et de Dresde. J'ai découvert qu'Owen en savait autant que moi sur Lebeny.

Maman ne faisait certainement rien pour le décourager. Des trois garçons, c'était son préféré. Il ne le disait pas ouvertement, mais c'était facile à déduire de ce qu'il racontait. Sans doute parce qu'il avait l'âge qu'aurait eu Klaus, et que maman se consolait avec un prétendu fils, mais ça, je ne l'ai jamais dit à Owen. Toujours est-il que, connaissant maman, il était facile d'imaginer son ravissement devant ce petit garçon à l'esprit vif qui chantait comme un ange.

«Je chantais à l'église», me dit-il un samedi après-midi, en réparant le tracteur. Je lui tenais compagnie, comme je le faisais dans le temps avec mon père, lorsqu'il réparait sa voiture dans le garage. «La Dame aimait que je chante pour elle.

Je me rappelle un jour d'été, la plupart des hommes étaient en vacances. Nous n'étions plus que dix ou quinze à chanter dans le chœur, tout le monde était parti. En temps normal, nous étions au moins trente. Le ténor n'était pas là non plus. Et c'est moi qu'on a choisi pour chanter en solo. En général, je ne chantais pas avec le chœur des grands, mais avec les enfants. Mais c'est moi qu'ils ont choisi pour chanter avec les hommes, ce dimanche-là.»

Il s'est glissé hors du tracteur exprès pour me regarder. «J'étais pas peu fier! J'en faisais éclater les boutons de ma chemise!» En riant, il est reparti sous son engin, et le cliquètement du métal a interrompu un instant son récit. «Je n'avais que huit ans, un gamin, quoi. Et si fier d'avoir été choisi pour chanter dans le chœur des hommes. En soliste! Alors, je voulais qu'elle vienne m'entendre.

J'étais allé répéter, et quand je suis rentré à la maison, je me rappelle que j'ai dit à Emyr que j'allais demander à La Dame de venir m'écouter. «Owen, que tu es bête!» m'a-t-il répondu. «La Dame ne viendra pas. Elle ne va jamais à l'église». Emyr était plus vieux que moi, vous comprenez. Il savait que La Dame n'était pas croyante. Mais je n'avais que huit ans, je ne savais pas, je ne comprenais pas. J'avais remarqué qu'elle n'allait jamais à l'église, mais sans y réfléchir. Emyr avait treize ans, il lui avait posé des questions, il savait, lui. «Que tu es bête, Owen, si tu t'imagines qu'elle va aller à l'église juste pour t'entendre chanter! Tu es aussi bête qu'un mouton de Blaenau»!

J'y suis monté quand même, et j'ai dit à la Dame: «Il faut que tu viennes m'entendre chanter à l'église, dimanche prochain. C'est moi qui chanterai «Dafydd y Garreg Wen», — «David sur le rocher blanc» — avec les hommes, dans le grand chœur. Je veux que tu viennes m'écouter. Mais Emyr a dit que tu viendrais pas. Et maman a dit que tu viendrais pas. Et Dai bach a dit que tu viendrais pas. Mais moi, je leur ai dit qu'ils se trompaient. Je leur ai dit que tu viendrais, parce que tu voudrais tellement m'entendre chanter en solo.

La Dame m'a regardé. « Je ne vais pas à l'église, Owen *bach*, tu le sais bien ». « Même pas pour moi, » je lui demande ? Et elle : « Non, je n'entre pas dans les églises. » Mais j'ai insisté. « Même pas pour m'entendre chanter en solo, avec tous les hommes ? » « Même pas, Owen, elle m'a dit. Parce que je n'entre pas dans les églises. »

Il est sorti de sous le tracteur, et s'est assis par terre sur le sol de la grange en enlevant le cambouis de ses mains avec un chiffon. « J'étais bouleversé ! Complètement bouleversé. Je me suis détourné, pour qu'elle ne voie pas mon visage. J'étais trop grand pour pleurer à cause de choses comme ça, et j'avais honte. Mais j'étais tellement malheureux. Elle, elle s'est agenouillée à côté de moi, et elle m'a dit : « Mais tu peux me le chanter rien que pour moi, ici. Ce sera encore plus extraordinaire ». Mais je lui ai objecté qu'il n'y aurait pas les voix d'hommes qui reprennent après moi, que ce serait beaucoup moins beau. Je l'ai à nouveau suppliée de venir à l'église, que je chanterais spécialement pour elle. Mais elle a refusé.

Je lui ai dit que je la détestais. Je n'avais que huit ans, vous comprenez. Je lui ai dit que je ne chanterais plus jamais pour elle, que je la détestais, et que je n'étais plus son ami. Et je suis parti.

J'ai passé le reste de l'après-midi caché dans la grange, pour que maman ne me voie pas pleurer. Et je ne voulais surtout pas qu'Emyr se moque de moi parce que j'avais cru que La Dame viendrait à l'église rien que pour moi. »

Un sourire a erré sur ses lèvres et il a levé les yeux sur moi. « Mais vous savez ce qui s'est passé, finalement ? Je n'ai pas vu La Dame de toute la semaine. Bien sûr, j'étais fâché, mais il fallait surtout que je répète avec le chœur. Donc je n'y suis pas allé. Et le dimanche matin, j'étais à l'église, et c'était le moment de chanter. Le chef de chœur m'a fait signe, et j'ai commencé. La Dame était là. Tout au fond. Votre papa aussi. Tous les deux dans leurs habits du dimanche. Elle était venue m'entendre chanter, elle était venue ! J'ai chanté pour elle, de tout mon cœur.

« Après je lui ai dit : « Tu voulais me faire marcher ? » Et vous savez ce qu'elle m'a répondu, à un petit gosse comme moi ? Elle a dit: « Il fallait que je vienne, Owen bach. Tu es mon rayon de soleil. Comment aurais-je pu continuer à vivre là-haut, si tu ne venais plus me voir et me rendre heureuse ? »

Owen Jones s'est levé. Il est allé ouvrir la porte de la grange. « J'étais si fier que quelqu'un comme La Dame ne puisse pas se passer de moi ! Ça m'a rendu encore plus fier que d'avoir chanté dans le chœur des hommes. »

Il est sorti dans la pluie pour aller chercher une pièce du tracteur. Seule dans la pénombre, j'ai pensé à maman et au petit Owen Jones. Je m'imaginais facilement la scène. C'était maman tout craché. Elle ne considérait jamais les choses du point de vue de l'autre. Mais son égoïsme était si candide qu'on lui pardonnait toujours. Inlassablement. Les choses ne changeaient jamais. Que ce soit Owen Jones, papa, Elek ou moi, ça ne faisait aucune différence. Maman nous insufflait la vie avec ses histoires et ses rêves, avec son inépuisable vitalité, mais, dans le même élan, elle se nourrissait de nous. Et tous, en fin de compte, nous avions la même impression que le petit Owen Jones : rien n'aurait pu nous rendre plus heureux.

J'ai passé trois mois extraordinairement paisibles, qui sont passés comme un rêve. Le contraste avec ma tumultueuse famille était si radical que j'avais peine à imaginer que le Kansas et le pays de Galles étaient sur la même planète.

Physiquement, j'ai travaillé très dur. Je m'occupais du bois, je portais du charbon, j'aidais Owen Jones à tailler les haies, j'arrachais les mauvaises herbes du jardin, j'aidais à laver et à congeler des quantités industrielles de légumes, je faisais des litres et des litres de conserves.

Pendant les grosses chaleurs de juillet, je me suis promenée dans les collines avec Eirian et Siôn Twm, en effrayant les moutons et en me familiarisant avec les pentes rocailleuses et nues. Nous jouions à être des hommes de l'espace, ou des pionniers, ou des pirates. Parfois, j'étais la seule à jouer et je m'imaginais que c'étaient mes petits garçons, que, comme maman ou la jeune fille du train, j'étais devenue mère avant d'avoir vingt ans. Un après-midi de la fin juillet, je suis allée jusqu'à imaginer que je pourrais dire à Eirian que nous allions jouer à l'appeler Klaus, et Siôn Twm

Jozsef. Mais lorsque j'ai pris conscience de l'horreur de ce que j'étais en train d'inventer, j'en ai été presque malade. J'ai regardé Eirian, les yeux vifs et curieux, courir pieds nus dans le ruisseau et j'ai pensé à Toby Waterman. Ça me donnait la nausée, vraiment, de voir comme j'avais facilement été tentée de le transformer en Klaus.

Peu à peu, j'ai appris quelques mots de gallois. C'était une langue étrange, aux nombreux idiomes : par exemple, il n'y avait pas de mot pour dire oui ou non. Plus bizarre encore, la plupart des mots avaient une déconcertante aptitude à changer de première lettre. Ils pouvaient commencer par cinq lettres différentes. En anglais, on appelait cette aberration « mutation » mais les Gallois disaient « errance » et affirmaient qu'ils conservaient cette habitude pour que les phrases sonnent mieux.

Les jours passaient sans même que je m'en aperçoive. Au début, j'écrivais des lettres à Megan et à papa. Puis je suis passée aux cartes postales. À la fin, je n'écrivais plus qu'à Paul, même après qu'il ait quitté le Kansas, à la mi-août, pour aller à l'université. Au fur et à mesure que je m'acclimatais au pays de Galles, le Kansas me semblait de plus en plus lointain. Je perdais la faculté de visualiser précisément des choses aussi familières que ma chambre ou la cuisine. Les émotions que j'avais éprouvées avant mon départ s'estompaient elles aussi. Je ne pensais presque plus jamais à mon pays et les vastes plaines arides se sont peu à peu transformées en un rêve. À la fin, le Kansas ne me semblait guère plus réel que le Pays des Merveilles.

33

La première tempête de l'automne s'est déchaînée à la fin du mois d'août. J'étais déjà rentrée lorsque le vent de nord-ouest s'est levé et qu'il a commencé à pleuvoir. D'abord, j'ai éprouvé un sentiment de confort et de bien-être : ma petite radio me tenait compagnie, un bon feu brûlait dans l'âtre. Aucun arbre ne risquait de s'effondrer, et je n'avais pas l'électricité, donc rien à perdre. J'ai augmenté le volume de la radio, remis des bûches dans le feu et me suis installée tout près.

La différence avec les orages d'été, c'était le vent. Avec la force d'un ouragan et le froid de l'hiver, il rugissait dans les collines. Sur le toit, les ardoises gémissaient. Le plastique posé sur les fenêtres a été arraché. La pluie passait par le conduit de la cheminée, formant de petites flaques autour du foyer.

À l'aide d'un morceau d'ardoise en guise de marteau, j'ai essayé de refixer le plastique autour de la fenêtre. Ça ne tiendrait pas, manifestement ; j'ai pris une couverture pour renforcer le plastique, et je l'ai calée sur les rebords de la fenêtre avec des morceaux d'ardoise. Dans la pièce du fond, l'eau coulait par les trous du toit. Je l'avais remarqué en allant chercher des ardoises, mais je ne m'en étais pas souciée davantage, car, pendant les orages, la pièce prenait toujours l'eau. Cependant, avant que je n'aie fini de m'occuper des fenêtres, je me suis aperçue que les réparations effectuées sur le toit de la pièce principale ne tenaient pas non plus. L'eau ruisselait sur le mur du fond. J'ai abandonné les fenêtres pour changer mon sac de couchage de place. Bang! Le vent avait arraché une des tuiles d'ardoise, qui venait de s'écraser derrière la maison. La pluie s'est engouffrée dans le trou ainsi ménagé. J'ai à nouveau retiré mon sac de couchage.

Ça devenait moins drôle. Le feu, mouillé par la pluie qui tombait sans cesse dans le conduit, grésillait plutôt qu'il ne flambait. Le sol était mouillé, l'un des murs servait de décor à une petite chute d'eau. Ça coulait de partout. Mon sac de couchage dans les bras, je me suis plantée au milieu de la pièce. Le feu était presque éteint; avec ma lampe de poche, je n'y voyais pas grand chose. J'avais froid, j'étais fatiguée, et je n'allais pas tarder à être trempée comme une soupe.

J'ai pensé à descendre à la ferme. J'ai regardé ma montre: pas tout à fait dix heures. Mais je n'étais pas emballée à l'idée d'une trotte de près de trois kilomètres, dans le noir et sous la pluie battante. Mon sac de couchage sur les épaules, je me suis pelotonnée à l'abri du manteau de la cheminée. Pour la première fois depuis mon arrivée, j'aurais voulu avoir un téléphone. Ou un lit bien chaud. Ou même de la lumière.

«Lesley ? Lesley ? Vous êtes là ?»

Je m'étais endormie. La voix d'Owen Jones m'a tirée de ma torpeur. Il frappait à la porte. De la main, j'ai cherché ma lampe de poche.

La tempête battait toujours son plein. La porte s'est ouverte brusquement, une rafale de vent glacé a pénétré dans la pièce avec Owen.

«Venez à la ferme. J'ai la Land Rover à la lisière de la forêt. Venez. Vite.»

J'ai cherché mon anorak.

«L'eau monte. Le pont est déjà inondé». Il a posé sa lanterne sur le rebord de la fenêtre et a commencé à accrocher toutes mes affaires aux clous et aux crochets. «Mettez votre sac de couchage quelque part en hauteur; demain matin, il y aura au moins vingt centimètres d'eau par terre.»

J'ai cru qu'il plaisantait.

«C'est sérieux. Le temps que vous reveniez, le sol sera bien lavé, croyez-moi.»

J'ai accroché mon sac de couchage à un crochet dans la cheminée.

« Venez vite, ou nous aurons du mal à passer. »

Je l'ai suivi en courant. En temps normal, le petit torrent au bout du jardin ne faisait pas plus de trente centimètres de large, une dizaine de profond. Maintenant, il grondait sur le flanc de la montagne ; il était trop large pour qu'on puisse l'enjamber. Owen Jones est entré dans l'eau, et a sauté de l'autre côté. Puis il a levé sa lanterne pour que je voie où mettre les pieds et s'est penché en avant pour me tendre la main.

« Sautez »

« Je ne peux pas. »

« Allez, prenez ma main, » a-t-il dit en entrant à nouveau dans l'eau, « et sautez. »

« Comme ça, je n'y arriverai pas. »

J'avais peur de l'eau. Dans le noir, je ne voyais pas si elle était très profonde, ou très large. Elle faisait un bruit assourdissant, particulièrement alarmant, car d'habitude on ne l'entendait pas.

« Sautez ! » a crié Owen Jones d'une voix pleine de patience.

« Je vais courir, et prendre mon élan », lui ai-je répondu dans la fureur de la tempête.

Courir et sauter : voilà bien une idée d'arriérée du Kansas pour sauter un ruisseau dans un terrain en pente et humide. J'ai couru dans l'herbe glissante, sous la pluie, et j'ai essayé d'enjamber le ruisseau. Je n'y suis pas arrivée. Je suis tombée, j'ai glissé sur les rochers, et le courant m'a entraînée quelques mètres plus bas. J'en aurais pleuré ! Trempée, dégoulinante, je me suis hissée sur le bord.

« Ça va ? » m'a demandé Owen Jones, les yeux agrandis d'étonnement devant ma façon de m'y prendre.

« Oui, oui. »

En gros, ça allait. Pourtant, en marchant, je me suis rendu compte que je m'étais ouvert le pied sur les rochers. Il était trop engourdi par le froid pour me faire mal, mais mon espadrille se remplissait de sang.

Anghharad nous attendait à la porte de la ferme, enveloppée dans un peignoir bleu. « Dans quel état vous êtes ! » s'est-elle exclamée tandis que je m'engouffrais avec gratitude dans la chaleur de la cuisine. « J'avais bien dit à Owen d'aller vous chercher plus tôt. C'est une grosse tempête, Owen, je lui ai dit, et à chaque tempête, la maison est inondée. C'est pour ça que personne ne peut y vivre. Je lui ai dit qu'il perdait la tête, de vous laisser là-haut toute la nuit. » Elle riait, tout en feignant la colère. Puis elle a vu mon pied.

« Iesu Mawr ! » s'est-elle écriée. Puis elle s'est adressé à Owen en gallois, si vite que je n'ai pas compris un seul mot.

« Il faut nettoyer ça » a calmement répliqué Owen. « Où est la cuvette en plastique ? » Il se trouvait près de l'armoire, en train de verser le thé dans la théière. Il s'est baissé, a ouvert la porte de poêle et attisé le feu, dans lequel il a enfourné deux bûches.

Puis ils ont échangé quelques phrases en gallois. Je suppose qu'il lui expliquait comment je m'étais blessée. À moins que les gens ne parlent très lentement, je ne comprenais pas grand-chose au gallois. Or, les Gallois ont tendance à manger la moitié des mots, bien plus encore que les Français.

« Vous allez prendre froid, avec vos vêtements mouillés. » Angharad est sortie de la cuisine, et je l'ai entendu monter l'escalier. Elle est revenue les bras chargés de serviettes. « On vous mettra dans un bon bain, quand on aura soigné votre pied. Mais en attendant, enveloppez-vous là-dedans. »

Elle a regardé Owen Jones, qui sortait les tasses et les soucoupes.

« Owen, laisse-nous, que cette pauvre fille puisse se sécher. Le thé attendra. »

Angharad m'a déshabillée et enveloppée dans le peignoir en laine d'Owen comme si j'étais un bébé. Elle m'a séché les cheveux avec une serviette, sans un mouvement inutile, et a accroché mes vêtements mouillés sur une corde devant le poêle. Ils fumaient.

Envahie d'un sentiment d'extrême bien-être, je me suis appuyée au banc qui était devant la table. Le peignoir était lourd, il sentait la laine, et la crème à raser. La cuisine était chaude, mes vêtements mouillés répandaient de l'humidité. J'ai eu une subite illumination : maman avait tort. L'enfant volé, c'était moi. On m'avait emmenée d'ici, éloignée de mes montagnes humides et sauvages, pour me plonger dans une famille bizarre, en plein milieu du Kansas.

Owen est revenu avec une cuvette en plastique verte, pleine d'eau. Il s'est agenouillé et a dénoué les lacets de mes espadrilles.

« Ça ne fait pas très mal », ai-je annoncé. Mais dès qu'il m'a bougé le pied, qui s'était engourdi, c'est devenu bien plus douloureux.

« Il faut le nettoyer quand même. Pour que ça ne s'infecte pas. »

C'était une douleur lancinante, qui semblait faire palpiter la pièce. Quand Owen m'a retiré ma chaussure, le sang a giclé sur le sol d'ardoise, où il ressortait vivement.

Prudemment, il a trempé mon pied dans la bassine. Il y avait un désinfectant dans l'eau, ce dont j'aurais dû me douter. Mais je n'y avais pas pensé et ça piquait si fort, quand le liquide est entré en contact avec la plaie, que, en criant de surprise, j'ai retiré mon pied brusquement. Surpris également, Owen a reculé. Il m'a souri. Puis, comme il aurait fait avec une brebis peu coopérative, il m'a fermement saisi le pied et l'a trempé dans le liquide. J'ai serré les dents, fermé les yeux, et je me suis demandé si je n'allais pas m'évanouir de douleur. J'aurais préféré, d'ailleurs, mais ça n'est pas arrivé. Il a finalement soulevé mon pied, et l'a enveloppé dans une serviette.

Owen Jones ne s'est pas excusé de m'avoir fait si mal, mais il a manifesté une gentillesse proche de la tendresse en faisant mon bandage. Puis il a reposé mon pied sur un coussin.

Le thé était prêt. Un pot de lait entier l'accompagnait. Angharad a posé le grille-pain sur la table, et a agrémenté notre thé de toasts beurrés. Owen Jones y a ajouté une épaisse couche de marmelade d'orange.

À un moment, tandis qu'Angharad recoupait du pain, Owen Jones a fermé les yeux.

Angharad l'a regardé. « Veux-tu prendre ton petit déjeuner maintenant ? »

« Non », a-t-il répliqué en se redressant, et en prenant un autre toast. « Je vais aller voir si Bryn Derrw est inondé. Je mangerai en rentrant. »

Nous étions silencieux et somnolents. Owen mâchait son pain pensivement, le contemplait entre chaque bouchée et ramassait la marmelade du bout du doigt. Il était manifestement mort de fatigue.

Angharad s'en est aperçue elle aussi. « Veux-tu un café, Owen ? »

Il a secoué la tête. « Je me disais que c'en était fini de la petite maison, maintenant. »

« Pourquoi ? » ai-je demandé.

« L'automne est arrivé. C'est une tempête d'automne, que nous venons d'essuyer. Dorénavant, il y en aura une à la suite de l'autre. » Il s'est passé la main sur le visage. Selon les normes américaines, il serait considéré comme un homme très laid, avec ses traits burinés et ses mauvaises dents. Mais ici, son allure fatiguée convenait bien au paysage d'ardoise et de lichen. Il a secoué la tête en voyant que je le regardais. « Le ruisseau va déborder. Comme à chaque tempête. L'eau des montagnes se précipite dedans, et la petite maison est sous l'eau, pendant tout l'hiver. »

« Comment mes parents se sont-ils débrouillés ? »

« Je ne sais pas, » a-t-il dit en haussant les épaules. « Le toit était en meilleur état, à l'époque. Votre père n'était pas quelqu'un à négliger son toit. Mais ils avaient d'incessants problèmes à cause du torrent. Je m'en souviens très bien. Je les ai aidés à se construire des remparts avec des sacs de sable, un hiver. Ça sentait toujours l'humidité. Ils n'y pouvaient rien. »

« Oh ! »

« C'est vraiment dommage. Elle est jolie, cette petite maison. Elle était bien construite, mais les gens n'ont pas pensé au torrent, ils ne connaissaient pas la montagne. »

« C'était peut-être différent, à l'époque. La forêt recouvrait peut-être tout le versant de la colline, et le torrent ne débordait pas. »

Owen Jones se mordait pensivement les lèvres.

« Ils ne l'auraient pas appelé comme ça, autrement », ai-je continué. « Coed-y-Bleddiau. Pas si elle s'était trouvée sur un versant désolé et nu, comme maintenant. Ça n'aurait eu aucun sens. Donc, je suppose que le paysage s'est modifié avec les siècles. »

« Oui, vous avez peut-être raison. »

Nous sommes redevenus silencieux. J'ai modifié la position de mon pied sur l'oreiller. Angharad a débranché le grille-pain et l'a rangé dans l'armoire, puis elle a attisé le feu dans l'âtre.

« J'ai compris, maintenant, pourquoi ils ont appelé la maison comme ça. »

Owen Jones a relevé la tête.

« Je me l'imaginais tout à fait autrement. Maman parlait sans arrêt des fleurs, des tournesols qui recouvraient tout quand ils étaient arrivés. Alors, pour moi, les fleurs dont il s'agissait, c'étaient les tournesols. Je m'imaginais une immense forêt de tournesols. »

Avec un petit sourire, j'ai secoué la tête. « C'est bizarre, les idées qu'on se fait. Maintenant, je comprends ce qu'ils voulaient dire par forêt de fleurs. Quand j'ai vu tous ces rhododendrons, en arrivant, j'ai compris. »

Owen a froncé les sourcils.

« Je sais, vous ne les aimez pas. Ils font peut-être des ravages. Mais je comprends pourquoi ceux qui ont construit la petite maison l'ont appelée comme ça. J'en aurais fait autant. »

Un sourire a éclairé le visage d'Angharad, qui s'est penchée vers son mari et lui a parlé en gallois. Il s'est bruyamment esclaffé : « Ho, ho, ho ! » On aurait dit le père Noël.

« C'est ça que vous vous imaginiez que ça voulait dire ? Forêt des fleurs ? »

« Coed-y-Bleiddiau, oui. »

Il s'est esclaffé à nouveau. Le rire le réveillait, au moins.

« Qu'est-ce-que ça a de si drôle ? »

« Bleiddiau, vous pensiez que ça voulait dire fleurs ? »

J'ai hoché la tête.

« Mais non, pas du tout. Ce serait Blodau, si ça voulait dire fleurs. Vous parlez assez bien le gallois pour faire la différence, n'est-ce-pas ? »

Il me regardait en riant. Comme si j'avais fait la plaisanterie du siècle. « Mais, non, voyons. La maison est bien plus vieille que ça. Les rhododendrons, ils ne poussent que depuis le début du siècle. Le nom, c'est la Forêt des Loups. »

« C'est impossible ! »

« Mais si, Lesley. Bleiddiau, ça veut dire loups. Vous n'aviez pas réalisé ? »

J'étais pétrifiée.

Angharad m'a souri gentiment. « Blodau, Bleiddiau, ça se ressemble. Quand on ne connaît pas la langue, on peut confondre facilement. »

J'étais hébétée, muette. Comment maman avait-elle fait une erreur aussi énorme ?

« C'est une erreur qui se comprend », a ajouté Angharad.

J'ai hoché la tête doucement. « Maman n'a pas dû comprendre. Elle était hongroise, vous savez ; elle a dû confondre. »

« La Dame, vous voulez dire ? » a interrogé Owen.

J'ai acquiescé.

« La Dame ? Sûrement pas. Elle savait ce que ça voulait dire. Elle parlait gallois. Elle avait la comprenette facile, La Dame. Elle a appris en un rien de temps. Elle le parlait aussi bien que ma vieille grand-mère. Une vraie merveille, c'était, La Dame. »

Stupéfaite, j'ai articulé : « Ma mère parlait gallois ? »

« Et comment, qu'elle parlait gallois, La Dame. »

34

L'imminence des larmes s'est annoncée comme le fait la nausée : dans mes mains, par des fourmillements, sur mes paumes, qui se sont mouillées de sueur, dans mon estomac, qui s'est serré. Subitement, dans la cuisine surchauffée, je grelottais, je tremblais, je ne pouvais plus avaler.

Owen Jones gloussait toujours, et je l'en haïssais.

Sans m'excuser, je me suis précipitée à la porte.

« Lesley, où allez-vous ? m'a demandé Angharad tandis que l'allégresse d'Owen Jones retombait brusquement.

« Lesley ? » Il m'appelait, lui aussi, mais j'avais déjà refermé la porte de la cuisine derrière moi, et leurs voix ne me parvenaient plus.

Où est-ce que j'allais, d'ailleurs ? Où pouvais-je aller, en sous-vêtements et en peignoir de bain ?

« Lesley ? » La porte de la cuisine s'est ouverte.

J'ai avisé une paire de bottes en caoutchouc que j'ai enfilée, et je suis sortie dans la cour. Le vent était tombé, mais il pleuvait encore. J'ai traversé la cour en courant aussi vite que possible. J'entendais des pas derrière moi.

Haletante, je suis entrée dans la grange ; j'ai cherché l'interrupteur électrique, sans succès. Il me fallait échapper à mon poursuivant, qui que ce soit. À tâtons, dans le noir, je me suis glissée dans le foin.

La porte de la grange s'est ouverte et Owen Jones s'y est encadré. Il a allumé la lumière, mais il n'y avait qu'une seule ampoule, et l'obscurité me dissimulait toujours aux regards.

« Lesley ? » Il s'approchait lentement.

Consciemment, je ne ressentais qu'une immense humiliation. Assise dans un enclos à mouton en peignoir de bain masculin et bottes de caoutchouc, je me sentais absolument ridicule. Bizarrement, il m'a semblé important de ne pas me montrer comme ça. J'ai reculé dans le foin en rampant.

Owen Jones était devant l'enclos. « Je suis désolé. Je ne me moquais de pas de vous. »

« Allez-vous en, d'accord ? »

« J'étais fatigué. Ça m'a paru drôle, c'est tout. Je n'avais pas l'intention de vous faire de la peine. »

« Je n'ai pas de peine. Je vais très bien. Allez-vous en, c'est tout. »

La pluie crépitait sur le toit. Nerveusement, Owen Jones se balançait d'un pied sur l'autre, manifestement stupéfait.

« Je suis désolé, » a-t-il répété. « Je ne sais pas ce qui m'a fait rire comme ça. »

« Ce n'était pas votre rire. »

Un silence.

J'ai ramassé quelques brindilles de foin.

Il me guettait.

J'ai enroulé un brin de foin autour de mon doigt.

On n'entendait que la pluie.

« Elle m'avait dit que ça voulait dire Forêt des Fleurs. »

« Qui ? »

« Maman ». Elle m'avait dit que la maison s'appelait Forêt des Fleurs. »

« C'est pas si grave que ça, je trouve. Elle avait oublié. »

« Elle n'avait pas oublié. Pas maman. »

« Bon, d'accord ; mais ce n'est pas si grave que ça, ce n'est qu'un nom, ça ne vaut pas la peine de se rendre malade. »

« Ce n'est pas qu'un nom, croyez-moi. »

Il n'a pas répondu.

« C'est la goutte d'eau qui fait déborder le vase. Je n'en peux vraiment plus. »

« Pourquoi ? »

« Parce que c'est un mensonge. Et que tout d'un coup, j'ai l'impression qu'elle m'a menti sur tout le reste. »

« Eh bien… », a-t-il dit gentiment, sans terminer sa phrase ; en prenant appui sur l'autre pied, il a étudié le mur, avant de me regarder à nouveau. « Eh bien…, » a-t-il répété, très embarrassé de ne pas savoir quoi faire ; puis il a retiré sa veste de ciré. « Vous allez attraper la crève. Mettez-ça. »

J'ai laissé la veste là où elle était tombée. « Laissez-moi seule, je vous en prie. »

Il a obéi.

La grange était humide et froide. Elle sentait le mouton. On n'y était pas vraiment bien. J'ai enfilé la veste d'Owen Jones. Le caoutchouc était moite sur ma peau nue.

Je m'attendais à pleurer, mais non. Je n'avais pas la moindre idée de ce que j'allais faire. J'en voulais au monde entier. Tout me dégoûtait, rien n'avait de valeur.

Il ne pleuvait plus. Debout sur le seuil de la grange, je regardais la brume sur la colline. Le jour s'était levé, le ciel était gris. Il le resterait sans doute toute la journée.

Que faire ?

Il y avait de la lumière dans la cuisine. Je voyais les petites ombres de Siôn et d'Eirian se découper sur le mur. Comme j'avais envie d'être avec eux. Il ferait bon dans la cuisine, ça sentirait le pain grillé et le bacon. Siôn Twm, son ours en peluche sous le bras, aurait encore les yeux embrumés de sommeil. Il ne se réveillait jamais de bonne heure. Eirian, lui, bavarderait, ses chaussures aux mauvais pieds, les pans de sa chemise hors de son pantalon, comme tous les matins.

La Land Rover n'était pas là. Je n'avais pas entendu Owen Jones partir, mais à voir les traces pleines d'eau qu'avaient laissées ses pneus dans la boue, il avait dû quitter la ferme avant que la pluie ne cesse.

J'ai décroché une des houlettes de berger d'Owen Jones, fermé le ciré, poussé la porte de la grange et traversé la cour boueuse jusqu'au sentier menant à petite maison.

J'ai eu du mal à rentrer. Mon pied me faisait mal, j'étais fatiguée. Malgré la houlette de berger, je progressais lentement sur la pente glissante.

Un arbre était tombé en travers du chemin. Un vieux chêne, déjà à moitié mort. Il bloquait le chemin, j'ai donc dû le contourner en pénétrant dans la broussaille. Beaucoup de branches gisaient au à l'extrémité duquel une carrière abandonnée surplombait un paysage qui était spectaculaire par temps clair : une vaste étendue de

Le ciel était lourd et nuageux. La pluie a bientôt repris, douce, mais persistante. Je suis enfin parvenue à la fourche, à l'orée de la forêt. Je me suis arrêtée, et j'ai regardé la petite maison.

Le torrent avait pris les proportions d'une petite rivière qui dévalait bruyamment la colline. Tout autour de la maison, le sol était inondé. On ne pouvait y accéder.

La Forêt des Loups.

C'était hideux. Vraiment hideux. Et ça l'avait toujours été. Des murs gris, se découpant contre un toit gris, contre des rochers gris et un ciel gris. Un vert gris et détrempé. Là, au moins, elle avait dit la vérité. Mais la maison n'était jamais qu'un tas de moellons empilés, ne demandant qu'à retourner à leur état naturel. Mon séjour de trois mois n'avait en rien stoppé le processus de détérioration bien entamé. Appuyée sur la houlette, j'ai soupiré de soulagement : enfin, je n'avais plus besoin de prétendre que c'était ravissant.

Il pleuvait de plus en plus. D'épais nuages s'enroulaient autour de la maison, la brume adoucissait le gris des pierres.

Je me suis mise à pleurer. La colline, la maison et le petit torrent sauvage ont disparu derrière mes larmes. J'ai poursuivi mon chemin sur la crête, en m'aidant de la houlette. Les ardoises recouvertes de lichen brillaient sous la pluie. Les bruyères étaient en fleurs ; leur pourpre sourd se détachait sur l'herbe et la pierre.

Un freux a pris son envol, et décrit des cercles au-dessus de moi.

Il pleuvait toujours.

En contournant le versant, je suis passée par le haut pâturage, à l'extrémité duquel une carrière abandonnée surplombait un paysage qui était spectaculaire par temps clair : une vaste étendue de bruyère qui s'étendait jusqu'à la vallée et jusqu'à la mer. De l'autre côté, le Snowdon, et sa chaîne de montagnes à perte de vue. Mais ce matin, on ne voyait que des couches successives de gris. La vallée était noyée dans le brouillard.

J'ai sangloté.

Les nuages se sont un peu éclaircis; quelques pics montagneux ont émergé, la pluie tombait moins drue. Au bout d'un certain temps, elle s'est arrêtée. Mais le ciel était toujours aussi bouché.

Un vol de pigeons est apparu au-dessus de la forêt. Ils volaient en formation régulière; ils ont tourné, comme un seul oiseau, et disparu de l'autre côté de la crête.

Je regardais les pigeons, je ne l'avais pas entendue arriver. Lorsque j'ai pris conscience d'une présence à mes côtés, elle était à quelques mètres de moi.

Angharad portait un imperméable en plastique bleu, du genre de ceux que l'on achète pour une dizaine de francs au bord de la mer lorsqu'on se fait surprendre par la pluie. Elle avait retroussé sa jupe dans un pantalon de ciré appartenant à son mari. En fait, elle ne portait jamais de pantalon.

Elle s'est adossée au mur, près de moi, sans parler.

Nous avons gardé le silence pendant de longues minutes.

« Quand j'étais plus jeune, je venais souvent ici. Vous voyez la ferme, là en-bas? On l'aperçoit tout juste, dans le brouillard. C'est là que je suis née. »

Un silence.

« Je grimpais parfois ici. Par la colline. C'est à environ cinq kilomètres. »

Derrière nous, un oiseau s'est mis à chanter. Angharad s'est retournée pour le voir. Il s'est arrêté. Des moutons, le pied aussi sûr que celui des chèvres, traversaient la carrière pour aller brouter les bruyères.

« J'avais seize ou dix sept ans, » a poursuivi Angharad. « Je grimpais assez souvent jusqu'ici, pour essayer de voir au-delà des montagnes. »

Elle a contemplé les montagnes.

« Mon désir d'évasion ne m'a jamais poussée plus loin. »

La montagne en face de nous semblait immense, dans la brume, et mystérieuse. Ce mystère, je le savais, se dissiperait avec la lumière du soleil.

« Vous savez que les Gallois ont plus de mots pour dire montagne et colline que les esquimaux pour dire neige ? »

« Ne me parlez plus des Gallois pour le moment, je vous en prie. »

« Il y en a tellement ! Ils ne pouvaient pas s'en sortir avec les quelques mots du vocabulaire anglais ».

« Pour les moutons, alors, il doit y avoir un million de mots, » ai-je dit sans la moindre trace d'humour.

Angharad a souri quand même.

Nous sommes retombées dans le silence. Subitement, j'ai senti la fatigue, et j'ai appuyé ma tête sur mes bras. Angharad fixait toujours l'horizon, immobile.

Une brebis a bêlé dans la carrière, loin en-dessous de nous. Une autre lui a répondu, plus proche. Un agneau la tétait obstinément, et elle nous contemplait avec méfiance.

« Votre père, vous ne lui manquez pas ? »

J'ai haussé les épaules.

« Vous êtes si active ! Vous devez lui manquer, à la maison. Surtout maintenant qu'il est seul avec la petite. »

« Elle n'est pas si jeune que ça. Elle a eu dix ans le huit août. »

« Mais il doit se sentir seul. »

La brebis bêlait toujours. De nombreux moutons l'avaient rejointe dans la carrière, qu'ils emplissaient d'un bruit assourdissant, comme s'ils assistaient à un match de foot. Leurs voix étaient différentes : l'une chevrotait, comme celle d'un vieux grand-père, l'autre était basse, une troisième était aussi mélodique qu'une chanson, une quatrième ressemblait aux pleurs d'un bébé. Leurs voix se sont répondu dans la carrière pendant dix bonnes minutes. J'avais toujours eu envie de demander à Owen Jones la raison de ce comportement, qui se répétait chaque jour. À un moment ou à un autre, ils bêlaient tous ensemble.

« Vous voulez que je vous raconte quelque chose, Angharad ? »

Elle a un peu tourné la tête, mais sans me regarder directement.

« Vous voulez que je vous dise comment maman est morte ? »

Le sang battait dans mes tempes.

« Je ne sais pas exactement comment vous le raconter pour

que vous compreniez. Pendant la guerre on a volé son fils à maman. Les Allemands. Pour je ne sais quelle raison, elle s'est mis dans la tête qu'un petit gamin du Kansas, là où nous vivions, était ce fils qu'on lui avait pris. Nous ne pouvions pas la raisonner, elle en était convaincue. Nous avons tout essayé, sans relâche, pour lui enlever cette obsession. Mais c'était impossible. Elle était certaine que les parents de ce gosse étaient des nazis, qui empêchaient son enfant de la rejoindre. »

J'ai respiré profondément. Les montagnes et la brume se sont estompées. J'étais de retour au Kansas, piégée à nouveau dans le vertige de cette tragédie d'avril dernier.

« Je suppose qu'elle a trouvé préférable qu'il meure plutôt que de vivre séparé d'elle. En tout cas, elle a pris un fusil, qui appartenait à mon petit ami ; il l'avait laissé à la maison un jour où nous étions allés nous promener. Maman l'a pris, et elle est allée chez ces gens, et elle les a tous tués, le gamin, son père et sa mère. La police est venue, maman avait toujours son fusil à la main. Ils ont tiré, et elle est morte. »

Angharad n'a pas fait un mouvement.

« C'est tellement atroce, tout ça. Ce qu'elle a fait. La raison pour laquelle elle l'a fait. La mort de gens absolument innocents, à cause de quelque chose qui s'était passé quarante ans plus tôt, dans un autre pays. »

La tête baissée, Angharad roulait autour de ses doigts les lacets de son ciré, inlassablement. Son expression était impénétrable.

« Je ne cesse de me demander pourquoi tout ça nous est arrivé. J'essaye de trouver des raisons. Ça a fichu toute ma vie en l'air, je voudrais au moins comprendre pourquoi. Mais c'est impossible. Je ne comprends plus rien du tout, apparemment. Je croyais que je comprenais tout, avant. Je croyais tout savoir. Au début, j'ai pensé que maman n'était qu'une innocente victime, que tout était de la faute de ces gens horribles, pendant la guerre. Puis je me suis dit que c'était la faute de mon père, qui n'avait pas su assumer les problèmes de maman. Pour papa, maman avait toujours raison, donc j'ai cru que c'était de sa faute. Puis, de temps en temps, je me disais que c'était moi, la responsable. Je ressassais tout ce que j'avais fait, et tout ce que j'aurais dû faire ou dire, ou ne pas faire ou ne pas dire. Je me disais que si je m'étais mieux comportée, tout cela ne serait pas arrivé. Et puis je repartais du début, et je rejetais toute la faute sur les nazis. Et ça recommençait ; il n'y avait pas de fin. La vérité, c'est que je ne sais pas, je ne connais pas la réponse. »

« C'est pour ça que vous êtes venue ici ? » m'a demandé Angharad en caressant du doigt le bois de la houlette de berger.

J'ai haussé les épaules.

« Qu'attendiez-vous de nous ? »

J'ai secoué la tête. Le silence n'était entrecoupé que par quelques bêlements de moutons. La brume s'épaississait à nouveau, lentement, progressivement, imperceptiblement. La vallée s'est noyée dans le gris.

« Je voulais être heureuse. Maman a été heureuse, ici. »

Angharad n'a rien dit.

« Et maintenant, j'ai découvert que c'est une illusion. La Forêt des Fleurs n'a jamais existé, nulle part.

« Il est peut-être temps que vous retourniez chez vous, » a dit Angharad.

On ne distinguait plus que la silhouette de la montagne, d'un gris plus profond.

« J'ai toujours pensé que ma mère était la personne la plus merveilleuse du monde. Qu'elle était la plus courageuse, la meilleure, vous savez, avec tout ce à quoi elle a survécu. Aujourd'hui, je me demande comment j'ai pu m'imaginer ça. Je n'ai appris qu'une chose, je crois, c'est qu'elle a dû vendre son âme mille fois ».

« Comme nous tous », a dit Angharad en hochant la tête.

35

Je laissais l'hiver derrière moi; dans mon pays, j'allais retrouver l'été. Dans l'avion, le commandant de bord nous a annoncé qu'il faisait quarante-cinq degrés à Wichita. La vaste plaine s'offrait à nos regards, découpée en carrés et rectangles d'un brun doré, irréguliers, comme si on avait confié la tâche de les dessiner à un enfant de six ans qui apprenait à tirer des traits avec une règle. Bien avant que la courbure de la terre ne nous cache le terrain, il disparaissait sous la brume de chaleur.

Le nez collé au hublot, je guettais Wichita. J'étais dans l'état de surexcitation nerveuse que donne la grande fatigue. Je n'avais pas dormi pendant le vol au-dessus de l'océan, et pour aller de New York à Wichita, mon avion était passé par Dallas, ce qui ne semblait pas logique du tout, mais qui correspondait bien aux mystérieuses voies qu'empruntent à loisir les compagnies aériennes. En comptant le train jusqu'à Londres, cela faisait vingt-sept heures que je voyageais. Je n'avais qu'une envie: arrêter de bouger.

L'appareil descendait; j'ai aperçu les alentours de Wichita, puis les bras tentaculaires de l'aéroport, qui s'ouvraient à nous. L'aéroport était immense, proportionnellement au trafic aérien. Ici, on n'avait aucun besoin d'économiser l'espace. Wichita en avait, de l'espace, à volonté.

Les roues ont touché le sol en rebondissant de façon péremptoire. Les aérofreins sont sortis. Dans la cabine, les conversations se sont arrêtées.

J'avais oublié l'immensité du Kansas. Au pays de Galles, parmi les monts et les collines, on se sentait comme un enfant bercé contre le sein de sa mère, le monde était intime, et bien délimité. Ici, on se sentait minuscule. Un dixième de terre, neuf dixièmes de ciel: comment ne pas se sentir vulnérable et insignifiant?

L'avion s'est arrêté. Sur la piste, des hommes en combinaison orange faisaient des signes. Dans quelques minutes, nous allions descendre.

Et maintenant?

J'ai essayé de m'imaginer le tableau. Je retrouvais mon père, de l'autre côté de la barrière. Qu'allais-je dire? Qu'allais-je faire? Est-ce que je l'embrasserais? Est-ce que je dirais que j'étais heureuse d'être rentrée à la maison? Est-ce que je l'étais, d'ailleurs?

Je me sentais complètement vide, épuisée. Je ne ressentais aucune émotion, mais une certaine torpeur, teintée, peut-être, d'un peu de nostalgie. Nostalgie de quoi, je n'en savais rien.

Megan était devant tout le monde, en short rouge, pieds nus dans des baskets. Elle portait un T-shirt où il était inscrit: «Mes parents sont allés à Chicago, et tout ce qu'ils m'ont rapporté c'est cette mocheté de T-Shirt». Elle s'était fait couper les cheveux. Pas très courts, mais aux épaules, et ils étaient retenus en arrière par un bandeau. Je l'ai à peine reconnue.

Mais elle, elle m'avait vue. «Lesley!» Elle hurlait. Elle a franchi le barrage et m'a sauté dans les bras. Derrière moi, les passagers se bousculaient en essayant d'avancer.

«Je pensais que tu n'arriverais jamais. Je pensais que cet avion n'arriverait jamais, jamais. Nous l'avons surveillé tout au long de son chemin. Du moment où on a vu une petite tache dans le ciel jusqu'au moment où tu as atterri. Une éternité!»

Papa était là. Aucune question ne se posait plus: nous étions dans les bras l'un de l'autre, en serrant Megan entre nous.

«Tes cheveux sont longs», m'a dit Megan pendant que nous nous dirigions vers la sortie. «Ils ont drôlement poussé, pendant l'été.»

«Et les tiens sont courts. Quand les as-tu coupés?»

«Le mois dernier, pour mon anniversaire. Papa et moi, on a été en vacances chez tante Caroline. Et tante Caroline m'a emmenée les couper à Chicago. On me les a effilés, pour que j'aie plus de problèmes de pointes fourchues.»

«Parce que tu avais des problèmes de pointes fourchues?»

«En tout cas, tu vois, je n'en ai plus. Regarde. C'est une coupe effilée, comme celle d'Alison.»

«Qui est Alison?»

«C'est une fille. Elle vit dans la Quatrième Rue. C'est ma meilleure amie, maintenant. Elle a dormi à la maison après ma fête d'anniversaire. Devine comment elle était, ma fête d'anniversaire?»

«Comment veux-tu que je le sache?»

«Devine.»

«Mais je n'en ai pas la moindre idée, Megan.»

«C'était une fête disco. Et j'ai invité toute ma classe. Une vraie fête disco, avec des lumières, de la musique, tout. C'était super.»

«Il y avait des garçons?» lui ai-je demandé en souriant.

«Papa m'a laissée inviter toute la classe. Toute la septième. Enfin, je veux dire tous ceux qui étaient en huitième l'année dernière, mais qui seront en septième, mais pas encore, parce que c'était l'été, tu comprends?»

«Donc, des garçons. Tu as dansé avec combien?»

«On n'a pas beaucoup dansé. On a surtout mangé des cochonneries. Alison et moi, on a un peu dansé.» Elle a hésité. On était arrivé à l'escalator, et elle a attendu d'avoir posé sa main sur la rampe avant de continuer. «Mais c'était super. Personne n'a fait de fête disco. C'est moi la première.»

«Et le garçon avec qui tu as dansé?» a dit mon père en la poussant par les omoplates sur l'escalator. «Comment s'appelait-il déjà? Lenny?»

«*Benny,* papa. Benjamin, en fait. Ils viennent d'arriver de Goodland. Et il danse drôlement bien. Alors je l'ai laissé danser avec moi une fois.»

«Tu as dansé avec un garçon? Oh, Meg, ça alors! Un petit ami!»

«J'ai pas dit ça. C'est pas mon petit ami. J'ai juste dit que c'était un garçon, et qu'il dansait bien. J'ai rien dit d'autre.»

«Enfin! Des fêtes disco, danser avec des garçons! Ça m'a l'air bien dangereux, tout ça. Je parie que tu as flirté avec lui quand papa avait le dos tourné.»

«Lesley!» s'est-elle exclamée, horrifiée. «Oh, non!»

«Meggie a un petit ami.»

«Lesley, tais-toi. Tais-toi ou je te tape. Les gens vont t'entendre.»

Nous attendions mes bagages. Megan est allée se mettre à côté de papa, et lui a pris la main. «Papa, dis-lui que ce n'est pas mon petit ami, et qu'elle ferait mieux de ne pas dire des bêtises. Je le connais même pas bien. Il est dans ma classe, c'est tout. En plus, il n'a que neuf ans, et moi j'en ai dix.»

L'attente se prolongeait. Papa m'a interrogée sur le pays de Galles. Les gens, la ferme, la vieille grange, celle qui avait une petite coupole blanche et un baromètre en forme de poisson, était-elle toujours debout? Oui, ai-je répondu et nous avons constaté qu'elle devait être dans le même état que lorsqu'il l'avait connue. Les chênes que l'on disait centenaires, et sous lesquels il prenait ses repas quand il travaillait à la ferme, étaient-ils toujours là? Et le village? Mrs Davis tenait-elle toujours le bureau de poste? Y avait-on construit quelque chose de nouveau, à ma connaissance?

Ça semblait presque irréel d'être dans cet aéroport, à parler avec mon père de la ferme des Jones ou de Bwlch-Ilwydddu. Le pays de Galles s'estompait déjà, il devenait éthéré, indistinct, confronté à la masse solide et substantielle de la zone de livraison des bagages. Pour prosaïques que soient les questions de mon père, je ne pouvais m'empêcher d'avoir l'impression que nous parlions de quelque chose dont nous avions tous les deux rêvé.

À l'extérieur, la chaleur était paralysante. J'avais quitté la ferme des Jones à neuf heures du soir, en pantalon, col roulé et pull-over. Ça faisait un moment que j'avais enlevé le pull, et relevé les manches de mon col roulé, mais en attendant que papa ait fini de ranger mes valises dans le coffre, j'ai sérieusement pensé à enlever mon col roulé et à faire le voyage en soutien-gorge. Papa a déverrouillé les portes, et Megan a baissé toutes les vitres.

Je me suis assise à l'arrière, pour m'allonger et dormir. Mais dans une explosion inattendue d'amour fraternel, Megan a sauté à côté de moi.

«Mets-toi devant, Meg. Il fait trop chaud pour être deux. Et tu es toute mouillée.»

«Je veux rester avec toi.»

«Megs, je veux dormir, va devant. Je suis épuisée.»

«Non, je reste à côté de toi. Dors si tu veux.»

«On dirait que papa est notre chauffeur, avec nous deux derrière. Si tu ne montes pas devant, j'y vais.»

«Non, Les! Reste avec moi. Bon sang! Ça fait trois mois que tu es partie, je veux m'asseoir à côté de toi.» Elle a fermé la portière.

Trop fatiguée pour continuer à discuter, je me suis effondrée sur le siège.

Dès que nous avons pris la nationale, je me suis allongée sur le siège; ainsi, je profitais de l'air frais qui entrait par les fenêtres ouvertes, et aucun conducteur ne me verrait en soutien-gorge. Pendant trois bonnes heures, nous allions parcourir la vaste plaine ininterrompue. J'ai plié mon col roulé, je m'en suis fait un oreiller, et je me suis apprêtée à dormir.

«Papa», a dit Megan en se penchant vers le siège avant, «on pourra s'arrêter dans un Wendy? Je voudrais une glace.»

«Je ne sais pas si on va en trouver un, chérie. Nous sommes déjà sortis de Wichita. C'est la pleine campagne.»

«Et à Kingman? Arrêtons-nous quand nous arriverons à Kingman, et achetons-nous des glaces, pour tous les trois.»

«Je ne sais pas s'il y a un Wendy à Kingman, Megan.»

«On verra quand on y sera, d'accord?»

«D'accord, on verra.» Après quelques secondes de silence, mon père a poursuivi. «Assieds-toi correctement, Megan, je t'en prie. Si tu restes à l'arrière, tu te mets au fond de ton siège, et tu attaches ta ceinture de sécurité.»

Megan a reculé dans le siège.

J'ai fermé les yeux, et, bercée par le mouvement amical et familier de la voiture, je n'ai pas tardé à m'assoupir.

«Papa?»

«Oui?»

«Si on s'arrête chez Wendy, je pourrai faire un jeu vidéo?»

«Pour être tout à fait franc, Megan, je trouve que nous n'avons aucun besoin de nous arrêter pour l'instant. Un peu plus tard peut-être. De toute façon, il faudra dîner en route. Il n'y a aucune raison de s'arrêter avant.»

«Mais je pourrai faire des jeux vidéo? J'ai de l'argent à moi. J'ai plus de cinq dollars; c'est l'argent de mon anniversaire. Je l'ai pris, parce que je pensais qu'on resterait plus longtemps à Wichita, et que je pourrais acheter quelque chose dont j'ai besoin. Un nouveau cahier pour l'école. J'en ai besoin d'un. Tu sais, un à spirale, comme ceux d'Alison.»

«Nous trouverons tous les cahiers que tu voudras chez nous, Megan.»

«Mais j'ai mon argent. Alors je pourrai jouer à des jeux vidéo quand on s'arrêtera?»

«Tu t'imagines que tu vas dépenser cinq dollars en jeux vidéo, jeune fille?»

«Pas tous les cinq, papa. J'ai jamais dit ça. J'ai juste demandé si je pourrais? Pas tous les cinq dollars, juste une partie.»

«On verra.»

«Ça veut dire que c'est oui?»

«Ça veut dire on verra, Meg.»

J'observais Megan. Ses cheveux courts la changeaient énormément. Ça lui allait bien, cette longueur aux épaules. Son visage était bien dégagé. Mais ça lui enlevait cette allure sauvage et indomptée qu'elle avait auparavant. Elle était banale, avec son petit bandeau en plastique rose.

J'avais toujours trouvé que Megan ressemblait davantage à maman que moi, malgré la couleur plus claire de mon teint et de mes cheveux. D'un coup, je me suis dit que si maman avait coupé et bouclé ses cheveux comme le font la plupart des femmes d'un certain âge, elle aurait eu l'air banal, elle aussi. Mais elle ne l'avait jamais fait, bien sûr.

«J'ai chaud», s'est plaint Megan en s'affalant sur le siège et en balançant ses longues jambes nues sur le siège avant.

«Je n'arrive pas à comprendre comment tu peux avoir bouclé ta ceinture et en même temps me mettre tes pieds sous le nez», a dit papa.

Elle a ri.

«Ça commence à bien faire, Megan. Tu t'assieds et tu mets ta ceinture. Je ne plaisante pas.

«Mais j'ai chaud!»

«Ça m'est égal. Tu peux rôtir! Attache ta ceinture.»

Megan s'est exécutée de mauvaise grâce, en fronçant le nez à mon intention. Le silence a régné pendant trente secondes.

«Ce serait bien si on avait l'air conditionné dans la voiture. Pourquoi on l'a pas, papa?» Elle se penchait à nouveau en avant. «Tout le monde l'a.»

«Parce que c'est une vieille voiture, et que les gens à qui elle appartenait ne l'ont pas installé.»

«Pourquoi on l'installe pas, nous?»

«Parce que ça coûte trop cher. Voilà pourquoi. Baisse ta vitre.»

«Elle est baissée. Elles sont toutes baissées. Ça m'empêche pas de fondre.»

«Tu survivras», a dit mon père.

«Papa! Papa, le panneau de Kingman! On s'arrêtera pour acheter des glaces.»

«Plus tard», j'ai dit, «Megan, à l'heure de dîner.»

«Mais j'ai chaud.»

Je l'ai poussée du pied. «Ferme-la, tu veux?»

«Papa, s'il te plaît, je t'en supplie...»

«Megan, tais-toi», ai-je répété.

«Papa, s'il te plaît, s'il te plaît, papa!» Elle se tortillait sur son siège.

Je lui ai donné un coup de pied.

«Aïe! Pourquoi tu as fait ça?» Elle a pris sa jambe et l'a caressée tendrement. «Ça fait mal.»

«Parce que tu n'arrêtes pas de jacasser. Tu n'as pas fermé ta bouche depuis qu'on a quitté Wichita.»

«Papa», a dit Megan d'une voix plaintive, «Lesley m'a donné un coup de pied. Et fort.»

«Meggie, Lesley est fatiguée. Elle vient de faire un très long voyage. Laisse-la tranquille.»

«Mais elle m'a donné un coup de pied. Je vais avoir un bleu.»

«Bon, ne recommence pas, Les.» Il a ralenti, et regardé à l'arrière de la voiture. «Allons, chérie, viens plutôt t'asseoir à l'avant.»

«Je viens», a dit Megan, boudeuse. Mais avant d'enjamber le siège, elle m'a tiré la langue.

Le voyage me paraissait aussi interminable que la plaine. Je ne supportais pas la chaleur, elle sapait le peu d'énergie qui me restait. Engourdie de fatigue, j'ai essayé de m'endormir.

Mais je n'y suis pas arrivée. Megan se taisait enfin. En fait, elle dormait, la tête contre le bras de mon père. Le sommeil me fuyait. Aux environs de Macksville, papa a allumé la radio et s'est mis à fredonner des airs de country music. J'étais plongée dans une sorte de demi-sommeil. Je rêvais, mais en même temps j'étais consciente: j'entendais la radio, je sentais la chaleur. Avec le temps, je me suis réveillée de plus en plus. Les yeux ouverts, allongée, je contemplais les dessins du capitonnage de la voiture. Je me sentais aussi vide que lorsque l'avion avait atterrri, mais une émotion plus forte que tout à l'heure m'envahissait: un sentiment de désolation, assez puissant pour colorer mes rêves à demi-éveillés.

En fait, j'étais en plein paradoxe. D'une part, je m'étais attendue à ce que rien n'ait changé, à ce que mon père et Megan soient toujours, comme moi, sous le coup du terrible choc que nous avions subi. Manifestement, il n'en était rien. Leur blessure, certes profonde, cicatrisait. D'autre part, je m'étais attendue à des changements. Moi, j'avais tellement changé pendant ces derniers mois! J'étais devenue quelqu'un d'autre. Mais pas eux. Rien n'était différent. Megan était fidèle à elle-même, papa aussi, le Kansas aussi. Le temps avait passé, mais c'était tout.

Vers cinq heures et demie, nous nous sommes arrêtés pour prendre un hamburger à Dodge City. Ensuite, Megan et moi, nous avons arpenté la célèbre rue Principale, en regardant les vitrines des boutiques pour touristes. On était samedi soir, la plupart des musées et des magasins étaient fermés, mais nous regardions quand même, histoire de sortir de la voiture pendant un petit moment.

J'ai fait le reste du trajet sur le siège avant, à côté de papa. Megan s'est assise à l'arrière; elle essayait de jouer Yankee Doodle Dandy avec le peigne de papa et un mouchoir. Peu après, nous avons emprunté la même route que celle que nous avions parcourue, maman et moi, le jour où je l'avais emmenée voir le docteur Carrera.

Le paysage me devenait de plus en plus familier. De part et d'autre de la voiture, des champs de tournesols s'étendaient à perte de vue. Il n'y avait pas le moindre souffle de vent pour agiter les pétales dorés. Immobiles, ils faisaient face au soleil couchant.

Quand nous sommes rentrés en ville, Megan s'est penchée entre les sièges et a battu la mesure sur le levier de la boîte de vitesses. Elle lisait tout haut le nom des rues. Main Street, First Street, Second Street, Third Street, Berg Street, Bailey Street. La nôtre.

J'étais arrivée chez moi.

Je n'avais qu'une envie: prendre un bain, me laver les cheveux et aller me coucher. Il n'était que huit heures moins le quart, mais je savais que j'étais à bout de résistance. Je suis montée, et Megan a poursuivi papa dans la cuisine, et l'a harcelé pour qu'il l'autorise à faire venir son amie Alison. «S'il te plaît, papa, je lui avais dit qu'elle pourrait venir, on n'a pas d'école demain, je t'en prie, dis oui.»

Alison est arrivée avant que je n'aie eu le temps d'entrer dans la salle de bains. C'était une gamine à la drôle de frimousse, en salopette rayée, et aux épaisses tresses marron se dressant sur sa tête comme des saucisses. Elle avait le visage recouvert de taches de rousseur, comme si un moineau l'avait picorée. «C'est ma sœur», a dit Megan en me désignant du doigt. Alison a éclaté de rire, et elles ont filé dans la chambre de Megan.

J'ai rempli la baignoire d'eau si chaude que je pouvais à peine y tremper ma main, et j'y ai versé une généreuse rasade de sels moussants. Voilà un bain comme je n'en avais pas pris depuis mon départ! J'ai relevé mes cheveux et me suis enfoncée dans l'eau jusqu'au menton, les mains à l'extérieur, pour terminer de lire la nouvelle de Cosmopolitan que j'avais commencée dans l'avion.

On a gratté à la porte de la salle de bains.

«Tu as l'intention de passer toute la nuit là?»

«Megan, ça fait tout juste dix minutes que j'y suis, en comptant le temps de faire couler l'eau.»

«Et tu comptes rester combien de temps?»

«Jusqu'à ce que l'eau soit froide. Jusqu'à ce que j'aie envie de sortir.»

Un grand soupir derrière la porte.

«Ça fait une éternité que tu y es, Les, et j'ai besoin d'entrer.»

«Je ne vais pas tarder à sortir.»

«Laisse-moi entrer.»

«Retiens-toi un peu.»

«Mais on joue au Monopoly, avec Alison. Il faut que j'y retourne. Laisse-moi entrer, Les, allez.»

«Tu n'as qu'à attendre.»

Un silence. J'entendais sa respiration à travers la porte.

J'ai posé le magazine, je suis sortie de la baignoire et je suis allée lui ouvrir, toute dégoulinante d'eau. «Quelle enquiquineuse! Entre, dépêche-toi, et file», lui ai-je dit en retournant dans mon bain. «Et ferme cette porte.»

Megan s'est plantée devant le miroir, qui était tout embué. Elle l'a essuyé avec une serviette et a pris la brosse à cheveux.

«Je croyais qu'il y avait urgence.»

«Mais oui», a-t-elle dit distraitement.

L'eau était déjà tiède. Mon magazine était humide. Je m'apprêtais à la traiter de peste quand je me suis surprise, moi aussi, à regarder son image dans le miroir qui se brouillait à nouveau.

«Comment se fait-il que tu te sois coupé les cheveux, Meg?»

Elle est allée vers les toilettes en haussant les épaules. «C'est papa qui a voulu. Il a dit qu'il avait toujours pensé que les cheveux courts m'iraient mieux.»

«Vraiment?»

«Ouais. Alors, quand on était à Chicago, tante Caroline m'a emmenée chez le coiffeur. Tu aimes?»

«Oui, mais ça te change. J'ai failli ne pas te reconnaître, en descendant d'avion.»

Elle a tiré la chasse et s'est absorbée dans la difficile tâche de rentrer sa chemise dans son short.

«Je ne savais pas que papa avait envie que tu aies les cheveux courts. Je ne le lui avais jamais entendu dire.»

Elle a essuyé le miroir avec sa main. «J'sais pas. Moi aussi, j'aime mieux maintenant. Et j'ai moins chaud. Qu'est-ce que je transpirais, avant, en été. Et puis maintenant, je peux porter des barrettes, des bandeaux. Avant, c'était pas possible; chaque fois que je baissais la tête, le poids de mes cheveux les faisait tomber.»

«Je ne pense pas que ça aurait plu à maman.»

«C'est vrai. Mais maman n'est plus là.»

Elle s'est donnée un rapide coup de brosse et a remis son bandeau rose. Arrivée à la porte, elle s'est retournée.

Un silence.

«Qu'est-ce qu'il y a?» m'a-t-elle demandé en revenant vers moi. «Pourquoi tu pleures?»

«Je ne pleure pas.» Je me suis passé le gant de toilette sur la figure. «Je suis très fatiguée, c'est tout. Je te jure, Megs», ai-je rajouté devant son air dubitatif, «je suis vraiment épuisée. Mais tout va bien.»

En se mordant la lèvre inférieure, Megan m'a regardée. Puis elle m'a touché la main. «En tout cas, je suis drôlement contente que tu sois rentrée. Tu m'as beaucoup manqué.»

Je suis allée me coucher, après trois mois de sac de couchage, les draps m'ont enchantée. Il faisait noir et chaud, mais pas étouffant. La maison retentissait de divers bruits animés.

J'ai fermé les yeux, et j'ai attendu le sommeil.

«Les?» C'était la voix de mon père, derrière la porte. «Tu dors?» Il parlait très doucement, pour ne pas me réveiller.

«Non», ai-je murmuré.

Il a ouvert la porte. Le palier était éclairé.

«Comment ça va?» Il a traversé la pièce, jusqu'au lit.

«Bien.»

«Tu veux quelque chose? Un sandwich? Un verre de lait?»

«Non, rien, merci.»

Il était penché sur moi, mais, dans le noir, je ne voyais pas son expression.

«Meggie a dit que tu pleurais, tout à l'heure.»

«Pas vraiment.»

Il m'observait.

«Je suis fatiguée, c'est tout. Ça va très bien, maintenant.»

«Tu en es sûre?»

«J'en suis sûre.»

Un silence.

«Je suis si fatiguée que je n'arrive même pas à dormir. J'ai l'impression de me liquéfier.»

Il s'est assis sur le bord de mon lit, a repoussé mes cheveux en arrière. «Comment s'est passé ton voyage?»

«Bien.»

Sous le poids du non-dit, les larmes me sont montées aux yeux. S'il s'en est aperçu, il n'a rien dit.

«Pourquoi a-t-elle menti, papa?»

«De quoi parles-tu?»

«De maman. Pourquoi elle a menti sur Coed-y-Bleiddiau? Je sais que ça ne veut pas dire Forêt des Fleurs. Toi aussi, tu le sais, n'est-ce pas? C'est pour ça que tu disais toujours le nom en gallois. Tu l'as toujours su, hein?»

Il n'a rien dit.

«Pourquoi a-t-elle menti? Puisque tout le monde savait que ça voulait dire loups, et non pas fleurs?»

Il a eu un petit haussement d'épaules. «Ça lui plaisait davantage.»

«Mais ce n'était pas vrai.»

«Je sais. Mais ça lui plaisait. Ça arrive, Lesley. On veut que les choses soient d'une certaine façon, et elles ne le sont pas. Et parfois, on veut si fort qu'on n'accepte pas la réalité.»

«Pour les tournesols aussi, elle a menti, n'est-ce pas?»

«Il n'y a jamais eu de tournesols dans le jardin de la maison?»

«Il y en a eu une fois, mais ailleurs. Au Texas. Elle a dû confondre.»

«Comment veux-tu qu'elle ait confondu le Texas, où il n'y a pas une seule colline, où il ne tombe pas une goutte de pluie pendant des mois, et le pays de Galles?»

«Je ne sais pas. Peut-être qu'il y en avait aussi au pays de Galles. C'est possible. Ça fait si longtemps, je ne me souviens pas bien.»

«Il n'y en avait pas, papa. J'en suis sûre. C'était encore un mensonge.»

Un silence.

«Et toutes ses autres histoires, elles étaient vraies? Ou est-ce qu'il lui est vraiment arrivé toutes ces choses affreuses?»

«Elle ne voulait faire de peine à personne.»

«Mais elle mentait!»

«Non. Ce n'était pas ça. Elle voulait rendre le monde meilleur qu'il ne l'est. Elle voulait partager ses rêves. Pas faire du mal.»

«Mais moi, ça m'a fait du mal, papa. Tu te rends compte du mal que ça m'a fait?»

«Oui», a-t-il dit simplement.

La chambre est redevenue silencieuse. La porte de Megan était fermée, mais on les entendait parler, distinctement.

«Je ne sais plus quoi faire. Je ne sais pas quoi penser. Je ne comprends plus rien. Je suis allée jusque là-bas, j'y ai passé beaucoup de temps, et en fait, je comprends encore moins.»

Il m'a pris la main.

«Avant que tout ça n'arrive, je pensais que si nous — Megan, toi, moi, nous aimions assez maman, nous compenserions tout le reste. Je me disais qu'elle avait traversé toutes ces épreuves quand elle n'était qu'une gamine innocente, assez forte pour les subir et pour survivre. Je me disais que si nous l'aimions assez, nous oublierions le passé, qu'il n'aurait plus d'importance. Mais ça n'a pas marché. Maintenant, je ne vois plus que les fautes qu'elle a commises. Est-ce qu'elle méritait seulement notre amour, je me le demande. Je veux continuer à l'aimer, et je l'aime toujours, je suppose; mais je ne peux pas m'empêcher de penser que la responsable de toutes ces catastrophes, c'est elle.»

Mon père fixait le sol. Megan et Alison ne faisaient plus de bruit. Le silence nous entourait.

«Peut-être», a-t-il dit. «Je ne sais pas. Mais je ne crois pas que ce soit une question d'amour. L'amour et la perfection n'ont rien à voir. On n'aime pas les gens pour les récompenser d'être bons, ou parfaits. Ni pour compenser leurs souffrances. On les aime, c'est tout.»

«Mais pourquoi faire? Le seul résultat, c'est qu'on souffre aussi. Si ça ne sert à rien, si ça ne compense rien, si ça ne rend pas les gens meilleurs, pourquoi se tuer à les aimer, alors?»

«Parce que, quand tu réfléchis bien, tu t'aperçois que c'est la seule véritable liberté dont tu disposes.»

J'avais toujours les larmes aux yeux. Je me suis tournée vers le mur pour qu'il ne les voie pas et j'ai dit, sans le regarder, «C'est peu de choses.»

Il n'a pas répondu.

«Je crois que j'en demandais plus que ça.»

«Nous en demandons tous plus. Mais on finit par s'en contenter.»

Il avait gardé ma main dans la sienne, et me caressait doucement. Je me suis retournée vers lui. Il m'observait, le visage empreint de douceur. Il m'a fait un pauvre sourire.

Que je lui ai rendu.

À cet instant, Megan est sortie de sa chambre en faisant un vacarme ahurissant. Elle a foncé dans la salle de bains en criant: «Attention, Alison, ne renverse rien! Je rapporte une serviette.»

«Oh la la!» a dit mon père, inquiet, en jetant un coup d'œil sur le palier.

«Megan! Vite! hurlait Alison.

«Une seconde», a dit papa en se levant. «Je reviens.»

Il n'est pas revenu.

J'écoutais, couchée dans mon lit. Je ne savais pas ce qu'avaient inventé ma sœur et Alison, mais elles hurlaient de rire. Mon père demandait à Megan ce qui lui avait pris de mettre un tel désordre, d'un ton où perçait une familière exaspération. Megan se tordait de rire comme un petit singe.

Les yeux toujours pleins de larmes, j'écoutais. Un grincement de ressorts a petit à petit recouvert les conversations. Quelqu'un sautait sur le lit de Megan. Papa leur demandait d'arrêter, de descendre de ce lit, de se calmer, pour une fois. Mais il faisait seulement semblant de les gronder. Au bruit, je crois qu'il essayait de les attraper, et qu'elles jouaient tour à tour à se faire prendre.

Mon père n'allait pas revenir de sitôt. Je me suis couchée sur le côté. Quand j'ai fermé les yeux, cela a fait tomber les larmes qui s'y étaient reposées pendant si longtemps. Elles ont coulé tout le long de mon visage et sur le drap. Je ne me rappelle pas m'être endormie; pourtant, je n'ai pas dû mettre longtemps.

normandie roto impression s.a.
61250 Lonrai

Reproduit et achevé d'imprimer en avril 1995
N° d'édition 95040 / N° d'impression I5-0473
Dépôt légal mai 1995
Imprimé en France

ISBN 2-73-82-0792-8